致我们甜甜的小美满
The Love Equations
趙乾乾｜著

目錄

序

我想作為一名作者，最痛苦的事，就是回過頭去看曾經寫過的東西，尤其是在幾年之後再回過頭去看。《舟而復始》這本書寫於二〇〇八年十一月，掰指一算，喲，快十年了……這位作者的算術非常不好，三以上的數字都要掰著手指算。如果你回過頭去看你十年前寫的東西，即使是給隔壁男生的一張小紙條，都會有想要掐死自己的衝動，何況是，我這麼洋洋灑灑的二十來萬字的小說……所以校稿期間，我就處於不停地掐死自己，又救活自己的狀態了，如果仔細看，我的脖子還有淡淡的淤痕。（不要胡說八道啊這位作者……）

但其實也有美好的一面，就是，十年前你所想到的事情，寫文時的思路，大部分又重新回憶了一遍。那個時候怎麼會這麼想呢？想這個的時候我在做什麼呢？應該不是在蹲廁所吧？（真的是，求你了啊這位作者……）

嚴肅認真一點吧，這是我的第一部小說，我不想對當中的情節或者文筆有太多虛榮不誠實的誇耀，我只能說它很青澀可愛。我更願意談的是，它開啟了一個夢想。還記得那時我趕著要去考一個試，匆匆忙忙寫了幾句話幾百個字隨手發在網上，沒想到這就是夢開始的模樣，我沒想到我會繼續往下寫，我也沒想到我會一直寫到今天。也許夢想最初的模樣，都是一時的不經意吧，你走進吉他社團，你不會想到你將來就真的成了樂隊吉他手；你上課偷畫坐在前排那個女孩子，你不會想到你將來就成了漫畫家；你坐在電視前哈哈大笑，你不會想到有一天你也會在上面表演……如果非要認真地對讀者們說一些感性的話，我希望你們，不經意地去做很多的夢想，有一天，有一個，它就實現了呢。

趙乾乾

第一章

「靠！普通話有什麼好考的，不就是話嗎？聽得懂就行了，妳說，普通話不能有港臺腔，我從小就看港臺片長大的，我普通話沒有港臺腔難道有東北腔啊？啊～～我要瘋了！」周筱一路走一路碎碎念。

旁邊的室友忍不住翻白眼，「一路上妳都在罵，差不多了吧？」室友外號小鹿，由於巨高無比，外加名字裡有個「璐」。

「沒罵夠，對外漢語，我他媽教個外國人中文還得念到博士！也沒人要求教我們英文的外國人要念到博士……喂，幹嘛不走？」

周筱仰起頭看小鹿，人長得高就是招人討厭，媽的，講個話脖子都痛。順著她的視線看去——晴天霹靂應該就是這樣用的吧。

趙泛舟居然還有臉出現在她面前，真是夠了！

小鹿皺了皺眉，低頭看了看周筱原本挽著她的手緊緊地收緊，有點泛白。小姐，跟妳有仇的是他不是我吧？

「聊聊？」趙泛舟面無表情地說。

周筱的手抓得更緊了，一句話不吭地繞過趙泛舟，像繞過馬路中間的一個垃圾桶。小鹿幾乎是被她拖著走的，小小的人兒，力氣真不小。

泛舟瞄了一眼她們手上的准考證，本來要跟上去的腳步頓了下來。好，躲得了我一時，躲不了我一世。

候考室裡，小鹿小心翼翼地看著詭異地沉默著的周筱，「妳還好吧？」

周筱一臉無辜地看她：「什麼東西還好？」

小鹿不再說話，妳就裝吧。

考完普通話出來，周筱說要去圖書館，圖書館的路和剛剛來考場的路是相反的方向。小鹿沒說什麼，反正大家心照不宣。

等到再從圖書館出來的時候，天已經快黑了，她們準備回宿舍拿飯卡吃飯。一路上周筱的手還緊緊地抓著小鹿的手，微微顫抖著。等到她們回到宿舍的時候，周筱微乎其微地嘆了一口氣，也不知道她是鬆了一口氣還是失望。

拿了飯卡，她們匆匆下樓，快趕上下課的時間了，到時候食堂真的不是用水洩不通可以形容，計畫生育好歹也做個成效給大學生看。

她們一下樓就看到了趙泛舟，他倚著柱子，面無表情得像是雕在柱子上的石像。

「一起吃飯？」他直直地看著周筱。嘖……嘖……嘖……這普通話好啊，剛考完普通話的周筱現在最不想聽的就是字正腔圓的普通話了，尤其是從他口裡發出的。

周筱繞過他，繞過今天的第二個垃圾桶。

他不再說什麼，安靜地跟在她們身後。周筱可以感覺他一直在她身後，不遠不近，大概兩公尺，他以為他在銀行排隊就對了。吃飯時他就坐在她隔壁，她想換個位置，可是轉念一想，又不動了。

一頓飯在安靜中吃完，吃完飯後趙泛舟又跟在她們後面來到女生宿舍樓下，就在她們要上樓的時候，他說話了：「周筱，我們聊聊吧。」周筱的腳步頓了一下，頭也不回地上了樓。

「妳真的不和他聊？」小鹿還是忍不住問了。

「沒什麼好聊的，傻一次也差不多了，而且……」周筱露出三八兮兮的表情「……我這麼聰明，當年實在是鬼遮眼才會失足。」

小鹿翻了個白眼。算了，個人造業個人擔。

周筱在陽臺上收衣服，眼神不時地飄到樓下，他還在。小鹿在和男朋友打電話，聲音斷斷續續地傳來：「不要啦……那麼噁心誰要叫……嗯，那你先叫……好啦……」聲音小了下去，但是還是可以聽見一聲聲小小的「老公」。周筱自己做了個想吐的表情，然後笑，情侶之間總是有這樣的小世界，亮晶晶的，只是旁邊不小心被閃到的人會很想死就對了。

周筱以前也這麼鬧過趙泛舟，「喂，小鹿她男朋友都叫她老婆的，你幹嘛老連名帶姓叫我？」

趙泛舟從書裡抬起頭來瞅了她一眼，一臉「懶得理妳」的表情，又低下頭去看書。

「喂，你幹嘛不理我啊？……喂……你也太沒禮貌了吧！喂……」邊說還邊扯他的袖子，他被她煩得受不了，沒好氣地說：「妳還不是也叫我喂。」

這樣哦……原來有人也在計較嘛。

「好嘛，那你要我叫你什麼？」

趙泛舟只是瞪她。

她一臉無辜：「那我叫你相公好了，起碼比老公復古。」

趙泛舟很無奈，「我不會叫妳娘子的。」

「那叫老婆，愛人，不然親愛的，寶貝，達令都好。」

「叫妳賤內要不要？」

真無趣，有人就是愛扮酷，撲克臉、大便臉、殭屍臉。

好！我看你能裝多久。周筱挨過去，用臉去蹭他的肩膀，「老公……親愛的……老公……老公。」

有人耳朵開始紅了，接下來是脖子，然後是臉——關公就是這樣練成的。

趙泛舟的頭突然迅速地一轉，周筱感覺嘴唇一暖，回過神來的時候，趙泛舟已經轉回頭去，若無其事地看書了。很好，接下來關公換人當了。

「嗯，好啦，我已經吃了，拜拜。」小鹿掛電話的聲音把周筱拉回現實。她抑制住向樓下看的衝動，匆匆把衣服收回宿舍。

接下來的一個星期裡，趙泛舟總是不時地出現，默默地跟在周筱後面，完全像隻背後靈。

星期天中午，周筱睡著十二點才下樓買午餐，她是個很會睡的人，好像身體自己有開關，想睡了關起來就好。以前趙泛舟老笑她像哆啦A夢，尾巴是開關，關了就可以睡。怎麼又想到他了。今天一整天都沒有見他，昨天有寒流，冷死人了，他站在樓下時她看到他只穿了一件薄薄的毛衣……

回到宿舍時剛好手機在響，周筱瞄了一眼，發現是不認識的號碼後就猶豫要不要接，她實在是大一的時候被某個瘋子嚇怕了，那人不停地打電話給她，不停地說：「我錯了，原諒我。」怎麼解釋他都不聽，一直說我認得妳的聲音，妳不要騙我了，我知道錯了。奇怪了，如果真的是這麼愛的人，怎麼會連聲音都認錯？剛開始周筱還很可憐他，一直跟他解釋，後來就直接用方言開罵了。再後來直接存他的電話，名字就叫「不要接」，有一次她洗個澡出來，「不要接」的未接來電居然有二十幾通，還有十幾二十條不知道在說什麼的簡訊。有一次跟趙泛舟在一起的時候，電話突然響了，螢幕上就一直閃著「不要接」，她很尷尬地笑，然後按掉電話。趙泛舟奇怪地看著她：「妳該不會是紅杏出牆吧？」

「我也想啊，暫時還沒把爬牆技術練好。」

「小心我打斷妳的腿。」

「你不捨得。」

「妳可以試試看。」

……

鈴聲停了，周筱聳聳肩，剛好不用煩惱要不要接。簡訊的聲音響了，打開一看，「我感冒了，發燒，給我買藥。趙泛舟。」

啊哈，這世界還真是什麼人都有。感冒才好，我讓你耍帥！不理他不理他不理他不理他。

一個小時過去了，在床上看了很久天花板的周筱終於忍不住坐了起來。拿過手機，按回覆，「你在哪裡？」

半個小時後，她提著藥站在一個很漂亮的社區前面。靠，有錢人就是變態。進電梯，出電梯，站在門口的時候她又鬱悶了，怎麼會來呢？他死活關我屁事啊？對啊，回去，就在她要轉身去按電梯的時候，門突然開了，趙泛舟倚在門口，臉色有點蒼白。「進來吧。」聲音有點沙啞，看來是真的病了。周筱把藥遞給他，他沒有伸手接，「進來好嗎？」是她聽錯了嗎？他聲音居然那麼小心翼翼。繞過他進了門，把藥放在桌上。她知道他的視線一直跟著她。嘆了口氣，「吃藥。」重逢後跟他說的第一句話。「好。」聲音裡有掩不住的雀躍。吃藥有那麼開心嗎？哼！

某人吃完藥，傻傻地看著她，她以前從沒見過他有這樣的表情，有夠傻，看來感冒藥吃多了會讓人變傻。「看什麼看！沒見過美女啊？去睡覺。」

「不要。」

喲～某人還會反抗就對了。

「你不去睡我就回去了。」

「我去睡妳也會回去。」

「你去睡我就不回去。」

他定定地看了她一會兒，「那我醒了妳聽我把話說清楚？」學商的人果然奸詐，打蛇隨棍上這招不是每個人都能練得這麼爐火純青的。

「好。」

輕輕地打開房門，由於吃了藥他睡得很沉，周筱站在床前靜靜地看著他，他瘦了一點，因為生病，臉色有點蒼白，睫毛很長，嘴角總是保持著要笑不笑的樣子……嘖……嘖……這孩子長得真是好看，想當年她可是一直很沉迷於他的美色中。

記得有次在圖書館，趙泛舟很專注地在看書，周筱很專注地在看他，他的眼睛很好看，不大也不小，眼神很清澈，鼻子很挺，嘴巴很性感，只覺得愈看愈想流口水。

「喂，你媽到底怎麼生你的啊？長得這麼人模人樣？」

「反正和妳媽生妳的方法不一樣。」難道這就是傳說中的罵人不帶髒字？

「你嘴巴好毒啊。」

「妳試了這麼多次也不見妳被我毒死。」

「你是在跟我說有色笑話嗎？」

「……妳就不能安靜兩秒鐘？」

「誰叫你長得那麼好看？」

「……」

「你要保護好你的臉哦，毀容了我就不要你了。」

「……」

站在床邊，周筱的腦袋裡有兩個聲音在吵。

「妳真的要聽他解釋？他講話多有說服力妳又不是不知道。」

「可是不聽，難道要一直這樣拖下去嗎？」

「那妳聽了要原諒他嗎？」

「不一定。」

「妳根本就想原諒他，妳忘了妳在機場哭著叫他不要走的時候，他頭也不回地走了嗎？」

「可是他說不定有什麼苦衷啊。」

「苦衷？妳以為妳在拍偶像劇啊，要不要來個什麼他得了癌症要去國外治療之類的？」

「說不定真的是嘛。」

「好，那和他一起登機的賈依淳呢？」

張弓，射箭，「咻——」正中紅心。

周筱盯著他沉睡的臉，突然火冒三丈。她俯下身子，惡狠狠地捏住他的臉，「你給我起來！」

「嗯……」趙泛舟坐了起來，微微皺著眉，半瞇著眼睛，頭髮亂亂的，要不是在氣頭上，周筱真想揉揉他的腦袋說你真可愛。

「你不是說要把話說清楚嗎？現在說，說完我要回去了。」

趙泛舟迷糊的眼神忽然一下子就亮了：「我們沒有分手。」

「大少爺您真愛開玩笑，我們分手八個月零十三天了。」

「妳這個數字怎麼得出來的？」

「啊？嗯……瞎掰的。」臉紅，早知道就不亂說，還想說有具體的數字聽起來比較有氣勢。

「我沒說過要分手。」他一臉的笑意。

靠！周筱看到他的笑就上火：「你是沒說，你只是突然不聲不響地跟一個女的跑了半年。」

他坐正了，伸手來拉她，她躲開。

「依淳是我的鄰居，妳知道的。」

「我不知道，我什麼都不知道，我不知道你去哪個國家，不知道你去做什麼，不知道你為什麼和她一起去，不知道你什麼時候回來，不知道你會不會回來，不知道為什麼你什麼都沒有跟我說。」她以為自己不會哭的，以為自己的眼淚都在那一天流光了。

「對不起。」趙泛舟下床，緊緊地摟住她，「對不起。」

她試圖掙開他的懷抱，但動不了，於是改用捶的！早知道會有這天就該加入武術社，好歹也把他捶個生活不能自理。

「你解釋吧，說服我。」哭鬧過後她有點累，頭埋在他胸前低低地說。

「我去了加拿大，去看我奶奶，她突然中風，我想陪她度過她最後的一段日子。」

「那你為什麼不跟我說？」

「因為我去加拿大訂婚。」

「什麼？」她猛抬頭。

「妳聽我說完，」他把她的頭按回胸前，「妳知道依淳從小和我一起長大，奶奶一直很喜歡她，老說要她當我的媳婦。這次生病之後奶奶的意識愈來愈不清楚，但是一直吵著要我們結婚。所以我爸就讓我和依淳過去，假裝訂個婚，讓奶奶安心，也算沖沖喜，看能不能對奶奶的病情有所幫助。我們陪了奶奶兩個多月，奶奶一過世我就和依淳解除婚約，辦完喪事我就回來了。」

……

太過安靜的氣氛讓趙泛舟有點忐忑：「妳相信我嗎？」

胸前的頭點了一下。

「那妳……」趙泛舟低下頭拉開她，想看她的表情。

「你一定很難過吧，你說過你是奶奶帶大的。」她抬起頭，聲音有點沙啞，剛剛哭太久了。

他感覺她的手環上了他的腰。

「嗯。」他把頭埋進她的頸窩，熟悉的味道好溫暖。

十分鐘之後。

「好了，該算帳了。」她退出他的懷抱，雙手交叉在胸前。「為什麼不對我實話實說？」

「怕妳知道了之後會疑神疑鬼，畢竟我也不知道要和依淳訂婚多久。」

「你覺得你這樣和她走了之後我就不會疑神疑鬼？」靠，趙大少爺你腦袋是進水就對了。

「奶奶中風是很突發的事件，我沒有太多時間考慮，對不起。」

「那你為什麼不和我聯繫？」

「妳手機號碼換了，而且妳又搬宿舍了。」對哦，那天從機場回來的路上她失魂落魄的，把手機掉在計程車上了。

「你可以通過其他人聯繫我啊。」她不屈不撓。

「我試過了，妳拒絕任何人在妳面前提起我。而且我忙著照顧奶奶和訂婚，焦頭爛額的。我也不想讓其他人知道我和依淳訂婚的事。」

果然，就說他很會說服人嘛。

「可是我還是很火。」算了，用耍賴的。

「我也很火。」他笑著說。

「你憑什麼火啊？」

「我慾火焚身。」

半年不見，某人學會開黃腔了。

「那一起滅火？」要玩是不？要玩大家一起玩嘛。

他笑著靠近，眼睛裡是真的有火光在閃。她心跳突然加快，「啊！那個……天快黑了，我要回去了。」想落荒而逃？他拉住她，愈來愈靠近，她眨著大眼睛：「那個……我好餓了，我們去吃飯好嗎？」「好。」他更靠近了……

「啊……」驚聲尖叫。

他停下來，很無奈：「妳幹嘛叫？」

「和你很久沒見了，不熟，你不要靠那麼近。」有人絞著衣襟，有點委屈。

「不熟？」真是的，瞪她幹嘛！

他牽過她的手，往門口走去：「去哪裡？」

「啊？」

「去哪裡吃飯！」

「哦，我們去吃手撕雞吧。」她在大二那年喜歡上學校門口的手撕雞，從此只要去那家店吃飯，永遠都是吃手撕雞。趙泛舟暗自鬆了口氣，還好她還是喜歡吃手撕雞，他在國外半年沒有跟她聯繫，賭的就是她的死心眼。

他安靜地看著她吃飯，她吃飯的時候很專心，從來不東張西望，跟她平時的行為差很多。為什麼總感覺她的東西比他的好吃很多呢？真不明白她，個頭小小的，吃那麼多，還老是嚷著要減肥，以旁人的角度來看，她是有一點胖，臉圓圓的，眼睛圓圓的，鼻子也圓圓的，整個人好像是用圓規畫出來的。離開了半年，她好像瘦了，瘦了好像好看一些，進門的時候第一桌的男生好像瞄了她一眼。

「你幹嘛啊？」周筱奇怪地看著他把盤子裡大半的手撕雞倒進她盤子裡。

「我沒胃口，妳多吃點。」要快點把她養胖才行。

「你不是在生病嗎？要多吃點。」她拿筷子敲他的盤子，一臉的不贊同。

他眼神越過她看她後面的男生，還在瞄？

「那妳餵我。」

「不是吧？」她有沒有聽錯啊？這是那個冷冰冰的趙泛舟嗎？感冒真的是一種病毒，會侵蝕人的腦袋。

「你不是說不熟嗎？所以要多熟悉。」他放下筷子。

這樣說也是啦，她猶豫了一下就舀了一勺飯送到他嘴前，他張嘴吃下。

再看一下她後面的男生，好，成功退敵。

她愣愣地順著他的眼神轉過頭去，「你在看什麼？」

「沒，快吃飯。」他拿起筷子來吃飯。周筱一頭霧水，搞什麼嘛！現在自己又會吃飯了，那剛剛手是斷掉了啊？

又有男朋友了呢，雖然還是原來那一個，但就是很喜歡他啊。

趙泛舟回來之後有很多的事要忙：辦理重新入學入宿的手續，重新上手學生會的工作，補回之前落下的課，還有，和周筱「混熟」——沒想到當時隨口胡謅的一句話給周筱帶來那麼多的麻煩，像現在，她傻傻地等在行政樓下，等他開什麼鬼會。以前都是她黏著他，只要他什麼時候有空她就見縫插針，不過他有空的時候也實在不多就是了。現在好了，他更沒空，可是打著要「混熟」的藉口，她卻總是得陪他到處去，自習、辦手續、買生活用品、開會。其他的倒也還好，但是開會這件事她實在是不能忍受，因為其他的事畢竟還是和他在一起，而開會她根本就是在外面等著發呆，她多想回去看綜藝節目啊。明明接他電話前一再地告訴自己不要答應跟他一起去開會，但是不知道為什麼，稀里糊塗掛上電話的時候她就已經開始換衣服準備和他一起去了。

趙泛舟開完會出來，看她等到嘴都噘了起來，他也不想讓她等，不知道為什麼，因為她的一句「不熟」，他一直都很不安，總想知道她每時每刻在幹什麼，總想一轉身就可以看到她。

「可以了，我們去吃飯吧。」

「嗯。」她顯得沒精打采的。

「妳想吃什麼？」

「隨便。」她對吃的有多認真，今天居然說隨便。

吃飯的時候，周筱有一口沒一口地吃著，不時戳一下白飯。其實她自己也鬱悶的，她以前很愛黏他，以前也等過他開會，而且常常一等就是好幾個小時，她都甘之如飴啊，現在等超過半個小時她就很想發火。

趙泛舟低頭吃飯，但是眼睛的餘光不時地在瞄她。看她那麼心不在焉，他也有點無力，最近好像找不到能讓兩個人好好相處的方法，或者說是找不到以前那種甜蜜和幸福，到底是哪個環節出了問題？

一頓飯就這樣默默地吃完了。他送她回宿舍，宿舍樓下總是有很多情侶在告別，擁抱的啊，吻別的啊，這好像是情侶的固定模式——每次道別都要把它當生離死別。

「我上去了。」

他深深地看著她，點了點頭。

她逃也似地上了樓，實在是受不了那種氣氛。明明決定要原諒他，要好好地在一起。但是，就是過不了心裡那道坎。半年的不聞不問，有多少人能忍受？而且在這她看不到的半年裡，有一個漂亮的女生在陪他，雖然她很信任他的為人，但是……奶奶過世，他該多難過啊，那麼脆弱的時候，感情是不是也特別容易入侵呢？而且，他最難過的時候她沒有陪他度過，或者說他根本就沒有給她陪伴的機會，最氣的應該就是這個吧，他把女朋友的權利給了其他人。

趙泛舟在樓下站了一會兒，就看著樓梯，她頭也不回地上了樓呢。真不像她的風格啊，以前他都得三催四請，她才會依依不捨地上樓。

以前在宿舍樓下他都得陪著她演一次依依不捨。

「妳上去吧。」他說。

她不動，一臉的委屈。

「怎麼了？還有事？」以前他也真的就是個木頭人。

「沒有。」她還是一臉委屈地站在那裡不動。他也不知道怎麼回事，就這樣兩個人在那裡杵了快五分鐘，她終於忍不住了：「你都不會抱一下人家……」第一次聽她用這種撒嬌的口氣跟他說話，他記得他當時居然還愣了一下，然後他就輕輕地抱了她一下。

他們那時才剛交往不久吧，趙泛舟想到這裡苦笑了一下，他都記得他當時回到宿舍，發了好久的愣，老覺得他還可以感覺到她的體溫。

第二章

天氣漸漸轉冷，南方的冬天和北方比起來當然是小巫見大巫，但是周筱特別怕冷，天稍微冷一點，她就把自己包成一個活動的大粽子。而這個城市的冷是溼冷，不管包多少衣服，那種冷都會從骨子裡散發出來。就像她和趙泛舟的關係，從裡面冷出來，讓兩人都束手無策。

周筱站在校道上，手裡揣著手機，猶豫了很久要不要打電話給趙泛舟。她昨天在圖書館碰到了賈依淳，她還是那麼漂亮，柔柔弱弱的，好像隨時都會嘔一兩口血出來的樣子。就連同是女孩子的她都忍不住想保護這樣的人兒。

「打吧打吧，但是打了要說什麼呢，說我遇見了賈依淳，你都沒告訴我她回來了。可是她回來了又關我什麼事呢？還是要說，我過兩天要開始去上家教，可能沒有很多時間陪你了？」

周筱正想得出神，電話突然響了，嚇了她一跳，低頭一看，是家教的學生——李都佑，韓國留學生，長得有點像金載沅，頭髮有點長有點捲，笑起來有個可愛的酒窩，亂可愛的，她很好奇，是不是韓國人都愛把自己整得差不多一個樣。

「喂，你好。」

「喂，老師？我是李……」他突然頓住了，又想不起自己的中文名字了吧。

「是，我知道你是李都佑，怎麼了？」

「老師，上課，什麼時候？」韓國人的賓語和述語總是會弄反。

「我還沒安排好時間，安排好了告訴你。」她還沒告訴趙泛舟呢。

「什麼？聽不懂。」

「我傳簡訊告訴你。」差點忘了他那破爛的中文。

「簡訊？哦，是。」是你個頭啦，又不是日本人。

「拜拜。」

「拜拜。」

掛了電話之後，本來想打給趙泛舟的想法也沒有了。算了，找朋友逛街去，不就是男人嘛，讓他自生自滅去。

室友在試衣服，周筱無所事事地坐在外面等，不時翻翻手機，總是等不到他的簡訊，他剛回來的時候一直在找她，現在突然又冷淡下來，好像又回到了他出國以前的樣子。以前都是她在滿腔熱血，但他突然不聲不響地出國這件事對她來說真的很傷，就好像燒得正旺的炭突然被澆了一桶冷水，「喳——」的一聲，只剩青煙。

「妳覺得好看嗎？」

「挺好看的。」

「妳不覺得腿看起來很胖嗎？」周筱很仔細地看了一下，很想一巴掌下去，死瘦子，這樣也有臉說腿胖。女生就是這點鬱悶，再瘦都覺得自己胖，社會真的給女人太多壓力，搞得長肉都成罪惡了。

「沒有，瘦得要死。」

「真的嗎？我老是覺得我的腿和手臂應該再瘦一點。」她捏捏自己沒幾兩肉的手臂和大腿。

「小姐，妳好心留條活路給我們這種人吧。」周筱忍不住翻白眼。

「好，那我買了。」她興沖沖地跑去結帳。如果沒看錯的話，那套衣服要三千多塊。有錢人真變態。周筱突然想起了，上次在感嘆有錢人變態的時候是在趙泛舟住的社區前面，他現在搬回學校了，那個社區的房子呢？是租的，還是買的？如果是買的，他家很有錢嗎？他好像從來沒提過他家的事，也是這次她才知道他原來有個奶奶在加拿大。

她突然覺得有點心慌，她好像根本就不知道他的事，不知道他家裡有哪些人、在哪長大、讀什麼學校、小時候愛看什麼卡通、崇拜過什麼偶像、第一次喜歡人是幾歲……而她跟他交往的第一天就幾乎把家譜給他背了一遍，連小時候為了讓老師表揚自己拾金不昧，自己掏了五毛錢交給老師，而且為了逼真還把錢埋在地裡然後挖出來的故事都告訴了他。他聽完這個故事的時候笑著說，原來妳從小就這麼奇怪。重點是在童趣，不是在奇怪，沒有童年的死小孩！

逛完街回來，她洗完澡趴在床上發呆，室友戴著耳機低低哼著歌，張靚穎的《畫心》——「看不穿，是你失落的魂魄。猜不透，是你瞳孔的顏色……你的心到底被什麼蠱惑……」突然有一種時空錯亂的感覺，好像靈魂跟著斷斷續續的歌聲被抽離出來了。看不穿，猜不透啊，是每個戀愛的人都會有這種感覺嗎？還是只有自己而已？

趙泛舟站在窗前，手裡捧著一杯茶，熱茶熱騰騰地冒著白煙，思緒隨著白煙飄散。

最近天這麼冷，某人應該被冷得很生氣吧？她是常常一冷就會發脾氣的人，最近沒有找她，該不會更生氣了吧？想說彼此冷靜一下，看看能不能找出問題的所在。結果就是他覺得很寂寞很寂寞，習慣了一轉身就可以看到她，真的回憶不起沒有她的那半年他是怎麼度過的。好像知道問題的所在了，他們以前的關係裡，幾乎都是她在採取主動，而自從他回來之後，她好像不再願意主動，然後他們的關係就陷入了泥沼，讓人無法舉足前進。他也試過由他來主動，但就是覺得有哪裡不對，可能就是她主動的時候，他很配合，他主動的時候，她卻不配合吧。她為什麼不主動了呢？她為什麼又不配合呢？

他們再一起吃飯，已經是一個星期後的事了，在這一個星期裡，趙泛舟辦好了各種各樣的復學手續，周筱已經開始固定每天下午給李都佑上一小時的課，在這期間她傳簡訊跟趙泛舟說過這件事，趙泛舟只回了句：「好，我知道了。」

飯桌上，周筱若有所思地挑掉盤子裡的胡蘿蔔，她討厭胡蘿蔔，但是喜歡胡蘿蔔絲炒肉片的那個肉片。要是剛剛不是在食堂門口遇到，他是不是一直都不準備找她了？

「不吃胡蘿蔔妳還夾？」

「看不慣你就幫我吃啊。」

他把勺子伸過來，真的把她挑開的紅蘿蔔絲舀了回去。她愣了一下，隨便你，反正以前你也沒少吃我口水。想著想著，覺得怎麼有點色情呢。

「陪我回家拿東西。」走出食堂的時候他說。

「回家？」她一時反應不過來，她有個壞習慣，只要沒反應過來就會重複對方的話。

「就妳上次去看我的那個地方。」

「哦。」有很多話想問，但不知道從何問起。

進了門，「喀嚓」一聲，趙泛舟把門鎖了，朝她走近，周筱心「噔」的一下，不是吧？

「你鎖門幹嘛？不是要對我怎麼樣吧？」轉移注意力，轉移注意力。

他瞪了她一眼，「說吧。」

「說什麼？」多說幾個字是會死啊！

「為什麼躲我？」

「哪有躲你，你叫我出來我就出來，你沒找我我就躲起來，你還想怎樣？」不錯不錯，講話很押韻，很有氣勢。就是眼神有點閃躲。

「妳知道我在說什麼！」靠，又是妳知道，又不是十萬個為什麼，什麼都知道。

「我不知道怎麼說。」算了，還是坦白好了，某人太精，玩不過他。

「直說。」直說是吧，那就別怪她不客氣了。

「你跟你那青梅竹馬的假酒到底有沒有怎麼樣？」死了，嘴太快了。

「假酒？」他挑了挑眉毛。

「就賈依淳……假乙醇……就是假酒嘛……」聲音愈來愈小。

「沒有。」他很無奈。
「什麼東西沒有？沒有假酒？」她又有點反應不過來。
「沒有怎麼樣！」哦，有人生氣了，聲音好大。周筱嚇了一跳，趕緊低下頭。
看著她那小媳婦的模樣，趙泛舟嘆了口氣，「我一直都把她當妹妹，我們絕對沒有妳腦子裡想的那種關係。」
最好是！每個男的都愛說我只把她當妹妹，那麼缺妹妹不會回家叫你媽生？
「不要走神！」他輕扯了一下她的頭髮。
「哦——」她低頭，堅持把小媳婦精神發揮到淋漓盡致。
「少給我扮委屈，有什麼話一次給我講清楚！」他完全不吃她這一套。
「這房子是租的還是買的？家裡是做什麼的？你家裡有什麼人？你在哪裡長大念書的？你第一次喜歡人是幾歲……」呼——好累，一次要講那麼多話。
「房子是我爸買的，家裡有爸爸和媽媽，爸爸是商人，媽媽也是商人，都是賣衣服的，在H市長大念書，第一次喜歡人是十九歲。」
十九歲？這麼純情啊？等等，他現在二十歲，去年十九歲，他們在一起快一年了，所以——十九歲？
「十九歲？是我嗎？」好想仰天長笑啊，哈哈！不行不行，要忍住，不然某人一定會翻臉。
他的臉開始浮上了可疑的緋紅。一個身高一八幾的男生臉紅，好可愛。
「妳還有什麼想知道的？」他清了一下聲音。

「你小時候愛看什麼卡通?」

「七龍珠。」他早就習慣了她不按牌理出牌的習性了。

「我比較喜歡哆啦A夢耶，以前叫小叮噹的，我還是覺得以前的名字比較平民化，更親切一點……」

「閉嘴!」某人不耐煩了。

「為什麼?」被打斷的人也不高興啊。

「因為我要親妳。」

「這樣啊?好吧，來吧!」擺出一個任君蹂躪的表情，她那厚臉皮的死樣子又回來了。

這樣他都親得下去!果然不是凡人……

一吻過後。

「妳那麼愛幫人取外號，妳在背後叫我什麼?」

她抬起頭來，「沒有啊，你還在記恨我叫她假酒哦?你也太幫著她了吧?」

「少給我轉移話題，到底叫我什麼?」

「嗯……就……你的名字是泛舟嘛……啊泛舟就……就是划船啊……所以……所以……」

「所以?」音調上揚，從音韻學的角度來看，應該是威脅的語氣。

「破船。」早死早超生，脖子一伸，橫也是一刀，豎也是一刀。

「妳死定了!」

「啊——」淒厲的叫聲響徹雲霄，在社區裡繞梁三日。

「甜蜜蜜……你笑得甜蜜蜜……好像花兒開在春風裡……」

「靠！大清早的，妳發什麼花癡啊，妳不睡覺我們還想睡覺呢。」小鹿說。好像每個宿舍都有這麼一個人，人平時挺好的，但就是從來不知道什麼叫輕手輕腳，永遠有辦法把別人從睡夢中吵醒。要一起生活的時間很長，所以很多時候只能帶著開玩笑的口氣抱怨。

唱歌的人是陶玲，陶玲是個獨生女，一般獨生女被套上的固定壞習慣她幾乎都有——嬌氣、自私、不獨立、自我中心……其實，只要不吵到周筱睡覺，她覺得陶玲還是個挺可愛的小女孩，那種被保護得很好的女孩典型，很單純，做的一切都是無心的，讓人無法對她生氣。

陶玲蹦蹦跳跳地跑到周筱床前：「筱，我跟妳說，我和我男朋友那個了。」

「哪個啊？」好睏啊，神啊，救救她吧。

「不是吧？」小鹿的聲音傳來，帶著點不可思議。

周筱突然清醒了過來，「不是我想的那個吧？」

陶玲紅著臉笑：「就是那個啦，妳們好討厭哦。」

宿舍突然陷入了一片沉默之中，幾乎每個人都清醒過來了。

「怎麼了？妳們幹嘛都不說話啊？」大姐，想要大家說什麼啊？

「那個——你們有做防護措施嗎？」小鹿忍不住問了。

「什麼防護措施？」陶玲眨著眼睛無辜地看著床上的周筱。周筱看她那樣心裡就明白了大半。靠！什麼年代了，至少健康教育也好好普及一下吧。

「嗯，就是妳男朋友要戴那個……保險套。」周筱說。

「好像沒有耶。」陶玲還是一臉無辜。

「那妳吃藥了嗎？就是避孕藥。」小鹿聲音有點大。

陶玲嚇了一跳，可憐兮兮地看著周筱。周筱很無奈地坐起身，轉過頭去看睡隔壁的室長，室長羅微也坐了起來了。

「多久的事了？」羅微問。

「昨天晚上。」陶玲答。

「昨天晚上？妳不是有回宿舍睡覺嗎？」小鹿問。

「妳們睡著之後，他傳簡訊說很想我，我也很想他，所以……」陶玲開始一一道來。

「停！這個以後再說，妳現在應該要吃避孕藥，現在有一種叫事後避孕藥，應該還來得及。」周筱打斷陶玲的話。

「妳好厲害哦，知道那麼多。」陶玲一臉崇拜。

翻白眼，這是一般人都有的常識吧。

四個女生浩浩蕩蕩地來到藥店，面面相覷，沒人敢上櫃檯去問該買哪種藥。

「怎麼辦啦？我不敢去問。」陶玲緊張地說，牙齒緊緊地咬著下嘴唇。

「不敢去問妳卻敢做！」小鹿沒好氣地說。

陶玲轉過頭來看著周筱，拜託，不要用那種小狗的表情，天啊，她到底是造了什麼孽。

「妳別兇她啦，我去問就是了。」周筱對小鹿說，心太軟就是鬱悶。

周筱緩慢地走向櫃檯，手心開始冒汗。

站在藥店店員面前，是個中年婦女，「阿姨，請問有沒有那個……」

「妳在這裡幹嘛？病了？」熟悉的聲音響起，周筱嚇了一跳，神啊，把她變不見吧……她回頭去找室友們，靠！跑得一個不剩。真是大難臨頭各自飛。

趙泛舟來到她面前，等她回答。

「那個，我肚子疼，買藥。」周筱乾笑。

「肚子疼？」她可能不知道，她只要一說謊就會開始很心虛地乾笑。

「我陪妳去看醫生，不要亂買藥。」趙泛舟過來牽她的手，「妳的手怎麼都是汗？」

「肚子疼，很疼。」她接著乾笑。

「肚子疼妳不打電話給我？」他的聲音裡有火藥味，慘了，某人快生氣了，還是不要挑戰他好了。

「你等一下。」周筱掙脫他的手跑出去找室友們，那三個傢伙就躲在門口，小心翼翼地往店裡探頭探腦。

「可以告訴趙泛舟嗎？」她問陶玲，「然後讓他幫妳買？」

「他會肯嗎？」陶玲有點猶豫。

「應該會吧。」周筱說，她其實也不知道要怎麼開口跟他說。

「好吧。」陶玲一臉豁出去的樣子，有這樣的氣魄不會自己去買？周筱心裡在OS。

「嗯？」趙泛舟穩住匆匆跑進來的周筱。周筱拉著他到一個角落，「陶玲你知道吧？」他點點頭等她說下去。「她和她男朋友發生……關係了。」他沒什麼表情，只是示意她把話講完。

「我們不敢去櫃檯問該吃哪種藥，所以……」偷瞄一下他的表情，還是沒什麼表情，「你去幫她買好不好？」講完後心虛地瞄著自己的腳尖。「她男朋友呢？」趙泛舟只是這樣問，聲音倒也沒什麼情緒。「不知道。」她扯扯他的衣袖，「好不好？」他瞪了她一眼，「出去等我。」她如釋重負，趕緊跑出藥店找室友。他們在遠遠的地方看著他走向櫃檯，看著他低著頭，藥店的阿姨好像在說什麼，然後付錢拿藥。

「妳男朋友看起來好帥啊。」陶玲突然幽幽地說。

小鹿搶白道，「誰都比妳那不負責任的男朋友帥。」

周筱推了推小鹿，「妳嘴巴不要那麼賤。」

「哼！」小鹿很不以為然。

十分鐘之後，趙泛舟出來了，丟給她一盒藥就逕自往前走。丟臉死了，那藥店阿姨還一直跟他說不能為了自己舒服就讓女朋友吃藥，藥吃太多對身體不好……

周筱把藥給了她們之後就趕緊跟上去，主動牽住他的手。臉好臭啊，臭水溝都沒那麼臭。

「對了，你剛剛去藥店買什麼東西？」周筱突然想起來。

「妳還記得要關心我啊？」講話不要那麼酸嘛……

「才不是呢，我最關心你了，告訴我嘛。」她搖著他的手。

「買OK繃。」他酷酷地說。

「你哪裡受傷了？哪裡流血了？」周筱停下腳步，緊張兮兮地看著他。

「沒有，錢包裡的OK繃用完了，路過藥店就順便進去買。」其實他是路過看到她們幾個在藥店裡鬼鬼祟祟才進去的。

「她們都說你好帥啊，我好有面子哦。」周筱討好地說。

「稀罕。」他還是愛理不理的。這男的好欠揍啊！

「我也覺得你很帥耶，好愛你哦……怎麼辦？」

他嘴角有點微微上揚，還是沒好氣地說：「稀罕。」又不稀罕，最好是啦。

「好嘛，不稀罕就不稀罕。我們去吃早餐吧，我都沒吃早餐，好餓啊。」死鴨子嘴硬，姊姊不跟你計較。

「這麼晚都不吃早餐？早上沒課妳本來準備睡到中午的對不？我早上打電話給妳，妳的手機還給我關機。」這人是神算，什麼都知道，要不關機的話不就被他響起床了。

「沒有啦，我們去吃早餐啦，快餓死了，你好囉嗦哦。」她打著哈哈。

「吃什麼？」

她鬆了一口氣，總算過關了，這人跟零零七似的。她笑得跟朵花一樣：「去門口吃蒸餃，我要吃韭菜餡的。」

他想了一下說，「不要吃韭菜的。」

「為什麼啊?」
「嘴巴會臭。」
「我嘴巴臭又不是你嘴巴臭。你管那麼多。」
「親妳的是我不是妳。」
……要這樣說也是有道理的啦。

與一般的學生情侶無異,趙泛舟和周筱相遇在姦情叢生的圖書館。

某個陽光明媚的下午,趙泛舟在圖書館自習,他喜歡挑靠窗邊的位置,大片的落地玻璃看窗外的陽光透過樹葉灑在水泥地上,碎成一地斑駁。看書,喝茶,自有一份寧靜的愜意。但這份愜意很快就被兩個女生破壞了。對面的桌子坐下兩個女生,很妙的對比,一個瘦瘦的、高高的,一臉清秀;一個肉肉的、小小的,一臉頑皮——頑皮,他也不知道為什麼腦子裡浮現了這個詞。後面發生的事,他才覺得他的第六感真是準啊。

趙泛舟重新低下頭去看書,「沙沙……沙沙……」塑膠袋的聲音,「嘩嘩……嘩嘩……」倒水的聲音,「噠……噠……」轉筆的聲音。就算趙泛舟再好的脾氣也火了,他抬起頭來,瞪了個子小小的女生很久,但是有點洩氣,人家根本就沒在看他,所以他瞪了半天也是白瞪。反而是她旁邊高高的女生發現了,用手肘撞了她一下,小聲地說:「吵到別人了。」她抬起頭看向趙泛舟的方向有點不好意思地笑,低下頭去安靜地看書。趙泛舟也低下頭去看書,但不小心瞄到她朝他偷偷地做了個鬼臉。他有點氣又有點好笑，什麼女生嘛！

安靜了一會兒，突然「砰」的一聲，他反射性抬頭，看到那女生手忙腳亂地收拾著桌子，打翻杯子了。唉——看來今天這個下午應該是毀了。他掏出一包紙巾，遞過去，那女生接過紙巾感激地對他一笑，接著阻止水在桌子上蔓延。收拾完之後突然趴在桌子上，肩膀一直抖動，趙泛舟嚇了一跳，該不會這樣就哭了吧？等到她抬起頭來的時候，他才發現，她的眼睛亮晶晶的，臉上帶著大大的笑容，忍笑忍得很辛苦的樣子。有那麼好笑嗎？

果然，整個下午他就看著她在對面不停地掉這個東西，掉那個東西，去廁所，去借書，去倒水。每次她做了什麼發出聲音的事情就會很心虛地瞄一下四周，然後低頭安靜十分鐘。

「泛舟，晚上一起吃飯？賈依淳」手機小聲地震了一下，他拿起來看，同時聽到對面的女孩子小聲地跟另一個女孩說：「震動的聲音好像放屁啊。」另一個女孩推了她一下，兩人開始摀著嘴笑。

「好，食堂門口見。」他回了簡訊，收拾東西離開，臨走前還看了那個女生一眼，她低著頭，很認真的樣子，完全沒注意到他要離開。

在食堂門口和賈依淳會合，她笑著說，你每天這樣讀書，當心變成書呆子，上次借你的《證券技術分析》看完了嗎？他才想起，一個下午他都在研究對面那個女孩子，幾乎沒看什麼書，笑了笑，搖頭。

兩天之後，學校的英語中心，趙泛舟看到正和一個外國人講得眉飛色舞的她，小小的個子站在外國人旁邊，顯得很滑稽，她好像都跟一些高個子在一起呢。她回過頭來，好像感覺到了趙泛舟的視線，但是她的視線在教室裡轉了一圈，又回過頭去跟那個外國人講話。趙泛舟有點小小的失望，他不是自負到覺得她一定要記得他，但那是才兩天前的事，他忍了她的吵雜一個下午，她對他做了鬼臉，他還給她遞了紙巾，居然連兩秒鐘的眼神停留都沒有，他有沒有這麼沒記憶點啊？

真是個奇怪的現象，當你注意到一個人的時候，你好像老是會不小心遇到她。

這麼大的一個學校，他好像老是可以遇到她：食堂，她就在他左前方的那排桌子吃飯；圖書館，她剛好就排在他前面第三個等待還書；書報亭，她就站在他旁邊翻雜誌；超市，她推著車子走過他身邊……更讓他覺得氣餒的是，她從來就沒有發現過他的存在。他至少也算是人模人樣吧，從小到大情書也收了不少，怎麼在她面前就成了路人臉？

第三章

沒道理只有我注意著妳，妳卻當我是空氣。

星期天下午，周筱上完家教，上了公車。車上人沒有很多，但是還是沒有空的座位，這個城市的公車常常可以擠得嚇死人，尤其是上下班時期，大有不把你擠死不甘休的氣勢。周筱還記得有一次她被擠到整個人都貼在門的玻璃上，那場景還真是要多電影就有多電影。還好今天沒有很多人，她鬆了一口氣，上了三個小時的家教，她真的不想再被擠成沙丁魚。

上了車，她扶著一根柱子，整個人都倚在上面，累死了，好想睡。但那司機把車開得各種搖晃，顛得她愈來愈想吐。

她是怎麼搞的，臉色發青的？坐在旁邊的趙泛舟從她上車就注意到她了。

「同學，妳還好吧？」趙泛舟忍不住問。

周筱轉過頭去，是在跟她講話嗎？哪來的同學？現在的人都愛在車上認同學的嗎？她警惕地看著他，挺帥的，但毛主席說過，要小心敵人的糖衣炮彈。

看她那小紅帽的表情，趙泛舟就知道她一定沒有認出他。

他無奈地指著她的包包，上面有她學校的校徽，是某一次班級活動的時候別上的，後來就忘了取下來，說：「我也是×大的，經貿學院。」

周筱不好意思地笑笑，好像太過草木皆兵了點，搖搖頭說：「沒事。」

「妳臉色很青，位置給妳坐吧。」他說完就站起來。

「啊？不用了，不用了……」周筱有點受寵若驚，連連擺手。

他不再說什麼，就是拉著吊環站在那裡。人長得高就是好，哪像她，每次拉環都要踮腳。

既然他堅持，她也就不好再給臉不要臉，說了聲謝謝她就坐下了。

果然，坐下後舒服很多，她開始有心情到處亂瞄。他長得好帥啊，真難得，這種貨色都給她遇到了，來搭個訕吧，沒事調戲帥哥也是人生一大樂事。

「同學，你是幾年級的？」

「大三。」

「好巧啊，我也大三。」說完她就恨不得把舌頭咬下來，這有什麼好巧的？

他看著她一臉懊惱的表情，有點好笑，「妳哪個學院的？」

「中文學院。」

其實他早就知道她是中文學院的了，從第三次在教學樓走廊遇到她，他注意了一下她走進哪個課室，後來查了一下學校的教室安排，就知道她是中文學院的，查的時候他自己也挺鬱悶，沒事查這個幹嘛！

「趙泛舟。妳呢？」周筱反應了一下才知道他在問名字，這人講話怎麼這麼節省啊，不想問可以不用問嘛，幹嘛一副好像人家欠了他八百塊的口氣。

「周筱。竹字頭的那個筱，不是大小的小，也不是日字旁的曉。」看她，講話多仔細，慚愧吧？

沉默，直到下車周筱和他說了聲拜拜，他點了點頭，就分道揚鑣。

兩天後，周筱從圖書館抱回一堆小說的時候，迎面走來了一對金童玉女，她正在感嘆上帝的不公平，為什麼人家就郎才女貌，她就只能認識一堆豺狼虎豹？不對，那男的好像是上次在公車上給她讓位的帥哥，叫什麼來著？趙……算了，不要考驗自己的腦容量。要不要打招呼啊？搞不好他已經忘了她，而且人家旁邊有那麼漂亮的女朋友，亂打招呼也不好。算了，當不認識。

又見到她了啊，其實趙泛舟已經大概掌握了她的生活習性，什麼時候會出現在哪個地方他大概都知道了。他看著她低頭想從他身邊走過，又沒認出他？他真的有點火了，「周同學。」周筱的腳步頓了一下，該不會是在叫她吧？

「同學？」賈依淳疑惑地看著他，很少看到他主動和別人打招呼，況且還是個女孩子。

周筱小心地抬起頭，看到他們倆都看著她，趕緊擠出一個笑臉：「啊，是趙同學，你好，吃飯了沒？」中國人的習性，一開口就想問人家吃飯了沒。

「沒，妳要請吃飯嗎？」他是在開玩笑吧？周筱小心翼翼地看著他的臉色，實在是看不出個所以然來。死人臉哦！真的要請嗎？上次他好像是給她讓了個位置，但也沒嚴重到要請吃飯的地步吧？

賈依淳心中的警鈴大響，女生的第六感讓她覺得面前的女生有威脅。她回過頭去對趙泛舟說：「別開玩笑了，你嚇到小學妹了。」什麼學妹！她也是大三的！不要歧視娃娃臉！

「呵呵，下次，下次一定請。」賠笑賠笑。

「下次是什麼時候？」

……

「手機拿來。」

她愣愣地就把手機拿出來，他接了過去後手開始在上面快速地按著。這個時候周筱才反應過來，她怎麼就這樣傻傻地把手機交給他了啊？這不是什麼新的詐騙手法吧？要是的話也真算有心了，先是在公車給她讓個位置，然後在校園裡騙她手機，而且還要找來俊男美女，真是下足了本錢啊！真的被搶了的話她會不會上報？標題是某大三女生校園裡被騙手機……

「還妳……妳發什麼呆？」有點不滿的聲音傳來，打斷了她的胡思亂想。

「哦，好，謝謝。」不對！她幹嘛說謝謝？

「妳有我的手機號碼了，要請我吃飯的時候就打電話給我。」

「好。」這次她真的除了說好也不知道說什麼了，他到底是有多餓啊？女朋友都不給他飯吃的嗎？她瞄瞄旁邊的女生，看起來不像不給男朋友吃飯的樣子啊。她男朋友到處叫人請吃飯她也不管的嗎？

「那……下次見。」周筱小聲地說。

「嗯。」說完他們就頭也不回地走了，剩下周筱一個人還傻傻地站在原地，她剛剛是被敲詐了嗎？

「剛剛的女孩子是？」賈依淳邊走邊偷偷地看趙泛舟，他的嘴角是在上揚嗎？

「朋友。」他的朋友她幾乎都認識，她以為她把他守得滴水不漏的。

「什麼樣子的朋友？」她知道她這樣問顯得很多事，但是她還是忍不住要問。

他奇怪地看了她一眼，沒再說什麼，她也不敢再問。

這一夜。

周筱疑惑地看著手機裡趙泛舟的電話號碼，怎麼辦？真的要約他出來吃飯？煩惱了十分鐘之後決定睡覺皇帝最大，關機睡覺。

趙泛舟第一百零一次看手機，沒未接來電，也沒簡訊。算了，好像今天有點霸道和躁進，不會嚇到她了吧？

賈依淳失眠了。躺在床上翻來覆去都是趙泛舟嘴角微微上揚的樣子，心慌得想哭。

抱著完成任務的想法，周筱硬著頭皮去和趙泛舟吃飯。跟帥哥吃飯是不錯啦，但是跟一個有婦之夫的帥哥吃飯，感覺上就有點怪了。

好狠啊，選這麼貴的餐廳，早知道她那天就該死撐著不要坐那個位置的。

咬著牙點完菜後，她默默地吃飯，懶得跟一個敲詐犯哈啦。

趙泛舟看著她那不情不願的臉，整個就很無語，他真的有那麼討人厭嗎？

「麻煩買單。」周筱心想，總算可以結束了。

「小姐，這位先生已經買單了。」周筱疑惑地看著趙泛舟。

趙泛舟站起來說：「走吧。」

周筱趕緊也跟著站起來，有點不好意思，剛剛她好像以小人之心度君子之腹了。不對不對，他為什麼要請她吃飯？難道——他想玩劈腿？不對不對，玩劈腿為什麼要找上她，這個學校大把女生啊，而且他長得這麼人模人樣，應該蠻多機會的吧？啊——她好想仰天長嘯，煩死了啦！

趙泛舟看著她的表情不停地變化著，覺得很好笑。

「唉——」坐在電腦前的周筱一聲長嘆。

「嘆一口氣會衰三年的。」陶玲經過她身邊的時候說。

「切！妳上次說打破鏡子也會衰三年。」周筱無所謂地說。

「妳嘆什麼氣？」小鹿從蚊帳中伸出頭來問。

「上次不是跟妳們說過我在公車上遇到一個帥哥嗎？後來我們一起吃了頓飯，然後我就給了他通訊軟體的號碼，然後……」

「然後他一直敲妳？」

「也不是啦，他偶爾才會冒出來說兩句話，也沒有特別的內容。」

「那妳是在煩什麼？」

「他有女朋友啊，這樣不好吧？」

「妳有沒有想太多一點，你們有要怎麼樣嗎？」

「倒也是哦。但我還是覺得好像做了什麼壞事的感覺。」

「妳的道德感也太氾濫了吧？」

「我本來就是很有道德的聖女。」其他人集體翻白眼，聖女？聖女小番茄還差不多，妳個小番茄！

「噠啦啦啦啦」簡訊的聲音，周筱打開簡訊：

「寄件者　趙泛舟：妳在幹嘛？」

周筱快速地按鍵盤：「自習。」發完有點心虛，說是自習，她其實只是找個安靜一點的教室看小說。

「寄件者　趙泛舟：哪個教室？」

她跑出去看了一下教室門牌，回來按手機：「一教一零九，你要來嗎？」

等了五分鐘，他沒回簡訊。她心裡有點小不爽，又低下頭去看書。

趙泛舟走進教室的時候，就看到她在專心致志地看小說，她看得入神，隨手把垂在眼睛旁邊的幾縷髮絲塞到耳後，很快那幾根頭髮又掉了下來。她有點煩躁地輕甩頭髮，眼睛一直沒有離開小說。

他輕輕走近她，幫她把頭髮塞回耳後。她嚇了一跳，抬頭看他，他站在她面前，背光，光在他白色的毛線衣上暈開一圈很淡很淡的黃色光暈，看上去好溫暖，忽然覺得心跳似乎漏了一拍。

破船兒 22:33:08

餓嗎?要不要給妳買宵夜?

周筱 22:33:17

不餓,但你要給我買我也是沒意見的。

破船兒 22:33:26

想吃什麼?

周筱 22:35:36

等等,我想一下。

周筱在電腦前發呆,怎麼辦?他對她好好啊,而且上次他也跟她說了,那個漂亮的女孩叫賈依淳,是他的鄰居,不是他女朋友,但是他又沒有表白,會不會搞半天只是她一廂情願啊?

周筱 22:36:45

小鹿,小鹿～

小鹿 22:37:29

妳叫魂啊。

周筱 22:37:33

妳不要這麼兇嘛。

小鹿 22:37:35
妳叫我幹嘛啊？住同一間宿舍還要私敲。
周筱 22:37:37
我不好意思說出來給大家聽啊。
小鹿 22:37:39
妳思春啊？
周筱 22:37:42
那個……趙泛舟問我要吃什麼宵夜。
小鹿 22:38:08
他不是有女朋友嗎，沒事獻什麼殷勤？
周筱 22:38:12
他說那只是他鄰居，不是女朋友。
小鹿 22:38:32
妳確定？男人都這樣說的，每個都只是乾妹妹哦。
周筱 22:38:35
妳對男人還真多不滿，哎呀，這不是重點啦。
小鹿 22:38:43
那重點是什麼？

破船兒 22:39:08
想好要吃什麼沒？
周筱 22:39:33
重點是，趙泛舟好像對我很好耶，我好像有點喜歡他了，怎麼辦？但是他都沒跟我說過什麼，真是的，是不是男人來的啊？喜不喜歡不能給我講清楚說明白嗎？害我一直猜，累死了，他媽的。
破船兒 22:39:45
嗯……我是趙泛舟，妳好像發錯資訊了。
周筱 22:39:53
啊——小鹿，殺了我吧，我把要發給妳的話發給趙泛舟了，我在裡面表白了而且還罵了髒話，他媽的他媽的他媽的他媽的他媽的他媽的……
破船兒 22:40:05
嗯……我很不想跟妳說，但是……妳又發錯了。
小鹿 22:40:25
妳幹嘛一直不說話啊？
周筱 22:40:36
我要瘋了，我不管我發給誰了，一刀給我個痛快吧。
小鹿 22:40:39

妳在說什麼啊？發生什麼事了？我怎麼看不懂？

破船兒 22:42:00

十分鐘後我在妳們樓下等妳，我們一起吃宵夜？

周筱 22:43:07

隨便。

趙泛舟坐在電腦前一直笑一直笑，他愈來愈喜歡她了呢，而且她好像幫他解決了最麻煩的表白這一關，該怎麼謝謝她呢？

十分鐘後。

趙泛舟微笑著看著匆匆忙忙地衝下樓的周筱，「小心點，我不會跑的。」

周筱剛想瞪他，卻對上了他微笑著的眼睛，耳朵裡突然就回想起范瑋琪的一首歌：「你眼睛會笑，彎成一條橋……」

後面發生什麼事周筱整個就不記得了，反正她記得她臉一直都很燙，心一直都跳很快。

然後她就莫名其妙成為趙泛舟的女朋友了。

很久以後她回想起來都覺得很奇怪，怎麼會好像得了失憶症一樣，只記得他微笑的眼睛。

夜裡，周筱被一陣抽泣聲吵醒，按亮了一下床頭的手機，三點。現在是怎樣？半夜三更的，誰在演鬼片？抽泣聲從陽臺傳來，混合著風聲，斷斷續續的，愈聽愈毛骨悚然。

周筱聽到隔壁床的室長翻了一個身，她小聲地問：「室長，醒著嗎？」
「妳也被吵醒了？嚇死我了啦，誰在哭啊？」室長的聲音可以聽出她把自己給蒙在被子裡。
「我也醒著。」小鹿的聲音從另一個角落裡傳來，很明顯，大家都知道哭的人是誰了。
大家沉默了一會兒，宿舍迴盪著低低的抽泣聲。
「妳去看看她怎麼了吧，她跟妳比較好。」小鹿打破沉默。
周筱嘆了口氣，從床上坐起，掀開被子的時候感覺身上每根寒毛都立起來了，唉，她上輩子一定是殺人放火了，不然老天不會懲罰她在這麼冷的天要離開溫暖的被窩。
周筱敲敲陽臺的門：「陶玲，妳怎麼了。」
哭聲停了，但一直沒有回答。
「怎麼了？妳不回答我，我開門進來囉？」隨著她開門的聲音，在床上的人都坐起來了。
周筱看到陶玲雙手抱膝坐在地上，外面路燈的光透進來，她滿臉的淚水。周筱那一點點的起床氣馬上就消了，取而代之的是心疼和害怕，她隱隱約約覺得好像發生了什麼事。
周筱走近她，蹲下去跟她平視，「怎麼了？」陶玲突然撲過來緊緊地摟著她，放聲大哭。
室長和小鹿也出來了，跟著蹲下來，四個人抱成一團，雖然她們都還不知道發生什麼事了，但是就算不能幫她分擔，她們至少可以和她一起哭。
陶玲冷靜下來以後告訴她們，她男朋友要和她分手，而且，她懷孕了。
室長問：「妳男朋友知道妳懷孕的事嗎？」

陶玲點點頭，「他……叫我拿掉。」

「那就拿掉吧。」室長異常地冷靜，甚至讓人覺得有點冷血無情，每個人都詫異地看著她，眼神都帶著譴責。

室長突然激動，「不然呢？妳休學，把孩子生下來？然後妳爸媽被妳氣得要死，說不定不認妳這個女兒，然後妳帶著一個沒有爸爸的孩子，由於大學沒畢業，妳只能拿微薄的薪水，每天又要上班又要帶孩子，還要操心妳孩子的奶粉錢、學費，然後被生活折磨得過早衰老，然後不再年輕漂亮，又帶著個拖油瓶，妳遲遲找不到一個好的結婚對象，然後最後把生活對妳的不公平都怪在孩子身上。」

說到最後，室長的聲音交織著憤怒、不甘和……傷痛。大家都被她怔住了。過了一會兒陶玲才反應過來，激動地吼：「妳怎麼可以這樣？他是我的孩子啊，妳怎麼可以說這樣的話，他也是一條生命啊！」

室長忍耐地用力閉了一下眼睛，好像是要調整一下情緒，然後緩緩地說：「我只是……只是不想妳的孩子走我走過的路。」

周筱從來沒有想過，感覺與世無爭的室長背後有這麼個令人不捨的故事。周筱扯扯室長的衣袖，「讓她自己做決定吧，我們都沒權用我們的人生經歷去幫她做任何決定。」

室長沉默了一會兒，嘆了一口氣，拍拍陶玲的背：「陶玲，妳不要介意我剛剛說的話，我的人生不一定就會是妳孩子的人生，妳自己好好想清楚，不管妳做什麼決定，我們都會盡我們最大的努力幫妳的。」

第二天天剛亮，她們整間宿舍四個人就悄悄地坐車前往市醫院。一路上都沒有人說話，陶玲坐在靠窗的位置，漠然地看著窗外，手裡緊緊地攥著手機。周筱看著她的側臉，幾次都動了動嘴唇，最終還是什麼都沒說。

婦科門口的長凳上，陶玲的手緊緊地握著室長的手，指甲都陷進室長的掌心裡。四個人從來都不覺得時間能夠過得如此緩慢，緩慢得好像電影的慢動作，每個人的每個表情都那麼清晰。

「下一個，莉莉。」護士小姐面無表情地叫。沒人反應。

「莉莉！」護士提高了聲音，周筱突然反應過來，這是她們剛剛掰的名字。她推了推室長，室長好像也是突然回過神來，扶起陶玲，「輪妳了。」

陶玲一臉蒼白地走進手術室，站在一旁的護士翻了個白眼，小聲嘀咕：「剛剛是聾了啊。」小鹿衝上去想跟她理論，周筱拉住了她。室長想跟著陶玲進去手術室，被護士攔了下來：「手術室不准進。」

門關上的那一秒，她們都看到陶玲驚恐無措的求救眼神，周筱在那一刻很想去拉著她，說：「沒事了，我們回去。」但是她沒有，她只是狼狽地別開眼。

沒有人知道過了多久，門再一次打開的時候，陶玲扶著門往外走，室長衝過去扶住她。

回程的車上，陶玲閉著眼睛，臉色蒼白得像一張紙，眼淚緩緩地從眼角流下來：「我看到我的孩子了，他是一團血肉模糊的肉，被丟在冰涼的盆子裡。」周筱不知道說什麼，只是輕輕地握住她顫抖著的手。

周筱還記得大一開學的時候陶玲蹦蹦跳跳地跑到她面前，端著明媚的笑臉問她：「同學，我叫陶玲，我爸爸媽媽已經回家了，他們忘了幫我掛蚊帳。妳能告訴我蚊帳要怎麼掛上去嗎？」她還只是個孩子啊！為什麼要經歷這一切呢？陶玲明媚的笑臉和閉著眼睛蒼白的臉不停地在周筱的眼前交替浮現，她突然心酸得想哭。

第四章

「老師，我們今天不上課好嗎？」李都佑問周筱。靠！不上課不早說，騙她來幹嘛啊，害她都沒有跟趙泛舟去約會。

「為什麼？不上課那我就回去了哦。」

「不是，不是，是聊天，嗯——對，練口語。」

「好吧。」隨便他，反正付錢的人是老大。

「那聊什麼呢？」周筱最怕找話題跟人家閒聊了。

「隨便啊。」笑得那麼燦爛！牙齒白啊？

「你為什麼會想學中文啊？」

「在韓國，很多人學中文的。」奇怪，不是中國人在迷韓劇嗎，怎麼會是韓國人愛學中文呢？一定是他們終於明白中國文化的博大精深了，靠！把我們的端午節還給我們，不然拿粽子噎死你！周筱腦海裡開始幻想拿粽子噎李都佑的的情景，忍不住笑了出來。

「老師，妳笑什麼？妳笑起來好卡哇伊。」韓國人扯什麼日語！對於他的誇獎，她剛開始的時候還會害羞，後來就免疫了，這人的誇獎太不值錢了，什麼都可以誇一下，記得有一次他跟她說：「老師，外面，非常美麗的小鳥。」她看出去的時候就看到一隻黑乎乎的小鳥停在電線上，根據她那少得可憐的生物知識判斷，那應該是痲雀想變鳳凰的那種痲雀。

「老師，妳思春期的時候幹什麼？」

什麼？要不是他一臉的天真善良，她真的很懷疑他是不是在調戲她。

「你說什麼期？」

「思春期。」好吧，原諒外國友人的中文程度，周筱深呼吸深呼吸，「你的思春期是什麼意思？」

他一臉的疑惑：「妳不知道思春期？妳不是教漢語的嗎？」

周筱很無奈：「我當然知道思春期，但我猜我知道的意思和你知道的意思不一樣。」

「為什麼不一樣？老師，妳漢語不好哦……」

天哪！不要逼她掐死他！「你把字典拿出來，查給我看。」

搞了半天，字典把韓語的青春期翻成思春期或青春期，敢情韓國的孩子青春期都在思春就對了？跟他解釋半天他終於明白二者的區別，她真是太佩服自己了！

兩人雞同鴨講了很久之後終於結束了，周筱瞄了一下手錶，四點半，她跟趙泛舟約了四點在留學生部樓下，她急匆匆要往下趕，「老師！」李都佑又突然叫住她，「我也下去，一起。」

她只得和他一起往下走，過了樓梯轉角就看到趙泛舟，他正在講電話。周筱指著趙泛舟對李都佑說：「那個在打電話的人是我男朋友。」言下之意就是，我要和我男朋友去約會了，你快點有多遠滾多遠吧。

李都佑只是點點頭，就跟著她一起到了趙泛舟跟前。

趙泛舟從他們一下樓就注意到了，這是他第一次看到她教的學生，他都不知道她教的是一個長得這麼……嗯……這麼韓劇的男生。「我會去的。她來了，拜拜。」他收了電話，看著他們，等她介紹。兩個娃娃臉站一起，倒是挺配的啊！他之前問她學生長得怎麼樣的時候她就含糊地回了個普通。遲到而且知情不報，罪加一等，看他怎麼收拾她！

她可以感覺到空氣散發著火藥味，遲到半個小時而已嘛，用不用這樣啊？人家小鹿每次都在宿舍裡慢慢化妝，讓她男朋友在外面等到結蜘蛛絲的，欺負她賢妻良母就對了。

「嗯，他是李都佑，他是趙泛舟。」周筱很不想介紹的，李都佑啊，一日為師終身為父不知道你聽過沒有，你老師現在有危險了，麻煩你快點走吧，不要給老師添亂了。

「你好。」「你好。」兩個人很禮貌地握了手。

然後氣氛突然僵住，李都佑沒有要離開的意思，趙泛舟也沒有，兩個人好像都在等她表態。她只好有點尷尬地跟李都佑說：「我們走了，再見。」

「明天見。」李都佑突然送她一個燦爛得不得了的笑容，嚇了她一跳，她又沒借他錢，不用笑得跟見了衣食父母似的吧。

一路上周筱都小心翼翼地看著趙泛舟的表情，雖然說他向來都是面無表情一族的，但是她還是覺得他現在的面無表情很可怕。「好嘛，對不起啦，我遲到了，你不要生氣。」趙泛舟瞅了她一眼說：「我沒生氣。」

「好啦，你沒生氣。我們去吃東西吧。」她搖搖他的手有點撒嬌地說。

趙泛舟沒有回答，心裡正盤算著有什麼辦法讓她辭了這份家教。

她看他沒什麼反應，覺得有點自討無趣，不就等了半個小時嘛，擺什麼臭臉嘛，也不想想他平時在開什麼破爛會的時候她等到海枯石爛。

吃飯的時候他還是擺著一個臭臉，周筱好幾次想緩和一下氣氛都沒得到他的回應，只得默默吃飯。

「你是我心內的一首歌，心間開起花一朵……」他的手機鈴聲響了，呵呵，是她上次設的，他聽了一直翻白眼，想要改，但是被她用武力鎮壓了。

她瞄了一眼，上面閃著賈依淳的名字，她突然有點後悔她設的鈴聲。

趙泛舟接起電話，「喂」了一聲就開始站起來往外走。靠！不就是聽個電話嘛，用不用那麼神祕，小心你酒精中毒！

她看著他站在門口接電話專注的樣子，突然就覺得很火大，東西收一收提著包包走了出去。路過他身邊的時候聽到他說：「妳先不要哭，冷靜點。」語氣裡是她很少聽到的溫柔。她以為他沒看到她，哪知他一手拉住她，瞪了她一樣，摀住話筒說：「妳去哪裡？」

「你不是要接電話嗎？我先回去了，免得聽到不該聽的。」

「妳無理取鬧什麼！」他的聲音醞釀著火氣和不耐煩。

好啊，對別人就柔情似水，對她就這麼不耐煩。無理取鬧是吧？他還沒見過真的無理取鬧吧，今天就給他看看什麼叫無理取鬧。

她突然一把奪過他的手機，「卡」的一聲把蓋子合上，「這才叫無理取鬧，現在你知道了吧？」「妳發什麼神經啊？」他搶過手機一手開始撥號一手緊緊抓著她，她突然低下頭去咬了他的手一口，他沒料到她會來這一招，一吃痛就鬆了手。她「咻」的一聲衝了出去，要是高中的時候跑八百公尺有這個速度，她就不用補考那麼多次了。

趙泛舟愣了兩秒，蓋上手機也跟著追了上去。

在周筱快跑進宿舍的時候，趙泛舟終於追上了她，他用力地扯住她的手，有點喘，「妳到底怎麼了？」

「放手，我現在不想跟你說話。」扯什麼扯，他以為他在演偶像劇啊！

「妳至少給我個理由。」哪裡來那麼多理由，她就是不爽，就是在無理取鬧，生理期到了，不行啊？

「你從剛剛到現在都在擺臉色給我看，這個理由夠了吧？不夠的話，你在你女朋友面前接另一個女生的電話要走開去接，這個理由怎麼樣？」

「我什麼時候擺臉色給妳看？我只是在想一些事情。我接電話出去接是因為裡面太吵了，賈依淳是我鄰居！」

「鄰居？我受夠你的鄰居了，你對鄰居比對我溫柔多了。算了，我不跟你吵，你讓我回去。」

「你到底要在她的問題上糾纏多久？我都說了，我們從小一起長大，她就跟我妹妹一樣。」

「算了吧，除了在路上碰到你們那一次，你什麼時候想過要給我介紹一下你的『妹妹』？」

他沉默了一會兒：「我以為妳不想認識她。」其實，他真的不想讓她們認識。

「隨便你，我現在說我不想跟你講話你是聽不懂就對了，放開我，我要回去。」

他猶豫了一下就放開了手：「妳冷靜下來我們再聊一聊。」這人怎麼這麼喜歡聊啊？煩死了，這麼喜歡聊不會去當陪聊的啊！

她瞪了他一眼就扭頭轉身上了樓，走的時候特別用力，純粹是把樓梯當他的臉踩。

趙泛舟看她頭也不回地往上跑，也有點火氣，遲到的是她，跟帥哥待一個下午而且明天還要見面的也是她，憑什麼發脾氣啊？女人有時真的是不可理喻！

熄燈了。周筱再一次看手機，沒有簡訊，也沒有未接電話，氣死她了，她用力按下關機鍵。兩天了，他都不跟她聯繫，現在是和她比誰跩誰有耐性就對了？她有那麼過分嗎，不就是掛了他電話而已嘛，嗯……好像還咬了他……她只是太生氣了啊，他用不用氣那麼久？她又沒有多用力……好像蠻用力的……那麼大的一個人，咬一下會死啊！

周筱在床上翻來覆去地滾，睡下鋪的陶玲不樂意了：「周筱，妳是床上有蝨子啊，滾那麼久了，還給不給人睡啊？」最近陶玲講話都很衝，大家心疼她受到的傷害，都盡量讓著她，早上小鹿還差點跟她吵了起來。周筱「嗯」了一聲，靜止不動。陶玲還是得理不饒人：「有時至少要考慮一下別人的感受，不要自己睡不著就要大家陪著妳睡不著……」

「妳有完沒完啊？」小鹿突然跳出來說話，「不要以為大家都讓著妳，妳就來勁了。」

陶玲聲音突然提高：「妳什麼意思啊！」

「都不要吵了，快睡覺，明天還有課呢。」室長試圖打圓場。

「要不是她翻來翻去，我會說什麼嗎？」

好了，現在又繞回她身上來了，周筱嘆了口氣：「我不動了，剛剛是我沒注意到，妳們快睡吧。」

「周筱，妳跟她那麼客氣幹嘛，對不起她的是她那個爛人男朋友，憑什麼我們都要看她臉色做人？」小鹿今天好像也吃了火藥似的。

「朱璐！妳對我有什麼意見就直說，不用陰陽怪氣的！」朱璐是小鹿的本名，又是豬又是鹿的，她們平時都笑她是動物園，她很不喜歡人家叫她這個名字，所以大家才都叫她小鹿的。

「我是對妳有意見啊，我說得還不夠直嗎？」

「我是哪裡招妳惹妳了？」

「很明顯不是嗎？妳每天擺臭臉給我們看就算了，昨天妳摔壞電話，因為它吵到妳午睡；今天早上妳打破我的漱口杯，連句對不起都沒有，還說我的漱口杯放得太外面了；下午妳又把室長的衣服弄掉在地上也不撿起來……妳覺得我們有必要這樣忍妳嗎？」

「我有叫妳們忍我嗎？我只是心情不好……」陶玲的聲音開始帶哭腔。

「妳少給我哭，現在是怎樣？我欺負妳了嗎？」小鹿的聲音也開始有點哽咽。

唉，要不是她也是這間宿舍的，周筱還真想拿包瓜子在一旁坐著邊嗑邊看戲。

「妳們倆都給我閉嘴！」一向柔柔弱弱的室長突然發飆了。「陶玲，妳最近真的太過分了，對不起妳的是妳男朋友，不是我們，我們陪妳買避孕藥，陪妳哭，陪妳墮胎……朋友做到我們這個份上也差不多了，如果妳還是要一副大家都對不起妳的樣子，妳就給我搬出去；還有妳，小鹿，陶玲她經歷了這麼多事情，情緒不好也是正常的，妳有什麼非得跟她計較。」

經過室長這麼一發火，兩個人都不敢說話了。而經過這麼一鬧，周筱也忘了和趙泛舟的事，宿舍裡一片安靜，每個人都懷著各自的心事沉沉地睡去。

第二天起床，宿舍裡每個人的表情都有點不自在，大概都在為昨天晚上的事不好意思。刷牙的時候，陶玲看著小鹿手裡端著喝水的杯子，猶豫了一下說：「對不起啊，我打破妳的杯子，我買一個賠給妳。」

「不用了啦，我知道妳是無心的。」小鹿尷尬地一笑。

周筱剛好在收毛巾，回過頭看她們：「現在上演一笑泯恩仇的戲碼了啊……」

陶玲推了她一下，小鹿瞪了她一眼說：「對啊，我們等下還要沆瀣一氣，把妳宰了，看妳睡覺還翻不翻身！」大家嘻嘻哈哈的，很快就把昨晚的不愉快拋一邊去了。

匆匆忙忙趕去上課的時候周筱猶豫了一下要不要爬上床去拿手機，後來實在是室友催得急，她也就匆匆走了。

課上到十二點，她胡亂吃了點飯又急著跑往留學生部，她跟李都佑約了一點鐘上課。上課的時候她有點心不在焉，李都佑一個人在那邊念課文，念著念著突然停了下來，「老師，妳沒有聽。」

「啊？對不起，我會認真聽的。」周筱有點不好意思。

上完課之後，李都佑說要請她吃飯，但是她現在實在沒什麼心情跟他 social，所以就找個藉口推掉了，她的藉口也很好笑——我有事。十萬火急，火燒眉毛，迫在眉睫，千鈞一髮……直到她離開了教室，她還聽到李都佑自己在裡面嘟囔著，火……眉……髮。所以說嘛，對付外國人就是要用偉大的成語來轟炸他們，讓他們深覺中國文化的博大精深，讓他們自嘆不如，讓他們自卑到回去把自己的國家炸了。

出了留學生部大樓，她就看到了趙泛舟，她本來想假裝沒看到，腳挪了幾步又朝著他走去，「你來幹嘛？」

「妳為什麼不接我電話？」

「早兩天你又不打，我今天忘了帶手機。」她的口氣裡已經帶有示弱的成分了，趙泛舟伸手過來牽她，她意思意思地掙扎了兩下就任他牽著了。

她用指甲很用力地摳了一下他的手。

「幹嘛？會痛。」

「誰叫你到今天才來找我。」

「等妳氣消啊。」

她又很用力地摳了他手一下，「你下次給我試試看，超過三天看我還理不理你。」

他低下頭靠近她：「知道了。」

這麼乖？不像他的作風哦，她狐疑地看著他，推開他的臉：「不要靠那麼近啦。你是不是做了什麼對不起我的事，今天那麼好說話。」

他笑得一臉高深莫測。

一個星期之後，周筱就聽說學生會提出要和留學生加強交流，所以搞了一個什麼「一幫一」的計畫，讓有興趣學其他語言的同學和留學生兩人一組，互相交流語言。李都佑和一個學韓語的漂亮女生分到了一組，每天都要到語言中心去交流，和周筱的課也就停了，這樣一份額外的收入就沒了，學生會的人怎麼盡幹斷人財路的事啊，她偷偷在心裡詛咒學生會的人，完全忘了她男朋友也是學生會一員，而且還是學生會副主席。

上完最後一節課的時候，李都佑死活都要請她吃飯，他們才在餐廳坐下沒多久，就剛好看到和學生會的同學來慶祝「一幫一」活動順利開辦的趙泛舟，趙泛舟和其他人低聲交代了幾聲，就加入周筱和李都佑這一桌。

吃飯的時候周筱隱隱約約聽到學生會那一桌有人在說，剛剛是小趙硬說要出來慶祝，這飯店也是他提議的，剛來居然就走了，果然是有異性沒人性……她詫異地看著趙泛舟，趙泛舟聳聳肩，一臉的不置可否。

這頓飯吃得很悶，飯桌上三個人都不知道要說什麼。

回宿舍的路上，趙泛舟心情大好，突然說要給她買花，嚇了她一跳，他們交往那麼久，她從沒指望過他會送花給她，用他的話說是，花是長得奇怪的草。而反正她也覺得花的味道很臭，就隨著他去。今天居然說要給她送花，愛送就送唄。

周筱捧著一大束花在宿舍陽臺上轉來轉去，實在找不到個地方安置它們。她老覺得什麼地方不對勁，可是又講不出個所以然來，好像有什麼東西跟趙泛舟和李都佑有關，算了算了，找個地方安置這一大束花才是當務之急。

快放寒假了，以前大概離放假還有一個月，周筱就開始歡天喜地地準備回家的東西。但這次放假她卻提不起勁，她和趙泛舟還沒分開過那麼久呢——除了他出國的那一次。而且，他一回家不就天天對著那個鄰居賈依淳？想到這，她心裡就沒底，那個酒精同學長得實在是好啊，要是笑一笑就是「回眸一笑百媚生」，要是掉幾滴眼淚就是「梨花一枝春帶雨」。這天天抬頭不見低頭見的，要是趙泛舟突然發現賈依淳比她漂亮很多怎麼辦？叫她怎能不擔心呢？但她這點小心眼又不敢讓趙泛舟知道，顯得她多不大方啊，她可是新時代新女性。

趙泛舟這邊也在發愁放假的事，他一想到要回家就一個頭兩個大，不久前他家人已經打電話來叫他帶女朋友回家了，他怎麼能帶周筱回家呢？怎麼能讓她去面對他大媽和……他的家庭呢？

周筱在宿舍上網的時候，小鹿突然興致勃勃地從外面衝進來，「我們要去旅行了。」

「和妳男人嗎？去哪裡？」周筱感興趣地問。

「是啊，我們去桂林。」

「小心兩個人去，三個人回來。」周筱壞心地說。
小鹿路過她身邊的時候踹了她一腳，「去妳的，我讓他買好一打保險套帶去。」
周筱邊揉腳邊說：「不是吧，這麼飢渴？」
「那是，我們可是兩個燃燒著的小宇宙。」
她們宿舍的話題常常生冷不忌，錄起來給學校的老師教授們聽大概可以把他們嚇得口吐白沫。周筱翻了個白眼：「妳的不要臉程度可真是隨著時間的推移而愈來愈爐火純青啊。」
小鹿做了個鬼臉之後就跑到陽臺上去晾衣服了。周筱坐在位置上想了一會兒之後，忍不住也跟著跑到陽臺去：「嗯，說正經的，你們要真的幹嘛的話千萬小心，上次我可真的是怕了。」
小鹿邊晾衣服邊回過頭來說：「放心吧，他要敢對我怎麼樣，我就讓他……」她騰出手來做了一個剪刀的姿勢。周筱替她男友打了個冷顫。

周筱挽著趙泛舟的手走在路上，「小鹿要和她男朋友去桂林玩哦。」
旅遊？好像是個不錯的提議，不用放假就分開，然後還可以跟家裡人說他們出去旅遊花太多時間，她沒時間跟他回家見家長。趙泛舟突然說：「我們也去旅遊要不要？」
「旅遊？」這人還真是聽風就是雨啊。
「對啊，我們去旅遊吧，妳有沒有什麼特別想去的地方？」
周筱疑惑地看了他一會兒：「真的要去嗎？」「對！」
周筱開始暗自回想提款卡裡的餘額，想到頭都破了也想不起裡面到底有多少錢。

「妳想去哪裡？」趙泛舟又問。

「你等我回去確認一下我的提款卡裡有多少錢再說嘛。」

「錢我有，妳只要說妳想去哪裡就好了。」

「我知道你有錢，你的錢又不是我的錢。」周筱脫口而出。

趙泛舟瞪她，她吐了吐舌頭，小聲地說：「我想花自己的錢嘛。」

「不管妳提款卡裡有沒有錢，我們都要去旅遊，妳提款卡裡沒錢的話我就借妳，什麼時候有錢就什麼時候還。」哪有人這麼霸道的，她不去難道他還能綁著她去？

「好嘛，我們去雲南好不好？」不是怕他！是讓他，是讓他！

「好，一放假我們就去。機票和飯店的事我會搞定。」這人都不用再考慮一下嗎？去雲南講得好像跟去隔壁巷子一樣簡單。

於是……今天是寒假的第二天，她和趙泛舟就坐在飛機上了。一路她都是傻傻的，傻傻地辦手續，傻傻地登機，傻傻地坐在座位上東張西望。這是她第一次坐飛機，感覺很新鮮，她眼睛咕溜咕溜轉著，很想站起來到處看看。趙泛舟笑著看她，握住她的手：「妳給我好好待著，不要亂動。」

「可是這是我第一次坐飛機耶。」她好想去看看飛機裡的廁所長什麼樣的說。

「快起飛了，妳把安全帶繫好，等下起飛的時候妳耳朵可能會疼，用力嚥一下口水就會好很多……」

他邊說邊俯過身來幫她繫安全帶，靠得好近啊……她的臉突然紅了，不要這樣子，明明就老夫老妻了，更親密的都有過，現在是在扮什麼純情啊！他好像也感覺到曖昧的氣氛，繫好安全帶抬起頭來看著她：「這樣就臉紅了？」

她看著他那挑高眉頭，嘴角帶笑的死樣子就生氣，用力地別過頭不理他。靠！他居然還給她笑出聲音來，她伸過手去用力捏他大腿，他抓住她的手，突然用迅雷不及掩耳地速度在她嘴上啄了一口，她用另一隻手摀著嘴，用控訴的眼神看著他，他挑釁地看回去，一臉奉陪到底的死樣子。

「各位旅客，飛機馬上起飛，請繫好你們的安全帶。」空姐的聲音打斷了他們的對峙。周筱轉過頭去看空姐，這年頭美女真多，漫天飛舞都是美女。

周筱安靜地度過起飛的時間，又開始想動來動去了，她看看旁邊閉著眼睛的趙泛舟，推推他，「喂，你是豬哦，一上飛機就睡覺，外面的雲好漂亮哦。」

他不為所動，繼續睡覺。

「剛剛的空姐好漂亮哦，你有沒有看到？」

「空姐都很漂亮，這是常識，沒有必要大驚小怪。」他閉著眼睛回她。

偷看漂亮女生還扮什麼酷？「那同理可證，空少也一定很帥，空少都待在哪啊？我要去看帥哥。」

他懶洋洋地睜開眼睛，瞅了她一眼：「這家航空公司沒有空少。」

怎麼會這樣？這麼多家航空公司，她剛剛好就坐到沒有空少的。「真的嗎？你怎麼知道？

那總有飛行員吧？我要去看飛行員。」

他怎麼知道？亂說的啊，「妳覺得乘客進得去駕駛艙裡面嗎？」

這人真的很討人厭，一句話就打碎她的少女夢，一點也不手軟。

第五章

怎麼辦？怎麼辦？怎麼辦啦？

周筱急得要死，她之前都沒想過旅遊時的住宿問題，自趙泛舟從服務生手上接過一張房卡的時候她就快哭了。

一張房卡！一張房卡！居然是一張房卡！

趙泛舟看著她一副想要撞牆的樣子，沒好氣地說：「妳給我放心，我沒有要把妳怎麼樣，我訂的是雙床房。」雙床房也是一間房啊，她要是睡覺打呼他還是聽得到啊！不對，誰在說打呼的問題，是安全問題，他要是半夜獸性大發怎麼辦？

他開了房門逕自走了進去，她只得很無奈地跟著走了進去，邊走還邊嘟囔著：「幹嘛不訂兩間房啊……」

「妳如果不想給我聽到的話，就麻煩說小聲一點。」趙泛舟走著走著突然停下來，周筱沒煞住腳步，直直撞了上去，「靠！你沒事停下來幹嘛？」

「妳剛剛說什麼——」趙泛舟警告地看著她。

周筱摸著撞疼了的鼻子，嘿嘿傻笑：「沒有，沒有，我是說你靠邊停的時候要說一聲。」

趙泛舟瞪她一眼之後去放行李。

打點好一切之後，周筱坐在其中一張床上，而趙泛舟突然從包裡變出一個ＰＳＰ，也在同一張床上躺下，周筱嚇了一跳，偷偷往旁邊挪了挪，趙泛舟看都不看她一眼，開始玩起遊戲來。

大概過了十幾分鐘，周筱發現他真的在認真玩遊戲，鬆了口氣，也躺了下來，開始胡思亂想，她和他在同一張床上，他在玩遊戲，難道……這就是傳說中的「床戲」？呵呵，好害羞啊……想著想著……好想睡啊……過不久她就迷迷糊糊地進入睡夢中了。趙泛舟放下手中的ＰＳＰ，嘆了口氣，在精神高度緊張的狀態下，她果然很快就累了，只是……用不用防他防得跟賊似的啊？他幫她把被子蓋上，在她唇邊輕輕地親了一口，然後躺在她旁邊接著玩遊戲。

她還真會睡啊。趙泛舟第二次放下ＰＳＰ，看看牆上的鐘，都快十點了，叫她起來洗澡吧。他半趴在她身上，「喂，起床了，起來洗澡。」

周筱迷迷糊糊地睜開眼睛，被眼前放大的人臉嚇了一跳，「啊！你要幹什麼？」

趙泛舟翻了個白眼，「沒幹什麼，叫妳起床洗澡。」

還好還好，不是獸性大發，周筱再一次鬆了一口氣，推了推壓在她身上的他，「那你讓我起來。」

「不要。」趙泛舟把全身的力量都壓向她，「反正妳都把我當色狼了，我幹嘛跟妳客氣。」

「哪有啊？你絕對是誤會了，我怎麼會覺得你是色狼呢？我都不知道多崇拜你，你絕對就是坐懷不亂的柳下惠。」她討好地說。

「真的？」

「真的！」

「好吧。」他從她身上翻下來，「妳快點去洗澡。」

她迅速地從床上跳起來，手忙腳亂地拿衣服，然後衝進浴室。而趙泛舟把手交叉著枕在腦後，悠閒地看著她火燒屁股似地轉來轉去。

等到浴室裡水聲響起，趙泛舟從床上坐起來，嗯……她在裡面洗澡……他突然覺得有點口渴，灌下一大杯冷水，總算好點了。

很久過後，周筱總算從浴室裡出來了，輪到趙泛舟鬆了一口氣。她莫名其妙地看著他突然拿著衣服衝進浴室，怎麼了？有那麼急著洗澡嗎？幹嘛不早說？她可以讓他先洗的啊。

趙泛舟在浴室裡待了大半個小時，周筱拿起他丟在床上的PSP玩，心裡很奇怪，男生洗澡都那麼久嗎？難道他要在裡面保養皮膚？她不禁開始想像他在裡面擦乳液的樣子，忍不住笑了出來。

趙泛舟一出來就看到周筱拿著PSP在傻笑，頭髮還滴著水，他又轉身回浴室拿了條毛巾出來，丟給她，「把頭髮擦乾。」她接到毛巾就放一邊去，接著玩遊戲，「等一下啦，我把它打完。」

他瞪了她一會兒之後發現她完全沒反應，只得認命地走過去拿起毛巾幫她擦頭髮。

「哎呀……撞到了撞到了……誒……靠！死了。」周筱火大地放下PSP，「什麼爛遊戲嘛。」她順手要接過他手裡的毛巾，趙泛舟揮開她的手，「我來。」

她聳聳肩，隨便他。

「這麼貼心？你以後要不要一直對我這麼好啊？」

他懶得理她，繼續擦著她的頭髮，「明天我們去瀘沽湖吧？」

「是那個摩梭族的瀘沽湖嗎？」

「嗯。」頭髮差不多乾了，他把毛巾拿回浴室掛起來。

他再出來時看到她已經把被子蓋好，準備要睡覺了，他走向她的床。本來已經躺下去的周筱突然從床上彈了起來，「那個……你的床在那邊啊……」

「我覺得這張床看起來比較好睡。」趙泛舟不懷好意地笑。

「哪有？都一樣的。」她扯緊身上的被子，救命啊……

他還是一步一步靠近她和她的床。

「好好好，這張床讓給你睡，我去睡另外一張。」好女不跟色男鬥，她掀開被子要下床，就在她的腳要踏上地板的前一秒鐘，突然間翻天覆地，趙泛舟把她攔腰抱起丟在床上，「不用了，這張床夠兩個人睡。」他壓在她身上，說話的時候在她耳邊吐氣，她癢得受不了，忍不住邊扭動著脖子邊求饒：「有話好好說，你讓我先起來嘛。」

「我是好好地在說啊。」他那個氣吸進吐出的，搞得她快瘋了，她用力地推著他的臉，「不要壓著我說話！」

「不要。」趙泛舟拒絕地理直氣壯。

不要？她腦海裡突然閃過小鹿的奪命剪刀手。她冷笑一聲湊上去，衝著他脖子用力地咬了一口。

「妳是狗啊！那麼愛咬人。」趙泛舟從她身上翻下來，揉著脖子吼。

知道痛了吧？哼！常在江湖飄，哪能不抽刀？讓大刀劈向色狼的脖子吧！

她翻身想下床，趙泛舟大手從她背後一撈，緊緊扣住她的腰，讓她哪兒也去不了。

她掙扎了兩下，發現真的動不了，沒辦法，只得很辛苦地轉過頭去跟他講道理：「這是單人床，兩個人睡很不舒服的。」

「妳剛剛咬我。」他的語氣居然帶著小孩子的賴皮。

媽的！不咬你你會放開我啊？周筱心裡一堆OS，但是又不敢說出來，只好跟他說，「你今天累了一天，趕快睡，我也要去睡了。」

「妳睡啊。」他一手摟著她的腰，一手去撈被子，然後用被子蓋住兩個人。

這人是外星人是不是？聽不懂地球話啊！

「我是說，我要去另一張床睡。」

「為什麼要去另一張床睡？」媽的！扮什麼無辜，誰不知道你那點狼子野心？

「因為另一張床空著很浪費，而且這樣睡比較舒服。」

「我覺得這樣睡最舒服。」他用力摟緊她，臉貼近她的脖子。

「我不要。」她的聲音突然變得悶悶的。

好像玩過火了？趙泛舟有點嚇到，把她翻過來面對自己，「怎麼了？」

她把頭死命往被子裡鑽，就是不抬頭看他。

「怎麼了啊？」他試圖把她的頭挖出來。

她的頭被挖了出來，眼神卻躲來躲去不想看他，「我會怕。」

「妳剛剛不是說我是柳下惠嗎？妳還怕什麼？」

「……」

「知道了！妳放心睡吧。我胃口沒那麼好！」他實在是沒好氣。

什麼嘛，什麼叫胃口沒那麼好？她有那麼差嗎？她想反駁，想想算了，好漢不吃眼前虧。

五分鐘過去，她還是被困在他的懷裡，戳戳他的胸口，「喂……」

「不要亂動！」

這麼兇！

再五分鐘過去，她瞄了瞄他緊閉的眼睛，又戳戳他的胸口，「喂……」

「都說叫妳不要亂動了，幹嘛？」好兇哦～

「不是啊，我要去那張床睡。」她小聲地說。

「閉嘴！我都說不會把妳怎麼樣了，妳再吵我就不客氣了。」趙泛舟快抓狂了，她是當他沒感覺的就對了，戳什麼戳啊！

「哦。」周筱不敢吱聲了。

五分鐘，五分鐘，五分鐘……不行！她忍不住了，小手偷偷靠近，戳戳戳……

「妳又怎麼了！」他睜開眼睛狠狠瞪著她，哎呦，瞪她幹嘛啊，她也不想的啊。

「我是想說哦，那個……睡覺的話……燈是不是該關一關？」她小心翼翼地說。

「……」

「還是說你習慣開著燈睡覺我也是可以配合的。」她很沒種地補上一句。

趙泛舟坐了起來，伸手把燈給關了，又躺了下來，這回他仰躺著，沒再抱她，她很輕很輕地轉過身去背對著他，盡量離他遠一點，但畢竟是單人床，她還是可以感覺他的熱氣源源不絕地傳過來。

黑暗中，她和他的呼吸聲好像都放大了，她偷偷嚥了一下口水，快睡著吧，快睡著吧，靠！早知道剛剛就不睡了，現在這麼有精神怎麼辦？

趙泛舟這邊也好不到哪去，她若有若無的沐浴乳味道一直傳過來，搞得他心神不寧，明明用的都是旅館裡的沐浴乳，為什麼在她身上那麼好聞？

他還是忍不住了，輕輕靠近她，手環上她的腰，身體貼近她的背，臉埋進她的脖子，用力吸了一口氣。她很明顯地身體一僵，更加動都不敢動。

「我保證什麼都不做，快睡。」他的聲音在黑暗中很有磁性，很……魅惑。

長夜漫漫，孤枕難眠，雙枕更不好眠。

當清晨的第一縷陽光打進來的時候，周筱就醒了，她還在趙泛舟懷裡，不過已經從背對轉成了面對面，按照她那爛得不能再爛的睡品，他多半也花了不少力氣把她定在懷裡。

早晨的陽光暖洋洋的，打在他臉上，眼睫毛在臉上投下淡淡的陰影，再一次感嘆一下，這孩子長得還真的是人模人樣啊，怎麼就給她碰上了呢？難道是她媽媽求神拜佛多了，神明保佑？不管是哪路神明，真是謝謝祢顯靈啊。

陽光開始有點刺眼，趙泛舟的眼瞼動了動，周筱趕緊把眼睛閉起來，假裝還沒睡醒。

趙泛舟睜開眼睛，嗯……手臂有點麻，看看枕在他手臂上的周筱，陽光給她臉上細細的絨毛鍍上了一層金黃色，看起來好想咬一口啊。

他怎麼覺得她的眼球在眼皮下微微顫動？他湊近她的臉，在臉頰上不重不輕地咬了一口，「還裝，給我起來。」

「啊！你怎麼咬人啊？」好的不學，盡學壞的。

「妳以為只有妳有牙齒啊？」他痞痞地回她，「我知道妳垂涎我很久了，再裝就不像了。」神啊，佛啊，收回剛剛的話，這人雖然長得人模人樣，但是不講人話，空有一副皮囊，真是金玉其外敗絮其中啊。

「快點起來，我們今天要去瀘沽湖的。」趙泛舟把她硬從床上拉起來，她又躺回去，死賴著不肯動。

「你先去洗臉刷牙，我再躺一下嘛，我動作很快的。」她哀求著。

「不行。起來！」

「真的嘛，反正浴室只有一個，你先洗臉刷牙，然後我再去嘛。」她閉著眼睛說。

「……」

怎麼這麼安靜？難道生氣了？周筱用力撐開眼睛，哇靠！又來這招，這臉就算再帥，但是每次都放這麼大在她面前，她早晚會死於心臟病發的。

「現在清醒了吧？起來換衣服。」他說完就轉身去刷牙，這人陰颼颼的，就愛耍這種賤招！周筱沒辦法只得爬起來換衣服。

昨天到雲南時已經太晚了，她根本就沒有好好看過四周的景色，再加上當時很擔心有人可能會獸性大發，所以她根本就沒有真的意識到自己身處雲南。現在走在路上她才開始興奮起來。四周都是以前只能在電腦上看到的景色，她抱著趙泛舟的手臂，抬頭問他：「我們是不是要跟團啊？還是我們要跟其他的旅客一起去玩？」

「我以前來過雲南，我知道哪些地方好玩。所以我們自己去玩。」

「你來過？那你為什麼不說啊？你都來過了，那多沒意思啊。」周筱有點失望。

「不會沒意思。」他淡淡地說。

「屁啊，怎麼可能不會。」

「妳是白癡啊？我說不會就是不會，以前又不是和妳一起來的。」他推了她腦袋一下。事實上，他幾乎走遍了大半個中國，以前他常常自己背上行囊去旅行，但是從來沒有一次旅行讓他這麼的快樂和……安心。

「你也會說甜言蜜語哦。」周筱又開始興奮了。

他的確是什麼都安排好了，他們在街上晃蕩了大概一個多小時之後就有一輛車來接他們，上了車之後周筱看著窗外一路在感嘆祖國江山一片美好，看得她連眼睛都不捨得眨一下，哪像有些人啊，上了車就靠在她肩膀上呼呼大睡，還說什麼不會沒意思。

下了車之後他們又坐上了船，趙泛舟說那叫「豬槽船」，是摩梭人獨特的交通工具，但她怎麼看都覺得那就是一獨木舟，而且，名字取得實在不怎麼樣，他們坐在這船上，不然他們就是豬，不然他們就是要給豬吃的食物，怎麼都覺得彆扭。

他們在摩梭人的村莊裡走來走去，摩梭人習慣了來來往往的旅客，倒是她什麼都覺得新奇，什麼都要問上一問：「他們真的是母系社會嗎？」「他們真的可以不結婚嗎？」「走婚是因為晚上偷情的時候走太多路所以叫走婚嗎？」問到這個的時候，趙泛舟摀住她的嘴，「不要亂說話，那不叫偷情。」這傢伙哪天在路上被打他一點都不會覺得奇怪，那麼愛亂說。

她點點頭，示意他放開手，「那女的真的可以有很多個男朋友嗎？」她放低聲音，眼睛還偷偷亂瞄，搞得好像在進行什麼不法勾當似的。

趙泛舟忍下翻白眼的衝動，「他們的關係叫結交阿肖，阿肖關係是一對一的，阿肖關係的解除較為自由，一般不需要什麼手續。一段阿肖關係的結束才能重新開始另一段阿肖關係。」

「原來是這樣啊，我還以為能同時交好幾個男朋友呢，害我差點就想留下來，搞半天還不都差不多。」周筱一臉興趣缺缺。

「留下來是吧？好啊，我回去把機票撕了，妳就安心地在這裡走婚，看妳走到什麼時候能走回家。」

「開玩笑的啦，我最愛你了，一千個男朋友都比不上一個你。」媽媽說，該狗腿時要狗腿。

他哼了一聲，一臉的不屑，「我倒是覺得一千個女朋友絕對比妳好。」不知道過失殺人要判幾年？

「誒，為什麼她們力氣這麼大啊？」周筱看到很多的摩梭族女人，背後都背著一個大簍筐，裡面是各式各樣的東西，有的甚至裡面坐了一個男人。

「她們從小就是這樣背的，習慣了。」

「這都能習慣？那我什麼時候能習慣你的毒舌，練到百毒不侵呢？」她一臉求知欲旺盛地看著他。

「……」

周筱很鬱悶，手裡偷偷攥著一顆扣子。她走路的時候很喜歡扯著趙泛舟的衣服，有時候是扯他衣服的下襬，有時候是扯他袖口。但是，還沒試過把扣子扯下來呢，她瞄瞄手裡的扣子，再瞄瞄他袖子上的線頭。好端端的袖子為什麼要有扣子呢？要不要告訴他呢？算了，還是回去後等他去洗澡的時候偷偷補上好了，問題是——上哪去找針線？

趙泛舟很奇怪，一進房間周筱就一直趕他去洗澡，現在是終於發現他男性的魅力而開始迫不及待嗎？

他一進了浴室，周筱就衝去服務臺那裡借針線，服務人員似乎很少碰到有人借針線的狀況，找了半天才找出針線來。她坐在床沿縫那顆扣子，拜她從小愛給洋娃娃縫衣服所賜，她的針線活真的沒話說，縫一顆扣子大概花不了五分鐘。

趙泛舟從浴室出來時就剛好看到她很認真地在縫著什麼東西，「妳在幹嘛？」周筱嚇了一跳，怎麼這麼快？她下意識地想把衣服往後藏，哪知手裡的針在慌亂之中扎了手一下，她抖著衣服跳了起來，一拉一扯之間，針就在指尖拉出一道細細的口子。

趙泛舟無奈地搖搖頭，這傢伙怎麼這麼毛毛躁躁的啊？他走了過去，「給我看看扎到哪了？」她扁著嘴，舉起扎到的手，一臉可憐兮兮。

他看了看她的手，「哼」了一聲，轉身去桌子上拿錢包，從錢包裡掏出OK繃，上次買的，總算派上用場了。

周筱看到一個什麼東西在他抽OK繃的時候從錢包裡掉了下來，剛想說，看他一臉嚴肅正準備訓人的樣子，就把話縮了回來。

「貼上。」趙泛舟把OK繃遞給她。

「你幫我貼嘛。」周筱把手舉到他面前，很委屈地說。

「妳剛剛在做什麼？如果我沒看錯，這是我的衣服吧？」他邊貼邊問。

「我把你袖子上的扣子扯掉了。」這種時候就是要裝無辜，有多無辜就多無辜，她眨著大眼睛看他，就差沒來個淚水汪汪了。

「掉了就掉了，為什麼要躲起來縫？現在好了，扎了自己的手吧，妳說妳什麼時候做事能不要這麼毛躁啊……（以下省略五百字某人的碎碎念……）」毛躁個鬼！你是頭髮啊？我還分岔呢。

周筱扁著嘴巴，心想：為什麼要躲起來縫？還不就怕你跟現在一樣碎碎念嘛。

……嗯……某人還在念……為什麼這種時候他一點都不惜字如金呢？她多懷念那個講話很簡潔的趙泛舟啊。

「不是，其實……你快點貼好，我就能很快把扣子縫好。」周筱忍不住打斷他。

他瞪了她一眼，這才迅速地把OK繃貼好：「妳少在心裡偷偷罵我。」

針在她手裡很快地穿梭著，最後她帥氣地打了個結，俐落地用牙齒咬斷線。趙泛舟在旁邊看得嘖嘖稱奇，「真是難得妳也有那麼手腳俐落的時候。」

「你是不是看到傻了啊？覺得很崇拜我？覺得我真是一個賢妻良母？很想把我娶回家？」周筱囂張起來。

「那樣子的話就不是看到傻了，是看到瞎了。」為什麼會有這樣子的人呢？他一開口，妳就忍不住想扁他。

「去服務臺還針線。」她咬牙切齒地說。冷靜，冷靜，支開他，一定得支開他，不然等下她一定會忍不住讓他血濺百米。

「為什麼是我去還？」

「因為我現在很想用針把你扎個千瘡百孔，你要是不快點把兇器拿走，後果自負。」

他撇撇嘴，乖乖拿著針線去還。

他出去之後，周筱就開始準備換洗的衣物，路過桌子旁的時候眼睛剛好掃到剛剛從趙泛舟錢包裡掉在地上的東西，什麼東西啊？她蹲下去撿，她有輕微的近視，所以等到撿到手裡了，她才知道那是什麼東西。她發誓，如果她知道那是什麼東西的話，她一定不會去撿！如果她知道她一撿起來趙泛舟就剛好回來，她也一定不會去撿！

兩個人像被雷劈中一樣，愣愣地對視，半天都不知道該怎麼反應。

「嗯……可以還給我嗎？」趙泛舟先反應過來，講完他吞了一下口水。臉開始漲紅。

周筱也開始反應過來，飛快地把東西丟給他，逃命似地衝到浴室裡，「砰」的一聲把門關上，用力鎖上。

她靠在浴室的門後，摀著胸口，心好像要從嗓子眼裡跳出來了似的。他……他……的錢包裡……居然……有……有保險套……她腦子跟漿糊一樣，完全沒辦法思考了。

趙泛舟手裡拿著她丟給他的保險套，手足無措，天地為鑒啊！那只是他要出門前他的室友開玩笑地丟給他的，當時他也沒想那麼多就隨手放進錢包了，而且自從她室友出了那件事之後，他一直都覺得有些事應該讓男生來負責任，再說……他怎麼說也是個男的啊，和女朋友出門旅遊又住一間房，帶著以備不時之需也是人之常情吧？這些理由怎麼都很蒼白呢？怎麼辦？她會不會以為他是色狼？她會不會以為他預謀了很久要把她怎麼樣？她會不會不理他啊？看著緊緊閉著的浴室門，他好頭疼，生平第一次，他覺得百口莫辯。

第六章

周筱坐在浴缸沿，她現在真的是騎虎難下了，出去也不是，不出去也不是。不知道其他人撿到男朋友的保險套都是怎麼辦的？不過應該沒有人會衝到浴室裡把自己關起來吧？她要是平安過了這一關，一定要寫一本書叫《撿到男朋友的保險套了，怎麼辦？》給遇到這種事的女性同胞點一盞指明燈……

趙泛舟在房間裡轉來轉去，第一千零一次在浴室門口停下，終於敲了一下浴室的門。

「叩叩」的聲音響起，嚇了正在胡思亂想的周筱一跳，差點摔下浴缸來。

……

「幹嘛……」她小心地問。

「妳進去很久了，怎麼了？」他還好意思問怎麼了？就是被他嚇到了啊！不然咧？難道是便祕啊？

「沒事，我在準備洗澡。」她絕對是瘋了，衣服還在外面，洗什麼澡？

「妳的衣服沒帶進去。」

「……」她知道，不用他來說！

「出來好不好？」趙泛舟用商量的口氣說。

「不好。」誰知道出去會不會連渣都不剩。

「難道妳要一個晚上都待在裡面?」

「……」也對哦……好像是不可以一個晚上都待在裡面的。

「我又沒有對妳怎麼樣!出來!」還是兇一點好了,這樣她會被唬住,會比較聽話。

他還有臉兇她?什麼嘛……

她很委屈地打開門,慢吞吞地踱著步子出來,走到他面前,眼睛看著腳尖,也不說話,心想:這人就是有這麼個無恥的本事——明明錯的是他,但他就是有辦法讓對的人覺得心虛。

趙泛舟看她低頭站在面前,一副小媳婦的模樣,手伸過去想牽她,她手一縮,沒牽到。

「妳幹嘛這樣?」他也不是故意要接著兇她的,只是順著剛剛的語氣,一時沒有把語氣轉過來。

還兇她?兇上癮了是不?周筱覺得有一把火從腳底板開始往上竄,老娘跟你示弱你還來勁了是不?

「不然呢?我出去再幫你多買兩個?然後躺床上等你,跟你說謝謝請慢用?」她是屬於平時沒什麼脾氣,腦袋也轉得不快,但一火起來思維特別清晰,講話特別冷靜,講話內容特別尖酸刻薄的那種人,小鹿常常說她要是生在古代,那絕對是一資深老鴇。

一聽她那陰森森的語調,趙泛舟就知道糟了,真的生氣了。

「……」他也不知道要怎麼回她的話,只能轉移話題,「妳還沒洗澡。」

周筱狠狠地瞪他一眼,沒洗澡?難道要洗乾淨才能躺床上伺候他啊?當然,有些話還是留在心裡ＯＳ就好，講出來就不好聽了。她繞過他，去收衣服洗澡，趙泛舟想跟上去說點什麼，她回過頭給他一個警告的眼神，大有老娘現在心情不好，十公尺之內格殺勿論的氣勢。趙泛舟乖乖地去坐在床沿，默默地看著她走來走去地拿衣服。

周筱這人脾氣來得快去得也快，在浴室裡水一沖，其實火也消了大半，冷靜下來開始想那個保險套的事，書上好像說男生都是下半身的動物，他是不是真的很想啊？她該怎麼辦？其實她是相信他的，如果她不點頭，他絕對不敢亂來。但是，她這樣子會不會很不人道？會不會害他很辛苦？可是她真的不敢啊……

趙泛舟聽著水聲嘩啦啦地響，心驚肉跳的，早知道就不要用生氣來先發制人，這下好了，不知道要怎麼收場了。

「吱——」的一聲，周筱開門走了出來，本來還半趴在床上的趙泛舟趕緊正襟危坐。周筱瞥一眼他的緊張兮兮，哼，會緊張了是吧？別指望我會給你好臉色。她面無表情地挑了另外一張床坐下，開始擦頭髮。

氣氛詭異而凝重，只聽到毛巾和頭髮摩擦的「沙沙」聲……

趙泛舟不敢說什麼，而周筱是不想說什麼。她擦完頭髮就拉好被子準備睡覺，姊姊現在懶得照顧他的心情，少來惹她。

他下床去門口關燈，然後盡量放輕聲音地走近她的床，就在他要爬上她的床時，冷冷的聲音傳來：「你爬上來試試看！」

他頓了一下腳步，無奈地轉身回剛剛的床躺下。

他在床上翻來翻去，怎麼也睡不著，還是跟她道歉吧？畢竟是他先兇她的。「對不起。」

「……」她沒有反應。其實她現在比較怕他要真的想跟她怎麼樣的話要怎麼辦。

「我剛剛不是故意要兇妳的。」

「嗯。」他都先低頭了，她只好順著臺階下。

又是十分鐘的沉默。

「那我可以過去跟妳一起睡嗎？」他發誓，他絕對沒有要怎麼樣的意思，只是……抱著她睡覺很舒服，而且……這種機會實在也不多。

「……」她先是聽到腳步聲，被子被掀開來，然後感覺床的另一邊沉了下來。她很想往旁邊挪，但是，「敵不動，我不動」這個基本戰略她還是懂的。

趙泛舟翻了個身，周筱嚇得差點沒從床上蹦起來，敵若動，我快蹦。

他在黑暗中翻了個很大的白眼，壞心地故意又往她身邊挪了一下。

「你夠了哦！」她真的從床上蹦起來，叉著腰居高臨下地看著他，黑暗中她看不清楚他的表情，只能看到他的眼睛，在黑暗中炯炯發光，好像閃閃的星星，這麼乾淨清澈閃亮的眼神讓她覺得自己實在想太多，思想太邪惡。

她突然「噔」地跳下床，跑去門口開燈。突然亮起來的燈光讓他倆都忍不住把眼睛瞇成一條線。

「開燈幹嘛？」趙泛舟拿手擋在眼睛前。

「……」嗯，她也忘了為什麼要開燈，好像是因為……因為黑暗中他的眼睛看起來讓她……心神不定。

她就傻傻地站在門口的開關那裡，也不知道下一步要怎麼辦。趙泛舟瞧瞧她那傻樣，嘆了口氣，算了，這樣下去今晚誰都別想睡。他掀開被子也下了床，走到開關那裡，看了她一眼，按掉燈，然後逕自走到另外一張床上去躺好蓋被子。

她在黑暗中呆呆站了幾分鐘：他去另外一張床睡了？他又沒有要怎麼樣，她就直接把他當色狼，不對！他錢包裡有保險套不就是想怎麼樣嗎？但是……他們是男女朋友，就算是他想怎麼樣好像也是無可厚非，她這樣會不會太過分？他會不會生氣了？

「你生氣了嗎？」周筱還是忍不住問了。

他在黑暗中翻了個身背對著她，「沒有，快去睡。」

她想走回床去，但黑暗中好像被她亂放的球鞋絆了一腳，她「哎呀」地叫了一聲，好不容易穩住差點與地板親密接觸的身體。「啪」的一聲燈光又亮了，趙泛舟已經坐起來伸手開了燈。

「有沒有怎麼樣？」他作勢要下床來看她，她趕緊搖頭，做好要被他訓一頓的心理準備，對哦，明明床頭就有開關，那剛剛兩人是在耍什麼白癡，爬上爬下很好玩啊？

是啦是啦，她做事毛手毛腳……她等了一會兒，發現他居然沒有要訓她的意思，奇怪地看著他，轉性了？

「妳還不快上床？我要關燈了。」他手已經伸向開關。

「哦。」她三步併作兩步地跳上他的床。

「上我的床幹嘛？」他沒有關燈，沒好氣地問她。
「我覺得這張床看起來比較好睡。」
趙泛舟鄙視地看著她，盜用他的理由？周大小姐會不會太沒創意了一點啊？
幹嘛用這種看蒼蠅的眼神看著她？她自己躺好，把被子拉好，「關燈，關燈，我要睡覺了。」
「回去妳的床。」趙泛舟知道她根本就不想和他躺一張床，何必勉強？
「不要。」當她什麼啊？呼之則來，揮之即去的。
「妳送上門的，不要後悔！」他開始嚇唬她。
「拜託，這麼老套的對白你是從哪裡學來的，還送上門呢……我可不是快遞，送貨上門。我是送上床，你想怎樣？」她突然覺得她之前是在瞎擔心，他根本就有色心沒色膽。
「妳……」他一口氣堵住，不知道要說什麼。
「這個你……你……也很老套。」她搶白，然後一臉你奈我何的樣子看著他。
他瞪了她一眼，洩氣地關了燈，躺下，用力扯好被子，自己生自己的悶氣。
周筱自己靠過去，摟住他的腰，用臉去蹭他的手臂，他衣服的布料真好，蹭起來好舒服啊。本來有那麼一點點的不爽都被她給蹭沒了。
一抹淡淡的笑意扯動他的嘴角，他轉過身去把她整個圈進懷裡，「妳不用怕我，妳不願意，我就不會亂來。」他決定還是把話跟她講明白。
「我知道你會尊重我的。」她用軟軟的聲音說。
「最好是知道。之前是誰嚇得快哭了？」

「沒有啊，誰？誰嚇哭了？」她開始裝傻，她突然不懷好意地說，「不過，我很好奇一件事哦，你讓我問一下好不好？」

「不好。」他壓根不想知道她會問什麼東西，反正一定不是什麼好東西。

「孩子，人不是這樣做的，你這樣不對，給我問一下又不會怎麼樣。」某人開始皮了起來。

「妳很吵，快點睡覺。」

「給我問一下嘛。」她扯他衣服。

「不要。」他可是很有原則的。

「問一下嘛，問一下嘛，問一下嘛……」她的手環在他背後，邊說邊用手指去戳他的背。

煩死了，怎麼會有這麼煩的女人啊？他翻身壓住她，用頭定住她的頭，用力給她吻下去，他熾熱的唇從她的唇蔓延到耳朵，然後脖子，然後胸口……

空氣中瀰漫著曖昧的激情，黑暗中兩個人急促的呼吸聲讓整個房間的溫度都上升了起來。他的手開始從她衣服的下襬伸進去，冰涼的手一觸到她的溫暖肌膚，她很明顯地顫抖了一下。

趙泛舟呼吸凌亂地在還有理智之前停下來，把手從她衣服下抽出來，額頭抵住她的額頭，聲音沙啞低沉：「妳現在知道要閉嘴了吧。」

周筱被吻得暈頭轉向，眼神渙散，氣喘吁吁，一聲都不敢吭，她和他從來都沒有這麼……這麼激情過。

他替她拉好被他扯得有點凌亂的衣服，「以後不准戳我，不然後果自負。還有，再不睡我真的不客氣了。」

她把頭點得都快掉下來，生怕黑暗中他看不到，然後馬上閉上眼睛，表示她馬上就睡！

趙泛舟低低地笑，摟住她，努力壓抑住情潮暗湧，閉上眼睛，但願他能睡著，阿門！

周筱偷偷睜開眼睛，看一下他，還好，他閉上眼睛了，剛剛她想問什麼來著？對，她想逗他是不是用欲擒故縱，以進為退騙她心軟？現在答案很明顯了嘛。也是這個時候她才發現，如果他不停下來，她根本就沒有制止他的理智，幸好幸好。

第二天早晨，周筱在浴室裡對著鏡子迷迷糊糊地刷牙，鏡子裡的人怎麼看起來有點不對勁呢？她瞇著眼睛湊近鏡子，脖子上那紅紅的星星點點是什麼東西？該不會被什麼蟲子咬了吧？突然腦袋雷光電閃，昨晚的某些激情畫面劈進她的腦袋。靠！傳說中的吻痕——臺灣叫種草莓，香港叫咖喱雞，英語叫 hickey——她會不會太有才華了點？

她用力搓了脖子幾下，發現更紅了，媽的！好想把某人的頭扭下來當球踢啊！

她黑著個臉走出浴室，順腳踹了正蹲在地上找鞋子的趙泛舟一腳。他回過頭看她，無辜得要死：「踢我幹嘛？」

她想說理由，可是講出來就意味著提醒他昨晚的畫面，氣死她了，「沒有，今天看你特別面目可憎。」

「妳更年期啊。」他找到鞋子了，昨晚某人把他的鞋子都踢到床底下去了。

「你才發情期。」換做平時，她可能還會顧及那一點點少得可憐的形象不亂說話，可現在她一肚子火，叫她等下穿什麼衣服出門！等一下，她忘了她有沒有帶高領毛衣了！

他一臉莫名其妙地看著她突然向旅行箱衝去，這女人今天怎麼了？吃了炸藥？

「沒有，沒有，沒有，怎麼會沒有呢？」周筱七手八腳地翻著旅行箱裡的衣服，「對對對，圍巾，圍巾，我記得我有帶圍巾的，在哪裡呢……圍巾……出來……圍巾出來……啊……我要瘋了！」

趙泛舟一邊穿鞋子一邊看得心驚肉跳的，怎麼了啊這是？

她突然蹦到他面前，雙手叉腰，「出去給我買圍巾！」他腦袋裡閃過魯迅文章裡的那個圓規形象。

「買圍巾？為什麼要買圍巾？」他真的是摸不著頭腦，她到底怎麼了，怎麼一覺醒來就變母夜叉了？

「叫你去買就去買。」她很用力很用力地瞪著他。

「那等下出去我們一起去買吧，我也不知道妳喜歡什麼樣子的啊。」算了，他讓步，不是說女人一個月都會有那麼幾天不可理喻嗎，多半那幾天來了。

「不行，我不挑的，你現在就給我出去買。」

「現在去？」神經病啊這是，不挑幹嘛還圍圍巾，又沒多冷。

她用力地點頭！

「妳一大早是故意要跟我吵架嗎？」奇怪，突然叫他去哪買圍巾啊？

「誰要和你吵架？你有被害妄想症啊？」

「那就等下出門的時候一起去買。」他自己下了個結論。

她等下怎麼出門啊？白癡！沒眼睛看是不是？脖子上的星星點點是哪個王八蛋幹的好事？她在心裡圈圈叉叉地罵了一堆。

「你一定要出去幫我買圍巾啦。」她只能用撒嬌的了。

「給我理由我就去幫妳買。」他兩手交叉在胸口，冷靜地看著她，別給他來這一套，他不吃的。

「煩死了，我脖子你是沒眼睛看是吧！」她把脖子湊上去。

趙泛舟疑惑地盯著她的脖子，一秒，兩秒，三秒，叮！終於開竅了。臉紅紅地跑去拿錢包，撂下一句：「我馬上回來」就衝出門外。

兩人走在大街上，周筱不時地扯一扯脖子上的圍巾然後順便瞪他一眼，買這麼醜的圍巾！趙泛舟理虧在先，只得假裝沒看到，不是說不挑的嗎？他臨時上哪去給她買好看的圍巾啊？有就不錯了。

還好接下來雲南各式各樣民族特色的商品分散了她的注意力，她忙著挑禮物回去給同學，今天是他們旅行的最後一天了，明天他們就得回學校收東西各自回家過寒假。

「你看這個好不好看？」她手裡舉著一個木刻的面具很興奮地問他。

他承認是挺有藝術感的，但是，她買回去送給誰？「妳覺得妳哪個朋友收到這會高興？」

她很認真地想了一下，再看看面具，挺好看的啊，就是有點……猙獰，但現在不是流行非主流之類的嗎？那些奇奇怪怪的孩子還更猙獰呢。算了，應該沒人會高興收到這個，買回去掛在宿舍驅邪還差不多。她無趣地放下面具，好想買啊……咦？她又開始想作怪了。

「我買來送你好不好？」她問在旁邊冷眼旁觀的趙泛舟。

「我人在這裡，我要不會自己買啊？」他才不要這種東西，旅遊帶紀念品是他覺得最蠢的事之一。

「我送你的，意義不一樣嘛。」

「哪裡不一樣？」少拿他來當亂買東西的藉口。

「唉……今天天氣這麼熱，我還得戴圍巾，怎麼會這麼衰呢？」她邊說邊扯圍巾，讓脖子透透氣。

「買。」他咬牙切齒地說，臉卻很不爭氣地紅了。

啊哈！險勝一招。

趙泛舟這時還不知道，這個畸形的面具居然會成為他往後三年的時光裡唯一可以睹物思人的東西。

寒假已經放了快兩個星期，學校裡冷冷清清的，只有小貓兩三隻遊蕩來遊蕩去，連食堂都不開了。回宿舍的時候周筱就預想應該不會有人在，但奇怪的是陽臺上還晾了幾件衣服。起初她還以為是有誰忘了收，收下來一看，還沒乾，真的有人還沒回去哦？是誰啊？她們宿舍誰開始改穿布料這麼少的衣服了？

更奇怪的是，當晚一直都沒有人回來，她給每個室友都發了簡訊，但是都沒有人回她。怎麼那麼詭異啊？她都要回家了，不想當校園鬼故事的女主角啊。

中午她和趙泛舟在學校外面小餐館吃飯，她和他講這件事的時候她最最最不想見到的人突然出現了——賈依淳。她穿的是一件白色的毛線連衣裙，和一件長的粉紅色及膝外套，談不上花枝招展，但絕對清新脫俗。周筱瞧瞧她再瞧瞧自己身上起毛球的黑色毛衣外套和兩天沒洗的牛仔褲，很想找個洞鑽進去，但找個洞鑽進去之前要先找個洞把眼前這男人給埋了，誰讓他問她要不要一起吃飯的！

趙泛舟被瞪得莫名其妙，上次也是她說想認識賈依淳的，擇日不如撞日，剛好一起吃飯不就認識了？

賈依淳落落大方地坐下來，對著周筱點了個頭，微笑說「嗨」。

周筱也微笑著點頭，甜甜地說了聲「嗨」。

「常常聽泛舟提起妳，這還真算是我們第一次碰面呢。」她的聲音軟軟的很好聽，吳儂軟語講的就是她這種吧？

周筱但笑不語，她雖然神經大條，但不笨，不會聽不出「常常」這兩個字想要跟她透露的資訊。

「妳吃什麼？」趙泛舟趕緊插進來問，他不是沒有注意到兩人的微妙氣氛。

「排骨飯。」賈依淳說。

周筱心裡在冷笑，長得這麼不食人間煙火，原來也得吃飯啊，還以為妳是吃花長大的呢。不知道是自己多心還是？周筱老是覺得賈依淳處處蓄意挑釁，像現在就是。

「咦？你不是不吃胡蘿蔔的嗎？」賈依淳很純潔地問。

周筱往趙泛舟盤子裡挑胡蘿蔔的手定在半空，他都幫她吃了大半年的胡蘿蔔，現在才告訴她他不吃？

「我現在吃。」趙泛舟淡淡地說，動手把周筱盤子裡的胡蘿蔔挑到自己盤裡。

「這樣啊，我還記得小時候你奶奶硬逼著你吃胡蘿蔔，你還跑到廁所去吐呢。」她用一種回憶往事的口吻說著。

是啦是啦，她又不瞭解男朋友，又會虐待男朋友，這樣行了吧？可以閉嘴吃飯了吧？不要生氣，不要生氣，微笑：「是哦，看不出來他小時候那麼挑食。」

「對啊，他小時候常常把趙奶奶放他碗裡的胡蘿蔔倒掉，不然就是求我幫他吃掉。」

微笑……微笑……拈花微笑而已嘛，誰不會啊？

周筱微笑到臉都快僵了，他們才吃完那頓飯，她本來下午要和趙泛舟去買禮物帶回家的，現在也沒什麼心情，就先回宿舍收行李了。

周筱轉動鑰匙的時候，門就從裡面打開了，原來是陶玲。

「旅遊回來了啊？」陶玲的態度稍嫌冷淡。

「對啊對啊，妳怎麼沒回家呢？我昨晚就回來了，看到衣服還想說是誰的呢。」周筱對她這種忽冷忽熱的態度早就免疫了，還是很興奮地跟她說話。

「我現在要出去，回來再和妳說。」陶玲說完也不等她回應，就逕自出去了。

「哦。」周筱看著她匆匆忙忙的背影說。

一個人在宿舍收東西，她突然想起，為什麼賈依淳還沒回去呢？這麼重要的問題她居然忘了問，白癡啊！

半個鐘頭不到，陶玲又風風火火地回來了，一進來就很用力地甩門，然後突然蹲在地上嚎啕大哭，嚇得正在收東西的周筱一愣一愣的，現在是在演哪齣戲啊？

「怎麼了這是？」周筱試圖把她從地上拽起來，哪知陶玲一翻身就死命抱著她，差點沒把她勒死。

「他和別的女人吃飯。」陶玲一邊哭一邊說。

「他？哪個他？」這話沒頭沒尾的，誰聽得懂啊？

「阿偉。」阿偉是陶玲之前的男朋友。

「你們不是分手了嗎？」上次不是哭得要死要活說分了嗎？

「後來和好了。」因為女朋友懷孕要分手的人她都能和好？真是服了她啊。

「那現在是怎麼了？」周筱努力讓自己的聲音聽起來沒那麼鬱悶。

「我看到他和一個學妹一起去吃飯。」

「只是吃飯？」吃飯而已嘛，民生大事，誰不吃飯啊，她剛剛還跟趙泛舟的青梅竹馬假酒女士一起吃呢……

「不是，妳不懂。」

「……」

廢話，當然不懂，都不知道那種爛男人有什麼值得留戀的，換成是她，就上去跟那個學妹說，「謝謝妳的慧眼識英雄，為了表達對妳把這種爛男人帶離我的世界的謝意，我決定推出買一送一優惠，看妳是想要手機儲值卡還是手機吊飾。」

……嗯，好像陶玲哭得死去活來，她還在這裡想這種風涼的事情，有點不是很厚道哦。

「他們眉來眼去的，而且他還喝那女的飲料。」陶玲氣憤地說。

「這麼賤？」這樣不大衛生吧？而且……他到底是有多渴啊？

「妳陪我去找他好不好？」陶玲用一種小狗的眼睛看著她。

「找他幹嘛？」千萬不要叫她去打架，她武功很差的；也不要叫她去潑硫酸，她瞄準率很低的。

「我想問清楚。」

「好吧。」奇怪，問清楚為什麼要兩個人去問，又不是兩副耳朵聽得會比較清楚。

二十分鐘之後，周筱就後悔她的心軟了。陶玲她哪用人陪啊，她根本就是一隻強悍的母獅子，她氣勢洶洶地衝到餐廳，拿起那杯飲料就往那女的頭上倒，那氣勢，那動作，一氣呵成。唬得周筱一愣一愣，這人根本就是武術指導吧？不過，按理說，這飲料應該往阿偉頭上倒吧？

阿偉氣急敗壞地拽著陶玲：「妳他媽的瘋了嗎？」「我就是瘋了！」陶玲反手要去甩阿偉巴掌，被他攔住。那小學妹頂著一頭五顏六色的果汁，嚇傻了，回過神之後開始小聲地抽泣。

現在好了，怎麼收拾？雖然放假餐廳裡人不是特別多，但是每個人都在看著他們，眼神裡都閃爍著興奮的光芒，也不能怪他們，誰看到這種狀況不會幸災樂禍？

周筱真的很想找個縫鑽進去，她沒事跟著來蹚什麼渾水啊？這個風頭出得也太無辜了吧？

「你們冷靜點，有什麼事好好說。」她試圖勸他們。

阿偉惡狠狠地瞪了她一眼，然後扯住陶玲的手就把她往餐廳外拖。

周筱本來已經要跟上去了，卻不小心瞄到哭得臉上眼淚鼻涕都有的小學妹，嘆了口氣，止住腳步，從口袋裡掏出紙巾拍拍她的肩膀遞給她。小學妹淚眼汪汪地接過紙巾，還不忘跟她說一句謝謝。周筱心想，其實也是挺有禮貌的一個孩子，不過是剛考上大學的小女生，誰知道學長請客吃飯會吃到這種結局？陶玲何必這樣糟蹋人呢？要打要殺找她男人去啊，幹嘛跟人家小女生過不去？

周筱再拍拍她的肩膀，「出去吧。這裡人多。」她乖乖地跟著周筱走出餐廳。

「妳回去宿舍洗個澡吧。」看那小學妹一直傻傻地跟著她走，周筱忍不住說。

「我宿舍裡有人……我不想這樣回去。」唉，這年頭，這些小孩子們放假不回家，留在學校裡幹嘛啊？想當年，她上午考完試，下午就撒腿跑人了。

「……好吧，我想想辦法。」也不能帶她回宿舍啊，要是好死不死陶玲回來了，那還不滅了她們？

「我帶妳去我男朋友宿舍好不好？」

小學妹用力點頭，那果汁順著她的動作在空中飛濺。

周筱打個電話跟趙泛舟簡單說明了狀況之後就帶著她去男生宿舍。路上周筱終於搞懂了怎麼回事，這孩子是大一的，叫袁阮阮，剛進學生會，阿偉很照顧她，她也不知道阿偉有女朋友，所以就順理成章和他搞起了曖昧。對於這種事，周筱也不知道要怎麼說，只能保持沉默。

「學姊，那個是我們學生會的副主席，很帥吧？很多女生喜歡他的。他好像有女朋友了，不過據說長得還好。」這孩子真厲害，這麼快就恢復精力了？

「我知道。」

「妳怎麼知道的？妳是學生會的嗎？我怎麼沒見過妳啊？原來學長那麼有名哦？」

「我不是學生會的。」

袁阮阮用疑惑的眼神盯著她。

周筱很無奈，是她逼她說的哦：「我就是那個據說長得還好的女朋友。」

氣氛陷入無邊無際的尷尬之中。

還好這個時候救苦救難的趙泛舟走了過來，「妳好，我叫趙泛舟。」

「學長好，我叫袁阮阮。」這兩個人真是有禮貌啊。

「走吧，我帶妳們上去，妳身上有沒有證件？」他問周筱。

周筱搖頭。
「那我先去跟舍監阿姨打聲招呼。」
「好。」
他走開了，氣氛再一次陷入無邊無際的尷尬之中。
「學姊……對不起，我不是那個意思。」袁阮阮很小聲地說。
周筱苦笑搖搖頭，「沒關係，我知道。」
「好了，我們上去吧。」他走回來說。

袁阮阮在浴室裡洗澡，水聲嘩啦啦的，好像還隱約有抽泣的聲音。
外面的周筱自身難保，也沒辦法去關心她了。
「妳幹嘛跟著去幹這種事情？要是打起來了怎麼辦？」趙泛舟黑著個臉說，靠！雙面人，在小學妹面前那麼知書達禮……
「又不是我要跟去的。死了，我要不要打個電話給她啊，不知道會不會有事。」
「妳少給我岔開話題。下次不准跟著去做這種無聊事！」
「知道了啦，我又不是白癡。」
「妳本來就是白癡。」他很不屑地說。
「……」她做了個鬼臉，懶得理他。
她開始左顧右盼，她之前其實很少上他宿舍，所以她跟他宿舍的人都不是很熟。好像他宿舍裡的人都回去了啊，她記得他宿舍有一個長得很帥的，叫什麼來著？

「你們宿舍那個帥哥叫什麼名字啊？」

「謝逸星。」

「他回去了啊？」

「關妳什麼事，把口水擦一擦，難看死了。」喲～帥哥嫉妒的臉孔真是醜惡啊，還迷倒學生會一票女生呢，切……

「你起床居然沒疊被子？真是難得啊。」周筱剛好看到他的床，嘖嘖稱奇，這人根本就是有潔癖的，之前住飯店的時候每天早上起來都硬要把飯店的被子鋪好才肯走。

「去幫我疊被子。」

「為什麼要幫你疊被子啊？」自己不會疊啊？她又不是女傭！

「妳不覺得妳至少要盡一點點女朋友的義務嗎？」什麼嘛，疊就疊，何必話中帶話呢？

「疊被子還成了女朋友的義務……」她爬上床去一邊疊一邊碎碎念。

趙泛舟在下面笑得跟黃鼠狼似的，他就是愛看她為他忙碌。

「學長。嗯……學姊呢？」袁阮阮從裡面出來，這孩子把那七彩的果汁洗掉之後長得還是挺可愛的，難怪會招惹到阿偉這種色狼。

「我在這呢。」周筱從蚊帳裡伸出頭來。

「嗯……哦。」袁阮阮表情尷尬，好像誤會了什麼。

「我在幫他疊被子。」周筱突然覺得好像有必要解釋一下。

「哦。」她的表情怯生生的，一臉妳說是就是的樣子。

周筱覺得真是百口莫辯，看向趙泛舟，他只是笑得一臉高深莫測，靠！真想拿枕頭丟他！

「拿吹風機給小學妹啦。」周筱看袁阮阮的頭髮一直滴著水就說。

周筱回到宿舍時陶玲還沒回來，電話打不通，也不知道發生了什麼事，阿偉不會打她吧？周筱跟阿偉的接觸不是很多，但隱約覺得他不是好人，但是人家的男朋友，她也不好多說什麼，後來陶玲和他分手的時候她還替陶玲鬆了一口氣，沒想到……唉，今天過得還真是激動人心啊。

她想了一會兒之後覺得算了，管人家那麼多，好好收拾回家的行李。

第七章

周筱在洗澡的時候聽到外面傳來開門的聲音，然後是「砰」的一聲，好像有什麼東西掉到地上了。她嚇了一跳：「陶玲，是妳嗎？」

「陶玲？陶玲？妳不要嚇我啊！」周筱在浴室裡大叫，但是沒有人回答她，怎麼辦啊現在，她都不敢出去了，唉，寒假的校園怎麼這麼危險啊？

最終她還是鼓起勇氣踏了出去，地上躺著一具類似陶玲但散發著濃烈酒味的生物。還好，還好，起碼不是壞人。

「陶玲，陶玲。」周筱蹲下去搖搖她，「醒醒啊。」

「起來啦，妳不起來我沒辦法把妳扶起來的。喂，陶玲！唉，妳有力氣走回宿舍就應該撐著爬上床啊。」周筱接著搖她，恨不得把她給搖碎了好撿到床上去。

「我是造了什麼孽啊？」她自怨自艾，認命地想扛起躺在地上的陶玲。她換了幾個角度，試了幾次借力都沒辦法把陶玲從地上拖起來。她洩氣地蹲在地上，要不是天氣太冷，她真想就讓陶玲在地上睡好了。

她去隔壁幾個宿舍轉了一下，想找個人幫忙，可是居然都是黑燈瞎火的。樓下小一屆的學妹的宿舍倒是亮著燈，陶玲對這些小學妹向來都不假辭色，要是讓她們來幫忙的話，她醒過來後非殺她滅口不可。不然去找舍監阿姨？不行，等下舍監阿姨告到系主任那去怎麼辦？那……只好再找趙泛舟了。

「喂。」

「嗯？」趙泛舟接到她的電話有點意外，這個時間點她很少打電話給他的，因為這個時候她一般都在看沒營養的偶像劇。

「你可不可以過來我宿舍？」

「過去幹嘛？」

「陶玲喝醉了，我沒辦法把她弄到床上去。」

「好吧，十分鐘後妳下來接我。」

「好。」

十分鐘後，周筱隨便在睡衣外面套了件外套就下樓去接趙泛舟，舍監阿姨一直用有色的眼睛盯著他們，審查了半天才讓他們上去，還一再強調半個小時就得下來。

上樓的時候趙泛舟仔細地看了她的穿著，不贊同地道：「妳穿這什麼東西出來？」

周筱認真看了自己一下，「睡衣啊，可是我有加外套。」

「以後不要穿這種衣服跑出來。」他皺了一下眉頭，連住旅館時她都只是穿著運動服睡覺，他都沒看過她穿睡衣的樣子，居然還給他穿出來亂跑。

周筱相當無辜，哪種衣服啊？這睡衣包得嚴嚴實實的，上面還有一隻可愛的熊貓呢，哪裡有問題了啊？

趙泛舟三兩下就把陶玲丟上了床，說他用「丟」的還真是不誇張，他「啪」的一聲把陶玲丟到床上去，像甩掉什麼垃圾似的。周筱在旁邊看都替陶玲覺得好痛。

丟完了人之後，趙泛舟開始環顧四周，他是第一次進周筱的宿舍，「哪張桌子是妳的？」周筱這才想到，她的桌子亂得兵荒馬亂。

「嗯……那個，你要不要下去了，阿姨說不能超過半個小時。」

「現在才過了五分鐘，妳過河拆橋會不會拆得太快了一點。」他瞥了她一眼。

「哦，那你要不要喝茶，我給你泡茶喝，潮汕功夫茶哦。」她真的不想讓他看到她那壯觀的桌子。

「茶就算了，最亂的那張桌子是妳的吧？」他涼涼地說。

「……」囧。

「真是不想娶妳。」他嘆一口氣說。

#＊%※，圈圈你個叉叉，誰想嫁他了？

「我也沒有想嫁給你。」周筱忍不住頂嘴。

「再說一次？」他眉挑得高高的。

「我才不想嫁給你呢。」說就說，誰怕誰啊，姊姊可不是被嚇大的！

「那不如我來個生米煮成熟飯吧？免得夜長夢多。」他一步一步靠近，她一步一步退後，最後某人把另一個某人堵在牆角。

周筱兩手抵在胸前，推著他，不讓他再貼近。

「妳覺得怎麼樣，嗯？」他什麼時候學會笑得這麼邪惡了啊？

「沒有啦，剛剛開玩笑的，我都不知道多麼想嫁給你啊。」識時務者為俊傑。

「真的？」

「真的。」

「那先親一下。」

「啊？」他是怎麼把話轉到這來的啊？

他先是輕輕啄了一下她的唇，手環上她的腰，然後是火辣辣的輾轉吮吸，她腦袋開始一片空白，兩手從推著他變成無力地搭在他胸口，腳也開始發軟，最後，靈魂慢悠悠地飄出了外太空。

……

他咬了一下她的下嘴唇，離開她的嘴唇。然後把頭抵在她的頸窩上，「真不想放妳回家。」

「……」她靈魂好不容易降落地球，暈頭轉向的，天哪！怎麼覺得他的技術一天一天突飛猛進啊？

「我回去了。」他放開她之前在她頭頂落下一個吻，就走了……

就走了？周筱突然覺得有被吃完擦擦嘴走人的感覺。

陶玲翻了個身，發出囈語一樣的聲音，周筱開始臉紅，他們剛剛在陶玲面前kiss啊……

第二天一早，周筱在陶玲的呻吟中醒來，「陶玲，怎麼了？」

「我頭好痛啊，好像要裂開了一樣。」廢話，不痛才奇怪。

「我有止痛藥，妳要不要吃。」

「不要，止得了頭痛，止不了心痛。」

周筱被雷到了，這麼瓊瑤阿姨的話居然是從二十一世紀的大學生嘴巴裡吐出的？

「那妳喝點熱水吧，可能會好點。」

「我和阿偉分手了。」恭喜恭喜，希望這次是真的分了。

「……怎麼會？」周筱當然不可能跟她說恭喜。

「他說我無理取鬧。」

「嗯，不要太難過。」

「都是那個女的！明知道他有女朋友還勾引他！」

「……」

周筱開始反省：談戀愛的人都這麼盲目嗎？會不會我對賈依淳的討厭其實也是這麼的……刻薄？但是，她為什麼還沒回家？

周筱從床上爬下來，換好衣服，然後去洗臉刷牙。她滿嘴泡沫的時候陶玲突然跑過來塞了個手機在她手裡。「幫我保管手機。」

「為什麼？」由於嘴巴都是泡沫她講話含含糊糊的。

「我怕我忍不住接阿偉的電話或者是打電話給他。」

「哦。」周筱把嘴巴裡的泡沫吐出來，把手機順手放在洗衣臺。

「妳收好藏起來啊。」陶玲急了。

「馬上收，馬上收。」周筱無奈地搖搖頭，漱了一下口就把手機拿去放抽屜裡，陶玲一直跟在她後面，看她把手機放抽屜裡又說：「鎖起來，然後妳把鑰匙藏好。」

「好好好，妳別著急。」周筱把抽屜鎖了，鑰匙就順便放衣服口袋裡。

「我要和趙泛舟去吃早餐，要不要帶給妳？」

「不要了，我沒胃口。」陶玲失魂落魄的，看起來挺讓人害怕的。

「好吧，那我出去了。」

周筱一邊下樓一邊思考：嗯，宿舍在四樓，跳下來不死也殘廢；宿舍裡有兩把水果刀，鈍是鈍了點，用力割應該也是可以割破血管的；還有小鹿開學的時候買了一瓶漂白水，混著洗衣粉喝個腸穿肚爛也是沒問題的……

周筱下樓的時候趙泛舟也剛好到樓下。她衝過去抱著他的手臂，用撒嬌的口氣說，「泛舟……」

「幹嘛？」沒事獻殷勤，非奸即盜。

「幫我買早餐好不好？」

「不是說好一起去吃嗎？」

「陶玲一個人在宿舍，我不放心。」

「吃什麼？」他的臉黑了一半，有點不情願。

「你買兩份腸粉就好。」

「等下我打妳電話，響了妳就下來拿。」他說完走人，臉那個臭得啊！

周筱快速地回到宿舍，看到陶玲呆呆地坐在床上，就走了過去，也盤腿在床上坐下，「我讓趙泛舟去買腸粉了，妳等下多少吃點。」

沉默啊沉默，不在沉默中爆發，就在沉默中滅亡……

十分鐘後。

「把手機還給我。」陶玲突然說。

「妳不是說要我收起來嗎？」

「給我好不好？」她突然哭了起來。

「好好好。我這就去拿。」唉，要她啊這是？

周筱從褲袋裡掏出鑰匙正要去開抽屜的時候，手機響了，她一手接電話，一手開鎖：「喂？」

「把手機還給我——」陶玲突然撕心裂肺地大叫起來，嚇得周筱手一抖，差點把鑰匙掉到地上去。哎呀，怎麼了這是？她匆匆掛了電話，打開鎖，把手機找出來給陶玲。

陶玲接過手機之後就走出陽臺打電話，周筱在宿舍裡聽著她聲淚俱下地講電話，突然覺得超想笑的，掐了一下自己的大腿才忍住不笑，這個時候她的電話又響了，死了，她這才想起，她剛剛好像掛了趙泛舟電話。

「喂。」

「剛剛發生什麼事了？我怎麼聽到很大聲的尖叫？」

「陶玲發神經。」

「妳掛我電話。」聲音冷冷的，帶著控訴。

「我不小心按到的。」

「最好是，下來拿早餐。」

周筱又一次匆匆跑下樓，跑得太快還差一點絆倒。趙泛舟看到她差點摔倒，跑上去穩住她：「妳就不能慢點走路嗎？」

「呵呵。」她傻笑。

「呵妳個頭，早餐拿去，我回去了。」她不是笨蛋，看得出他生氣了，只是還不知道他在氣什麼就對了。

「等等嘛。」她扯住他的袖子。

他停下腳步，也不說話，就瞅著她。

「你在生氣？」

「妳說呢？」

「對不起嘛～」雖然不知道知道他在氣什麼，但是先道歉總是沒錯的。

「道歉幹嘛?妳連我生什麼氣都不知道,何必道歉?」她不道歉還好,一道歉他更不是滋味。

「……」男人心,海底針。

「算了,我回去了。妳什麼時候有空就打電話給我好了。」他轉身要走,她拉著他的袖子就是不放手。

「妳後天就要回家了妳知不知道?」他冒火的眸子盯著她。

「知道。」這跟他生氣有什麼關係啊?

「那妳這兩天找過我幾次?有幾次是順便的?」

「那你告訴我賈依淳為什麼沒回家?」她話突然就這樣丟出去了,說完之後她恨不得把自己的舌頭咬下來。

「妳非得每次都扯上她嗎?」他語氣淡淡的,但是臉色整個沉了下來。

周筱心「咯噔」了一下,她怎麼那麼管不住自己的嘴巴呢?

「……我不是那個意思。」

「是不是妳心裡有數。」

周筱覺得很委屈,幹嘛這樣啊?就不能給她個臺階下嗎?

「放手,我回去了。」周筱把手鬆開,他頭也不回地走了,媽的,你就耍狠吧!

陶玲跟她男人和好了;周筱明天早上十點的車;趙泛舟一直沒出現。

「妳打個電話給他不就行了,男人嘛,哄哄就得了。像我和阿偉還不是一樣。」陶玲的聲音居然帶點幸災樂禍。

周筱不吭聲，媽的！以為每個人都跟你們這對姦夫淫婦一樣啊。

「女孩子要懂得適時示弱，不然男人很快就會移情別戀了。妳別以為妳們家趙泛舟比其他男人有什麼了不起，男人就是那樣的。」陶玲看她沒反應就接著說。

「妳現在是怎樣？唯恐天下不亂？」周筱瞪了她一眼。陶玲太太，我知道妳閱男無數，這樣行了吧？

「沒有啦，我也只是好心。」陶玲自以為調皮地吐吐舌頭。

「那真是謝謝妳了。」算了，還是出去好了，再跟她待在一個空間，周筱都不敢保證會不會發生命案了。

周筱拿了手機和錢包就出門了，本來計畫要給媽媽買件外套的事一拖再拖，乾脆就今天去買吧，反正明天回家了，趙泛舟那死男人不知道什麼時候才發完神經。

她坐了半個鐘頭的車到了步行街，自己逛起街來，其實她不是心裡不難受，但是要她主動去找趙泛舟她又做不到，一直待在宿舍等他來找她又度秒如年，乾脆找點事情給自己忙好了。

周筱看中了一件大衣，但不知道媽媽喜歡什麼顏色，就打了個電話回去，接電話的是媽媽：「媽。」

「怎麼了，怎麼突然打電話回家？是不是有什麼事？錢不夠用嗎？買了車票嗎？什麼時候回來……」

「媽，妳慢點講，一下子問這麼多問題，我怎麼回答啊。」周筱趕緊打斷媽媽的話。

「妳這孩子，什麼時候回家啊，訂了車票沒？」

「訂了，明天的票。」

「訂了票怎麼也不打電話回家？妳最近怎麼那麼少打電話回家啊？是不是功課很忙？還是家教很忙？很忙就不要做了，爸媽不缺妳賺那點錢……」

「媽……」周筱有點哽咽，她是個壞孩子，談個戀愛就忘了家人，只有難過的時候才想起他們。

「怎麼了？聲音怎麼怪怪的？是不是感冒了？」媽媽的聲音有點著急。

「沒有，我在外面逛街，周圍聲音很吵，我是要問妳，給妳買件大衣，妳要什麼顏色的？」

周筱努力讓自己平靜下來。

「不用了啦，媽有衣服穿，妳把錢留著給自己買衣服。」

「哎喲，妳別管我啦，我還有錢，妳告訴我喜歡什麼顏色就是了。」

「這孩子，講不聽的啊，那就黑色的吧。」媽媽的埋怨帶著濃濃的喜悅，父母是這個世界上最容易取悅的人。

「好，那我掛電話了啊。」

「妳不要買太貴的啊，明天上車的時候要打個電話回家啊。」

「知道了。」

掛了電話後周筱就挑了件黑色的大衣去櫃檯付帳，在掏錢的時候電話響了，低頭一看，是趙泛舟：「喂。」
「喂。」
「……」短暫的沉默。
「小姐，謝謝，一千兩百五十元。」
「哦，好。」周筱把手機夾在耳朵和肩膀之間就掏出錢包付帳。等到她付完錢拿到東西的時候才發現電話那邊一直是沉默的，她拿下手機一看，唉，她夾住手機的時候碰到了掛斷的按鍵……唉，她怎麼老是陰錯陽差地掛了他電話呢，要是她真的是故意掛斷也就罷了，明明不是，每次都要背負掛斷電話的罪名，連她自己都很想問，有沒有這麼巧啊？唉，要不要回撥給他啊？正在猶豫間電話又響了。周筱趕緊接起來。
「喂。」
「妳在哪裡？」居然不罵她掛他電話，真是難得。
「步行街。」
「去幹嘛？」
「給我媽買衣服。」
「什麼時候回來？」
「待會兒。」
「是什麼時候？」
「現在去坐車，大概四十分鐘左右。」

「四十分鐘後我在車站等妳。」

「哦。」

「掛了。」

「哦。」

「嘟……嘟……」

他每次都來這套，氣消了就當是都沒發生過一樣，周筱很想不理他，但是硬不起心腸，還是匆匆忙忙趕去坐車。

一下車周筱就看到趙泛舟，他還是那張冷冰冰的臉，活像每個人都欠了他錢沒還一樣。

「走吧。」他丟下一句話之後就自顧自往前走。

媽的！他以為他在叫狗啊？狗都沒那麼聽話！她心裡在罵，但腳步還是乖乖跟上。

他七拐八拐地轉了很多的巷子，愈走周筱心裡是愈發毛，他該不會突然覺得她實在很討人厭決定殺她滅口？還是決定先姦後殺？

「妳的腦袋瓜子給我停下來。」趙泛舟停下來看她有沒有跟上來的時候，看她一臉呆樣就知道她又在胡思亂想了。

「停下來我就死掉了。」她軟軟地頂回他的話。

「這樣會死我就陪妳殉情。」他確定，有一天他會被她氣死！

她不吱聲了，反正兩人現在也還沒和好，她沒有必要附和他的每一句話。

「到了。」趙泛舟在一間房子的門口停下，房子雖說不上很漂亮，但也看得出房子的主人有精心裝潢過。

「這是哪裡？」周筱好奇地問。

「我媽家。」趙泛舟掏出鑰匙開門，說話的口氣很平淡，聽不出個所以然來。

他媽家？他爸爸和媽媽離婚了嗎？他很少很少跟她說過他家裡人的事，她只知道他爸爸媽媽是商人，家在H市，其他的就都不知道了。

趙泛舟轉過身來要牽周筱往屋裡走，周筱不肯往前走。

「怎麼了？」他皺著眉問。

「我不要見你媽媽。」哪有人就這樣來見家長的啊？她連個禮物都沒帶，手上還提著給媽媽的大衣，而且兩人還在吵架期間。

「妳放心，我媽不在。」

周筱還是不動，她被搞糊塗了，完全不知道他葫蘆裡賣的什麼藥，不講清楚別指望她會踏進這間屋子。

「妳先進來，我告訴妳所有的故事。」趙泛舟有點無奈。

周筱考慮了一下，就跟著進去了，房子看起來很久沒人住了，但還是可以想像當年住在這裡的人的樣貌。趙泛舟帶著她進了一間房間，好像是個小男孩的房間，牆壁上還貼了一張《七龍珠》的海報。

「我十歲之前都和我媽住在這裡，我爸大概一個月會回來兩三次，他很疼我，每次都給我買很多玩具。我爸媽很恩愛，爸爸回來的時候會幫媽媽做飯，陪媽媽散步，和我一起看卡通、玩遊戲。每次爸爸要走了的時候，媽媽都會牽著我站在門口看著爸爸走，一直到看不到爸爸的背影為止。」趙泛舟的眼神直直地落在牆上的海報，整個人沉浸在她不能理解的憂傷之中。

「有一天，我放學回家，家裡來了一個慈祥的老太太和一個戴很多珠寶的女人。她們說老太太是我奶奶，女人是我爸爸的老婆。後來她們帶著我和媽媽坐了很久的車和飛機，然後我很累，我就睡著了，醒來的時候我在一個很漂亮的房間裡，有很多的玩具，很多的零食，但是就是沒有媽媽。老太太叫我叫那個女人媽媽，那個女人看著我笑，但是我沒有叫。」故事講到這裡，周筱大概已經明白是什麼樣的故事了，她靠近他想抱住他，他後退一步。

「妳聽我把故事講完，我就留在那間很大很漂亮的房子裡生活，她們對我都很好，但是我很想我媽媽，有一天我在院子裡一個人哭的時候，隔壁有個小女孩聽到了，就跟著我一起哭，甚至哭得比我還厲害，我很好奇，就翻過牆去看她，我問她為什麼哭，她說她聽到我哭就哭了。她真的是一個很愛哭的女孩子，什麼事都會哭，被媽媽罵哭，被狗吠了哭，摔倒了哭，作業做不完哭，連看到我哭也會跟著哭。」周筱聽他這麼認真而傷感地敘述著另一個女孩，心裡百感交集。

「認識她以後，我就再也不哭了，我多了一種哥哥的使命感，我要保護這個很愛哭的女孩。她也是她的存在，陪我度過了沒有媽媽陪伴的日日夜夜。妳現在明白了嗎？賈依淳是我生命中很重要的人，妳能不能為了我，試著理解她的存在？」

「那你們為什麼沒有在一起？」周筱很冷靜地問，不帶感情色彩的，她知道賈依淳一定是喜歡他的。

「她是我妹妹，我會疼她保護她，但僅限於此。」他的回答很堅定。

周筱認真考慮了好幾分鐘之後跟他說：「我不敢保證我能不能理解，但是我會盡量，這樣可以嗎？」

「這樣就夠了。我帶妳去看我媽的照片。」他到另一個房間裡拿出一本相冊。

相冊裡的照片並不多，大多是一個漂亮清瘦的女子，抱著一個小嬰兒，笑得一臉幸福。

「你媽媽好漂亮哦。」周筱說，「你還沒告訴我你媽媽去了哪裡。」

「她和我爸爸在一起，他們一起在外面做生意，一年會回來看我一兩次。」趙泛舟說。

好吧，她承認，她不懂他們家的相處模式，他能不能解釋清楚點啊？

「我奶奶當年給了我媽兩個選擇，一是我跟著我媽過，但是從此我媽必須和我爸切斷關係；二是我入籍趙家，由奶奶與趙家媳婦帶，我媽和我爸的事她們從此不過問。我媽選擇了後者。」趙泛舟看她滿臉的問號，乾脆講清楚。

「那他們有結婚嗎？」

「沒有，我爸跟我大媽沒有離婚，我戶籍上母親一欄填的也是大媽的名字。」

「大媽？」

「我爸的老婆，我不想叫她媽媽，後來就叫她大媽。」

「她有沒有虐待你？」

「沒有，妳電視劇看太多了，她對我很好。」

「對你很好你還叫人家大媽。」她小聲地說，「這稱呼真難聽。」

「妳不在意嗎？」趙泛舟其實有點擔心。

「在意什麼？」

「我的家庭很複雜。」

「這有什麼好在意的？你之前一直不告訴我，該不會是怕我會在意啊？」

他點頭。

「切～把我看得那麼膚淺。」周筱很不以為然，「你恨他們嗎？」

「小時候恨過，長大後覺得那是他們自己的選擇，也就沒什麼恨不恨的了。」

「這樣啊……說真的，大媽這個稱呼真的很難聽，你還是換一個吧。」她一臉嚴肅，但眼神裡閃爍著調皮。

「妳這麼不正經，我告訴妳，我大媽覺得我是她犧牲婚姻換來的，對我要求很嚴格，所以……身為我的女朋友，妳皮繃緊一點吧。」

「現在分手來不來得及？」她故作沉思狀。

「來得及啊，要不要？」他睨了她一眼。

「算了，算了，天將降大任於斯人也，必先苦其心志，勞其筋骨，餓其體膚，空乏其身，行拂亂其所為，所以動心忍性，曾益其所不能。我很有才華吧？」她討好地說。

「妳見風轉舵倒是挺快的嘛。」

「好說好說。」嘻嘻……「你知不知道，你今天說的話比你跟我交往到現在所說過的話全部加起來還多？當然，要扣除你訓我的時候，你訓人的話那還真是老太婆的裹腳布，又臭又長啊。」

「……」

「你幹嘛不理我？」

「懶得理妳。」

「我明天就回家了耶，你還懶得理我？我怎麼這麼命苦啊？」

「白癡。」

「……」又罵她白癡？

「過來。」他招招手，靠，他又以為他在叫小狗啊？

「幹嘛？」周筱沒好氣。

「抱一下。」

「哦。」她拖拖拉拉走過去。他用力扯她入懷。

「趙先生，不要那麼用力，我快被你勒死了，我知道你很飢渴，但是請你冷靜點。」

他更用力地收緊手臂，嘴角卻忍不住上揚，她對一切的反應都讓他鬆了口氣，真是個貼心的女朋友。

「喂喂喂……真的勒死了啦，你想換女朋友你就說啊，不用勒死我啊，你不要別人還可以回收利用啊，現在講究環保啊……」

「妳再吵我們就接吻。」這女朋友哪裡貼心了？鬧心還差不多。

周筱安靜了，這傢伙最近技術太卓越，她不要等下腳軟回不了學校。

第八章

「你每天都要傳簡訊給我哦。」周筱在跳上車前還抓著趙泛舟的手叮嚀。

「好。快上車，司機在瞪人了。」趙泛舟很是無奈。

「讓他瞪，他嫉妒你有這麼年輕貌美的女朋友。」

「妳臉皮可以再厚一點。」

「真的可以嗎？再厚一點我怕你頂不住。」

「少給我貧嘴，快上車，路上小心點，到了給我電話。」他真的很拿她沒辦法。

「你幹嘛一直趕人家走？抱一下嘛。我們有一個多月不能見面呢。」周筱說什麼都不上車。

「……」他很敷衍地抱了她一下，「去吧。」

「那我走了哦，你將有一個月抱不到我這樣的溫香暖玉哦～」周筱還在磨蹭。

旁邊已經有人在竊笑，趙泛舟惱羞成怒，「上去！」

「上去就上去，兇什麼兇嘛。」周筱嘟囔著，加快腳步上車。

趙泛舟站在車站看著車開走。唉，真的一個月要見不到她了，心裡其實難免也有點失落。

「小伙子，你的小女朋友很可愛哦。」旁邊也是來送人的老太太說。

「謝謝。讓妳見笑了。」趙泛舟回過頭去對她微笑。

「年輕真好。」老太太下了一個注解之後就笑笑地離開了。

趙泛舟還在公車上就接到周筱的電話。

「喂，怎麼了？有忘記什麼東西嗎？」

「沒有啦，我想說趁著還沒出S市，電話還不算長途就趕緊打電話給你。」

「妳倒是勤儉持家啊。」趙泛舟嘴角帶笑。

「那是～你說我怎麼辦啦？」

「什麼怎麼辦？」

「我已經開始想你了啦。」她的聲音變得軟軟的，濃濃的帶點撒嬌的意味。她其實不常用這樣的聲音講話，除了平時想鬧他的時候。

「……」

「算了，講完我自己都覺得好噁心。我掛了。」聲音一落就傳來「嘟嘟」的聲音。

趙泛舟笑著搖搖頭，把手機拿在手上，一分鐘內她一定會傳簡訊過來的。

果然，不到一分鐘，手機就在手上震了起來，他翻開簡訊：

寄件者　筱

你都沒有說你會想我，我好虧。

他正準備回簡訊，又有簡訊進來：

寄件者　筱

快點，說你會想我想到夜不能寐，晝不能寢。

她的性子真是千年如一日的急啊，他乾脆就不按手機了，等她第三條簡訊：

寄件者　筱

不回？沒看懂是吧？來，讓姊姊告訴你「夜不能寐，晝不能寢」的意思，就是說啊，一個人心裡有事，就會睡不著。針對你的情況，心裡有事就是在想我，然後你就一直一直睡不著，白天也睡不著，晚上也睡不著，明白了嗎？

兩分鐘……

寄件者　筱

居然不回我簡訊，是不是人啊你？

再兩分鐘……

寄件者　筱

真的不回了啊？不要嘛～回我簡訊啦～

他再等了兩分鐘，才按下按鍵「會」，發送。

兩分鐘 again。

寄件者　筱

會什麼？

趙泛舟對天翻了個大白眼，得寸進尺的女人！

周筱在車上，昏昏欲睡，他回個簡訊真慢啊，總算來了：

寄件者　破船

會想妳。

呵呵……她可以安心睡了……

經過了五六個小時的顛沛流離，周筱終於回到家了，媽媽和弟弟在樓下夾道歡迎她的回歸，架勢比當年他們迎接香港澳門回歸要熱烈得多……不對，香港回歸的時候弟弟還沒出生。弟弟搶著幫忙提東西，媽媽一直問她要吃什麼？唉，回家感覺真好……

媽媽在廚房裡忙著給她張羅吃的，她坐在飯桌旁悄悄給趙泛舟打電話：

「喂，我到家了。」她很小聲地用氣音講話。

「哦，妳幹嘛那麼小聲講話？」

「我怕被我媽聽到啊。」

「聽到了會怎麼樣？」

「我會被扒皮抽筋。」

「妳家管那麼嚴？」

「那是，我家可是書香世家，我就是個大家閨秀。」

「……能把妳養成這樣的孩子也不容易。」

「你什麼意思？」

「筱啊，妳在給誰打電話呢？」媽媽從廚房端著湯出來。

「啊？沒有，我同學，他之前送我上車，我打個電話跟他說一聲。」

「男的還是女的？」

「女的。」回完了媽媽的話之後周筱趕緊跟趙泛舟說：「掛了哦，拜拜。」

在宿舍這邊的趙泛舟聽得是一頭霧水，她們家那種語言聽起來乍聽像日語，仔細聽像阿拉伯語，真是鳥語花香啊。

周筱掛了電話之後就高高興興地享用起媽媽牌的愛心大餐。

媽媽坐在旁邊看她吃東西，一個勁地說，多吃點多吃點，看妳，都瘦了。

周筱掐了自己腰上的肉一下，一圈一圈的，哪裡瘦了啊？媽，妳的眼睛是不是不太好啊？

「媽，妳去我黑色的包包裡找我給妳買的外套，試試看合適不。」

媽媽跑出去找出外套，穿上之後就在她面前晃來晃去，笑得合不攏嘴：「看我像不像電視上的模特？」弟弟眼睛盯著電視，頭也不抬地說：「模特沒那麼胖。」

喲~小小年紀，還會損人了就是。

周筱嘴裡咬著一塊骨頭，點頭如搗蒜，「很好看。」

媽媽真好看。

「妳回來這幾天，怎麼一天到晚都拿著手機一直按？」在看報紙的爸爸突然抬頭問周筱。

周筱發簡訊的手抖了一下，故作鎮定地說：「沒有啊，哪裡有，只是室友最近失戀，所以安慰她一下。」在看電視的弟弟也跟著說：「對啊，姊姊都不肯把手機借給我玩遊戲。」死小孩，你不說話沒人把你當啞巴！

「我怕你把我的按鍵按壞啊。」周筱捏著弟弟的臉說。

「妳以前回來也給我玩遊戲啊？」死小孩，這麼多年，白疼你了！

「就是一直給你玩遊戲，所以現在有一些按鍵不是很靈。」

爸爸又埋下頭去看報紙，周筱才鬆了一口氣，哪知埋在報紙後面的爸爸突然冒出一句：「反正妳不要做對不起爸媽的事就好了。」

周筱狂冒冷汗，這是什麼意思啊？什麼叫對不起爸媽的事？爸，你會不會太誇張了一點？有沒有這麼嚴重啊？

「筱啊，剛剛妳阿姨打電話過來，說讓妳明天開始去給妳表弟表妹補習。」媽媽掛了電話後對周筱說。

「又來了！寒假暑假都這樣，我在學校當家教，回家也要當家教，哪有人這樣的啊？」周筱很不爽，那兩個小孩子煩死了，既不聽話，又不愛學習，在學校教人還可以拿錢，回家教只能受氣。

「媽，我可不可以不要去？」

「去吧，不要讓媽媽難做人。」媽媽最奸詐了，用這種口氣！讓她只能乖乖去教。

不過去阿姨家教孩子也有個好處，雖然兩家離得不遠，她可以趁在路上那一小段時間給趙泛舟打電話，這麼久沒聽到他那冷冰冰的聲音了，真懷念呢。

果然。

「喂。」

「我家的大家閨秀還是小家碧玉總算可以打電話了。」都說了他的聲音是冷冰冰的那種，

「不要這樣說嘛，我也很想給你打電話啊，我爸媽跟福爾摩斯似的，我不敢打啊。」

「那現在怎麼就可以打了？」

「我在去給我表弟表妹上課的路上。」

「上課？」

「唉，我被當免費勞力用啦。」說到這個，周筱就很想嘆氣。

「兩個孩子多大？」

「一個念初二，一個念初三。不說他們啦，你什麼時候回你的大宅門啊？」

「大宅門？」

「就你家啊，你不覺得你家的故事比《大宅門》還蕩氣迴腸、催人淚下嗎？」

「……」

「哎呀，我阿姨家到了，你要回去的時候記得給我傳個簡訊，還有，記住，我有空會給你打電話，你千萬不能給我打電話哦。掛了哦。」周筱掛了電話之後開始按阿姨家的門鈴。

趙泛舟很無奈，大宅門？虧她想得出來。

來開門的表妹把周筱嚇得夠嗆，這孩子穿得真的是，真的是——光明磊落，該露的都露了，不該露的也露得差不多了，現在初中的孩子發育得真好啊，那小胸脯飽滿得～都快爆滿了。周筱意識到她變成色姊姊了，趕緊把目光投回她臉上，唉，那個臉塗得真的是，真的是——七彩斑斕。

「妳不冷嗎？」雖說汕頭比較暖和，但這孩子穿得跟要去夏威夷度假似的，應該也會冷吧？

「還好，我等下要跟朋友出去，表姊，妳課就上快一點吧。」

「……把數學練習題拿出來吧。」死小孩，她也很想早點走。

「錯了錯了，這道題先想清楚要把虛線填加在哪裡，不要隨便亂畫虛線。」

「那畫哪裡啊？」

「畫這裡啊，妳看，它要求面積，這個圖裡差什麼？差高啊，妳把高填上去，求出來就行了嘛。」

「哦。表姊，妳看不看漫畫啊？」表妹開始扯開話題。

「以前看過一點，現在比較少了。妳認真點。」周筱也經歷過她這個年齡，知道她開始不想上課了。

「哦，那妳是蘿莉控還是正太控，還是御姊控？」表妹還在興致勃勃地問。

「什麼？」拜託，不要跟她講這些名詞，她老了，聽不懂，除了遙控，她什麼控都不知道。

「表姊，妳真是跟不上時代耶。」表妹一臉的不屑。

「是，我跟不上時代，妳不把這頁題目做完，妳看看我會不會讓妳出去跟朋友玩。」周筱兇她。

「表姊，不要這樣嘛。」

「快做！」

「哦。」

唉，送完了一個女的瘟神，再來一個男的，周筱的表弟很跩地從房間走出來，經歷過他妹妹的洗禮，周筱還是被他的打扮徹底地雷了一場。

他那頭髮太有型了——一整個變身後的超級賽亞人，耳朵上叮叮噹噹掛滿了一堆金屬，全身上下衣服的顏色少說超過五種。周筱突然覺得表妹剛剛穿得實在是樸素。

表弟一在書桌旁坐下就撩起袖子，不撩不知道，一撩嚇了周筱一跳，他右手的手臂上刺了一個紅色的血淋淋的「恨」字。奇怪了，這孩子飯來張口，茶來伸手的，他是在恨什麼啊？

「嗯……你這個恨，是在恨什麼啊？」周筱忍不住好奇還是問了。

「我恨俗人對我們投以異樣的眼光。」他用苦大仇深的語氣說。

「……哦，原來是這樣啊，哈哈，我們做題目吧。」周筱小心地選擇遣詞造句，避免傷害這幼小的心靈。

唉，好吧，她也是個俗人，但是，要求地球人看到超級賽亞人不驚訝會不會太強人所難了一點啊？

走出阿姨家的時候，周筱快虛脫了，這兩孩子，一個比一個難搞，教上一個寒假，她應該會短命十年吧。

寄件人　破船

我回大宅門了。到了給妳簡訊。

周筱打開簡訊，趙泛舟回家了啊？她想打個電話給他，還是算了，最近媽媽虎視眈眈，還是等到要去教表弟表妹的路上再給他打電話好了。

撥不通？周筱在路中央停下，搞什麼鬼啊？他的電話怎麼都打不通啊？算了，去上完課的路上再打。

「喂？」

「喂，我是趙泛舟的媽媽，妳是？」電話那頭傳來了一個中年婦女的聲音。周筱嚇得差點把電話摔出去。

「哦，阿姨，妳好，我叫周筱，我是他的……嗯……同學。」慘了，慘了，他的媽媽，呃？哪個媽媽啊？大媽還是二媽？還是要說養母還是生母？唉，就說嘛，他家的故事跟大宅門似的。

「這樣啊，妳找他有什麼事嗎？他剛起床，在樓下吃飯。」

「沒事，沒事，我只是想問一下他有關學校的一些事，早上的時候他電話打不通，所以……」哈哈，她是撒謊界的天才，快點自己崇拜一下自己。

「他早上才剛到家，我看他很累就讓他去睡覺，怕手機吵到他就替他關了，沒耽誤妳什麼事吧？我現在就去叫他上來接電話。」

「沒有，沒有。不用不用，不是什麼要緊的事。我等下再打電話給他就好了。謝謝阿姨。拜拜。」

「拜拜。」

好像他媽媽人也挺好的，也蠻客氣的啊。

現在怎麼辦？她待會兒就回家了，哪能給他打電話啊。算了，知道他平安到家就好了，明天再給他打電話。

剛走到家門口，電話就響了，是趙泛舟。

「喂。」

「我大媽剛剛有沒有說什麼？」哦，原來是大媽。

「沒有啊，她很客氣啊。」

「她知道妳。」

「什麼？」

「她知道妳是我女朋友。」

「……」知道剛剛還問，真是個奸詐的大人。

「她怎麼知道的。」周筱沉默了一會兒之後問。

「我之前去加拿大的時候我就告訴她了。」

「我剛剛瞎掰了一些話，怎麼辦？」周筱有點害怕。

「沒關係，喜歡妳的人是我，不是她。」趙泛舟的聲音很冷靜。

「……」這是趙泛舟第一次這麼清晰地表白，她卻開心不起來，他話裡的意思就是「他大媽並不喜歡她」啊。

「妳別擔心，她不會怎麼樣的，開學之後我帶妳去見她。」

「哦。」

「小舟，下來吃水果，依淳來串門了呢。」電話那頭傳來他大媽的聲音。

「我先掛了，妳不要胡思亂想，明天打電話給我。」

「哦。」又是酒精？這酒精怎麼就不曉得這是破壞他們倆攜手喜氣洋洋奔向舉案齊眉、琴瑟和絃、白頭偕老、永浴愛河的康莊大道的行為？這法律要是由她來定，酒精這樣的行為是要槍斃的！

周筱無奈地把手機收起來，然後回家。一進門媽媽就迎了上來：「我剛剛從樓上看到妳在下面打了很久的電話，打給誰？」周筱很疲倦地瞄了媽媽一眼，「朋友。」

「哪個朋友？什麼朋友？」媽媽的口氣有點咄咄逼人。

「男朋友。」周筱有氣無力地說完，就逕自走回房間，反倒是媽媽愣在那裡，一時不知道怎麼反應。

關上房門，周筱把自己扔在床上，不管爸爸媽媽怎麼想，反正這麼大了，難道還真的就不讓人談個戀愛嗎？難道自己的父母還能把她抓去浸豬籠嗎？

晚飯桌上，媽媽和爸爸就一直偷瞄她來著。吃完飯，她收拾著碗筷準備洗碗，媽媽突然攔著了：「今天的碗讓弟弟洗吧，我們去客廳聊天。」弟弟一聽，不願意了：「憑什麼啊？」

「叫你洗就洗，少囉嗦。」媽媽說。

周筱樂了，憑什麼，就憑你姊姊我談戀愛了，你一小屁孩還沒得談。要早知道這事捅出來了可以不洗碗，她就早講了。

她承認，苦中作樂是她的才能，不見棺材不掉淚，見了棺材心一橫也就躺進去了。

周筱踏進客廳，她爸媽已經排排坐好了，哈，三堂會審來了，皮繃緊點吧。

「妳先坐下。」爸爸開口了，做爸爸的就有這點優勢，不怒而威，「什麼時候談戀愛的？讓妳去念書還是讓妳去談戀愛的？」

「孩子他爸，別急，咱們好好跟她說，來告訴媽媽，妳什麼時候談的戀愛？」這兩人絕對是有彩排過的，還一個演黑臉，一個演白臉呢。也不想想，他們上有政策，她下也有對策啊。反正不吭聲就對了，人家香港員警都說了，她有權利保持沉默嘛。

「妳這什麼態度？」爸爸突然提高聲音。

「這個學期開始談的。」周筱被爸爸嚇了一跳，長大了之後就很少被爸爸吼了。

「對方是什麼人？」媽媽問。

「同學。」

「交往到什麼程度了？」媽媽又問。

這問題就比較難回答了，什麼程度？要怎麼形容啊？低級？中級？還是高級啊？這不是擺明了難為她嘛？

「算了，那男孩子哪裡人？家裡做什麼的？」媽媽可能自己也覺得這問題有點抽象，於是改了一下。

「H市的，家裡做服裝生意。」戶口調查呢這是。

「有沒有照片，我看看。」媽媽說。

周筱從手機翻了半天，才翻出一張某次在圖書館偷拍他看書的照片。媽媽和爸爸很嚴肅地傳看了之後，媽媽突然冒出一句：「小伙子模樣長得還不錯，以後生出來的小孩子應該會好看。」周筱冷不防被媽媽雷了一場，這話題轉得也太快了吧，果然食色性也。媽媽也難逃趙泛舟的美色誘惑。

爸爸「哼」了一聲，「好看能當飯吃啊！」

周筱很想說，那不好看也不能當飯吃啊。

「打個電話給他，我要跟他講話。」爸爸說。

「啊？」周筱快暈倒了，不是吧？

「快點。」

「哦。」周筱顫抖著手按下快速鍵，心裡一直默念，不要通，不要通。「喂。」趙泛舟清冷的聲音傳來，靠！沒事接什麼電話嘛！

「喂，嗯，那個，我爸要跟你講話。」她吞吞吐吐地說。

「……好。」他沉默了五秒鐘後說。

周筱把電話遞給爸爸，爸爸站起來拿了電話到房間裡去接，她和媽媽在客廳裡坐立不安。

「媽，爸不會罵他吧？」

「應該不會吧。」

大概二十來分鐘之後，爸爸總算結束了他們的 man's talk 出來了，他把手機還給周筱，就說了一句：「既然談戀愛了，不要荒廢課業就好。去幫妳弟洗碗，他洗那麼久了，一定沒洗乾淨。」

不是吧？就這樣？他不要上演一下「棒打鴛鴦」或者《梁山伯與祝英台》或者《羅密歐與茱麗葉》，不然至少也來個灑狗血的《劍蝶》啊？而且，事情發展到最後的最後，她她她還得去洗碗？

周筱沒想到，地下情浮上水面原來有這麼多的好處，比如說，她不用躲著藏著給趙泛舟打電話和發簡訊了，也不用編一堆有的沒的藉口解釋一些比較反常的行為，而且，媽媽對趙泛舟的長相相當滿意，恨不得跟爸爸離了去跟他結婚的那種滿意。而爸爸是對他的談吐很滿意，爸爸說這孩子講話很有邏輯，感覺得出來是個可以託付終生的對象，對於爸爸提出的這個奇怪的理論，她是不予置評啦，原來說話有邏輯的人就可以託付終生，那如果她找個辯論社的，或者法律系的，她爸是不是馬上把她打包寄過去嫁給人家？話說，她爸媽還沒見面就這麼喜歡他了，那他的爸媽會不會還沒見過她就很討厭她？況且，他還有兩個媽。嗯，這什麼邏輯啊？但是她就是沒什麼自信啊。

每個人過年都有很多事要做，像是大掃除啦，拜年啦，收紅包啦，還有——開同學會。今年過年期間，周筱光是同學聚會就有五個：小學轉學前的、轉學後的、初中的、高中分班前的、高中分班後的。

從大年初三開始，她就每天趕場似地去參加同學會，趕得她差點沒眼冒金星口吐白沫。連她媽都看不下去說：「這幾天不見妳和小舟打電話，一天到晚去參加什麼鬼同學會，有男朋友的人不要亂跑。」喲喲喲喲，這小老太來勁了，直接喊小舟了，人家跟妳有那麼熟嗎？再說了，他是給了妳多少錢讓妳幫他盯著啊？

這會兒周筱正在參加小學聚會，小學聚會是最尷尬的聚會，一群人都不知道幾千年沒見過了，一開始氣氛不知道有多尷尬，大家只能靠拚命地追憶似水年華來掩飾不自在。周筱還好點，她有一個從小一起長大的朋友，他們從幼稚園到高中都是同學，所以他們一起參加了每一個尷尬或者不尷尬的聚會，可以稱得上是患難與共了。

嗯，忘了提，他叫蔡亞斯，雖說這名字是二十幾年前取的，但絕對是個崇洋媚外的名字，亞斯，雅思？

亞斯同學是個好人，因為他正在幫她擋酒。而她正在接趙泛舟的電話，「嗯。我會早點回家的啦，你好囉嗦，跟我爸似的。」

「不要喝酒。」

「放心啦，有人幫我擋酒。」周筱很得意地說。

正在擋酒的蔡亞斯哼了一句，相當大聲：「死女人，我在幫妳擋酒，妳在和別的男人卿卿我我，是不是人啊。」

「什麼別的男人，那是我男人！」她和蔡亞斯講話向來都是大聲小聲，一點都不淑女。反正從穿開襠褲的時候就認識他了，再裝就不像了。

「得，指不定明天就不是了。」蔡亞斯很不屑地說。

「那是誰？」趙泛舟安靜了幾分鐘突然問，他覺得這男的有問題，故意用普通話就是要讓他聽得懂。

「我朋友啊。」她說。

「什麼朋友？」

「從小一起長大的朋友，我倒楣死了，從小就認識這種人。誒，蔡亞斯，你再踢我我就把你的腳剁下來滷豬腳！」周筱講一半就被踹了一腳。

「我十一點打妳家電話。」掛了？什麼嘛？她爸說可以十二點回家的啊！

十點五十一分，周筱家門口。

「好了，我要進去了，你回去小心點。」周筱對送她回家的蔡亞斯說，拜託快點走，她要趕著回去接趙泛舟電話。

「那我回去了，有空出來玩？」

「得，還有空呢，我家跟你家也就兩條巷子之隔，你要想我了就來找我啊。」周筱眨眨眼。

「誰會想妳啊。走了。拜。」蔡亞斯擺擺手走了。

「拜，路上小心點，不要對路人怎麼樣了。」

周筱蹦蹦跳跳回到家，剛好電話響，真準時啊。

「看，我乖吧，你說十一點就十一點。」周筱拎起電話就說。

「我說呢，非得提早走，原來是跟情郎約好了啊，做人非得這樣嗎？」蔡亞斯的聲音從電話另一端傳來。

「哎呀，姓蔡的，你找碴啊。」周筱急得跳腳，等下趙泛舟的電話會打不進來啦。

「原來這麼明顯啊？」他的聲音帶著滿滿的笑意。

「好啦，你到底什麼事啦？」

「明天他們說去學校看一下，妳去嗎？」

「我睡得醒就去，睡不醒就算了，反正明天的事明天再說啦。」

「得了，知道妳急，掛了，拜。」

「拜。」

她電話一掛，另一個電話就跟著來了。

「喂。」周筱這次學乖了，不拿起電話就亂講話。

「是我。」趙泛舟那招牌冷聲音傳了過來。

「呵呵，我乖吧，你說十一點就十一點。」講完還抬頭看了一下鐘，十一點五分。

「我剛剛電話打不通。」

「還不就是那個死蔡亞斯。一直占線，他故意的，明知道我在等你電話。」講到這個她就來氣。

「蔡亞斯？」

「就剛剛跟你說的那個從小一起長大的朋友啊。」周筱還在沒心沒肺。

「妳少跟其他男的勾勾纏。」他的聲音沒什麼情緒，聽不出來是說真的還是開玩笑。

「哪有啊，就許你有青梅竹馬，還不准我有兩小無猜就對了。你以為你名字裡有個舟就當自己是州官了啊，我連點個燈都不行？」她君子坦蕩蕩，沒在怕的啦。

「妳少跟我貧嘴，我後天去妳家。」

「哪裡貧了？啊？什麼？」

「我後天去妳家。我已經跟妳爸媽說好了，他們說歡迎。」廢話，他們除了說歡迎還能說什麼啊，不要來？

「你後天怎麼來啊，你家和我家離這麼遠。」

「有一種交通工具叫飛機。」

「那我不是要去機場接你，機場離我家好遠哦。」

「妳可以不要來接，我坐下一班機回去。」

「知道了啦，我抬八人轎子去接你。」小氣鬼，抱怨一下都不行。

掛了電話之後，周筱跑去問媽媽，「媽，趙泛舟要來我們家啊？」

「對啊。」媽媽忙著看《今日一線》，頭也不抬一下。

「幹嘛讓他來我們家啊？」周筱急了。

「幹嘛不讓他來？他要來拜訪我們，難道還不讓他來啊，正好可以瞭解一下他是個什麼樣的人。」媽媽總算把頭從電視機前抬起了。

「隨便你們啦。」得，就妳那破爛普通話，還瞭解人家呢。

唉，他後天就來了啊，過年這麼一陣子，她可是養了不少肥肉啊，本來打算過完年減肥回去漂漂亮亮見他的，現在吹了，難怪要說計畫趕不上變化。

第九章

趙泛舟走出機場，就看到活蹦亂跳的周筱，她先是左右張望了一下，然後突然飛奔過來撲向他。他笑著接住她，「衝力這麼大，看來最近伙食不錯哦。」

周筱從他懷裡掙脫出來，轉身要走，他笑著扯住她，「這樣就生氣了啊？」

她不講話，嘟著個嘴，趙泛舟這才發現，她的嘴巴上有個不大不小的傷口，就問：「嘴巴怎麼了？」

「熱吻留下來的後遺症。」周筱說，哼！要說氣死人的話誰不會。

趙泛舟臉色變了，拉著行李要往回走，周筱拉住他的衣襬，「沒啦，昨晚吃大閘蟹，被蟹腳弄傷的，你都能說我胖了，我就不能說一下哦？」

他瞪了她好久才說：「這能一樣嗎？」哪裡不一樣了啊？

「好啦，我胡說，我們快回去吧，我爸媽等著我們吃晚飯。」周筱伸過手去要幫他拉行李。

他牽住她伸過來的手，另一手拉行李：「妳就不能小心點，吃個蟹都能吃成這樣。」

「知道了啦，怎麼都這麼囉嗦啊。」周筱不耐煩地晃動著兩人牽著的手。

都？趙泛舟看了她一眼說：「還有誰說妳了？」

「還不就姓蔡的那個死男人，一直念一直念。」周筱氣憤地說，「早知道昨天就不和他們一起去吃飯了。」

「走吧，回妳家去。還要坐車嗎？」趙泛舟心裡開始在不爽。

「要啊，你累了吧，我們還是坐計程車回去好了。」

「不用了，我不累。」

車上，趙泛舟的頭靠在周筱的肩膀上昏昏欲睡，周筱推推他的頭，「你不是說你不累嗎？」

「別吵，讓我睡一會兒。」怎麼可能不累？不想坐計程車是怕她爸媽覺得他像被寵壞的大少爺。

這人真的是……真的是道德敗壞的雙面人啊！剛剛一路上都要死不活的死樣子，臉冷得跟千年寒冰似的，多跟他講兩句話都嫌她吵，現在居然神采奕奕地跟她爸媽聊天？搶著要洗菜是怎樣？無恥啊無恥。

飯桌上，媽媽一直折騰著給趙泛舟夾菜，趙泛舟誇了一句阿姨做的滷雞腿真好吃，媽媽就差點沒從周筱的碗裡把剩下的雞腿搶過去給他吃。周筱偷偷瞪他，他回她一個挑釁的眼神。哼，道貌岸然！

吃完飯，周筱去洗碗，在廚房裡老是聽到客廳傳來的笑聲，氣得她是牙癢癢的啊。弟弟拿著一個玩具衝進廚房：「姊姊，妳看，哥哥送我機器人。」

「哦。你要不要幫忙洗碗？」

「不要。」弟弟拿著玩具飛奔出廚房。

「我來擦碗吧。」趙泛舟不知道什麼時候出現在廚房裡的。

「終於記得我了啊？」周筱沒好氣。

他好脾氣地笑笑，不吱聲，拿起布來擦碗。兩分鐘之後，周筱剛想說什麼，媽媽進來了，「小舟啊，不用你幫忙，去喝茶吃水果，這裡讓她做就好了。」

這什麼媽媽啊！看清楚好不好，誰才是在妳肚子那個黑暗封閉空氣又不好的小空間裡待了十個月的啊？

「阿姨，我只是幫忙擦碗而已，沒關係的。」趙泛舟笑得那個燦爛啊，跟中了彩券似的。

媽媽滿意地走了，邊走還邊嘮叨：「真是懂事的好孩子。」

趙泛舟轉頭看一下門外，湊到周筱的耳邊說：「我今晚跟誰睡？」

她白了他一眼：「跟我弟睡，或者跟我爸睡。自己選。」

「我比較想跟妳睡。」

「美得你。」

「是妳吧，誰不知道妳肖想我青春的肉體很久了。」

「……」

「你們倆快點，出來吃水果，不然妳弟都吃完了。」媽媽在客廳用潮汕話大聲說。

「哦。」周筱回答。

「阿姨說什麼？」趙泛舟好奇地問。

「我媽叫我把你從窗戶丟出去，而且要瞄準馬路上有車輾上來的時候。」周筱面無表情地說，甩乾手走出廚房。

「妳現在很跩嘛。」趙泛舟跟著走出廚房。

「那是，沒聽過我的地盤我做主啊。」

「吃水果吃水果。」媽媽一看他們過來就招呼說。

「阿姨，周筱剛剛說妳讓她把我丟出窗外。」趙泛舟笑著說。

全部人的眼睛刷刷地看向周筱，周筱傻笑：「我跟他開玩笑的。」媽媽推了一下她腦袋，「死孩子，亂講話。」周筱瞪趙泛舟，算你狠！

「明天讓周筱帶你去玩，看你是要去海邊還是去一些景點。」大家在那邊喝茶聊天的時候爸爸對趙泛舟說。

「好。謝謝叔叔。」

第二天早上，周筱還在睡夢中徜徉的時候，房門被打開了，媽媽進來了：「起床了，吃早餐了，吃完早餐帶小舟去玩。」

「我再睡一會兒啦，五分鐘。」她拉起被子蒙住自己的頭。

「不行。」媽媽很兇地說。

「拜託啦，就五分鐘。媽，我最愛妳了。」她還在求饒。

媽媽用力掀開被子。周筱把自己捲成一團，大叫：「冷死了啦，妳是後母啊。」

趙泛舟坐在飯廳裡，自從昨天周筱胡說八道事件之後，他們家就都很貼心地改講普通話。

他聽周筱在房間裡鬼吼鬼叫，嘴角忍不住地上揚，這麼快樂的一個家庭，難怪養得出這樣……奇特的一個孩子。

「什麼媽媽嘛，要把我冷死啊，我一定是爸爸跟別的女人生的。」周筱揉著眼睛走出房門。

「早。」趙泛舟笑著說，她的睡衣真可愛，上面還有正在吃銅鑼燒的哆啦A夢。

「早你個頭，都是你害我這麼早起床的。」她放下揉眼睛的手。

他不由得失笑，他發現她在家的時候比在學校的時候要孩子氣很多。她看他笑得像隻大野狼的樣子，忍不住推了他一把：「有什麼那麼好笑的。」「沒，妳快去洗臉刷牙。」

她進浴室前打量了他一下，已經穿得光鮮亮麗的了？「你什麼時候起床的？」

「人家小舟很早就起來了，還幫我洗菜呢，妳以為每個人都跟妳一樣懶啊。」媽媽從房裡疊完被子出來接話。

周筱關上浴室門，知道了，知道了，就小舟是偉人，其他人都是劣質星球來的劣質生物。

吃過早餐，周筱和趙泛舟就被媽媽趕出門玩，雖說是住了十幾年的地方，但一時要帶他去哪玩她還真的不知道。

走出門前的巷子之後趙泛舟就牽住了她的手，剛開始她沒在意，但是當左鄰右舍三姑六婆開始用曖昧的眼神看著他們，還笑得一臉抓姦在床的模樣時，她才發現眼神的焦點都在他們交握的手上，她想掙脫他的手，但是他更用力地握著，她只能皮笑肉不笑地對著打招呼的鄰居們點頭，然後保持著微笑很小聲地說：「趙泛舟，放開我的手。」他跟著微笑，裝沒聽見。

「我會被你害死的啦。」一走出那些三姑六婆的視線範圍，周筱就抱怨說。「我都可以想像他們回家口沫橫飛地講我們的事，然後明天我的那些同學就會開始打電話來問我了。都是你害的。」

「講我們什麼事？」他說。

「就我們交往的事啊。」她氣憤地說。

「我們本來就在交往。」他說，本來就是要讓他們去說，他還怕他們宣傳力度不夠呢。

「哎呦，你不懂啦。」周筱很順口地說：「要是我以後換男朋友了，我會被口水淹死的。」

「換男朋友？」很平淡的口氣。

「不是那個意思啦，我是說，只要我們不結婚，我就會一直被這些人當茶餘飯後的話題啊。」周筱拚命想解釋，總覺得愈說愈錯的感覺。

「也就是說，妳從來就沒想過我們會結婚？」他臉色開始不好看了。

「話也不是這麼說啦，只是，我們都還是學生，誰會想那麼遠啊？」她還在解釋。

「我。」他說，然後放開牽著她的手。唉，某人又生氣了。周筱挽住他的手，討好地說：「好嘛好嘛，我們等下就去登記，結婚結婚。」正說著，周筱的手機就有簡訊進來了，她打開，不出所料是蔡亞斯，他媽媽是三姑六婆的領頭羊，當然可以拿到第一手資料。以下為簡訊內容：

寄件者　蔡洋鬼子

聽說妳那誤入火坑的男友現身了，帶出來哥哥幫妳鑒定一下吧。

周筱把手機遞給趙泛舟看：「你看，馬上就來了，我們家這邊的情報系統都趕上ＦＢＩ

了。」他瞄了兩眼，這傢伙真的很愛給朋友取外號，還洋鬼子呢。

「跟他約時間。」他都自己送上門了，當然不能跟他客氣。

「你真的要和他見面嗎？他嘴巴很賤的哦。」周筱有點擔心地說。

「他不是妳最好的朋友嗎？我當然要見了。」

「好吧。」她打了一個電話過去，嘰哩呱啦講了一堆之後說：「我們晚上吃完飯出去喝茶，他剛剛推薦我們去海邊，要不要去？」

「好啊，去之前我們先去民政局登記結婚吧，聽說結婚只要十幾分鐘就可以搞定。」

「……」冷面笑匠，算你狠！

海邊，應該是很浪漫的地方吧，電影裡男女主角都要在海邊追逐一下，然後女主角摔倒，男主角順勢壓上去，然後是熱吻；再不然也是男主角背著女主角在沙灘上奔跑，女主角快樂地嬌笑。最後鏡頭轉移到沙灘上，上面是一雙雙凌亂而快樂的腳印，再煽情一點的話沙灘上會有一個心，裡面寫著兩個人的名字，然後浪花一遍遍地沖上來，直到圖案消失，打出字幕「The End」。

為什麼會這樣呢？趙泛舟無語地看著蹲在一旁啃烤雞翅膀的周筱，很想一腳踹她下海。周筱還扯扯他的褲角說：「你真的不吃嗎？我跟你說，這裡的烤雞翅膀是我吃過最好吃的，我每次來海邊都會吃，你試試看嘛。」他快瘋了，這什麼女人啊！

「妳站起來吃，或者坐著吃，不要用蹲的，很難看。」他說著伸手去拉她起來。

「那你吃吃看。」她順著他的力量站起來，把雞翅膀遞到他嘴邊。他躲開，「說了不要。」

「吃吃看嘛。」她祈求地看著他，雞翅膀就一直停在他嘴邊。

「我不吃這種黑黑的東西。」他堅持不吃。她不動，就倔強地看著他。他無奈，只得咬下一口。

「好吃吧？」她看著他咀嚼問。他遲疑了一下點頭，唉，這東西哪裡好吃了？

周筱這才滿意地又蹲下去安靜地撕咬她的雞翅膀，趙泛舟無奈地坐下，拉她也坐下。

好吧，至少還有其他人覺得海邊是個浪漫的地方。遠一點的沙灘上有一對新人在拍婚紗照，金黃色的沙灘，很多白色的貝殼，藍色的天，藍色的海，一朵朵的浪花，迎面吹拂的海風還帶一絲鹹鹹的腥味，笑得一臉幸福的新娘和新郎……「喀吱，喀吱喀吱……」

「妳啃骨頭的聲音非得這麼大嗎？」趙泛舟用力地瞪她，眼珠子都快瞪下來了。

「別吵，我快吃完了。」她理都不理他。趙泛舟看著天空，天真是藍得一塌糊塗啊，唉，不知道毆打女朋友犯不犯法？

某人總算把雞翅膀啃完了，笑得一臉滿足地看著他，「我還可以去再買一個嗎？」趙泛舟用大拇指擦去她嘴角旁邊沾到的醬汁：「不可以。」她很失望地嘆了口氣，突然又興奮起來說：「那我們手牽手在沙灘上散步吧。」「不要。」「為什麼？」「妳手上都是油。」他一臉嫌棄。她抽出紙巾擦手，說：「你剛剛還用手擦我的嘴呢，你的手上也有醬汁，我都沒嫌棄你了。」

兩人手牽手在沙灘上散步，總算有點浪漫的味道了。如果旁邊這個女的不要東張西望的話就更完美了，「妳到底在看什麼？」「看看有沒有漂亮的貝殼揀啊，這裡的貝殼漂亮的都被揀去賣了，所以我要是能找到漂亮的貝殼就證明我運氣太好了，回去就跟我媽賭錢，一定會贏的……」他看著她的小嘴一張一合的，突然說：「妳的嘴巴什麼時候會好？」「啊？」「被蟹腳弄傷的那個傷口什麼時候會好？」「不知道耶，大概再兩天吧。」「妳有沒有擦藥？」「沒有啊，很快就會好的啦，你這人怎麼這麼沒情趣啊？非得在這裡跟我討論我的傷口和擦藥問題嗎？」周筱忍不住抱怨了一下。

「……」趙泛舟很想一掌劈爛她的腦袋，她居然有臉說他沒情趣？「會痛嗎？」

「不會啦，你老問這個幹嘛？」她有點不耐煩。

他湊近她，仔細研究她的傷口，然後……輕輕地啄了一下，退開，含笑看著她，她一臉震驚地看著他……他……怎麼可以這樣？他又笑著將唇貼了上去，細細地吮吻，她嘴裡都是烤雞翅膀的味道，好像也不錯。

從遙遠的地方傳來攝影師的聲音：「新郎……你可以親新娘了……記住要笑著……親，幸福一點……」他的聲音斷斷續續的，被海風吹得支離破碎，散在沙灘上，開出幸福的花。

周筱還在發呆兼腿軟，趙泛舟用手環住她的腰，說：「現在知道我問了要幹嘛了吧？」她喘過氣來，用力掐了他的手一下，「連傷兵你都下得了口，還是不是人啊！」「我還可以再更不是人一點，妳要不要試試？」他邊說邊捏她腰上的肉說：「這就是傳說中的 love handle 啊？」

「……」周筱很想在沙灘上挖個洞把他埋了。

晚餐吃得很豐盛，吃過晚餐才七點，他們跟蔡亞斯約了九點喝茶，也就是說，他們還有兩個小時可以打發，於是周筱就提議大家一起來打牌吧，因為她今天真的揀到了一個很漂亮的貝殼。但是十分鐘之後，她就後悔她的提議了。

媽媽手裡拿著牌老不打，只顧著沒完沒了地講周筱小時候的事，而且專挑糗事講，愈糗她講得愈起勁。

比如說，周筱小時候為了吃小賣部的字母餅乾非要嫁給小賣部的大叔，也不管人家四十多歲而且有家室，年紀小小的就試圖破壞人家家庭幸福；比如說，周筱和蔡亞斯玩過家家酒，非逼人家把她切碎的橡皮擦當炒年糕吃下去，幸好那孩子腸胃好，兩天後就排出來了；比如說，問她三加一等於多少，她不會，再問三個蘋果加一個蘋果等於多少，她猶豫了半天說可以不可以算餅乾：比如說，蔡亞斯的媽媽生了個小女孩，周筱對她是愛不釋手，每天就跑去看小嬰兒，而且是見一次稱讚一下：「小妹妹好可愛啊，又小又白就像一坨鳥屎。」說得人家媽媽臉是一陣青一陣白的……

總算熬過了一個多小時的媽媽講古時間，周筱發現媽媽的普通話有突飛猛進從量到質的提高。她和笑得快缺氧的趙泛舟要出門，媽媽還跟在後面沒完沒了地說：「路上要小心，天氣冷，多穿件衣服才出去啊，不要太晚回來……」「知道了知道了，我們快來不及了，回來再給我母愛好嗎？」她趕緊拖著趙泛舟出門。

「周筱，這邊這邊。」周筱和趙泛舟一進上島咖啡就有人站起來叫，他們看過去，好傢伙，少說十個人。

周筱深深覺得，這群人瘋了，好說人家咖啡廳也挺優雅的，非得在這裡大吼大叫就對了。

「你好像被開放參觀了。」周筱小聲地對趙泛舟說。他們只是約了一個蔡亞斯，沒想到來了一群同學，每個人都似笑非笑，不懷好意的。

「姓蔡的，你幹嘛找一群人來？」周筱質問蔡亞斯。

「我們本來就約好的，是你們加了進來。」他一臉人不是我殺的樣子。

「那麼小氣幹嘛啊，給我們看一下又不會怎麼樣，就蔡亞斯是妳朋友，我們就不是了啊？」同學甲跳出來說。周筱無視他的話，本來就不是，連名字都忘了的同學甲，沒事裝什麼熟啊？

趙泛舟默默地打量著所謂的蔡亞斯，她的兩小無猜。

蔡亞斯也默默地打量著所謂的趙泛舟，她的男朋友。

有一種較量，不需要言語。

他們一堆人有一搭沒一搭地聊天，人多口雜，倒也和樂融融，唯一尷尬的一瞬間是周筱在埋頭拚命擰開糖罐的時候趙泛舟和蔡亞斯同時伸手過來，兩隻手突然伸到她面前，她嚇了一跳，手一滑就把糖罐子摔了出去，幸好是塑膠的，不然還得賠一個糖罐子。蔡亞斯笑得前翻後仰的：「我說啊，妳要把罐子摔了，就留在這洗碗吧。」周筱懶得理他，沒文化，一個罐子就得留下來洗碗，再說了，人家是咖啡廳，只有咖啡杯，沒有碗。

「算了，妳不是不愛喝咖啡嗎，喝茶吧。」趙泛舟把她面前的咖啡撤到他面前，給她倒了杯茶。周筱受寵若驚，這人今天吃錯藥了啊？這麼溫柔？要是在以前，她摔個罐子非得讓他念到耳朵長繭不可。

「還真是溫柔體貼的男朋友，亞斯啊，你好好學學，難怪周筱被別人追走了。」同學乙說。媽的，不說話沒人當你是啞巴。

「對啊，對啊，我以前一直以為你們會在一起呢。」同學丙附和著。周筱其實很想問他，你哪位啊你？

「算了，我無福消受。」蔡亞斯說。周筱作勢要拿茶潑他，他笑著躲：「姑奶奶，我錯了，我都不知道多麼想消受妳，為了消化妳，我家都準備了一箱健胃消食片了。」

「你找死！」周筱跳起來要去打他，趙泛舟拉下她：「這裡是咖啡廳。」對哦，她趕緊坐好，小口地喝茶。「用不用這樣啊，姑奶奶，也太噁心了吧妳，裝什麼淑女啊！」本來已經跳起來要奔跑的蔡亞斯又拉開椅子坐下。「你管我。」周筱給他一個關你屁事的眼神。「我說，哥們，你女人自己好好管著，她強烈要求我管她，我可不想管。」蔡亞斯突然對趙泛舟說。趙泛舟慢慢地放下放下本來在喝的咖啡，笑著說：「那是因為你管不著。」高！這招實在是高！一句話堵得蔡亞斯跟吞了碟似地啞口無言，周筱對蔡亞斯做了個鬼臉：「哼！管不著。」

周筱和蔡亞斯的家只有兩條巷子之隔，於是三個人順理成章地結伴在街上晃蕩。趙泛舟的手隨意地搭上周筱的肩膀，他平常很少這樣的，周筱看了他一眼，她也不是笨蛋，她知道他在宣示主權，如果這樣他會放心點的話，就隨他去吧。

「你們在一起多久了？」蔡亞斯眼睛直視著前方問。

「一年不到。」其實周筱也不知道要怎麼算，中間有段日子他在加拿大，要算進去嗎？

「你是那個消失了半年的男朋友吧？」蔡亞斯回過頭來問趙泛舟。趙泛舟摟緊了周筱的肩，點點頭。

「那時候她跟我說她失戀了，我去看她，她哭得肝腸寸斷，我認識她那麼多年，還沒看她那樣哭過，當時我想，要是讓我見到你，我一定要打你一頓。」

氣氛一瞬間冰凍。

「亞斯……」周筱試圖說什麼，趙泛舟打斷她：「我知道我對不起她。」

「知道就好。你要是欺負她，我不會跟你客氣的。好了，我先走了，你們慢慢卿卿我我，噁心死我了，真是受不了。」講完蔡亞斯揮揮手，跑了。

留下氣氛有點古怪的兩人，面面相覷。

趙泛舟鬆開緊緊摟著她肩膀的手，說：「回去吧。」

回到家，大家都已經睡了，兩個人分別坐在客廳沙發的兩頭，沉默。

「我去睡了。」周筱站起來說。「看會兒電視吧。」趙泛舟按下遙控器，把電視聲音調到最小。周筱又坐回去。電視上兩個人在沙灘上奔跑，女的跳上男的背，男的背著她跑得飛快，好像很甜蜜的樣子。周筱腦海裡閃過高中背過的古文——老驥伏櫪，志在千里。你有能耐就跑他個一千里啊！

「我大後天就回去了，答應我大媽要回去過元宵的。」電視的光忽明忽暗，照著他的表情也明明滅滅。

「哦，好。」周筱無意識地回答。

「就這樣？妳沒別的要說了？」趙泛舟說。周筱認真思考很久之後說：「在你回去之前我們再去一次海邊吧，我發現我今天太便宜你了，你要跟電視上一樣背我在沙灘上奔跑。」趙泛舟看看她，再看看電視，再看看她，看看電視，很認真地說：「妳跟女主角不是一個噸位的。」

周筱也看看他，再看看電視，然後看看他，再看看電視，也很認真地說：「你跟男主角也不是一個帥度的。」

「妳……」

「怎樣？」

「去睡。」

哈哈，有人惱羞成怒了，周筱快快樂樂地站起來要去睡覺，趙泛舟突然又拉住她的手，猶豫了很久之後，有點憂傷地說：「對不起。」

周筱在黑暗中停頓了幾秒，蹲下來捧住他的臉用力地親了一下：「原諒你了。」拍拍他的臉，又啵了他一口，說：「去睡了哦。」然後起身走人，剩下愣在原地的趙泛舟。

他怎麼覺得，他好像被調戲了啊？

多年之後，周筱每次想起這個夜晚，都一直搞不清楚，他到底是在為哪次的離開道歉？

第十章

「叔叔阿姨，這幾天打擾你們了，謝謝你們的照顧。我走了。」趙泛舟對周筱的爸爸媽媽說。被叫阿姨的人很激動，拉著他的手說：「下次再來玩，一定要再來啊。」周筱拉開媽媽的手：「媽，差不多了，我都雞皮疙瘩掉一地了。」「妳這孩子。」

「我們上車了哦。」周筱揮揮手，「你們先回去吧，我送他到機場就回家。」

「叔叔阿姨再見，弟弟再見。」趙泛舟有禮貌地說。

「再見。」

兩人在車上，趙泛舟緊緊握住周筱的手，十指交扣，「我很喜歡妳的家人。」「我媽都恨不得拿我去換你了，你當然喜歡。」想到媽媽剛剛那激動勁她就有氣，當年送她上大學時媽媽也只是揮揮手說到了學校不要惹事啊，然後拍拍屁股走人。送他倒是跟十里長街送總理似的。

「妳什麼時候回學校？」趙泛舟問。

「過完元宵，你呢？」

「也是過完元宵，沒什麼事的話妳早點回學校。」趙泛舟有點不自然地說。

「你很捨不得我對不對？巴不得早點見到我對不對？一日不見如隔三秋對不對？」她腆著臉說。

「一個人的臉皮可以厚到什麼程度，我算是長見識了。」真是服了她。

「啊！」她突然想起什麼似地尖叫起來。

「怎麼了？」

周筱突然有點鬱悶，不說話了。趙泛舟奇怪地看著她：「怎麼了？幹嘛不說話？」

「再過兩天就情人節了，我都沒跟你一起過過情人節。」她有點委屈。

「那我不走了，陪妳過完情人節再走？」他揉揉她的頭。她倚過去把頭靠在他肩膀上，另一隻手掰著兩人交握的手指，她掰起他一隻手指，鬆開，又掰起，又鬆開。

「你是故意的。」她悶悶地說，「明明就不可能多留兩天。」

「乖，再過幾天就可以見面了。」他鬆開交握的手，搭住她的肩膀，攬她入懷。她把臉埋在他胸口，拿頭用力地撞了兩下。

「好啦，再撞就內傷了。」他固定住她的腦袋，不讓她再行兇。

「就是要把你撞內傷。」

「黃蜂尾後針，最毒婦人心。」

情人節前一天中午，周筱在睡午覺，迷迷糊糊地接了個電話，說是有她的包裹，她匆匆跑下樓去拿。

「妳拿著什麼東西啊？」一進門媽媽就問。

「包裹，不知道裡面是什麼東西。」

「快點打開啊。」媽媽催促道。

她睨了媽媽一眼，這位太太，有沒有那麼急啊？她慢吞吞地撕開封箱膠紙，好像是一件衣服來著。她把它拿出來抖一抖，是一件外套，黑色的，很簡單的剪裁，但是挺好看的。隨著她抖動的動作，有一張卡片飄了下來，媽媽眼明手快地撿了起來，打開就大聲念了出來：「覺得這外套很適合妳，情人節快樂。趙泛舟。小舟好浪漫啊……」

周筱看媽媽兩眼冒紅心的樣子，很想嘆氣。

「快點穿穿看啊。」媽媽拿過她手上的衣服硬幫她套上。「等一下啦，讓我先把身上的外套脫了啊。」周筱掙扎著脫下身上的外套。兩個人一陣兵荒馬亂之後總算把衣服套上，好看是好看啦，但是……好像大了一個size，靠！在他心目中，她到底是多胖啊？

她無奈地打電話給他：「我收到禮物了，謝謝。但是，你能不能告訴我，你覺得我幾公斤啊？」他安靜了兩秒鐘之後說：「我買大了是不是？」「還好，不是特別大，還能穿。」她笑著說。

「妳要不要寄回來，我去換？」他問。

「不用了，反正我男朋友覺得我是個胖子，還換什麼換啊，吃胖點就行了。」她說。

「妳給我差不多一點啊——」威脅的語氣來了，「那我的情人節禮物呢？」

「啊？今天天氣真好，你那邊天氣怎麼樣啊？」死了死了，忘了要準備情人節禮物這件事。

「妳忘了。」濃濃控訴的語氣。

「哪有，我怎麼可能忘了。我提前送你了啊，你才忘了吧。」她開始瞎掰。

「妳倒是說說看啊。」他一聲冷笑。

「……」給她十分鐘時間好好想想，要掰也要時間的啊。哦！有了有了：「我送了你一個很藝術的面具，它千年後將是一個偉大的藝術品，會和維也納一樣偉大，不然和那個……馬踏飛燕一樣偉大也是有可能的。」

「它是木頭的。」

「所以呢？」

「千年之後它已經化作春泥更護花了。」

「好吧，我忘了買禮物。」誠信好了，二十一世紀誠信最貴。

「就知道。」他哼了一聲。

「幹嘛這樣？好像我很沒良心似的。」

「妳本來就沒良心。」

「好嘛，我會挑一份最最適合你的禮物回去給你，還有，謝謝你的禮物，我很開心。」周筱說。

「嗯。元宵第二天我就回學校了，妳快點回。就這樣了，拜拜。」

「好，拜拜。」周筱掛了電話，回過頭去對媽媽說：「媽，麻煩妳下次偷聽躲開一點，不要這麼光明正大。」

「呵呵，年輕真好，我也要叫妳爸送我禮物。」媽媽一點都不會不好意思。

「讓爸送妳一把油菜花，順便炒了晚上吃。」

元宵過後第四天，周筱終於坐上了回學校的車。趙泛舟一直催她回去，害她換了提前兩天的車票。她在車上傻笑，腦子裡幻想著趙泛舟拿到禮物會是什麼表情，她也給他挑了一件外套，也是黑色的，乍看和他送她的那件有點像，這樣他們就可以穿情侶裝了，這叫強迫性情侶裝。

下了車，她沒見著趙泛舟，倒是見到了他那帥哥室友——謝逸星。謝逸星迎上來對她說：「趙泛舟有事，來不了，讓我來替他接妳。」

「哦，這樣啊，謝謝，麻煩你了。」周筱客氣地說。奇怪了，有事他幹嘛不先打電話給她？

謝逸星幫她提過行李，叫了輛計程車。坐在車上的時候不時瞄著她，有點欲言又止。周筱就奇怪了，她自認沒有長得傾國傾城啊，他一直看一直看是怎樣？沒聽過朋友妻不可戲啊？她還不想紅杏出牆，即使這堵牆很帥。

「趙泛舟今天出國。」他好像下了很大的決心之後說。

「什麼？」不要跟她開這種玩笑，不好笑。

「他今天出國。」謝逸星低頭看了一下手錶，「一個小時後的飛機。」

周筱一瞬間懵了，眨著大眼睛認真地瞪著坐在前座的謝逸星，她跟他沒有熟到開這種玩笑的地步吧？還是說跟電影演的一樣，有什麼 surprise ？還是說……是真的？車內瀰漫著古怪的氣氛，連司機都忍不住透過後照鏡偷看她。

謝逸星很衰，為什麼要他來做這種事？

「嗯，那個……他其實想等到了美國才給妳電話的。」他斟酌了一下還是說了。

「美國？為什麼去美國？去多久？」周筱很平靜，嚇死人的平靜。

他猶豫了有半個世紀之久才說：「等他到了會跟妳解釋的。」周筱點點頭，拿出手機撥電話，不接？

周筱俯過身子去拍拍謝逸星的肩膀：「借手機用一下。」他沉默，搖搖頭。她靠回椅背，安靜地看車窗外，很藍的天呢，在這個城市裡她很少看到這麼藍的天，飛機轟轟飛過，在後面拖下長長的飛機雲。

「司機大哥，麻煩你，調個頭去機場，開快一點。」周筱說。司機轉過頭去看謝逸星，謝逸星也不敢說什麼，就點點頭。

司機是個好人，非一般的好人，用飛一般的速度趕到了機場。

機場這個地方不是找人的好地方，周筱在人來人往的地方愣了兩分鐘，不知道從何找起。

謝逸星拖著她的行李站在她身後十米之外遠遠地看著她：她小小的個子在人群中顯得更小，一直茫然地轉動著腦袋，用力地眨眼睛，是想把眼淚眨回去吧？

唉，他會被趙泛舟罵死的，果然心軟會誤事啊。他無奈地掏出手機，撥下電話：「唉，兄弟，我對不起你，我們已經在機場大廳，你過來吧，我搞不定。」

說完他就掛了，拖著行李走到周筱身邊：「人那麼多，找不到的，我已經打了電話讓他過來了，不管他過不過來，過了登機時間我們就回學校好嗎？」周筱點點頭，但不動。

時間可以流動得多緩慢？只有等待過的人才知道。

趙泛舟站在她面前的時候，她覺得她已經等了一世紀那麼長，長到好像周星馳的電影，時間消逝，等的人身上都結滿了蜘蛛絲。

「回去吧，我就要上飛機了。我會跟妳解釋清楚的。」趙泛舟說，沒什麼表情的表情又出現了。

「不了，現在解釋吧。」她也沒什麼表情。

謝逸星默默退開，這兩人好恐怖，好像殺手在進行什麼交易，下一刻就會掏出槍來血洗機場。

趙泛舟深深看了她一眼：「還是回去吧，我沒辦法在這麼短的時間裡告訴妳所有的事情，尤其是我的心情。我保證會講清楚的，回去好嗎？」

「要多長的時間？在我家四天三夜的時間夠不夠？之後每天一個小時的電話夠不夠？」都說了，她的腦筋一到重要的時刻就會很清晰，她已經可以猜到他在去她家之前就決定了出國的事了。

「我不告訴妳真的有我的考量，妳諒解一下好不好？」他嘆了口氣。

「不好。」她定定地看著他，不再讓步：「告訴我，你要去多久？」

「我還不知道。」他凝視著她，眼神哀傷。

「乘坐××航空公司第一二四七次航班前往洛杉磯的旅客請注意，您乘坐的航班現在開始登機。Ladies and gentlemen, may I have your attention please……」機場的廣播在重複著。

趙泛舟突然靠近她，緊緊地抱了她一下，很用力，那種要把她揉進身體裡的用力，說：「對不起，我走了。」她沒反應，像個破碎的布娃娃，任他收緊手臂。他鬆開她，轉身要走。周筱突然反應過來，迅速地從背後抱住他，「不要走。」他嘆了一口氣，掰開她的手，沒有回頭：「乖，懂事點，我得走了。」

趙泛舟很快速地離開，沒有停頓，沒有回頭。只有在不遠的地方觀察他們的謝逸星才發現得了：他離開的腳步很凌亂，背是僵直的，手緊緊握拳，拐彎的時候腳步頓了一下。

周筱在他轉身走的時候也跟著迅速轉身，往機場外走，她不要再看到他離開的背影，不要！

還是在計程車上，她還是茫然地看著天空，又有飛機飛過呢，他是不是就在上面？她突然覺得好想笑，懂事點？他叫她懂事點？她由衷地認為自己是個多麼懂事的女朋友，從沒讓男朋友大冷天去很遠的地方幫她買宵夜，從沒在男朋友很忙的時候硬要他陪，從沒要求過男朋友給她送什麼禮物，甚至連我和你媽媽都掉到水裡的時候你要救誰這樣任性的問題都沒問過，她懂事到甚至去試著理解他有一個莫名其妙的妹妹？他叫她懂事點？她再懂事下去ＣＣＴＶ就該給她頒獎了。

「他其實怕提前說了妳會留他，他怕妳一留他他就捨不得走了。而且他希望剩下那麼幾天，你們能快快樂樂地過。」謝逸星幫她把行李提上宿舍後，離開前這樣對她說。

「今天麻煩你了，謝謝。」她現在有點累，不想多說什麼。

謝逸星點點頭離開，他一離開，一直在裝隱形人的小鹿跳了出來：「妳啊，居然找了品質這麼好的一堵牆，會不會太不厚道了一點。」

「小鹿，趙泛舟走了。」周筱說，話一出口，她才真的開始意識到，他離開了，忍了很久的眼淚找到了決堤的缺口。

「走？走去哪裡？」小鹿被她嚇了一跳。

她搖頭，眼淚一直流，哭到直打嗝，講不出話來。

周筱好不容易平復下來，原來大哭一場是這麼累的一件事，心和肺都在痛，不是矯情做作的心痛，是真的痛，是那種哭過頭，肺裡的空氣都被抽乾的痛。她一點都不想動，只想躺在床上，讓悲傷逆流成河（不好意思，借郭小明同學的話來用一下）。但是，她不可以，她剛回到學校，東西沒整理，床也沒鋪，想躺都沒得躺。

「妳休息一下吧，我幫妳整理。」小鹿很好心地說。

「不用了，我還是自己來吧，讓我忙一點比較不會亂想。」周筱說。

果然忙碌一點會比較好，她先是把床擦好、鋪好，然後把東西一件一件地從行李箱裡拖出來，茶葉、特產——很多的特產，媽媽一直往裡塞，說是要給小舟吃的。衣服。衣服——他送她的衣服，她準備要送他的衣服。她很想像電視裡演的那樣：用手慢慢地摩挲著衣服的布料，然後眼淚一顆一顆掉下來。這樣應該會很唯美，但是她的眼睛還很痛，而且很乾，哭不出來。所以她只能把其他的東西都拿出來，然後把那兩件衣服留在行李箱裡，鎖起來。她把箱子塞到床底下。啞著嗓子問：「有沒有人要吃東西，快點來瓜分。吃不完的話拿到隔壁宿舍去分一分。」霎那間，刀光劍影，食物都憑空消失了。呃，大學生是世界上最飢餓的生物。

趙泛舟從上飛機那一刻就開始後悔了，他該好好跟她商量的，她會不會氣瘋了？她會不會又哭得肝腸寸斷？她會不會……會不會從此把他排出她的人生？一想到這裡，他心就好像被什麼東西扯住了，他這陣子到底在想什麼啊？為什麼不坦白就好？真的是腦子被門擠了嗎？

「泛舟啊，怎麼了？剛剛你朋友突然來找你說什麼？」坐在趙泛舟旁邊，一名長相賢慧的中年婦女說，她就是傳說中的大媽，趙泛舟爸爸的老婆。

「大媽，我想搭下一班飛機回去，我有事要解決，解決完了我去美國找妳好不好？」趙泛舟說。

「剛剛是你女朋友吧？她要你回去？」大媽已經有點不滿了。

「不關她的事，我是真的有事得回去。」他試圖說服她。

「不可以！」她的聲音突然提高了很多，臉上帶著有點讓人毛骨悚然的偏執，「你回去的話我也不去美國了。」

趙泛舟不再說話了，安靜地看著推著車子的空姐，上次某人還很激動地感嘆了很久空姐的美麗，他怎麼覺得，也還好啊？

「你不准回去！聽到了嗎？」大媽用力抓住他的手，指甲深深地陷入他的掌心。他安撫地輕拍她的手，輕聲地說：「我知道了，我不會回去的。」

下了飛機，他掏出手機來想打電話，他大媽突然手一揮，電話「啪」的一聲摔在地上，碎了一地。

「啊，對不起。」她根本就沒有半點歉意。

他深吸了一口氣，搖搖頭。拉著行李跟她一起離開。

很氣派的房子，建築是走歐洲風格，有小花園、長長的迴廊、內部樓梯、很多個房間。他一直都知道他爸是挺有錢的，原來比他想像中還要有錢。

管家是華人，領著他到一間房間說：「少爺，您先休息一下，待會兒醫生就會過來，我再安排您和他見面。」少爺？這稱呼要給周筱知道，非笑趴下不可，他可以想像她邊捣著肚子邊大叫：「哈哈哈哈，你以為你在拍《流星花園》啊，道明寺？」

他點點頭，自己拉著行李進去，環視了房間一遍，嗯，還好，有電話、電腦，他迅速地打開電腦上網，用了半個多小時在全是英文的網站間轉來轉去才下載到QQ軟體，早知道之前該幫她申請MSN的。

上了QQ他才發現，剛剛一心急，忘了下載中文輸入法，於是又兜回去下載中文輸入法。找不到她的號碼，她把他拉入黑名單了？他登入她的帳號，密碼錯誤，密碼也改了？

他只好起身拿起電話，試著撥撥看，打不通，果然被鎖了長途。他放下電話，回去電腦前面，找謝逸星。

趙泛舟：在嗎？

謝逸星：在。

趙泛舟：幫我聯繫一下周筱，我找不到她。

謝逸星：等等。

這次，等待的人換成了趙泛舟。
謝逸星：找不到。
趙泛舟：怎麼會？
謝逸星：她手機沒人接，宿舍電話也沒人接，Q了她半天也沒反應。
趙泛舟：想辦法幫我找到她。
謝逸星：我本來是不想說的，我真的覺得你太過分了，有什麼不能和她說清楚，非得讓人家這麼難受，我送她回家的車上覺得她都快開車窗跳出去了。
趙泛舟：我自己也不知道我自己在發什麼神經。
謝逸星：你給她打過電話沒有？
趙泛舟：我手機在機場摔碎了，家裡的電話被鎖了長途，等下我試試溜出去打電話。
謝逸星：我覺得她現在應該不會接你電話的。不如你事情都寫下來，發郵件給她吧。
趙泛舟：也好。
謝逸星：有什麼事再跟我說一聲，手機沒了，應該沒我的電話號碼了吧？你記一下。
趙泛舟：幫我照顧好她。
謝逸星：這個你放心，但是你真的要跟她說清楚，不然人家女孩子很辛苦。
趙泛舟：我會的。
趙泛舟靠在椅背上，揉揉脖子，頭很痛，突然覺得有點力不從心，充滿了對未來的不確定感，他們這段感情，究竟會何去何從？

周筱收到了趙泛舟的郵件，在他離開後的第三天。她把郵件點進了回收桶，猶豫了很久之後還是沒下定決心清空回收桶，於是又退了出來。

這幾天她一直都沒開機，宿舍裡找她的電話也一律回答不在，但是趙泛舟的室友謝逸星還是在教學樓找到了她。他說趙泛舟找她找得心急如焚，希望她再給他一次機會。他最後還跟她說了一句特別文藝的話：「問問妳的心，沒有必要因為不甘心而為難自己。」這人還真當自己是蘇格拉底。於是周筱就跟他說：「你回去轉告趙泛舟，我現在沒有辦法冷靜下來考慮我們之間的事，讓他給我時間沉澱一下，當我確定了我心的方向的時候，我會和他聯繫的，這陣子不要來打擾我。」這段話翻譯成現代文就是：「你回去跟他說，老娘煩死了，一聽到他的名字就抓狂，恨不得抄刀砍死他，讓他有多遠滾多遠，不要來招惹我，不然見神殺神，見佛殺佛。」可是看他那麼蘇格拉底，她好歹也得裝一下亞里斯多德。

周筱回去之後琢磨了很久都沒琢磨明白，謝逸星到底是什麼意思？是不要為難自己給他機會，還是不要為難自己不給他機會？這人是不是哲學系的啊？

當然，課還是要上，作業還是要做，飯還是要吃，覺還是要睡，世界不會因為她很難過就停止轉動。只是在不知道他走後的第幾天，在某個陽光明媚的早晨，鳥兒在窗外唧唧喳喳叫，風兒吹動樹枝刮著窗玻璃發出吱吱的聲音。周筱一覺醒來決定她要面對這一切了，於是她開了手機，把郵件從回收桶裡調出來，覺得至少要給自己一個交代，如果要分手，也得分得明明白白。

以下為信的內容，括弧內為周筱的ＯＳ或反應。

寄件者：趙泛舟

收件人：周筱

主題：對不起

對不起。（對不起有用要警察幹嘛啊？）

我真的不知道從何說起。（那就不要說啊，你最會的不就是什麼都不說嗎？）這麼說吧，我一直隱瞞了一些事情，因為我不知道怎麼跟妳開口。（所以你就選擇走？）

我給妳講個故事吧。（那麼愛講故事不會投稿去《故事會》？）

有一個女孩子，她母親為了生她難產過世了，她父親很愛她母親，所以沒有再娶。家裡很有錢，所以有一堆傭人，但是父親由於喪妻之痛，很少理會她。後來她因緣際會地和一個窮小子戀愛了，她很愛很愛他，因為他對她很好，而且還因為他有一個很好很好的媽媽，每一次去他家，他媽媽都會給她煮餃子吃。後來，她把他帶回家，父親沒有說什麼，她其實也知道，她父親根本不在乎她的事。父親過世了，他們結婚了，她把他和他媽媽接來一起住，她在他們身上感受到了沒有感受過的家庭溫暖。但是溫暖只維持了五年，她的丈夫開始常常出差，一去就是好幾天甚至是好幾個星期。她其實早就猜到了，但是為了心目中的完整家庭，她選擇睜一隻眼閉一隻眼。但是他的媽媽——她的婆婆捨不得，她說寧願不要兒子也要媳婦。於是家裡大鬧了一場，然後婆婆領著她風風火火闖到了那女人和他的家，原本殺氣騰騰的場面因為一個小男孩而平靜下來，商量出另一種解決方法。我講到這裡，妳應該猜到故事的人物是誰了吧。（猜到了又怎樣？明明就已經講過大半個故事了啊。）

有了這麼一個鋪陳，你應該比較可以瞭解我大媽的心理了吧，她用她的老公，她的婚姻，她的愛情換了一個兒子和一個媽。她以為這樣她就會滿足，但是她還是快樂不起來，情緒慢慢地堆積，她的精神方面出現了問題，有時會突然很激動。她一直都有在看醫生吃藥，病情雖然反反覆覆但也基本穩定。這一次我奶奶的過世讓她徹底崩潰，所以我和我爸決定要送她出國治療，但是她說什麼都不肯留我在國內，要我陪她去國外治療，順便在國外念書。她用一切來換取當我媽媽的資格，我能做的就是盡一個做兒子的責任。

以上是我非得出國不可的原因。

那下面是我為什麼沒有提前跟妳說的原因。

我不想讓妳知道撫養我長大的人是一個精神有問題的人，雖然我也不想這麼說她。我不敢去猜妳會給我什麼反應。

我怕妳會留我，怕妳留我了，我捨不得走，怕妳留我了，我還是得走；我也怕妳不留我，那樣我會胡思亂想更多的東西，我會覺得妳不愛我，我會覺得妳不想加入我的家庭，有時候我的不安像毒蔓，纏得我透不過氣來。（看到這裡，周筱眼眶紅了，她自己也不知道到底是心疼他還是氣他不信任她。）

我從雲南回來之後就知道我必須去美國了，所以我當時才那麼氣妳不抓緊時間和我在一起，後來我帶著妳到我小時候的房子時就準備告訴妳，但是講了一半我又講不下去了，我們能待在一起的時間不多，我想看每一分每一秒都是快快樂樂、愛笑愛鬧的妳，我不想讓我們最後相處的時光瀰漫著離愁，妳應該不知道我多愛看妳拉著我胡扯時調皮的光芒在眼睛中閃爍。

其實去妳家我是想告訴妳的，但是妳家好快樂，我不捨得這樣的快樂因為我而變質。

我知道我在機場時的態度很惡劣，但是我很怕我大媽跟出來看到妳，我怕她會讓妳難受。後來我才發現，真的讓妳難受的人是我。（原來你還知道啊？你這個混蛋！）

我知道在我對妳做了這麼嚴重的事之後還提這樣的要求很過分，但是，我真很需要妳，可不可以，再讓我過分這麼一次？原諒我，等我回來好嗎？（原諒你？怎麼原諒？等你？等多久？怎麼等？怎麼等？等得到嗎？）

周筱坐在電腦前面，兩眼無神地移動著滑鼠。

「周筱，周筱！沒事吧？要上課了，妳去嗎？」室長一邊穿外套一邊問周筱。

「哦。」她有點遲緩地回過頭去應了一聲。然後關了電腦，隨便套了件衣服，抱起書就往外走，所有的動作都在兩分鐘內完成，看得室長一愣一愣的。

「喂，妳等等我啊！」還在穿外套的室長扯著外套跟在後面叫，「而且，妳剛剛抱錯書了，我們是要上《現代漢語》，妳抱《古代文學》幹嘛？妳神遊到哪去了？」

第十一章

周筱坐在教室裡靠窗的位置，總有一種置身於電影中的感覺，窗外都是樹，深深淺淺的綠，一推開窗就會撞到樹枝，陽光穿過樹葉和樹葉的縫隙流進來，灑了一課桌的斑駁。遙遠的地方傳來附中的孩子做廣播體操的音樂，老師在上面操著濃濃的四川口音講課，周筱把放在桌面上的書翻來翻去，恍惚得好像突然會掉進另一時空。

說起這個老師，有一件好笑的事，那時周筱還是剛上大學的孩子，興奮得很，喜歡跟每個老師瞎哈拉，當時這老師也是剛念完博士的小青年，教他們外國文學，一臉雄心壯志的模樣。雙方都還是熱血沸騰，於是下了課也不離開，就在教室裡聊開了，周筱很興奮地問老師：「老師，你是哪裡人啊？」「四川。」周筱一聽，樂了，當時她正在迷郭敬明，就問「郭敬明也是四川的，你該不會認識郭敬明吧？」老師猶豫了兩秒之後問：「郭敬明是誰？郭敬明是曹禺嗎？」周筱也愣了，郭敬明怎麼會是曹禺，難道曹禺是筆名，然後他的本名也叫郭敬明？兩個人對視一分鐘，都一頭霧水。旁邊有個好心的同學，也是四川的，小聲地跟周筱說：「老師是說，郭敬明是超女嗎？」霎那間，周筱覺得一群烏鴉飛過，腦門出現三根黑色的分隔號和一滴很大的汗。

周筱戳一戳課桌上的光斑，默念：穿越吧，穿越吧，現在不是流行穿越嗎？讓她穿吧，愛穿哪就穿哪，要是穿到唐朝就穿個武則天玩玩，沒事還可以玩玩男寵，咦？那不就是傳說中的女尊，哇塞！說起女尊，誰能比得上武則天啊？穿到漢朝她要當「斷袖之癖」的始祖——漢哀帝劉欣的男寵董賢，還可以來一下耽美的攻攻受受；不然穿到宋朝就當白素貞也不錯，人妖殊途，成妖精文的主角也挺有挑戰性的，那她要用法力把許仙整死，看這廝不慣很久了；要是好死不死穿到明清去了，那她要穿成陳圓圓，沒事禍國殃民一下多麼健康，再說了，有人願意為了妳衝冠一怒，換誰誰不樂意啊，而且指不定還成了歷史文的主角，這樣她就把言情的橋段全部玩了一遍，也太爽了吧？唉，不管啦，反正只要穿到沒有趙泛舟的時代就可以了，她現在是狠不下心來跟他分手，又定不下心來無怨無悔地等待。

幸好在她把指甲戳斷之前下課了，她混混沌沌地跟著室長走出教室，走著走著突然室長用手肘架了她一拐子，她控訴地看著室長，眼神訴說著一切：我都快失戀了，妳還打我，是不是人啊？室長擠眉弄眼地暗示她前面有髒東西，她抬頭一看，喲~這不是江湖上赫赫有名的賈依淳，人稱酒精小姐嗎？

周筱其實不想停下腳步的，但眼神已經對上了，不得不停下腳步打個招呼：「嗨，上課啊？」「不是，我來找妳的，我們出去聊一下吧。」賈依淳說。

又聊？能不能不要來煩她了啊？

學校圖書館旁邊的咖啡小站，賈依淳一臉苦大仇深地看著周筱，周筱無所謂地攪著咖啡。

「泛舟說他要回來，妳知道嗎？」賈依淳問。

「不知道。」手頓了一下，又接著攪咖啡。

「他媽媽昨天晚上割腕了。」周筱猛抬起頭，差點把脖子扭了。「沒……沒事吧？」

「送到醫院搶救已經沒事了。」

周筱鬆了一口氣，不知道接下來該說什麼，只得又埋頭安靜地攪拌咖啡。

「我喜歡泛舟，妳知道的吧？」賈依淳突然說。

「知道。」周筱放下咖啡匙，要玩打開天窗說亮話是吧？「然後呢？」

賈依淳端起咖啡抿了一口，放下才說：「我一直都是很有自信的人，覺得我和他在一起是早晚的事，我從來就沒有預料過妳的出現。」她停了一下，想等周筱講什麼，周筱只是看著她不說話。她又往下說：「我不知道他有多喜歡妳，妳有多喜歡他……」哆啦A夢的片頭曲打斷了她的話，周筱的手機響了。

她看了一下，奇奇怪怪的來電顯示，接吧，最近都沒開機，也不知道會不會有人一直找不到她：「喂。」

「喂，是我。」這麼多天以後，再聽到趙泛舟的聲音，恍如隔世。

「我明天早上的飛機回去。」

「你能走嗎？我聽說昨天晚上的事了。」周筱看了一眼賈依淳，賈依淳眼巴巴地看著她。

「她現在在醫院，我走開一下沒關係，我回去見妳。」

「不用了。我很好，你不用回來。」周筱很快地說。

「但是我不好，我想見妳。」透過電話傳出來的聲音帶著濃濃的哀傷。

還有臉來這套？欺負她吃軟不吃硬是吧？

「我現在有事，你一個小時後再打來。」她講完就掛了電話，這次總算真的掛他電話了。

周筱放下電話，看著賈依淳說：「不好意思，妳繼續說。」

賈依淳真的就接著往下說，真是的，沒看出她是在說客氣話就對了。

「妳會陪著他度過這段日子嗎？」賈依淳問。

「什麼意思？」周筱其實比較想說關妳屁事。

「他現在很需要有人支持他，陪伴他，我只是想知道妳願不願意陪著他。」她一副救苦救難的菩薩樣。

「不關妳的事吧？」周筱有點火了。

「如果妳選擇陪伴他，我會退出。如果妳選擇離開他，我會毫不猶豫地到他身邊去。事實上，我已經開始申請美國的學校了。」

周筱狐疑地上下打量了她一會兒，見鬼了，這女人是不是有什麼毛病啊，要不要跟趙泛舟的大媽一起看醫生啊？

「請妳跟我說清楚。」賈依淳見她不說話，就又說了一次。

「如果我不說呢？」難道不說會被咬？

「那我已經知會過妳了，我將會把泛舟從妳身邊搶過來。」賈依淳有點激動。

「請便。我有事先走了，對了，我上課的時候沒帶錢，麻煩妳把帳付了，謝謝。」周筱說完拉開椅子走人。後面傳來她不甘心的聲音：「妳會後悔的，我真的會把他搶過來的。」

周筱連翻了十八個白眼，都說了請便，是聽不懂國語啊，要不要翻譯成潮汕話給妳聽？靠！今年神經病特別多！

出了咖啡小站，周筱抱著腿坐在圖書館前的草地上，草地上稀稀落落地坐、躺了不少人，她右手邊就有一對情侶，男的躺在女的大腿上，女的在輕輕翻他的頭髮。周筱腦子裡閃過母猩猩幫小猩猩抓蝨子的畫面。

唉，她也想做這種抓蝨子的情侶啊。她也只是一個簡單的女生，想談個簡單的戀愛，沒事為芝麻綠豆的小事拌嘴吵架，運氣好的話就一起到老。她為什麼要經歷這種奇怪的故事呢？有個老會失蹤的男朋友，男朋友有兩個媽，一個媽神經還有問題，還有個虎視眈眈的情敵，這是些什麼故事啊？都快趕上韓劇了。

事到如今分手應該是跑不了，她不可能去他身邊，他也不可能回來她身邊，長距離戀愛他對她不夠信任，她也怕了他的反反覆覆。反正他生命中很重要的那個「酒精妹妹」要去支持他陪伴他了，這樣也好，讓他生命中很重要的人升級成最重要的好了。這點成人之美她大概還是能咬著牙做到，但沒事詛咒一下他們不幸福也是必要的。他們讓她這麼難受，憑什麼幸福？憑什麼得到她的祝福？她希望他們最好是互相折磨，沒事在家裡互摑巴掌當運動。

人有時候做了一個決定之後，反而會輕鬆很多，周筱就在草地上畫圈圈詛咒著讓她難過的人，可惜她不會畫小人，不然畫個幾打小人也不錯。

果然一個小時之後趙泛舟打了電話過來，周筱其實也考慮得差不多了，大家好聚好散吧。她站起來接電話，按下接聽鍵的手指微微顫抖，即使心裡想得再豁達，她還是難過啊。

「喂。」

「是我。」突然聽到他的聲音，她還是會有想哭的衝動。

「嗯。」她拚命忍住眼淚，努力發出不帶哭腔的正常音節。

「……」於是兩個瘋子打國際長途玩沉默。

「我想了一個辦法，我……幫妳申請學校，妳來美國念書好嗎？」最終還是他先開的口。

「難道我出國念中文？」白癡！

「妳不是一直都想念廣告嗎？我已經諮詢好了一家不錯的學校。」

「不了，我沒錢。」出國又不是出家，頭髮剃了念經就好。

「我有。」

「你有又不是我有。」

「我可以先借妳。」

「那你有沒有想過我的父母，你要照顧你的媽媽出國，我就得陪著你出國？那我家裡人呢？」講到這裡她就火，這人臨走前還跑她家去招惹了一下她家人，要她怎麼跟她父母解釋他突然不見了的事啊？氣死她了。

「對不起，但妳家人那邊我可以去幫妳說。」

「不用了，我不去。」

「那我回國。」

「如果你回來是為了我，那就不必了。你走的時候連在機場為我多留幾分鐘都不肯，也沒有必要為我回來。」

「妳不要這個樣子好不好？」

她第一次聽到他這麼低聲下氣地說話，鼻子一酸，就哭了：「我們分手好不好？」

「不好。我不要分手。」他的聲音也有點哽咽，像孩子一樣無助，「我會想辦法的，我們不要分手好不好？」

周筱蹲了下去，摀著嘴巴，哭得說話都斷斷續續：「你……不要這樣子。」

大洋彼岸。

趙泛舟靠在電話亭的玻璃壁上，順著玻璃壁緩緩滑下，也蹲在地上，眼眶愈來愈紅。為什麼會這樣子？難道一步錯步步錯？

「我受不了，我不知道什麼時候等得到你，就算等到了，也不知道你什麼時候又會走。我不要過這樣的日子，我們分手吧。」她帶著哭腔的聲音讓他好心疼，他最終還是讓她難過了。

「我會回去的，她病情好一點我就回去，我們再也不分開了，妳等我好不好？」他從沒想過自己會這樣苦苦哀求她，有時候在愛情面前，自尊也只能妥協。

「我不等了。我怕的不是漫長的等待，我怕的是你的不信任，你的一聲不吭轉頭離去，我一直在想，我到底是做錯了什麼，值得被你這樣對待？我累了啊……」

「對不起……對不起，等我，妳等我好嗎？」趙泛舟只能反覆地說這麼幾句話。

周筱哭到周圍的人都開始注意她了，連那個躺大腿的男生都坐了起來，邊假裝和女友說話邊偷瞄她。周筱淚眼婆娑地瞪了他一眼，看什麼看？沒看過別人失戀啊？你們早晚也會分！

趙泛舟只會在電話那邊反覆地說著要她等他的話，她既生氣又難過，反而停止了哭泣，但是話開始講得難聽了起來：「趙泛舟，你早不會叫我等你？你要是在出國前叫我等你，我他媽等到天荒地老海枯石爛我都等，我要不等的話我就是狼心狗肺水性楊花。可你非得讓我那麼難過了才跟我坦白，才叫我等你？在你心目中我到底是有多蠢？蠢到你覺得我會一直一直都等你回來？告訴你，沒有你這麼玩人的，姊姊我不玩了。」她講完之後，心裡超級舒坦，本來指望著好聚好散，看來不大可能了。

電話那頭安靜了好幾分鐘，唉，國際長途啊，每一分鐘都在燒錢啊。

「妳怎麼樣才能原諒我？告訴我好不好？」他的口氣聽起來像垂死前的掙扎。

「你不能這麼周而復始地折騰我然後要我原諒，我沒有辦法。」周筱嘆了口氣，接著說：「我知道你有你的難處，我不恨你，如果可以，我們還是朋友吧？」

「……對不起，如果這樣妳真的會比較開心的話，就分吧。朋友的話，可以保持聯繫吧？」

他那邊好像也冷靜了下來。

「嗯。那……拜拜？」真的走到這一步，為什麼她又充滿了不確定？

「妳要好好照顧自己……拜。」他真的掛電話了，他們真的分手了，end of the story？電話那頭傳來嘟嘟的聲音，周筱忍不住又想哭了，她環視一下四周，幾乎每個人都看似在做自己的事，實則耳朵都拉得和喇叭一樣在等她崩潰，她也真的就崩潰地哭了，兩手環抱著自己的腿，頭埋在兩個膝蓋中間，一直哭一直哭，誰愛看就看，難道失戀了還不讓她哭啊？

大洋彼岸 again。

趙泛舟走出電話亭，步伐堅定地朝醫院走去，現在的他還不夠，不夠成熟不夠有擔當，但是他會努力的，在他成為有資格守護她的人之前，如果退回到好朋友的位置才是唯一能夠在她的生活中保留一席之地的方法，那他也只能接受。但是，他和她，永遠都不會只是朋友。

分手第一天，沒什麼感覺。

周筱記得她看過某個阿姨的電視劇叫什麼深深什麼濛濛的，裡面讓她掉了一地雞皮疙瘩的臺詞是「××走後的第一天，想他，××走後第二天，想他想他，××走後第三天，想他想他想他，……」當時她沒頂住，就轉臺了，但可以估計後面應該是××走後的第N天，想他乘以N次方之類的。那阿姨是言情界的泰斗，那她表達的應該是普羅大眾的心聲才對啊，為什麼跟她的心情一點也不符合呢？她什麼感覺都沒有，課照上，飯照吃，覺照睡。只是前幾天哭多了，眼睛很痛，隨隨便便就想流眼淚。哦，還有，就是她變得很想吃東西，一閒下來就不停地吃零食，唉，再這麼吃下去，她一個星期就要把這個月的生活費吃沒了，也不知道失戀狂吃可不可以跟爸爸報帳。但她一點都沒有想他啊。

分手第二天，別再找她去ＫＴＶ了。

周筱正式宣布和趙泛舟分手的第二天，室友們很好心地請她去唱Ｋ，她奇蹟般地發現，好像每首歌都有一兩句歌詞是為她量身打造似的，剛剛室長唱江美琪的《東京鐵塔的祝福》：「只是愛已結束，你走到了遠處……goodbye 在我身邊的大樹，我想你忘了說過只給我保護，我能享受獨處，卻不能承認孤獨，靜靜留在昨天，一個人，走兩個人的路……」

陶玲唱辛曉琪的《領悟》：「當我看我深愛過的男人，竟然像孩子一樣無助……啊，一段感情就此結束……」

小鹿唱蔡依林的《一個人》：「從皮包裡抽出我們的照片……今天，陰天，今天又是星期天，唯一的打算是醒得晚一些，反正我不知道怎樣打發時間，出門或不出門沒差別……」

平時被稱為麥霸的周筱默默地聽她們唱歌，想一想，她錢包裡沒兩人的合照，可以省去抽掉照片這一環節，再想一想，手機裡好像有偷拍他的照片，低頭找手機翻那張照片，他當時正低頭在看書，身上穿一件米色的毛衣，有點背光，顯得寧靜而美好。唉，還是不刪了，用手機都能拍得這麼好看，留下來紀念她偉大的攝影技術好了。

室長最後以一首梁詠琪的《原來愛情這麼傷》讓周筱嚴重懷疑她們是故意想把她鬱悶死的：「找朋友交談，其實全幫不上忙，以為會習慣，有你在才是習慣，你曾住在我心上，現在空了一個地方，原來愛情這麼傷，比想像中還難……」

最後她們哼著歌走在回宿舍的路上時，小鹿才突然想起她們原本的目的是安慰受傷的人兒，於是問周筱：「怎麼樣？心情有沒有比較好？」周筱瞥了她們一眼：「有。」

唉，這個故事教育我們，失戀千萬不要去唱K。

分手第三天，理智和情感的交戰。

早上起床開機的時候，周筱收到趙泛舟昨晚半夜發的簡訊，很簡單，只是告知她說他換了手機號碼，有空常聯繫之類的寒暄，口氣客氣而疏離。

真的只是朋友了啊？她心酸到每個毛孔都在叫囂著挽回、挽回。她存好他的新號碼，掙扎了很久才沒按下撥打鍵。

一整天她都心神不寧，不時把手伸到口袋裡摸手機。「這是失戀必經的階段，會好的。一定會好的。」她每摸一次手機就這樣對自己說。就這樣欺騙自己吧，天知道，她第一次失戀，哪知道什麼鬼階段！

分手一個星期，習慣是一種病，潛移默化，滲入骨髓。

周筱中午的時候在食堂鬼使神差地點了胡蘿蔔炒肉片，挑了半天的胡蘿蔔之後才猛然意識到沒人幫她吃胡蘿蔔了；晚上在自習室自習的時候習慣性地拿了一本書放在旁邊的座位上，直到她自習完要回去之前才發現，她旁邊的座位空了一個晚上，她其實已經不用再幫誰占位子了。她才意識到，她太習慣趙泛舟的存在了，走出宿舍時總是會下意識地抬頭看他以前常等她的那個位置；晚上睡不著總是想打電話騷擾一下他；走過他以前上課的教室總是不知不覺慢下腳步；出門習慣不查路線，因為都是他在查；傳簡訊習慣加語助詞，因為她喜歡用簡訊調戲他……

分手兩個星期，不再偽裝。

如果隨著時間的推移，她學會了什麼東西，那就是坦然面對。她不再逼自己戴上堅強的面具來顯示自己的不在乎。失戀了就是失戀了，假裝堅強並不會讓她變得比較快樂。所以，她承認，她很想他，想念他無語問蒼天的無奈表情；想念他牙癢癢想揍她時的死樣子；想念他挑起眉毛要笑不笑地睨著她；想念他輕輕幫她把頭髮塞到耳後；想念他短之又短的簡訊；想念他手環住她的腰，用他的體溫密密把她包住……很想很想，想到有時候恨不得一棍子把自己抽暈。

分手一個月，Let it go，let it flow。

時間是個好東西，好到再深的傷口都會癒合。

周筱還是很想趙泛舟，但是不再那麼難過。

她已經常常頂著「老娘失戀，老娘最大」的面孔出去騙吃騙喝了，她最近有個口頭禪，特好用：「可是，我都失戀了。」比如說，「小鹿，陪我去逛街吧。」「沒空，我要陪男朋友。」「可是，我都失戀了。」「知道了，去哪逛？」再比如說，「亞斯，請我吃飯吧。」「我沒錢。」「可是，我都失戀了。」「算妳狠！要吃什麼？」這招苦肉計屢試不爽，她都快爽死了，這算是失戀的附加條款吧，她都快趕上當年清政府簽的不平等條約下互惠國的待遇了，難怪人家說上帝關了一扇門，會給你開一扇窗。

周筱和蔡亞斯吃了大餐回來，蔡亞斯小心翼翼地問：「妳還好吧？」她喝了幾杯啤酒，有點微醺，大咧咧地說：「當然好了，好得不得了。」說完之後才想起她剛剛用失戀的名義敲了他好大一頓，馬上改口說：「除了有點想他之外。」然後擠出一個小媳婦臉，苦哈哈地看著遠方。蔡亞斯一臉哀傷地點了點頭：「我也不知道要說什麼，妳不要想太多。」他跟著她一起苦哈哈地望著遠方。搞得路過的人好幾個都停下腳步，順著他們的視線，試圖尋找有什麼新鮮熱辣的東西讓這兩人看得如此如癡如醉。

「我還是先回去了。免得我失態。」周筱跟蔡亞斯說，她其實是怕自己會露餡笑出來。蔡亞斯「嗯」了一聲說：「有事就找我，不要想太多啊。」說實話，這人安慰人的詞彙真的很少，除了「不要想太多」就找不到別的了。但是她還是很感動，對剛剛欺騙他的行為感到有點內疚，於是她說：「放心吧，我沒事，下次再請我吃飯。」她都失戀了，內疚當然內疚一下就好。

在樓梯的轉角時，她回過頭來看一下蔡亞斯，她以前都要在轉角的地方看一眼送她到樓下的趙泛舟。酒喝得有點多，她用力眨了一下眼睛，有那麼一秒鐘，她以為站在樓下的真的就是趙泛舟。她甩甩昏昏沉沉的腦袋，頭也不回地上了樓。

賈依淳真的就迅速地辦理好出國手續了，跑來跟周筱做臨走前的告別。周筱真的搞不清楚那女人的腦筋到底出了什麼問題，難道還指望她會祝她一路順風？祝他們幸福快樂？

校園裡人來人往的，周筱被賈依淳攔了下來，她說：「我下個星期出國。」周筱點點頭，側過身子要走，她又跟著說：「我會好好陪著他的。」周筱真的很無力，怎麼會有這麼極品的人類啊？到底是要宣誓幾次她才會爽啊？能不能一次搞定啊？

「知道了知道了。」周筱揮揮手表示要走。

「妳知道妳這人最大的問題是什麼嗎？」賈依淳又說。

「沒關係，我不想知道。」周筱露出一臉無所謂的表情，什麼時候輪到一瓶假酒來做她的心靈導師了？真有問題也得喝真酒，方能一醉解千愁，假酒喝了只能進醫院。

「就是這種態度，一臉什麼都不在乎的樣子，這樣的妳憑什麼得到泛舟的在乎？」賈依淳口氣稍嫌激動。

周筱很不爽，姊姊不是沒脾氣，只是不想跟妳計較，少給臉不要臉：「妳這人是不是有什麼毛病啊，我什麼態度還輪到妳來管？就妳態度好，妳態度好也不見他想跟妳在一起？」媽媽說，打蛇打七寸，罵人就要罵弱點，瞧她那激動的樣子，誰看不出來她一直在care趙泛舟不曾選擇過她啊？

賈依淳的臉一陣青一陣白的，很是有趣，她表演了好幾分鐘的臉部變色龍模仿秀之後用力地哼了一聲，搖著小蠻腰走開了。

於是周筱一整天心情都很好，走到哪都哼著自己編的歌：「啦啦啦啦啦啦，飛機破了一個洞，啦啦啦啦啦，天上掉下一個賈依淳，啦啦啦啦啦啦，賈依淳和魯賓遜一起漂流，流啊流，流啊流……」

趙泛舟從沒想到賈依淳會突然出現在他面前，她在機場給他打電話叫他去接她。他匆匆趕到機場的時候，她笑盈盈地站在他面前，他們身後是來來往往的人流。她的眼神閃爍著異樣的光芒，深深地注視著他。而這種注視讓他不安，他開始意識到周筱吃她的醋不是無理取鬧了，原來兄妹之情只是他的一廂情願。

他很快地在腦海中跑了一遍所有的事。

他要上課，要照顧大媽，要在陌生的環境生存，要和周筱保持朋友以上戀人未滿的關係，他真的很忙。他不想傷害她，但是他真的不需要多一個人給他添亂了，以前沒意識到她的感情是他的疏忽，但是既然發現了，快刀斬亂麻是對彼此最好的解決方法。

第二天早上，趙泛舟就開始著手幫她安排住的地方，她嘟著個嘴跟他一起去看房子：「你住的地方那麼大，分一個房間給我就好了，何必花這個冤枉錢？」他只是淡淡地說：「我的房子就住了我一個人和管家，不方便。」賈依淳義正辭嚴地說：「哪裡不方便了?這樣好互相照應啊。」趙泛舟走來走去按房子裡每盞燈的開關，檢查電路是否安全，又彷彿漫不經心地說：「妳出國不就是為了學會獨立嗎？」賈依淳愣了幾秒之後才鼓起勇氣說：「不是。難道你還猜不出來我是為了什麼嗎？」他停下按開關的手：「猜出來了，但希望我猜錯了。」他頓了兩秒鐘接著說：「我覺得這房子不錯，光線挺好的，布局也合理。水電什麼都很安全，而且這一區很安全，妳覺得呢？」賈依淳含糊地應了一聲就不敢再說什麼，她認識他太久了，所以她完全可以從他淡淡的口吻中聽出他的堅決。她可以在周筱面前很勇敢地挑釁，但是卻一點都不敢在他面前造次。

他用了一天的時間幫賈依淳搬進新居，累得要死，但是躺在床上的時候突然想到：同一個學校，周筱應該多少收到賈依淳出國的風聲了吧？她會不會誤會什麼？他一個鯉魚打挺從床上躍起來，盤腿坐在床上給周筱發簡訊：賈依淳來了美國，之前關於她的事我說妳是無理取鬧，我還逼妳接受她的存在。對不起。我不是個好男朋友。

算算時差，現在她應該還在教室裡上課。他默默地等待她回簡訊，她回簡訊總是很快，他每次看她的手指在鍵盤上飛快地跳躍著，一分鐘她就可以打完一堆字。

有二十分鐘那麼久，她的簡訊總算回來了，以前她回他簡訊從不超過五分鐘，他們之間的距離，早不只一個太平洋，還多了她十五分鐘的斟酌詞句。她說：你才發現啊？真遲鈍。沒關係，都過去了。

都過去了，她說沒關係都過去了。她斟酌了十五分鐘終究還是說了沒關係都過去了，他等了十五分鐘終究還是收到了沒關係都過去了。

他把雙手交叉在腦後枕著，失神地看著天花板，他實在找不到合適的語句去問……問她那邊幾點？問她最近好嗎？問她真的沒關係嗎？問她真的都過去了嗎？問她——有沒有那麼一點點想他？

還是現代漢語那個老師的課，突然教室裡響起哆啦A夢的音樂。周筱臉抽搐了一下，見鬼了，剛剛忘了調成震動，她手忙腳亂地把手伸進袋子裡去按掉手機，不好意思地對著瞪著她的老師傻笑，呵呵，老師，不能怪我啊，咱們八字不合。

寄件者　趙泛舟

賈依淳來了美國，之前關於她的事我說妳是無理取鬧，我還逼妳接受她的存在。對不起。我不是個好男朋友。

手機螢幕空在寫簡訊那裡好久，她不知道怎麼回。

周筱持續了好一陣子的好心情被趙泛舟破壞了，原來賈依淳到了美國啊，原來她表白了啊，原來他終於意識到自己的沒心沒肺了啊，原來她現在給他發個簡訊要猶豫那麼久了啊。

「你才發現啊？真遲鈍。沒關係，都過去了。」她打完這段話用不了十秒鐘的時間，但是卻反覆地刪去最後一句話又寫上，刪去又寫上。

已經發出去了，叫不回來了。電信公司幫個忙吧？她後悔了，她發出去自己也很難過了。

第十二章

那個逝者如斯夫，不捨晝夜，那個流水落花春去也，那個白駒過隙，那個白雲蒼狗，那個物換星移，那個光陰似箭歲月如梭。總之，周筱他們快畢業了。快畢業了找工作才發現，所謂相關業界是學校編織給學生的童話。

同學們開始各奔東西，小鹿當了空姐，當時她要去面試的時候周筱隨口開了個玩笑：「有色相出賣真好。」她不知道為什麼突然大抓狂臭罵了周筱一頓。後來周筱跟她道了歉，她也接受了，但心裡有了疙瘩，最終還是免不了漸行漸遠。剛開始周筱有點難受，畢竟是四年的友情，後來也就算了，有的朋友會陪你走一輩子，有的朋友只能陪你走一段，無所謂誰是誰非，只是大家緣分盡了，難免分道揚鑣。室長結婚了，老公是一名忠厚老實的醫生，她過上了她一直期待的賢妻良母生活，偶爾會和周筱約出來吃飯。陶玲還沒畢業就被阿偉甩了，賭氣離開祖國的懷抱，跑去法國禍害浪漫的法國男人。

而周筱乖乖找了份穩定的工作，當一個快樂的小小白領。

周筱每天早上等到鬧鐘響了第三遍才掙扎著起床，匆匆忙忙在樓下包子店買一個包子邊吃邊往地鐵站趕。到了公司處理一些文件，部門經理不在的時候和同事扯扯八卦，快下班前半個小時頻頻偷瞄手錶，下班時間一到趕緊收拾東西。下了班到附近的菜市場買一些簡單東西回家煮。吃完飯泡杯茶窩在電腦前看綜藝節目或偶像劇。有時候見證電視裡的人們纏綿悱惻地愛得死去活來，她也會突然覺得寂寞得要死。但總體而言，她還是積極樂觀向上的孩子，睡一覺起來就可以忘記昨晚的哀傷，快快樂樂去上班。畢業一年，她把宅女的精神發揚得淋漓盡致。

有一天周筱跟往常一樣窩在電腦前看偶像劇，劇情正精彩，男主角被車撞了，女主角為了推開他也被車撞了，正在兩人撞得轟轟烈烈，你死我活的時候，QQ一直在旁邊閃啊閃，煩得要死。周筱無奈地按下暫停，去看那個閃個不停的頭像，是袁阮阮。就是當年被陶玲潑了一頭飲料的孩子。

人和人的緣分是很奇妙的東西，周筱從來就沒有想過會和袁阮阮成為好朋友。友情的起源大概就是在趙泛舟離開後的某天，周筱在學校食堂默默吃飯，吃著吃著好像聽到某個地方傳出趙泛舟這三個字，她忍不住拉長了耳朵聽，是前面那排桌子的女孩子在討論。她隱隱約約聽到「趙泛舟是誰啊？」「就學生會那個很帥的會長啊。」「哦，是他啊，真的很帥啊，可惜有女朋友了。」「唉，他出國了。」「那他女朋友怎麼辦？」「分了唄。聽說啊，那個宣傳部的部長是他的青梅竹馬，喜歡他很久了，一聽他出國就馬上跟著出國了，這麼深情，而且又漂亮，當然就順勢換女朋友了啊。」「真的啊？那他原來的女朋友不是很可憐？」周筱聽到這裡，低下頭仔細打量了一下自己，好像還好，不是特別可憐。「唉，誰叫她要選擇跟這種風雲人物在一起，只能自認倒楣了。」「那倒也是，本來跟風雲人物在一起的女生絕對是因為有一定的虛榮心，那總是要付出一點代價的。」哇塞！虛榮心都出來了，這些孩子也太不厚道了吧？周筱又再低頭打量一下自己，還好吧，她的牛仔褲都穿了兩年了，況且全身上下的行頭加起來都不超過三百塊，應該不是特別虛榮吧？「妳們不要這樣說，那個學姊我認識，她人很好的。」突然有另外一個聲音響起，周筱這才注意到還有另一個人跟她們一起吃飯。這孩子好像有點臉熟啊，在哪裡見過呢？周筱腦袋裡開始有一隻手拿著個放大鏡迅速地搜索著，叮！那個被陶玲欺負的小學妹，袁阮阮！

「那個學姊人超好的，所以一定不是妳們說的虛榮的女生，而且他們的感情很好，才不會分手呢。」袁阮阮義憤填膺地說，一臉誰再敢亂講我就扁誰的樣子。另外兩個人「嗯」了一聲之後就不做聲了。周筱不由得感嘆，這孩子的家庭教育好啊，知道滴水之恩當湧泉相報。正當周筱在心裡讚美袁阮阮的家庭教育的時候，她們端著盤子站了起來，啊！吃完了？周筱來不及把自己隱藏起來，於是活生生地和袁阮阮的眼神對上了。

呃……尷尬……烏鴉呱呱飛過……食堂好像瞬間空了，只剩下兩人的眼神交錯著。要死啊！怎麼搞得跟一見鍾情似的。於是兩人的友情就這麼尷尬地開始了。袁阮阮是挺單純的小孩，有股倔勁，而且常常幹讓人哭笑不得的事。

周筱點開了對話視窗。

袁阮阮：學姊學姊。

袁阮阮：學姊，在嗎在嗎，有急事找妳。

周筱手抖了一下，這孩子是個麻煩精，什麼奇奇怪怪的事都有，周筱曾經因為太好心而陪她去參加過好幾個電視臺歌唱節目的選秀，害她坐在觀眾席上聽了好幾個晚上光怪陸離的聲音，那幾個晚上她只要一閉上眼睛就有要麼高亢、要麼低沉、要麼奇怪的歌聲在耳邊縈繞，搞得跟靈異事件似的。還有一次，就周筱他們離校的前一天晚上，袁阮阮突然出現在他們的餞別宴上，哭得比誰都厲害，也不曉得是誰要畢業，接著她喝了點酒，看誰都撲上去要親嘴，尤其是撲上陶玲的那一刻，整場為之凝固。還好周筱眼明手快地扯住她，不然非得上演一場「一個親吻引發的血案」。雖然血案沒造成，但是好好的餞別宴被她一攪，啥氣氛都沒了，只得草草收場。

周筱：妳叫魂啊，幹嘛？

袁阮阮：學姊～

周筱：幹嘛啊，快說，我看電視劇呢。每次妳找我都沒好事。

袁阮阮：不要這麼說嘛……

周筱：妳少廢話，快說。

袁阮阮：我搬去跟妳一起住好不好？

周筱：不好，妳宿舍住得好好的，幹嘛要搬來跟我一起住？

袁阮阮：我和宿舍裡的人合不來。

周筱：合不來妳都合了三年了，在乎多那麼一年？

袁阮阮：我這次一定得搬出去住，反正妳隔壁還有一個房間沒租出去，妳幫我去跟房東講嘛，我會付房租的。

周筱租的房子有兩個房間，一間租給了周筱，一間空著，房東倒也不急著租出去，他不缺那個錢，租給周筱主要是有個人住著，房子有點人氣，周筱也就樂得花一個房間的錢享受一個套房的待遇。

周筱：為什麼這次一定得搬出去？

袁阮阮：我不想說嘛～

周筱：不要說好了，妳自己去找房子。

袁阮阮：學姊，不要這樣啦。

周筱：妳要上課不好好住學校，跑出來幹嘛啊？

袁阮阮：妳那裡離學校又不是特別遠，有課我就坐公車回來上課就行了。

周筱：說吧，妳為什麼非得搬出宿舍，是不是又惹什麼禍了？

袁阮阮：幹嘛講得我好像老闖禍似的。

唉，我男人跟我室友好上了。

周筱：……

妳總是可以遇到極品男人。

我明天幫妳聯繫房東。還有，搬出來前把妳室友和那個爛男人用布袋蓋起來打一頓。

袁阮阮：天會收他們的。

學姊～

我就知道妳最好了，我愛死妳了。

周筱：得了，妳沒事吧？

袁阮阮：沒事，我是打不死的蟑螂，舊的不去新的不來。

周筱：那好，我搞定了再跟妳聯繫，到時候我找幾個人去幫妳搬家。

袁阮阮：嗯。

周筱：我去看電視劇了。

袁阮阮：好。我好愛妳啊學姊。

周筱：三八。

周筱接著看電視劇，根據她多年看電視劇的經驗，除非是韓劇《藍色生死戀》那種基調，否則不管男女主角是跳車、跳海、跳崖、跳樓、撞車、癌症、火燒、刀砍、槍射……反正都死不了的，每部偶像劇都是一個不死的傳奇。一般情況下，最狠就來個植物人然後多年後甦醒，發現戀人一直在旁守護著，於是快快樂樂結婚去；輕點的就其中一個腦袋撞到了失憶，然後只記得以前的戀人，現在的戀人傷心離去，然後突然腦袋又撞到了就回復記憶，於是往事歷歷浮上心頭，於是王子和公主從此過上幸福快樂的日子；而心軟的劇作者就讓兩人在醫院裡躺個幾集，談談情說說愛，火辣一點就在病床上滾一滾，反正現在的偶像劇的尺度是愈來愈大了。

事實證明，薑還是老的辣，周筱猜中了，男女主角患難見真情，兩個人講著講著就四目相對，電流在空氣中吱吱地響，然後天雷勾動地火，滾上床去了。

她無奈地關掉電腦，唉！又被她猜中結局了，真沒意思，難怪人家說先知都是寂寞的。她是先知，由此可證——她寂寞得要死。再過兩天會多一個人了，到時候該嫌煩了，還是多享受一下寂寞吧。

趙泛舟下了課之後去療養院看了一下大媽，她現在好了很多，情緒也不再那麼波動了，沒事還會教療養院的護士小姐下象棋，看大媽操著一口破爛的英語跟護士小姐解釋車馬炮之類的就好笑。大媽驕傲地指著棋盤上的車馬炮說：「This is car. This is telephone. This is house.」護士小姐一臉驚訝地看著趙泛舟，中國人的象棋不是發明了好幾世紀嗎？怎麼會有「car」和「telephone」？而且下棋為什麼會有「house」？車、電話、房子？怎麼會有這麼居家的一種棋？

他瞄了一下大媽手裡攥著的棋子——車、象、馬，只得承擔起傳道授業解惑的責任「elephant，war chariot and horse.」護士小姐還是眨著藍色的大眼睛問他：「why elephant?」她的眼睛有一種深不見底的藍，純淨得像孩子的眼睛。可惜他看慣了某人烏溜溜的大眼睛，其他鶯鶯燕燕都入不了他眼。唉，這還真考倒了他，why elephant？他思索了一會之後說：「I'm not quite sure, maybe because we call the deputy 'xiang'. And there are many Chinese characters pronounced 'xiang'. One of them means elephant.」那小洋妞聽得一愣一愣的，趙泛舟嘆了口氣，唉，聽不懂就算了，何必為難妳也為難我？他大媽倒好了，樂呵呵地在旁邊笑著，一臉曖昧的奸詐。

護士小姐一走開，大媽就拉著他的手問：「你覺得剛剛那個護士小姐怎麼樣？」其實也不用等人家走開，反正她也聽不懂漢語。

「什麼怎麼樣？」他很無奈，大媽的病情好轉了很多，但是性格也變了不少，以前她是典型的大家閨秀，矜持莊重不苟言笑。現在跟個老頑童似的，自從發現他和賈依淳不會在一起之後，一天到晚張羅著要給他找女朋友。

「少來，就是你對她有什麼感覺啊，不怕，告訴大媽，大媽過來人。」她還三八兮兮地用手肘拐了他一下。他很頭痛，怎麼會這樣呢？大媽好像被開發成另一個人似的，而且返老還童的跡象是越來越明顯。

「沒什麼感覺。」

「怎麼會？她多漂亮啊，我不介意來個混血孫子，那多可愛啊。」

「沒興趣。」

「還是……」她突然欲言又止。

「還是什麼啊？妳最近有沒有聽醫生的話好好吃藥？」他現在跟她講話的口氣都會不知不覺像跟小孩子說話的口氣。

「我剛吃過藥了。泛舟啊，跟大媽說，你是不是……喜歡……男的？」大媽突然一臉擔憂地看著他：「你這兩年來就沒交過女朋友，你該不會真的是喜歡男的吧？」

「……」真的，除了無奈，他還是無奈。

「不說話該不會真的就是了吧？」大媽的聲音有點發抖。

「我交過女朋友的，妳忘了嗎？」他沒好氣地說。
「都兩年前的事了，而且她該不會是個幌子吧？」唉，想像力會不會太豐富了一點。
「不是。」
「什麼不是？不是 gay 還是她不是幌子？」這下英語又變好了，還知道 gay ？
「都不是。」他哪裡像 gay 了？這要是給周筱知道非得嘲笑他到天荒地老。
「那你幹嘛不交女朋友啊？」
「我有喜歡的人了。」
「誰啊？帶回來給大媽看看啊。」大媽聽到這裡，馬上就來勁了。
「她在國內，等我們回國了再帶給妳看。」
「那我們馬上就回國。」大媽很是興奮，說風就是雨。
「醫生說妳至少還有一年才能康復，而且我還有一年的研究所要讀。」
「那我們先回去看看再回來啊。」大媽還是維持在很興奮的點上。
「不了，回去又得回來，我不想又從她身邊離開，這樣對她不公平。」他淡淡地說。大媽若有所思了一會兒，問：「是你之前那個女朋友嗎？」趙泛舟點點頭。
「要不是我的話，你也不會離開她了。」她嘆了口氣，有點難過。
「妳不要胡思亂想，是我自己沒處理好，不是妳的問題。」他說。
大媽安靜了下來，幾乎輕不可聞地嘆了口氣，呆呆地看著前面的草地。趙泛舟只得又安慰道：「那個時候的我還不成熟，所以才不知道怎麼解決我們之間的問題，就算當時沒有這件事我們之間也會出現別的問題，真的不是妳的問題。」大媽還是不說話，只是一個勁地嘆氣。
「我其實都打算好了，明年我們回去之後我會去找她，會把她追回來的。」他只得多補幾句安她的心。
「那她要是被別人追走了呢？你要是回去了發現都牽著個孩子叫你叔叔了怎麼辦？」
「我跟她一直都有聯繫。而且我有安排眼線，暫時還沒有可疑人物出現。」他試圖用比較輕鬆的語氣跟她說。
「唉，泛舟啊，不然我們換一個吧，這世界上好女孩這麼多，你們年輕人不是流行什麼不要為了一棵樹放棄吊死之類的嗎？」這是「不要為了一棵樹放棄一整片森林」和「不要在一棵樹上吊死」的結合版本吧？
「大媽，妳不是說妳是過來人？」他想了一下說。
「對啊，怎麼了？」
「那妳該知道，有的人是不能替換的。」他微笑著說，很溫暖的微笑。
她看著他不自覺上揚的嘴角，有點感動。趙泛舟這孩子從小就很懂事，但相對而言也是個過於早熟的孩子，有點冷冰冰的，一般沒什麼情緒化的表情，更不用說這種溫暖的表情了，而且換作以前，他也不會和她說這麼多內心話，果然讓人變化最快的催化劑還是愛情啊。
趙泛舟回家的路上順便拐進唐人街買了點東西，路過一家餐廳的時候聽到裡面傳來熟悉的音樂：「你是我心內的一首歌，瞬間開出花一朵……」他的腳步在門口停頓了好一會兒。

有時候，一首歌可以帶你回到多年前的某個下午，陽光點點，鳥兒吵鬧，很無聊，你旁邊還有另一個人陪你無聊，於是無聊就是雙份的。反正就是很無意義的一個下午，但是怎麼也忘不了。

趙泛舟回到家裡第一件事就是上網想辦法把《你是我心內的一首歌》下載到手機上，然後給周筱發了封電子郵件，也沒說什麼，就把大媽和護士小姐的象棋事件當趣事講給她聽。他們現在算是好朋友，維持一個星期通一兩次郵件的關係，郵件的內容也常常是生活化的小事，比如說她告訴他最近胖了幾公斤還是瘦了幾公斤，看了什麼書和電影；他告訴她在國外生活遇到的一些趣事，管家先生的老婆做的菜有多好吃……

偶爾他實在很想她，就把她在雲南送給他的那個很藝術的面具拿出來看看，沒想到那麼猙獰的東西看久了也挺順眼的。有一次管家先生進房的時候還被那個面具嚇了一跳，一直問他是不是要參加化妝舞會，他否認了之後管家先生很長時間都用一種詭異的眼神偷偷觀察他，多半怕他是什麼變態殺人魔之類的。

他本來已經攤開書準備要讀了，畢竟他要早點回國，所以當然要狂修學分，但是突然想起好像某人的生日快到了，他們倆一次都沒一起過彼此的生日，總是在冥冥之中就錯過了彼此的生日。

他開始有點興奮，怎麼都看不下書，她生日呢，他又可以有藉口打電話給她了，他這兩年成了各大節日的忠實愛好者，不管是春節、元宵、端午、聖誕、元旦……反正是個節日他都會拿來給她打個電話，剛開始其實挺尷尬的，只能說一些節日快樂之類的話。有次他打電話去祝她節日快樂的時候她愣愣地回問他什麼節日？他才仔細看月曆，居然是清明節！他從唐人街買回月曆的時候讓管家先生把所有的節日圈起來……於是管家先生很盡職地把清明節也圈了起來……當時她從電話那邊傳來大笑聲，她說趙泛舟你也太好笑了吧，都跑到美國去了還想著要逗我開心啊？你也真有心啊。……就是從那個時候起兩人才愈來愈沒那麼尷尬，這麼說來管家先生倒還真是幫了個大忙。

還有八天就可以聽到她的聲音了，想想就覺得很開心，他乾脆放下手中的筆，從抽屜裡拿出那個面具睹物思人，唉，他居然沒有她的照片，只能淪落到看這麼個猙獰東西的地步了。

「妳看妳看，少爺又在看那個面具了，是不是很變態啊？」管家和他老婆躲在樓梯口。剛剛管家路過的時候剛好看到趙泛舟在拿面具於是以光速跑去拉老婆過來看。

「你才變態，沒事偷看少爺幹嘛！」他老婆狠狠瞪了他一眼。

「我沒偷看……他門沒關，我路過就看到了。真的，妳看他的表情，似笑非笑的，多變態。」

「閉嘴！那叫深情。你才變態。」管家的老婆擰了一下管家的耳朵就離開了，她還要去給親愛的少爺做好吃的呢。

第十三章

趙泛舟篇

趙泛舟已經提前修完學分畢業了，還沒出國前他就和謝逸星計畫合開一家公司，出國之後計畫並沒有中斷，他們開了一家電子公司，謝逸星負責國內產品的供給，趙泛舟負責在國外推銷聯繫買主，兩年下來，基本貨源和客戶都穩定了。他大媽已經出院了，恢復得差不多了，只要按時吃藥，定時回去複檢就可以了。所以他可以著手準備回國了。

三年了，她不知道變成什麼樣了？是胖了還是瘦了？是黑了還是白了？頭髮是長了還是短了？眼睛是依然純真還是已經因為生活添上世故？是原諒他了還是依然介意？

賈依淳要結婚了，嫁給一個小老外，努力發展國民外交。結婚前趙泛舟陪她去買東西，兩個人在挑選婚禮用品的時候，她突然對他說：「泛舟，你真狠啊，我都追你追到國外了，你居然連一點機會都不給我。」趙泛舟有點被她嚇到，愣愣地看著她。她笑了：「不過也幸好你夠狠，不然我也不會死心，更不會遇到適合我的人。」他也跟著笑，不應聲。她接著說：「老實跟你說好了，我出國前去周筱面前耀武揚威過。她也真夠倒楣的，你跑了，還要被我騷擾，你一定會回去找她的吧？記得幫我跟她說 sorry。」

趙泛舟點點頭：「她是挺倒楣的，遇到我。」

「原來你還知道啊？遇到你的女人都倒楣，她還算好的，至少你心心念念想著她。不像我們這些小配角，心碎一地啊。」賈依淳在他面前已經不再拘束了，對他的感情放下了，她反而鬆了一口氣，不用再小心翼翼地討好他了。

趙泛舟聳肩，「妳快點挑好東西，不然慢點送妳回去，妳那緊張兮兮的老公又該用仇恨的眼神看著我了。」

「知道啦，對了，你什麼時候回國啊？」

「大概一個月後。」

「追得回來嗎？」

「不成功便成仁。」

「喲，看你這麼胸有成竹，但願她多給你點苦頭吃。」

「……」

他們的婚禮在一個小小的教堂裡舉行，參加的人不是很多，都是親朋好友。趙泛舟以best man的身分參加的。他站在一旁看著她，她對著新郎笑，笑得幸福甜蜜，好像她是全世界最幸運的人。什麼時候他也能讓周筱這樣笑，這樣對他笑？

周筱篇

婦人之仁會誤事！——周筱跟袁阮阮一起住的這一年內，每一次路過客廳都會感嘆一下老祖宗的智慧真的是太博大精深了。

一、袁阮阮這廝是個活動垃圾製造機！她總有辦法在兩天之內把周筱收好的客廳搞得跟被洗劫過一樣。剛開始住一起的時候她還很客氣，搶著要做家務，後面慢慢地就本性畢露，衣服東西亂扔，扔滿自己的房間就扔到客廳廚房浴室。周筱好幾次都想把她掐死然後埋在客廳那堆垃圾裡。

二、袁阮阮這廝唱歌極其難聽，之前周筱陪她去參加歌唱比賽的時候就深有體會了。問題就出在，由於當時比賽的評審太客氣，只說了一些什麼台風不錯，歌聲可以改進之類的，所以直到現在袁阮阮都覺得她的歌聲是天籟。而她在家特愛唱歌，洗澡唱、看書唱、看電視劇唱……有時連睡覺作夢都在唱！有一次周筱終於受不了，就比較婉轉地表達了對她歌聲的看法，「阮阮，妳的歌聲挺……奇妙的。有時會影響到我，能不能少唱點？」「妳都說了是奇妙的歌聲嘛，那只會給妳天堂般的享受，怎麼會影響到妳呢？」天堂般的享受？是聽多了會上天堂吧？周筱發現這孩子適合在逆境中成長，不能對她太好。所以……沒有必要這麼婉轉跟她說話：「妳唱歌難聽死了。別唱了。」袁阮阮一臉鄙夷地看著她：「學姊，妳別那麼小心眼，唱歌沒我好聽就故意打擊我！」圈圈妳個叉叉，蘋果妳個西瓜！誰唱歌不比妳好聽啊？周筱冷靜地跟她講了個故事：「妳知道我們附近有家醫院吧？」「知道啊，怎麼了？」「有一個嬰兒剛剛誕生了，他聽到妳的歌聲，覺得這個世界太可怕了，正攀著臍帶爬回他媽媽肚子呢。」袁阮阮還在發愣，周筱得意地哼著歌走開了，慢慢琢磨吧，孩子。

三、當時周筱收留她是由於她男朋友跟她室友背叛她。後來周筱發現，袁阮阮這傢伙是爛男人雷達，方圓十里之內，只要有爛男人出現，最終都會淪落成為她的男朋友，然後兩人愛得死去活來、活來死去，然後分手也分得轟轟烈烈。

袁阮阮這孩子當年念的是舞蹈，畢業後在一個藝術團當舞者。也就是說，她是混藝術圈的，所以這孩子的人生感情特藝術，比當年朱軍主持的那個《藝術人生》還藝術。這樣好像太抽象了，這麼說吧，她交往過一個發了一張片沒紅起來的小歌星，交往過一個說話會噴口水的流浪詩人，交往過一個長得比畢卡索的畫還抽象的畫家，交往過比她大二十幾歲的某報編輯、髮型師、導演、演員……她要是濫交也就算了，但她每段感情都特認真，跟小歌星的時候到處借錢幫他出專輯，跟詩人的時候要休學陪他去流浪，跟畫家的時候她二話不說，刷地一下脫光了給他畫畫……後來小歌星跟另一個小歌星炒緋聞去了，詩人騙了袁阮阮的學費自己流浪去了，畫家的畫室裡有個倉庫，裡面收集滿了年輕少女們的胴體畫。袁阮阮總是在每段感情結束的時候生不如死，然後一個星期後恢復過來重新出發。不管愛情讓她多失望，到最後的最後她還是選擇相信愛情。

周筱有時真的會被袁阮阮的執著感動，但有時候又會懷疑，她能夠愈挫愈勇是不是因為愛得不夠深？

但更多的時候，周筱快被她的感情故事煩死了，又臭又長又多，誰記得住啊！況且袁阮阮奇特的感情圈子曾經禍害過周筱一次。當時她們剛住在一起不久，袁阮阮死活拉著她和一群藝術圈的朋友去唱K。然後就認識了蕭晉，蕭晉跟袁阮阮其他朋友很不一樣，至少當時表現得很不一樣。當其他人都在高歌或者高談闊論文學音樂的時候，他只是微笑不說話。兩天之後蕭晉透過袁阮阮表達了他想認識周筱的意願，周筱不置可否地和他出去吃了幾次飯，印象挺不錯的，最大的原因是他廢話不多，而且長得不錯。在袁阮阮的鼓吹之下她答應了和他試著交往看看，第二次約會他送她到樓下時湊過來要親她，她下意識地躲開，他黑著個臉走了。周筱事後覺得有點不好意思就想跟他解釋一下，她是個慢熱的人，他的速度她實在是跟不上。但他不接她的電話，隔天周筱就在餐廳遇到他和一個女孩子很親密地在吃飯，她當沒看到，吃完飯走人。大概就是這樣的一個故事。周筱也沒多難過，說了她是慢熱的人，感情還沒培養出來，但讓她比較困惑的是他算不算前男友呢？

趙泛舟離開三年了，這三年來她交的第一個男朋友真爛，所以她決定還是不讓除了袁阮阮之外的任何人知道，免得被嘲笑，尤其是謝逸星和蔡亞斯，忘了提，謝逸星也莫名其妙地成了她的好朋友，但同時他也是趙泛舟的朋友，她和趙泛舟的關係挺微妙的，她也不知道怎麼回事，但是她安於現狀，所以有些事情還是能不說就不說。而蔡亞斯這傢伙如果知道一定會鄙視她的。

周筱他們公司特變態，她堅決相信老闆吃飽了沒事都在想法子整人。就這幾天，上頭說是要提升員工士氣，鍛煉員工身體，於是把他們一堆小職員丟到一個鳥不生蛋、雞不拉屎的島上進行為期十天的密封式軍訓。吃住都在島上的軍營裡，吃得差住得差就算了，每天還要跑步爬山站軍姿。整得大家個個是一肚子火，恨不得放把火把公司燒了。

晚上，周筱手裡拿著手機在宿舍各個角落裡走來走去，嘴裡念念有詞。被安排和她一個宿舍的張姐問：「周筱，妳在幹嘛啊？」

「尋找傳說中微妙的信號。」

張姐勸她：「妳就算了吧，第一天我就把這個鬼地方每個角落都試過了，就差沒鑽到床底下去了，一格信號都沒有。都不知道這是什麼鬼地方！」

唉，周筱嘆了口氣，她也想算了啊，但是……蔡亞斯查勤查得緊啊。

沒錯，她和蔡亞斯在一起了，一個星期前正式開始，現在還處於彆扭階段，她已經三天沒和他聯繫了，也不知道他會不會以為她後悔了。

其實，她是真的後悔了。衝動是魔鬼啊，魔鬼！

一個月黑風高的晚上，她和蔡亞斯都喝了點小酒，她開始胡說八道起來，然後把蕭晉這個小插曲告訴了他，他真的就臭罵了她一頓，本來她一喝了酒就很容易哭，於是她就被他轟轟烈烈地罵哭了，她老遇人不淑也很難過啊，他怎麼還可以罵她呢？「蔡亞斯，你混蛋，我都這麼倒楣了你還罵我！」蔡亞斯被她一哭反而手腳無措起來，一驚慌就摟她入懷，她被他一摟就嚇傻了，哭不出來了。他等她冷靜下來後鬆開她，兩手撐著她的肩膀，用溫柔得可以擰出水來的眼神看著她說：「其實，我喜歡妳很久了，不如就讓我照顧妳吧？」

很久了？那……那高一的時候為什麼……為什麼冷落她？當年他倆剛上高中，剛住宿，新的環境和從小一起長大的感情讓他們兩個總是同出同入，一起吃飯、一起念書、週末一起回家。於是流言蜚語就出來了，然後蔡亞斯就不再和她一起吃飯、做作業、回家。她還很清楚記得有一次她提著一桶熱水要回宿舍洗澡，當時下了一點小雨，路有點滑，所以她提得很吃力，剛好蔡亞斯和幾個男同學迎面走來，她求救地望向他，他假裝沒看到地和她擦肩而過。雖然隔了一會兒之後他掉頭回來幫她提水，但是她還是有被嫌棄的感覺。所以即使後來他們還是很好，她一直都覺得他其實並不想和她在感情上牽扯到一起。

「嗯……什麼時候的事？」她有點被嚇得六神無主。

「不知道，應該很久了，但真的確定我喜歡妳是妳和趙泛舟第一次分手的時候。我覺得我守護了那麼久的女孩怎麼就被別人欺負了呢？她怎麼會哭得那麼難過？我為什麼會這麼難過她的難過？我居然讓她被人欺負了？」這倒是真的，他們倆一起長大，她在他的庇護下從來就沒被誰欺負過，事實上她小時候倒是常常仗勢欺人。

他的眼神很……魅惑。就好像在說：「妳不是餓嗎？我給妳一隻大雞腿。」呃？這個比喻聽著怎麼那麼彆扭啊？可是她是真的餓了，喝酒前就沒吃多少東西。

唉……別再用這種眼神看著她了，她是革命立場十分不堅定的人，當年清醒的時候還隨隨便便就給趙泛舟的糖衣炮彈攻下了，何況現在她還喝了點小酒啊。

「妳怎麼說？」蔡亞斯用眼神狂電她。

「我……我不知道。」她支支吾吾地說。

「那……不如我們試試看，合適的話就在一起了，不合適隨時都可以喊停，而且無論結果是什麼，絕對不影響我們多年的友情？」他開出了一個鮮嫩多汁的條件，她有點蠢蠢欲動，可是……她雖然喝醉了，該有的顧慮還是有的。

「妳覺得呢？而且我們的交往可以先不讓家裡人知道，等到真的穩定了再說。」他追加了一項。青梅竹馬果然就是青梅竹馬，一下子就知道她在擔心什麼，不然按他們兩家的交情，今天交往明天就會被押去結婚。

「那……好吧。」話一出了舌尖就後悔了，恨不得抽自己一耳光，發什麼神經啊她？現在可好了，風蕭蕭兮易水寒，壯士一去兮不復還。

當晚回到家周筱一直無法入眠，酒精在肚子裡燃燒著，她心好空，蔡亞斯不比蕭晉，她答應了蔡亞斯就一定要全心全意，不能有半點分心，也就是說，她得把趙泛舟從心裡某個角落清走，用一顆完整的心來迎接蔡亞斯的進駐。這樣的想法有點像噁心的文藝女青年，但是大概就是這個意思。

接下來兩人約會了三次，停留在牽小手的階段。說起來好笑，第二次約會的時候，兩人並排走。她用眼角的餘光瞄到了蔡亞斯的手從口袋裡拿出來又放回去，拿出來又放回去，如此重複了好幾次之後總算突然牽住她的手，動作之迅猛，她一度懷疑他是想把她的手擰下來。而且大冬天他的手心居然都是汗，多半是緊張出來的，牽一牽，搞得周筱的手心也都是汗。兩人一路都很安靜，相對無言，唯有汗千行。

周筱拿著手機剛要走出宿舍，張姐叫住她：「不用出去了，我早就試過了，外面也沒信號。」周筱無奈地折回來，坐在床上和張姐聊天：「電信公司不是承諾說舉報沒有信號的地方可以得到獎金一千元，我們去舉報吧。」

「有這回事？我怎麼不知道？我要去舉報，最近缺錢呢。」張姐很激動地說。

周筱笑笑：「我也是聽說的，妳有沒有那麼缺錢啊？」

「我要結婚了啊，結婚是不會嫌錢多的。」張姐說。

「妳要結婚了？我怎麼沒聽說？」

「呵呵，還在計畫中，總要有錢才能結啊。」張姐笑嘻嘻地說。

「那妳計畫中的老公怎麼樣啊，怎麼認識的？交往多少年了？」周筱有時是挺三八的一個人，尤其是在這種沒有其他娛樂的地方，只能聽聽八卦打發時間。

「呵呵，就是我喜歡的那樣啊，我們是小學同學，在我們公司附近的餐廳遇到的，後來就一起了。其實我小時候喜歡過他。不過我沒告訴過他。」

「哇！妳這麼小就會喜歡人。」

「呵呵。」

周筱猶豫了一下問張姐：「張姐，那妳在他之前有沒有交過男朋友？」

「有啊。」

「很愛很愛的那種？」

「有啊。」

「那……現在這個呢？」

「也是很愛很愛啊，不然我幹嘛嫁給他？」張姐笑著說，「妳想問什麼直說吧，不要吞吞吐吐了。」

周筱不好意思地笑：「呵呵，我大學的時候有一個男朋友，就是很愛很愛的那種，我們分手很久了，但我知道他在我心中有一定的地位。我現在剛跟我一個好朋友交往，但是……我不知道我可不可以把感情轉移到他身上……我怕對他不公平。」

「嗯……這樣說吧，有的人一生可以有很多次愛情，有的人只能有一次，有的人終其一生都遇不到一次。我也不知道妳是哪一種人，試試看吧，試了之後才知道。」

兩個人都開始沉浸在自己的思緒裡，過了好一會兒周筱才說：「張姐，有沒有人曾告訴妳，妳是個哲人。」

「……」

趙泛舟站在機場裡，他終於回到這片土地了。心跳有點快，從口袋裡掏出手機，撥打周筱的電話，不通，還是不通。他這一個星期裡怎麼都聯繫不到她，發郵件她沒回，發簡訊她也不回，電話又怎麼都撥不通。他讓謝逸星幫忙找她也找不到，據說是被公司送去培訓了，但是電話為什麼老打不通？

「你個臭小子，終於捨得回來了啊。」伴隨聲音的是重重的一拳落在他背上，他轉過身去，是來接機的謝逸星。

「……」他笑著和他來一個兄弟間的擁抱。

謝逸星開車，趙泛舟在看著窗外的景物。這個城市好像沒有多大的變化，還是擁擠的交通，繁忙的人們，鱗次櫛比的高樓大廈……他還記得某一次他陪周筱去買東西，回來的路上兩個人都很累，她靠在他的肩膀上指著外面的建築說：「好高的樓啊，有時候我在想，我什麼時候才能夠在這個城市安家啊？」他當時跟她說：「我們以後會在這裡買一間房子，每天我們早上一起出門上班，晚上約在樓下碰面，一起去買菜回來煮。」她很興奮地抱著他的脖子說：「真的？你說真的？」「妳有沒有那麼興奮啊，我說的又不一定會實現，說不定以後我會是個窮鬼，妳只能和我一起睡天橋下。」她皺皺鼻子，咬了他脖子一口：「才不會呢，我相信你。」

那現在呢？她還相信他嗎？

「你有沒有聯繫到周筱？」趙泛舟把視線從窗外收回來，問謝逸星。

「沒有，她好像要三天後才能回來。對了，我幫你把房子租好了，離她住的地方很近。等下打點好之後我帶你去她住的地方。」

「她沒有男朋友吧？」趙泛舟遲疑了一下之後還是問了。

「應該是沒有，不過她和她那個青梅竹馬走得很近，但是他們一向都很要好，要是會在一起早就在一起了。」謝逸星邊注意路況邊回答他的問題。

「你大媽沒有跟著你回國嗎？」謝逸星問。

「有，她說她住慣了H市，要回去住，我已經送她回H市了。」

兩人的對話到此為止，謝逸星專心地開車，趙泛舟專心地想心事，心從下了飛機後就一直提在嗓子眼，好緊張，不知道她見到他會是什麼反應？

第十四章

寒流！

來勢洶洶的寒流讓被丟在島上軍訓的員工一個接一個感冒，於是站軍姿時就壯觀了，咳嗽聲此起彼落，本來只要有人動一下就會兇巴巴訓人的排長也拿他們沒辦法，總不能叫他們不要咳嗽，只有板著個臉，背著手從隊頭走到隊尾，還不忘咕嚕兩句：「看你們這些人，讓你們平時不鍛練身體！」

周筱運氣算好的，沒趕上感冒大潮。但是跟她同一個房間的張姐就慘了，入夜之後就開始發燒，燒得直說胡話：「我不要死啊……我還要結婚呢。」「我要回去見我老公。」「我要吃叉燒飯。」

周筱跑去找排長，排長找來軍醫，軍醫開了一些藥就走了。可是張姐吃了藥之後還是一直喃喃地說著胡話：「老公，老公……」還扯著周筱的手低聲抽泣了起來，多半是生病的人特別脆弱吧，一生病就想見到最親近的人。這可真是苦了周筱，荒郊野外的，她上哪給她找老公？

周筱隔五分鐘就給她換一次毛巾，邊安慰她：「沒事了，已經不燒了。」

到後半夜張姐的燒才真的退了，累得要死的周筱沉沉地進入夢鄉。

第二天一早起床就聽說公司決定提前結束軍訓，放員工回去休息，本來還有三天的訓練就改為放假。周筱和病懨懨的張姐一致認為公司根本不是體恤員工，是怕員工都病了，沒人來替他們賣命！殺千刀的資本家！

經過好幾個小時的顛簸，周筱站在家樓下的時候已經是晚上了，還好有救苦救難的寒流，不然她現在還在那個水深火熱的小島上。

她開門進去的時候，嚇了一跳：這還是她家嗎？鋪天蓋地的衣服、書、零食……她的腳抬在半空中，找不到一塊空間落腳。

「袁阮阮！妳給我滾出來！」周筱河東一聲獅吼。袁阮阮從房間裡連滾帶爬跑出來，對著周筱傻笑：「呵呵，妳不是還有三天才回來嗎？」

周筱窮兇極惡地看著她，指著腳下說：「馬上給我清出一條路來，不然我就從妳的屍體上踩過去。」

「馬上，馬上。」袁阮阮邊說邊迅速地拾東西，很快她的手上就抱滿了東西往她房間裡走去，邊走東西還邊掉。

周筱無力地搖搖頭，沿著她清出來的那條路回房間。臨關上房門前撂了句狠話：「我等下打開房門的時候最好都收拾好了，不然妳就給我提頭來見！」

唉，她可愛的床啊……她回來了。她把自己丟在床上，呈大字型躺著。手機突然響了，接起來，是張姐：「喂，周筱啊，我老公讓我打電話謝謝妳昨晚的照顧。」

「不用客氣啦。妳好點了吧？」

「還行，對了，差點忘了跟妳說，經理剛剛打電話讓我通知你們，這次的軍訓要寫心得，上班那天交，說是會有評比，前三名有獎金。妳不是中文系畢業的嗎？加油啊。」

「啊？心得？公司是當我們是小學生就對了，春遊要寫遊記。變態，我要辭職。」周筱快瘋了，畢業之後腦袋都快生鏽了，還讓她寫心得？

「呵呵，我的心得是有一天我要燒掉公司。」電話裡有一個男聲不知道在說什麼，只聽見張姐說：「哦，來了……周筱啊，我掛了，我老公雞湯熬好了，我要去喝了，拜拜。」

「哦，拜拜。」周筱放下手機，唉！雞湯啊？她也好想喝啊。

她沿著原來的姿勢躺在床上發呆，躺著躺著覺得有點冷，從床上躍起來找衣服。

她在衣櫃裡翻來翻去，沒有一件衣服想穿，煩死了，難怪人家說女人的衣櫃裡永遠少一件衣服。翻著翻著，她突然挖到一個很大的袋子，用膠紙封得死死的，她自己也忘了是什麼來的，從外面按軟軟的，應該也是衣服來的，但什麼衣服那麼大件啊？

她用力地從底下把它抽出來，用力過猛還差點摔倒。

她把袋子放床上，想要撕開膠紙，但是可能因為年代久遠，膠紙和袋子已經融為一體，撕不開。她只好去找剪刀，正當她手上拿著剪刀要剪開袋子的時候，手機響了，她一手拿剪刀輕輕戳袋子，一手接起手機：「喂。」

「喂。」是蔡亞斯，她離開那個沒有信號的鬼地方之後就給他發過簡訊了。

兩人自從交往了之後老沒話講。以前蔡亞斯都叫她死女人，電話一拿起來就是死女人，最近怎麼樣，幾天沒看妳，還以為妳死了呢……周筱一般就會回他說，死男人，你還沒死我怎麼敢死啊？你死了我也沒死之類的。反正以前兩人的對話都是這種缺心眼型的。現在成了男女朋友，這種對話好像不是很合適，所以……所以就造成了現在這種狀況……尷尬。

安靜了好一會兒，周筱握手機的手都冰涼了，才聽到蔡亞斯說：「妳在做什麼？」

「沒啊，寒流嘛，我在找厚衣服穿。你記得要多穿點。」

「好。」

又沒話說了……

周筱突然覺得鼻子有點發癢，忍不住就連打了幾個噴嚏。

蔡亞斯問：「妳不會感冒了吧？」

「沒吧，應該是有人在想我了，呵呵。」

「那是我在想妳。」蔡亞斯在講甜言蜜語嗎？為什麼她起了一身的雞皮疙瘩？一定是天氣太冷了。

呃……不回答好像太沒禮貌了點。於是周筱講了一句比沒有禮貌還要招人嫌的話，她說：「謝謝。」

然後他也很客氣地回了一句話：「不客氣。」

最後兩個人都撐不住之後才掛上電話，幸好掛得及時，不然周筱都快胃抽筋了。她放下手機開始剪開袋子。

外套！兩件外套！兩件黑色外套！一男裝一女裝的兩件黑色外套！（果然這種敘述方法相

當討人嫌）當年情人節趙泛舟送的禮物和她準備送給他的禮物。周筱發了一會呆，覺得外套是無辜的，而且天這麼冷，再說三年前的衣服現在看起來還是很好看，何況她又剛好缺衣服穿，所以……不如就……就拿來穿？

穿！幹嘛不穿？周筱穿著它在鏡子前搔首弄姿，三年前這外套大了一個 size，現在倒是挺合身的啊，果然歲月催人肥啊。

那另一件衣服怎麼辦？給蔡亞斯？不好吧，好像有點不是很厚道。不管啦，先放著。周筱對著鏡子是愈看愈滿意，打開房門想跑去給袁阮阮看看，一衝出去就給地上一大包垃圾絆了一腳，差點摔倒。

「袁阮阮！妳收完的垃圾為什麼不去丟！」她居然整出了四大袋垃圾，每袋都碩大無比，就丟在兩人房間的走道之間。

「人家在敷面膜啦，我待會兒去倒嘛。」袁阮阮從房間裡走出來。周筱回過頭想罵她，哎唷媽呀，史瑞克怎麼跑出來了？她的臉上塗滿了鴨屎綠色的東西，遠遠就散發著陣陣腥臭味。

「妳臉上塗的是什麼鬼東西？」

「深海綠泥。」

「噁心死了，又臭。敷完記得倒垃圾。我去洗澡睡覺，累死我了。」算了，現在她連衣服都不想炫耀了。

「好啦。」

周筱一覺醒來居然已經是中午，肚子餓得咕咕叫，她刷牙洗臉之後準備打電話叫外賣，但怎麼都找不到外賣的傳單，想出門又懶得，於是勉強從櫃子裡抄出一包泡麵來泡，走出房門的時候發現，袁阮阮那小妖精已經去上班了，重點是她還是沒有把垃圾拿去倒。

她端著泡麵窩在電腦前看綜藝節目，看著看著突然想起軍訓心得，於是開了個 word 檔邊看節目邊寫，這招是大學時候寫論文練的，中文系沒別的但是論文特別多，於是中文系的人都練就了一身邊玩電腦邊寫論文的本領。

時間滴答滴答滴答滴答滴答滴答滴答滴答滴答。（夠滴答了吧！）

等到體會寫完，綜藝節目看完之後，夜幕已經降臨了，周筱的肚子已經奇餓無比了，在再吃一頓泡麵和出去覓食之間猶豫了一會兒，她最終決定還是出去覓食吧，反正樓下有一家速食店，下去打包上來用不了多久。於是她隨手從零錢袋裡抓了一把錢出了房門。

一出房門就看到那四大袋垃圾，她本來想視而不見地走過的，但是還是做不到，只得嘆口氣化身神力女超人扛著它們下樓。

周筱半彎腰去放好垃圾，肚子因為彎腰擠壓而發出咕咕的叫聲，雖然旁邊沒人，她還是臉紅了。她放垃圾袋的時候太用力了，導致兩個垃圾袋的口都開了出來。於是她只得接著彎腰綁垃圾袋。

「周筱。」

好熟的聲音啊，她太餓了以致出現幻聽嗎？她手沒停，繼續綁。

「周筱。」人果然是不能太餓的，太餓連耳朵都會背叛你。

置若罔聞，一心一意地綁垃圾袋，綁完垃圾袋，她拍拍手，直起身子，然後……轉身……

噔噔噔噔，噔噔噔噔噔……（電影都是這樣演的，當一個人震驚到一定程度的時候貝多芬的《命運交響曲》就會響起。）

趙泛舟微笑著站在她面前，輕聲地說：「好久不見。」

好久不見……久不見久不見……不見不見不見……見見見見見。（沒錯，周筱的腦袋裡自己在製造回聲。）

難道這就是傳說中的重逢？

對於和趙泛舟重逢這件事，周筱早設想過十幾二十種情景：

一、在燈光美、氣氛佳的餐廳裡，她挽著一個帥哥，他牽著一個美女，雙方皮笑肉不笑地寒暄。

二、在某條繁華的大街上，兩人擦肩而過，彼此都沒有認出對方。

三、在某棵樹下，兩人四目相對，淚眼婆娑，樹葉如雨落下。

四、在燈紅酒綠的城市裡，一方先認出對方的背影，於是呼喚出那個心心念念的名字。然後另一方驀然回首，那人卻在燈火闌珊處。

五、在相親宴上，驚奇地發現對方，感嘆一下年華似水流，然後舊情復燃。

六、她的婚禮，他突然出現大叫我不同意你們結婚，她笑盈盈地回他說：「你是誰？好像有點眼熟。」

七、養老院裡，在各自孫兒的攙扶下，兩人顫抖的雙手握到一起，輕道一聲好久不見，來一段黃昏戀。

八、她某天去上班，突然發現他成了她的上司或者公司的大客戶，於是愛恨情仇再次糾結。

九、她從某樓梯上跑下來，跑得太急，摔倒在地，他突然奇蹟般地出現，扶起她，她摔過頭了失去記憶，他趁虛而入。

十、晦氣一點的就是，他們其中一方得了什麼怪病，在彌留之際另一方趕到，於是死神面前，啥都不重要。

十一、好啦，即使最沒創意的設想都是他在機場給她打電話，她去接他。或者是他回來後兩人約出來吃飯之類的。

以上哪個她都能接受啊，為什麼要是這個？為什麼要挑她那麼狼狽的樣子。為了寫那個軍訓鬼心得，她戴著黑框眼鏡，頭髮用鯊魚夾隨便夾在腦後，腳下套一雙大一碼的夾腳拖鞋，旁邊是一袋一袋的垃圾，而且之前也不知道雷鳴般的肚子叫有沒有被他聽到。這些都算了，牙一咬她也就忍過去了。但是——重點是：她穿著前男友送的外套遇到前男友！

周筱想把自己裝進垃圾袋裡丟掉，反正她現在的形象很適合在垃圾堆裡生存。

「呵呵，好久不見。」周筱小朋友天馬行空了好一會兒之後才想起要回話，而他一直安靜地在一旁站著，默默地打量著她，她成熟了，黑了，但性格似乎沒變多少，還是常常出神。

「妳在幹嘛？」他試圖要讓兩人對話輕鬆自然，隨口冒了這麼一句話之後才覺得自己是白癡，誰會看不出她在丟垃圾？

「舉手之勞做環保，不要讓嫦娥覺得我們髒。」她一定是瘋了！原來人的驚嚇到一定程度之後會反射性地亂說話，綜藝節目看太多就是會說一些怪怪的話。

「啊？」他待在國外太久聽不懂中文了嗎？

「呵呵，沒有，你不要理我，我胡言亂語。」她乾笑兩聲。

趙泛舟乾笑兩聲，好懷念她的胡言亂語。他以為她還沒回來，只是想看看她住的地方，走一走她每天走的路，看她每天看的風景。沒想到突然發現她的身影，心一下子就緊了起來。而現在，本來提著的那顆心反而因為她的胡言亂語而放下了，還好，緊張的不只他一個人。

「吃飯了沒？」他剛剛似乎聽到類似肚子叫之類的聲音。

「啊，沒。要不要請客？」她那個順得不能再順的嘴又開始闖禍了。

「我剛回來，不是應該妳幫我接風洗塵？」他笑著說。

還接風洗塵呢，不是已經是「海龜」了嗎？一天到晚在水裡度過，還有什麼好洗的？

「可以啊，但是我……」她看看自己身上的打扮，捏捏口袋裡的錢，「呵呵，我只有零錢。」

「那我們去買菜煮來吃，我很久沒吃家常菜了。」趙泛舟拍拍口袋，「我也只有一點點錢。」

「啊？我這樣不好走遠吧？」她扯扯身上的衣服，指一指腳下的拖鞋，他的視線在外套上停留了兩三秒，嘴角忍不住上揚：「那我去買，妳在家裡等我。妳家在幾樓？」

「四樓。」她反射性地回答。他點點頭，說：「我很快回來，妳在家裡等我。」然後他向超市的方向走去。周筱還在呆滯的狀態，他什麼時候回來的？他怎麼知道超市在那邊？他……好像……比印象中的還要帥？

腦子生鏽的周筱還沒意識到，某人不費吹灰之力就要登堂入室了。

周筱行屍走肉般地在房子裡蕩來蕩去，擦一下這裡，擦一下那裡。最後無所事事地坐在客廳的沙發上發呆，腦子好像一鍋剛出爐的米糊，熱騰騰，黏糊糊。

門鈴叮咚叮咚地響，她緩慢地挪去開門，趙泛舟提著菜站在門口，她堵在門口愣愣地看著他。他笑著晃動手裡的菜說：「有點重。」周筱緩慢地側過身，他就自顧自地走了進來。

「廚房在哪？」他問。

周筱指了個方向，他提著東西向廚房走去。

「周筱。」趙泛舟在廚房叫她。她還在門口發呆，她「誒」的應了一聲把門關上，走去廚房。

趙泛舟把食材丟在流理臺上，攤開兩手無奈地看著她：「我不會做菜。」

已經進入提前進入老年癡呆一個小時零五分的周筱突然醒悟過來，這人會不會太不要臉了一點？不會做菜還說要煮來菜吃？那如果她也不會做的話怎麼辦？可惜的是，她好死不死就會做菜……

她把他用力推開，而且盡量往放刀的方向推。唉，力氣太小，沒能讓他撞在刀口上。

他笑著地退了幾步，說：「我可以幫忙做什麼？」

「洗菜。」她惡狠狠地說。

「好。」他笑咪咪地說，一副心情很好的樣子。

周筱沉默地在一旁切肉，有點後悔讓他幫忙了，先不說他洗菜跟搓衣服似的，他的存在感太強了，小小的廚房裡讓他一站，好像連個轉身的地方都沒有了。

趙泛舟提心吊膽地看著她手裡動得慢悠悠的刀，她再心不在焉下去，他們的晚餐就要加菜了。

「我寄給妳的信和訊息都收到了嗎？」趙泛舟覺得不管她的腦袋瓜裡在想什麼，都得把她拉回現實，他不想吃手指大餐。

「啊？沒有，公司送我們去培訓了，那裡沒信號，我還沒看信箱。」她的刀舉在半空中，猶豫了一下問：「你什麼時候回來的？會待多久？」據她所知，他現在在國外好像有生意。

「昨天才回來的，不走了，報效祖國。」

「哦。」

「我為了怕嚇到妳，還特地先寫了信給妳。」

「你有什麼好嚇到我的？」

「太帥了也會嚇到人的。」他笑著說。

「外國水土把你的臉皮養厚了。」她自己都沒發現，她繃緊的身子慢慢地鬆懈了下來，講話也輕鬆了很多。

趙泛舟發現她開始迅速地飛舞手裡的刀，也鬆了口氣。

在兩人像老朋友似的（事實上也是老朋友，只是比較特殊的老朋友）說說笑笑把飯菜端上桌的時候，周筱的手機在房間裡響了，她衝進去接手機，手機螢幕上閃爍著「蔡洋鬼子」，是蔡亞斯，為什麼她有點不敢接？為什麼她有點心虛？

「怎麼了，快接電話，飯菜要涼了。」趙泛舟的聲音從外面傳來。

她顫悠悠的手按下接聽鍵：「喂？」

「吃了沒？」蔡亞斯的聲音從另一端傳來。

「嗯，還沒。」她的聲音幾乎都有點抖。

「那等下我來接妳，我們一起去吃飯？」

「我已經把飯菜煮好了。」

「那我過去妳那邊吃？」他考慮了一會兒說。

「呃……趙泛舟回來了，在我家。」周筱猶豫了一會兒決定要坦白，反正君子坦蕩蕩，跟趙泛舟的這段感情教會她，隱瞞絕對是白癡的做法，她不能向蔡亞斯隱瞞她和白癡吃飯的事。

「你過來一起吃吧，我們等你。」講完鬆口氣的感覺真好。

「不了，那你們吃吧，我和同事去吃，你們那麼久沒見了應該有很多話要說，我在挺尷尬的。」他倒是很平靜地說。

「嗯，那好吧，那……你不要喝太多酒。」

「嗯。拜拜。」

「拜拜。」掛上電話，她由衷地感嘆，蔡亞斯，沒有人能夠如此大方地對待女友的前男友，宰相肚裡能撐船，你肚子根本就能開飛機。

周筱走出房門，趙泛舟已經在飯桌旁坐好等著開飯，她拉開椅子坐下，笑著說：「吃飯吧。」

「菜好像買多了點，我們倆可能吃不完。」趙泛舟指指桌上的菜，接著說：「剛剛是我認識的朋友嗎？是的話就叫過來一起吃啊。」

試探她？周筱有點不樂意了，趙泛舟小朋友，你的手段會不會太不高明了一點？

「你認識的啊，就蔡亞斯嘛，他說他要和同事去吃飯，就不過來了。」她淡淡地說。

趙泛舟不動聲色，但眼神鬆懈了下來。

「哦，對了，忘了跟你說，我和他在一起了。」周筱笑著補上一句。微笑著看他被雷劈到的樣子，感覺真不錯，別怪她壞心眼，君子報仇十年未晚。

「……」他的筷子在嘴邊停了三秒才放下，「那……」

「怎麼？不祝我幸福啊？」周筱一臉調皮，心裡爽翻了。

他收起多餘的表情，微笑地看著她，看了好久好久，看到她都起雞皮疙瘩了，才說：「祝妳幸福。」

「謝謝。」她低下頭去吃飯，原來聽到這句話沒她想像中開心。

「妳還沒結婚，我還有機會對吧？」他突然又冒出一句話。

她猛地抬起頭看著他，差點把腦袋扭了，他的標準表情又出現了，看不出是在說真的還是開玩笑。

「呵呵，你剛剛不是才祝我幸福的嗎？」她打著哈哈。

「那是兩回事，妳的幸福也可以由我來給。」他很認真地說。

「我這張舊船票，早就不想重登你那破船。」她搖頭笑著說。以他的聰明，點到為止就好。

第十五章

周筱坐在客廳裡看電視，手拿著遙控器不停地按，在各個不同的頻道之間跳來跳去，不停地更換坐著的姿勢，趁著換姿勢的動作偷看一下廚房。

趙泛舟在廚房裡洗碗，他有點笨手笨腳的，每次他拿起一個碗周筱都要幫那個碗祈禱一下。唉，不會洗就算了，自告奮勇逞什麼強啊？打破了可是她的碗。而且她剛剛才諷刺了他，難保這廝不會伺機報復。

叩叩叩的聲音響起，周筱應了一聲走去開門，袁阮阮這傢伙一定又忘了帶鑰匙。一開門有一個影子向她撲過來，隨著撲過來的風，有一股濃烈的酒味。

「怎麼了？」周筱穩住袁阮阮的身子，有點驚慌。

趙泛舟從廚房聽到聲響衝了出來，手上還溼答答滴著水：「怎麼了？是誰？」

周筱用肩膀頂住袁阮阮軟下的身子，回過頭說：「我室友，她喝醉了，你過來幫忙扶一下。」趙泛舟不情不願地走了過來，也不擦乾手，就直接把袁阮阮攙了起來，說：「放哪？」什麼叫放哪？阮阮又不是東西！（呃……這話好像也不是很對。）

「跟我來，去她房間。」

趙泛舟很隨便地把袁阮阮打橫抱起來，讓她的頭和手垂下來，隨著他的前進晃蕩。突然袁阮阮掙扎了起來，趙泛舟還沒來得及把她放下，她就吐在趙泛舟身上。

走在前面的周筱回過頭來，就眼睜睜地看著悲劇發生了。

啊哈！某人那個臉臭得啊……

周筱很想笑，硬是忍了下來：袁阮阮，妳真是好姐妹，今天妳什麼仇都幫我報了啊。能夠把趙泛舟的臉整得這麼臭的，妳還真是第一個，好樣的啊！

趙泛舟瞥了她一眼，就知道她一定在幸災樂禍！臉憋笑都憋紅了。

他把袁阮阮扛到房裡去之後，回到客廳拿紙巾擦衣服上被濺到的地方。周筱把袁阮阮料理完出來就看到他一臉大便樣，又很想笑了：「要不要拿條毛巾給你啊？」

「不用了，時間不早了，我得走了。」

「嗯，好，我送你下樓吧？」她後面那句講得很輕，希望他聽得出來是在客套。

「走啊。」他逕自開了門要往外走時發現她沒跟上來，「妳不是說送我下樓？」

「哦。」她不情願地跟他走出門。

「妳怎麼老找酒鬼當室友啊？」樓梯有點暗，趙泛舟走在前面不時回過頭來看著周筱，這麼暗的樓梯，這傢伙住這裡不知道摔幾次了？下次想辦法偷偷裝個燈。

「嗯？」周筱被他的問題愣了一下，才反應過來他在說當年的陶玲，就隨口說了一句：「你還記得啊？」

「一清二楚。」黑暗裡他的話聽起來好像別有深意，於是周筱不自覺地想起那個晚上，然後就不免俗地又想到他當時在陶玲面前……親她，然後臉「轟」的一下又紅了。

下了樓，有路燈的地方趙泛舟轉過身來要和她告別，才發現她的臉紅得要死，他疑惑地看著她：「妳臉怎麼那麼紅啊？」難道從剛剛憋笑憋到現在？有那麼好笑嗎？

「沒有，沒有。」周筱的頭搖得跟波浪鼓似的，總不能說她想起以前和他接吻的事臉紅吧。

「明明就很紅啊？」趙泛舟靠近了一點看她，好像不是很正常的臉紅？

「沒有沒有。」周筱還是狂搖頭，怎麼有點暈啊？是搖太用力了嗎？

「我看看。」趙泛舟突然把手伸過來，周筱要躲，突然有點頭重腳輕，腳底一個踉蹌，攀著他才站穩了。

趙泛舟的手順勢扶在她的腰上，一手探向她的額頭，然後在摸摸自己的額頭，一臉的凝重。

周筱不可思議地盯著放在她腰上的手，他會不會太不客氣了點啊？抬起來頭來正要抗議，才發現她跟他的臉已經靠得那麼近了，腦子裡好像有一根線突然「噔」地斷掉了，傻傻地一動不動，全身的熱氣都集中在臉上，她感覺她好像一顆蒸熟了的番茄（好像沒人會拿番茄去蒸）。

要死了！她居然為了他臉紅心跳？

趙泛舟看著她的臉好像一層一層塗上水彩似地愈來愈紅，拖著她就往馬路上走，走了兩步發現她身上穿得挺單薄，（周筱回家的時候第一件事就是把他送的外套脫掉），皺了一下眉頭，把外套脫下來往她身上套，周筱欲哭無淚，他外套剛剛被袁阮阮吐過啊！原來幸災樂禍也會有報應的。

她還在計較外套的事的時候發現她被推上了一輛計程車，「不對啊，你要帶我去哪？」

「醫院，妳發燒了。」

「你才發燒了。」她邊說手邊摀上自己的額頭，咦？真的很燙，都快可以煎雞蛋了。她原來是發燒了啊，幸好不是因為趙泛舟而臉紅心跳啊，太好了太好了，呵呵……

趙泛舟看著她傻呵呵地笑，眉頭皺得死緊，她該不會是燒傻了吧？

趙泛舟去掛號，周筱坐在醫院的長凳上用她燒得傻傻的腦袋很嚴肅地考慮了一下狀況，決定還是得給蔡亞斯打個電話，畢竟他才是正牌男朋友。

周筱無所事事地半靠在床上打點滴，醫生說她已經燒到三十九度了，她怎麼什麼感覺都沒有呢？再說了，在島上的時候大家都在燒，她偏不燒，等到兩天後才開始燒，也太趕不上流行了吧？不過這感冒病毒也太猛了？都兩天了還硬是不屈不撓地把她攻下。嗯……而且坐在旁邊的這尊大神的臉也太臭了吧？還好她現在不是他女朋友，不用再看他臉色做人，讓臭臉來得更臭些吧！

趙泛舟看她的眼睛骨碌碌地轉來轉去，實在是沒好氣，這傢伙都生病了就不能好好休息嗎？他剛想開口說什麼，就聽到響了兩下敲門聲，蔡亞斯開門走了進來。

「怎麼樣了？」他一進來就挺著急的。

「沒事啊，你不要一副我被推進手術室搶救的模樣啊。」周筱頂著紅撲撲的臉蛋說。她這麼一燒，好像也不覺得跟她這個新交的小男朋友會尷尬了。

蔡亞斯完全不理會她的咋呼，逕自看向趙泛舟：「她沒事吧？」

「三十九點三度。」趙泛舟說。

「喂喂喂，小數點後面的就算了吧。」周筱還在咋呼，她也不知道為什麼現在特想講話，明明就沒喝醉啊。

「妳閉嘴，昨天打電話給妳妳就一直在打噴嚏，問是不是感冒了還給我胡扯。妳就不能讓我少操一點心？」蔡亞斯跟機關槍似地掃射著周筱，周筱被罵得一愣一愣，以前怎麼沒發現這廝脾氣不是很好呢？她該不會才下了賊船，又進了狼窟吧？

「躺下，睡覺。」蔡亞斯說。

周筱乖乖地躺下，把被子拉到臉上，剩兩隻大眼睛還在偷瞄他們。

「謝謝你照顧她。」蔡亞斯對趙泛舟說，「剩下的交給我就好了，你先回去吧。」

趙泛舟也不說什麼，就點點頭，然後回過頭去對周筱說：「那我先走了，妳好好休息，明天我打電話給妳。」

周筱還沒來得及說什麼他就開門走出去了，有那麼急嗎？

趙泛舟從醫院走出來，也不打車，就這樣慢慢地往回走。

這樣的大城市，不管到幾點車都是很多的，由於近幾年禁喇叭，所以倒也沒多吵。趙泛舟走在人行道上，旁邊的快車道一輛一輛的車從他身邊開過去，車燈照亮了他前面的路那麼幾秒鐘就又暗了下去。心有點空落落的，那本來該是他的權利：那樣的口氣，又氣又心疼，說得她一臉委屈，那以前是他的權利，現在卻屬於另一個人。

又一輛車在後面往前開，速度很慢，把他的影子拉得長長的，然後隨著車的靠近影子漸漸變短變短……然後不見。

蔡亞斯會看見她睡覺的樣子；會看見她耍賴不想吃藥的樣子；會看見她仗著生病了頤指氣使的死樣子……會看見本來都只屬於他的她的樣子。

周筱無奈地看著瓶子裡的液體一滴一滴地往下滴，然後再瞄瞄旁邊那個貌似不是很高興的傢伙。唉，為什麼大家都愛擺臉色給她看呢？她才是生病的人不是嗎？生病的人不是應該得到春風般溫暖的關懷嗎？

「妳快點睡一下，打完點滴就送妳回家。」蔡亞斯忍不住說。

「哦。」周筱有氣無力地應了一句，巴不得點滴趕快打完就可以回家了。袁阮阮喝醉了一個人在家呢，而且她剛剛本來是要送趙泛舟下樓的，所以門只是掩上，並沒有鎖。

「亞斯，我剛剛出來沒有鎖門。」她掀開被子就要下床，蔡亞斯眼明手快地把她按住：「躺回去，妳手上扎著針呢。」

周筱被他一按反而扯到了點滴，有點痛，低頭一看，針孔都出血了。蔡亞斯也看向她的手，嚇一跳，趕緊縮回按住她的手，「沒事吧？」

「沒事。」

「對不起，我不是故意的。」他有點難過，他連自己的女朋友都照顧不好。

「沒關係，你不用那個表情啦，我知道你不是故意的，你要是故意的我早就把你滅了。」

周筱不忍心看他自責，自從兩人在一起之後，他們都太小心翼翼對待對方了，反而讓兩個人的感情老是僵在原地。

「那妳好好躺著，妳家裡能有什麼破東西讓人家偷？」蔡亞斯看她真的沒事才沒好氣地說。

「什麼意思，你家才破呢。」

「難道不是嗎？你家最值錢的也就那台電腦而已，電視反正是房東的。」

「懶得跟你說，袁阮阮喝醉了，一個人在家呢。」

「知道了，我去看看她，然後幫妳鎖門。」蔡亞斯自以為很體貼地……走了。

周筱愣住了，這是哪門子男朋友？也太傻了吧？丟她一個人在半夜的醫院裡就走了？正常的反應不是應該打電話找個朋友去幫她看一下就好了嗎？啊……她為什麼老遇到怪怪的人啊！

十五分鐘過去，蔡亞斯急急忙忙地衝進病房，周筱坐在床上一手翻著雜誌一手在打點滴，連眼皮都懶得抬起來看一下他。

「那個……我在半路上想起留妳一個人在醫院好像不好。」他有點著急地解釋。

「還好，也不會很不好。」她模仿老佛爺的語調緩緩地說，眼睛沒有離開書。

「不是，我……我也不是故意的，我只是……」他一緊張說起話來居然有點磕磕巴巴。

「只是什麼啊？嗯？」她懶懶地瞥了他一眼。

蔡亞斯這才發現被她耍了，氣得要死，想跳起來打她又想起她現在是他女朋友又是病人，打不得，於是就像被踩住了尾巴的小狗，氣得在床邊團團轉。

周筱樂翻了，這孩子原來也挺好逗的，以前怎麼老被他氣到跳腳呢？

蔡亞斯轉過頭去看副駕駛座上的周筱時才發現她已經睡著了，他慢慢地把車靠邊停，脫下外套幫她披上，安靜地看了她好久。她因為發燒而一直紅通通的臉，眼睫毛翹翹的，頭髮散了幾根在嘴邊，他幫她撥開那幾根頭髮，然後點了根菸，默默地抽著，她跟他的關係還沒塵埃落定，前男友就跑出來了，命途也太多舛了點吧？他知道她之前有多喜歡趙泛舟，雖然她一直標榜拿得起放得下，其實心裡一直沒有真的放下吧？

周筱是被煙給嗆醒的，揉了揉眼睛，黑暗中蔡亞斯吞吐出一個又一個煙圈，像練葵花寶典練到走火入魔似的。她想講話，一開口就嗆進好大一口煙，於是狂咳了起來。

蔡亞斯被她的咳嗽聲嚇了一跳，才想起他沒開窗，趕緊把菸按熄然後開窗。

「你要把我給熏死嗎？」周筱緩下氣來之後說。

「對不起。」蔡亞斯說，語氣中透出一絲不安。周筱感覺到他的不安，是因為趙泛舟嗎？

「那個，我和趙泛舟只是朋友，你不要胡思亂想。」她稍微解釋了幾句。

「我知道。」他還是一臉的落落寡歡。

周筱也不知道該說什麼了，從他那邊灌進來的風反而把煙更加吹向她這邊，她按下自己這邊的車窗，想吸一下新鮮空氣。

「別開，妳感冒不能吹風。」蔡亞斯阻止她。

周筱滿頭黑線，看看他那邊大開的窗，再看看兩個人被吹得輕舞飛揚的頭髮。他到底哪隻眼睛看到他那邊的風不會吹到她這邊來的？再說了，他不抽菸她也用不著開窗啊！

她懶得跟他說了，逕自按下車窗，被吹死總比被嗆死好。

蔡亞斯見說她不聽就乾脆繃著個臉，手差點又要去掏菸，忍了一下改成把車發動。

車一開起來，風就更大了，周筱發現車裡的煙味差不多散去時，才把自己這邊的車窗關了。

風還是呼呼地吹，吹得她頭好痛，她推了一下蔡亞斯的肩膀：「把你那邊的窗關了，我冷。」

還在生悶氣的蔡亞斯這才意識到，她剛剛那邊的窗開不開都是在吹風，今天第四次感嘆自己不是個好男朋友。

車開到樓下，周筱跟他說了聲再見後便開車門下車，蔡亞斯鎖了車也跟著她下車。周筱奇怪地看著他：「你快回去吧，不早了。」

「妳們一個喝醉，一個發燒，我晚上留下來照顧妳們。」蔡亞斯想要彌補他的不體貼。

「不用了，我睡一覺起來就好了，再說了，你明天還要上班，快回去吧。」怕怕，要被他照顧的話多半死得更快！

「我明天直接從這裡去上班就好，走吧。」他講完就直接往樓上走。周筱很無奈地跟在他後面，煩死了，誰要他照顧啊！

「我真的沒事了，你回去吧。」周筱跟在後面不死心地勸他。

「妳放心，我睡客廳。」他頭也不回地說。

周筱愣了一下，她倒是沒有在擔心這個，只是怕他明天來不及上班而已，她家離他公司真的還蠻遠的，不過既然他都這麼說了，那就隨便他吧。

第二天周筱迷迷糊糊起床的時候，發現蔡亞斯還在客廳的沙發上睡得香甜，轉身去廚房做早餐，等到早餐都端上桌了，他大老爺還在沙發上睡得舒暢愉快。

她推推他：「蔡亞斯，起床吃早餐了。」蔡亞斯嘀咕了一聲然後翻了個身，把臉朝向沙發靠背，被子隨著他的動作掉了下來。周筱撿起被子，唉，真不知道是誰照顧誰。

「快起來，不然你會遲到的。」她又推推他，他還是不動，她有點火，用力把他從沙發上拖下來，「咚」的一聲，蔡亞斯整個人砸向地面，坐起來不可思議地看著她，有點不知今夕是何年的茫然。

周筱笑呵呵地說：「現在醒了吧。新毛巾和牙刷我都放在洗手檯上了，去洗臉刷牙，然後出來吃早餐。」

蔡亞斯坐在餐桌旁，看周筱為他盛粥，發現她昨天打點滴的手在針孔的地方青了一塊。

「妳還好吧？」蔡亞斯接過她遞來的粥。

「當然啦，我壯得跟牛一樣。」這倒是真的，病來如山倒，病去如抽絲從來就不是她的路線，她是那種早上被媽媽抓去醫院打針，下午就在院子裡跑給媽媽追的死小孩。

「早。」袁阮阮敲著腦袋從房間走出來，「蔡亞斯，你怎麼在這邊？有早餐吃啊？我也要。」

袁阮阮醉鬼小朋友不刷牙也不洗臉就坐下來吃早餐，周筱是見怪不怪了，蔡亞斯卻像看野生動物似地看著她，這樣也可以？

「對了，我昨天在pub裡遇到蕭晉了。」袁阮阮邊咕嚕咕嚕地喝粥邊說。

「哦。」周筱瞧了一眼蔡亞斯，他沒什麼反應。

「他問起妳來著。」袁阮阮這廝的神經有繩子那麼粗，「他讓我問妳說還能不能當朋友？」

「不用了，我朋友很多，不差他一個。」周筱又舀了一碗粥，生完病之後的胃口特別好。

「幹嘛這樣？他也是我朋友啊，妳這樣太不給我面子了，況且，妳跟趙學長不是也還可以做朋友？哦！對了，我昨晚還遇到謝學長，他說趙學長回來了，妳知道嗎？」袁阮阮喝下一碗粥，站起來要去再盛一碗。周筱把鍋端起來，面無表情地走進廚房，白目的女人，倒掉都不給妳吃。

袁阮阮端著碗傻傻地站著，問蔡亞斯：「她怎麼了？」

蔡亞斯沒好氣地放下碗，對著廚房喊了一句：「我去上班了。」

門「砰」的一聲被關上，聲音大到在廚房裡的周筱心抖了一下。

今天是周筱最後一天休假，本來應該睡到自然醒的，可惜為了給那位據說是來照顧她的男朋友做早餐她都沒睡好，早知道他居然甩門出去就讓他遲到好了，還給他做早餐？又不是瘋了！

袁阮阮也上班去了，家裡就剩她一個人，走來走去突然不知道做什麼，開電腦嘛，昨天開了一天了，沒勁；看電視嘛，轉來轉去都沒哪個節目提起她的興趣；要約朋友出來嘛，今天不是雙休日，大家都在上班……怎麼會這麼無聊？算了，冰箱也快空了，去超市補貨好了。

她隨便換了件衣服，走出房門的時候看到掛在椅子上的外套（趙泛舟送的那件），猶豫了一下還是沒穿，都不知道趙泛舟好端端回來幹嘛，害她連這外套都不好意思穿。

走下大樓的時候，她還在低頭默念要買的東西，早知道就該寫下來，不然待會兒說不定又忘了買什麼。

趙泛舟本來要掏電話的手停住，站著不動，帶著微笑看她碎碎念著往前走。

「周筱。」

她條件反射地轉過頭，嘴巴裡還在念「雞蛋、牛奶、毛巾、牙刷、洗衣粉……」

一瞬間有點時空錯亂，好像他們還是在大學裡，他還是在宿舍樓下等她，他還是她的那個他。

他朝著她走來，她忙著鄙視剛剛那個追憶似水年華的無恥想法。

「吃過早餐了嗎？」他晃晃手裡的袋子，「我們以前學校門口的韭菜餃子，妳最喜歡吃的那家。」

以前？也不曉得為什麼，有股無名火燒得周筱快爆炸，難道是又發燒了？她不理他遞餃子過來的手，冷冷地說：「我吃過了。」

「那就吃幾個吧，妳不是最喜歡吃韭菜餃子的嗎？而且生病胃口應該不是很好，妳剛剛沒吃多少吧？」他假裝沒感受到她的態度。

誰說她胃口不好的，她早上喝了兩碗粥呢，少一副很瞭解她的樣子。

「我現在不喜歡吃了。」她努力忍住脾氣，不想看起來無理取鬧。

「那妳想吃什麼？我去幫妳買吧。」

「不用了，我還有事，先走了。」她轉身要走，發現他跟了上來，「你跟著我幹嘛？」

「我今天沒什麼事，妳有什麼事我陪妳一起去吧。」他和她並肩走了幾步，她停了下來：「為什麼？」

「是妳說我們可以做朋友的，不是嗎？」他也停了下來。

「我說的朋友是節日一通簡訊祝福，天氣冷了提醒加衣服，突然想起就問一句最近怎麼樣了的朋友，不是你的出現會讓我男朋友甩門出去，對我造成困擾的朋友。」周筱喘了口氣：「我說的朋友是相見不如懷念，是相濡以沫不如相忘於江湖的那種朋友。」中文系畢業的，功底還是有的！

安靜、平靜、幽靜、寂靜、肅靜……隨便什麼靜都好，反正就是靜。

周筱有點不敢看他，他清澈的眼睛盯得她心裡發毛，太……太過分了點嗎？

「我知道了，造成妳的困擾，不好意思。」他已經要走的時候還回過頭加了一句：「天氣雖然沒那麼冷了，出門還是加件外套比較好。」

他講完默默地往相反方向走，有點失神，差點跟一個車頭掛了很多菜的大媽撞到一塊，人沒撞著，手裡的餃子倒是撒了一地，他連連跟罵罵咧咧的大媽道歉。

靠！這個死奸詐小人！殺了拖出去鞭屍！

「趙泛舟。」周筱很不甘心地叫住他。

「……」他轉身。

「我心情不好，拿你出氣了，別當真。」她彆彆扭扭的，媽媽說冤有頭債有主，她不能不敢惹蔡亞斯就找趙泛舟出氣。

他倒是沒說什麼，點了點頭又轉過身去要往前走。

「喂。」周筱覺得自己被鬼上身了，講話的人不是她！

他頓住，但沒有轉身。

「陪我去超市，我要買很多東西，拿不回來。」鬼還在，不關她的事。

他沒動。

「那算了。」周筱負氣轉身往超市方向走，走了兩三步，身後傳來腳步聲，他跟上來了。

周筱扯扯嘴角，想笑，忍了下來，他還真的是變了呢，以前的他可跩得很，以前這種狀況他會跟上來的話她頭擰下來當凳子坐！

趙泛舟推著車子跟在周筱後面，她悠閒地逛著，偶爾往車子裡丟一點東西。

周筱的腳步在衛生棉區停下來，不懷好意地笑，有點想整人的衝動。她往裡走，站在那個雲般潔淨風般乾爽的 ×× 牌衛生棉前，回過頭對沒走進來的趙泛舟說：「我拿不到最上面的那個。」

「妳為什麼要拿上面的那個？」他掃一眼整個貨架，「下面有一樣的。」

「……」

趙泛舟看她那氣惱的樣子，推著車子緩緩走過去，伸手到最上面的貨架拿下一包，丟到車子裡：「一包夠嗎？」

「啊？夠。」明明是想整他的，不知道為什麼到頭來臉紅的是自己。

周筱站在毛巾區那裡挑了半天，才丟了一條粉色的毛巾下去，發現趙泛舟也隨手扯了一條同款藍色的毛巾丟到車子裡。她奇怪地看著他：「你幹嘛？」

「我剛回來，很多東西都沒買齊，順便。」

她瞪了他一眼，敢情他是把她當免費採購員了。

「你要買什麼趕快買，我已經買完了。」她才不要當免費採購員。

他推著車子，隨意地把一些東西丟進車子，她看不下去，撿起他丟進來的一瓶沐浴乳，擰開一聞，這什麼味道啊！她把它放回架子，換了一瓶進去。

於是在某個超市裡可以看到，某個男孩頭也不回地往身後的購物車丟東西，某個女孩撿起來看看，放回架子，換了另一牌的同種商品放進去。

如果再仔細觀察，可以看到女孩的表情像不耐煩的歐巴桑，嘴裡還念念有詞；男孩的嘴角微微上揚，像偷偷往喜歡的女孩子書桌裡放糖果的小男生，表情忐忑而幸福。

趙泛舟很自覺地推著東西去付帳，周筱站在出口處遠遠地看著他，如果他當時沒離開，他們現在應該就是過著這樣的生活吧，她負責挑東西，他負責付帳……嗯，本來應該很溫馨的，怎麼被她一想就像是情婦的生活，還是算了吧。

收銀員小姐在拿起衛生棉的時候還多看了他兩眼，他倒是處之淡然，盯著電子小螢幕看價錢往上跳。

趙泛舟提著大袋小袋地朝周筱走來，她一手很自然接過兩袋小的，另一手的手掌攤開伸向他，他把發票放到她手上。兩人並肩往前走，她低頭看發票，他偶爾看看路偶爾看看她，雖然她幾乎沒有抬頭看過路，他也幾乎沒有碰到她，但是在往來的人群中，兩人都沒有跟任何路人擦撞。

回到住處樓下，周筱把袋子遞給趙泛舟：「你拿著，我把東西分一分，對了，你現在住哪裡啊？」

「住這附近，不用分了，東西先放妳那裡，我現在不回去。」

「那要去哪？」她常常幹這種脫口而出的事，自己都見怪不怪了，連懊惱都懶了。

「買車，妳陪我一起去好嗎？多個人多點意見，搞定了我請妳吃飯？」

「呃……」她有點猶豫。

「如果不方便就算了。」他自嘲地笑笑，「相見不如懷念嘛，我把東西先拿上樓去，待會兒過來拿。」

靠！再說一次，陰險！奸詐！下流！無恥！剁了拿來包餃子！講到餃子她就後悔，好久沒吃到學校門口的餃子了，鬧什麼脾氣嘛，好想吃啊……

「我們先把東西提上去吧。」周筱說，又補了一句，「你等下要請我吃頓好的。」

「行，只要妳留點錢給我買車就行了。」

周筱對車子可謂一竅不通，也從來沒有陪人看過車子，所以她對車子的概念只停留在「有四個輪子，跑得賊快」。牌子呢，她也只知道那麼幾個「賓士、BMW、本田、豐田……」，而且到現在她都沒怎麼搞明白BMW是不是就是寶馬，本田和豐田到底是哪裡的田。

所以周筱坐在旁邊發愣，售車經理給她端來很好喝的茶，她就一口一口地抿著，看趙泛舟和那個經理在各輛車面前比手畫腳，遠遠看去兩人還挺滑稽的，突然就覺得有點開心。

趙泛舟看向她的時候她端著茶，笑得傻乎乎的，他走向她，問：「要不要去試車？」

「好啊。」她快快樂樂地跳下椅子，跟著他去試車。

一連試了好幾輛車，她都感覺不出來有什麼區別，所以她就對他提了一個中肯的意見：「白色那輛車的椅子特別柔軟，它的顏色蠻適合你的，還有它的標誌很漂亮。」它的logo真的很漂亮，像一個盾牌，總體是紅黑金三種顏色，盾牌中間是一匹前俯後仰的馬。（周筱小姐，如果保時捷的老闆知道妳覺得那匹馬是前俯後仰，不知道他會有什麼感想。）

最後趙泛舟還真的就訂了那匹前俯後仰的馬，看來她的意見是具有專業水準的。

趙泛舟跟經理嘀咕了一會兒，經理笑著去裡面提出一個袋子交給他。周筱在旁好奇得要死，又不好意思問是什麼。

然後周筱就A了趙泛舟一餐好的。最後趙泛舟送周筱到樓下的時候已經是晚上十點多。

「我上去了，拜。」周筱擺擺手要往上走。

「等一下。」趙泛舟遞給她那個袋子，「這個給妳，今天謝謝妳。」

「什麼東西？」周筱沒有伸手去接。

「茶，我剛剛看妳喝得挺開心的，就跟那個經理要了點。」

「哦，謝謝。」周筱接過來，「那……拜拜。」

「拜拜。」

周筱提著袋子爬樓梯，手裡好像有點沉甸甸的，心裡也是。等開了家門她才突然想起趙泛舟還有東西在她這裡，怎麼她沒長記性，趙泛舟也跟著沒長記性啊。

第十六章

蔡亞斯在發脾氣。

周筱打電話過去他都只是冷冷地講幾句就掛電話，她突然好懷念以前那個會追著她打的青梅竹馬。

最後周筱下班誘惑袁阮阮去唱歌，藉著唱歌的名義才硬把蔡亞斯給約出來，說起來還真是失敗，約男朋友出來還要想一堆藉口。

周筱和袁阮阮坐在KTV包廂裡，袁阮阮一首接一首地唱。蔡亞斯遲到了快一個小時，於是周筱就被袁阮阮折騰了快一個小時，袁阮阮唱到累了坐下來時還問周筱說：「怎麼樣？我的歌聲感人吧？」

周筱一邊看手機一邊回她：「是挺趕人的，人都被妳趕跑了，蔡亞斯連出現都不敢。」

「妳打個電話給他嘛。」袁阮阮邊說還邊拿著遙控器選歌。

「沒接。」她有點無力。

蔡亞斯終於姍姍來遲，而且還不是一個人來的，他帶著一堆人，有男有女，但是沒有一個是周筱認識的。

一群人浩浩蕩蕩地進來，袁阮阮被這陣勢嚇了一跳，唱歌的聲音抖了抖，聽起來那是相當地像貓叫春。

蔡亞斯一屁股坐在周筱旁邊，手搭上她的肩，一股酒味撲面而來：「都是我的朋友，一起玩妳不介意吧？」周筱很想給他來個過肩摔，忍了下來，「不介意。」

他一手勾著她的脖子，一手去按服務鈴。服務員進來之後他開始點一堆酒，然後放開周筱，開始跟一個妖嬈美麗的女人搖骰子划拳。

袁阮阮跑來坐在周筱旁邊，她的麥克風被某個歌聲比她更驚天地泣鬼神的人搶走了。

「學姊，怎麼突然來了這麼多人？」

「都是蔡亞斯的朋友。」周筱的視線沒離開過蔡亞斯，她倒要看看，他到底在搞什麼鬼？

「怎麼突然帶這麼多人來？他好像喝醉了？」

「他沒醉。」笑話，她認識蔡亞斯也不是一天兩天的事了，他六歲就偷他老爸的酒喝，十五歲那年喝下兩瓶半白酒，醉了拉著她硬要給她表演潮劇（類似京劇，語言為潮汕話）。據說是他這輩子第一次，也準備是唯一一次喝醉。

那個女人抱著蔡亞斯的手，她的胸部已經壓上他的手臂了，兩個人開始對唱情歌，從《好心分手》到《屋頂》到《明明白白我的心》到《你是我心裡的一首歌》，這首歌的前奏一響起，周筱大概就明白他在玩什麼把戲了，她跟他提過這首歌的。

「學姊，他們是不是有點過分啊？」袁阮阮趴在周筱的耳邊大聲說。KTV包廂真不是個對話的好地方。

「他故意的。」周筱冷眼旁觀。

蔡亞斯的背是僵的，他其實有點發抖，但他不敢回過頭去看周筱的表情。手上這個貼上來的胸部只讓他覺得軟趴趴的很噁心，很想把這個唱歌鬼哭狼嚎的木蘭飛彈女丟到地上去。

他點下《你是我心裡的一首歌》時也不知道心裡在想什麼，大概就是希望她給他一些反應吧，罵他也好，打他也好，生氣甩門出去也好，總之給他個反應。但是她沒有，她冷靜得好像摟著女人唱歌的人是隔壁家老王而不是她男朋友。

酒一杯續過一杯，生平第一次他恨自己總也喝不醉。

周筱皺著眉頭看他喝，終於忍不住過去按住他的手，「夠了，酒不是免費的。」他揮開她的手：「今天我買單，我高興怎麼喝就怎麼喝！」

「對嘛，大家出來玩，不喝酒怎麼行呢？」木蘭飛彈女插進來說，還順手拿過一個杯子倒了一杯酒遞給周筱，「來，乾了，大家交個朋友。」

周筱還沒接過來，蔡亞斯就把酒攔了下來，一口喝下：「要喝跟我喝。」

「你這就不對了，有沒有那麼心疼啊？」木蘭飛彈女有點不高興了。

「我不能心疼我女朋友啊？」蔡亞斯冷冷地說。

周筱挑挑眉毛，現在倒記得她是他女朋友了？她自己倒了一杯，一口乾了：「現在把我男朋友還給我幾分鐘吧。」

蔡亞斯還沒來得及攔下她的酒就被她拖出了門口。

周筱雙手交叉在胸前，眼睛向上四十五度瞪著蔡亞斯，「蔡亞斯，你夠了沒？」

「我沒夠，怎麼？就許妳和前男友去逛超市買車，還不許我和女人唱一下歌？」他臉通紅，不知道是喝太多了還是氣的。

「你跟蹤我？」周筱心跟鏡子似地噔亮噔亮。

「我……我剛好看到。」他有點結巴。

「真剛好，從超市剛好到售車場？」

「……」

「蔡亞斯，我跟他什麼事都沒有，就算是老朋友吃個飯，一起買個東西不過分吧？如果過分了你不高興你打個電話跟我說，我就不去了，你現在這樣是怎樣？」她一想到她跟趙泛舟在吃飯或者走在路上的時候旁邊都有一雙眼睛在盯著，突然就覺得毛骨悚然。

「妳跟他出去妳還義正辭嚴？」蔡亞斯趁著酒勁，突然兩手抓住她的肩膀。

「蔡亞斯，你存心找碴是不是？」

「……」蔡亞斯的手很用力地捏著她的肩膀，她掙了好幾下都沒掙脫開，有點害怕，他像卡通片裡的人物，眼睛裡有兩把火在騰騰地燃燒。

「蔡亞斯，放開！」周筱一直縮著肩膀，想從他掌下掙脫出來。

蔡亞斯突然把她推向牆壁，用力過猛，她重重地撞在牆上，然後他一個拳頭揮過來，她下意識地要躲，他的拳頭只是用力地捶在牆上，她嚇到了，愣愣地看著他，認識了二十幾年的人一瞬間覺得好陌生。

「你怎麼了？」周筱突然哭了，「不要這樣好不好，我會怕。」

蔡亞斯像被火燙到一樣迅速放開他的手，周筱順著牆壁滑下去，靠著牆蹲在地上，手摀在臉上。蔡亞斯蹲在她面前，酒都醒了，有點手腳無措。

「對不起，妳不要哭啊。」他有點笨手笨腳地拍著她的背。

周筱把頭靠向他的肩膀：「我們不要吵架，我們好好地過，好不好？」

「好。」

蔡亞斯摟著她並肩坐下，兩個人就坐在走道裡，頭靠著頭，從各個房間裡傳出魔音穿腦的聲音，兩人第一次覺得莫名的安心和靠近。

沉浸在兩人世界裡一會兒之後，發現路過的人開始用奇怪的眼神看著他們，還有好幾個都快到走道的轉角處了，還忍不住回過頭來偷瞄幾眼。

「我們是不是應該進去了？」周筱問，「他們快報警抓我們了。」

「開始貧嘴是不是就不想哭了？」蔡亞斯轉過頭去看她，「……嗯，我剛剛真的不是故意的，對不起。」

「好吧，原諒你這一次。」周筱用頭撞了一下他的頭，「你啊醋勁蠻大的，上次還裝大方。」

「妳剛剛是真哭啊？」蔡亞斯摸摸被她撞了一下的頭。

「那是，我媽教過我，打不過就用哭的，靠這招我橫行江湖很久了。」她先站起來，拍拍被坐皺的褲子，「你不進去我進去了，你自己在這邊被參觀吧。」

周筱進去才發現，袁阮阮已經重新拿到麥克風了，一個房間裡的人大半都在隨意擺動著身體，暗暗的燈光下像群魔亂舞，也不知道他們是酒喝多了還是被袁阮阮的歌聲給嚇的。

蔡亞斯跟著進來，趴在她耳邊說：「妳要不要跳舞？」她瞪了他一眼，很賤！

周筱小時候被挑中兒童節表演跳舞，在表演的前一天，老師給了她一大袋糖果說：「周筱，老師給妳糖果吃，明天妳就不要來跳舞，讓××小朋友去跳，她沒有糖果吃，妳有哦。這樣好不好？」「好。」周筱快快樂樂地接過糖果，然後拎著那袋糖果樂滋滋地去分給蔡亞斯吃。第二天看到××小朋友在上面跳得搖曳生姿，她才覺得有被騙的感覺，回家對媽媽大哭了一場，媽媽帶著她殺到學校找老師，老師倒是挺客氣，一直道歉，到最後實在是沒辦法了，跟她媽媽說，不然妳讓妳女兒跳一段給妳看吧。周筱跳完，她媽媽帶著她默默地離開，然後給她買了一包更大的糖果，最後還語重心長地跟她說，女兒啊，跳來跳去很傻，咱有糖果吃就好，對不對。周筱嘴裡含著一顆大糖果，重重地點了點頭，對！

這本來應該是母女間的小祕密，不知怎麼地就傳得家喻戶曉。所以說有個青梅竹馬的男朋友是全世界最哀的事！

蔡亞斯送袁阮阮和周筱到樓下，袁阮阮上道地先上樓，剩兩人依依惜別。

話說這個蔡亞斯同學不知道怎麼了，愈靠愈近，愈靠愈近，周筱被風一吹，他身上的酒味跟著飄了過來，她用力推開他：「我警告你，你要是敢用你那都是酒味的嘴親我，你就死定了。」

「誰要親妳啊，想太多。」蔡亞斯站直了腰，眼神慌亂，「妳上去吧，我回去了。」

周筱向上走了兩級階梯，回過頭來看蔡亞斯傻傻地站在原地往手裡呵氣然後放到鼻子下去聞。她笑著跑回來，站他面前，「亞斯，把頭低下來。」

蔡亞斯一個口令一個動作地低下頭，她迅速在他臉頰上啄了一下，「你以後要是再給我想一些鬼主意氣我，你就試試看。」

蔡亞斯摀著臉，小臉通紅，一句話都講不出來。

「聽到了沒？」周筱叉著腰很兇地問。

「聽到了。」他還在發愣。

「這才乖，我上去了，拜拜。」周筱踮起腳摸摸他的頭，轉身爬上樓。

徒留蔡亞斯傻呵呵地摀著發燙的右臉，久久都沒回過神來。

在黑暗的街角，睡不著想來看看她房間燈光的趙泛舟，也是愣在原地，久久都沒回過神來。

周筱快快樂樂地睡覺去了，她完全不知道，她的親吻擾亂了兩池春水。

凌晨三點，周筱在床上正睡得歡騰，刺耳的鈴聲響起來，跟七夜怪談似的，她躺在床上摸索了半天才找著手機，眼睛怎麼也睜不開，隨便按了個按鍵：「喂？」

「周筱，是我。」

「你是誰啊？」她還在夢中。

「謝逸星。」

「哦，你好，晚安。」她把電話按掉，又睡著了。

五分鐘後。

刺耳的鈴聲再次響起，周筱還保持著手裡握著手機的狀態，被吵醒兩次，她一肚子火，拚命撐開眼睛看來電顯示，又是謝逸星。

「謝逸星，你最好是有什麼急事！」

「妳前男友酒精中毒算不算急事？」

「什麼？」周筱總算是醒過來了，快速地坐起來開燈。

「趙泛舟酒精中毒，現在正在醫院做腹膜透析。」

「哪個醫院？」她已經開始一邊聽電話一邊找衣服換了。

「人民醫院。」

「我馬上過來。」

周筱衝下樓，大城市有個好處——就是不管多晚都是車如流水馬如龍，她很快地上了計程車，也不知道是天氣冷還是怎樣，她的手微乎其微地顫抖著。腹膜透析？到底是多嚴重？

進了醫院，周筱在大廳就看到了在辦理手續的謝逸星。

「逸星，他怎麼樣了？」她的聲音有點輕微的抖動。

謝逸星回過頭來，「現在應該是沒事了，在打點滴，但是還沒醒過來。」

周筱繃得緊緊的神經一下子鬆了下來，腿有點發軟，靠著醫院的牆發呆。謝逸星辦完手續走過來，「走吧。」她安靜地跟著他走進一間病房。

趙泛舟躺在床上，兩隻眼睛緊緊地閉著，眉頭皺得死緊。醫院濃烈的消毒水味道和他蒼白得像紙的臉，讓周筱的心一陣一陣地抽搐著。

「怎麼會這樣子？」她不敢再看他蒼白的臉，轉過頭去問謝逸星。

「短時間內空腹飲用大量的酒。」

「為什麼要喝這麼多？」

「受刺激了。」

「什麼刺激？」

「不知道，他沒說，他只說他去過妳家樓下。」

「去我家樓下幹嘛？」周筱有點猜到怎麼回事了。

「我怎麼知道？睡不著吧，唉，問世間情為何物，一物降一物。」謝逸星涼涼地說。

周筱狠狠地瞪了他一眼：「嘴巴那麼賤，一物降一物，我等著看你那吳馨妹妹怎麼降你！」

「誒，妳這是人身攻擊耶。」

「他喝那麼多，你也不攔著點。」她不小心又看到趙泛舟糾結的臉，忍不住埋怨道。

「心疼了啊，對前男友這麼好，小心現任男朋友滅了妳。」

「神經病。」周筱懶得理他。

謝逸星看看手錶，說：「都四點多了，妳留下來照顧他吧，我明天有個很重要的會，就先走了。」

「不行，我明天也要上班，而且你也說了，我男朋友知道了會滅了我。」周筱才不幹呢。

「妳就請假一天啊，我明天的會真的很重要啊，而且妳沒聽過十年修得同船渡啊，好歹妳也念念舊情，而且妳男朋友那邊妳不說，他怎麼會知道？」

「反正你自己看著辦，我沒辦法。」

「那也沒辦法了，他剛回國，有聯繫的人也就妳和我，誰會沒事來照顧他？不過反正醫院裡有護士，死不了的。」謝逸星無所謂地說，「走吧，我們先回去，我送妳。」

周筱跟著他走了兩步，忍不住又回頭看了床上的趙泛舟兩眼，他蒼白得好像要和醫院這個純白的空間融為一體了。

「算了，你回去，我照顧他。」周筱跺了跺腳，對自己的心軟有點生氣。

「早說嘛，瞎折騰啥？捨不得就留嘛，何必為難自己。」謝逸星轉著車鑰匙，痞痞地說，「那我先回去了，妳要把他怎麼樣就怎麼哦，不用客氣。」

「滾。」周筱沒好氣地說。

門合上之後，房間裡就剩他倆了，安靜得周筱都可以聽到自己的心跳。她輕輕地搬了把椅子在床邊坐下，忍不住端詳起他來：從跟他重逢之後她都沒有好好地看過他呢，他好像跟她記憶中的樣子有點不一樣，具體怎麼不一樣她也說不上來，像是有點陌生的熟悉。她忍不住把手伸向眉頭，撫平他眉間的皺褶，嘆了口氣。

趙泛舟醒來的時候，看到就是這麼一幅秀色可餐的畫面：周筱趴在床沿，臉蛋枕在他手邊的被子上，黑色的頭髮散開在白色的被子上，瀏海有點點遮住眉毛，臉頰上的肉壓在床上擠成可愛的弧線，嘴巴微微張開，粉紅粉紅的。他好想碰一下她，看看她是不是真的。他情不自禁地把手從被子裡抽出來，中指輕輕地碰了一下她的嘴唇。她動了一下，他很快地把手收回來，合上眼睛但是在偷瞄她的反應。她只是把臉在被子上蹭了蹭，「嗯」了一聲，又沉沉睡去。

他不知道看了她多久，愈看心就愈柔軟，好想時間就停留在這一刻。早晨的光線慢慢地移進房間，趙泛舟好想拿把槍把太陽射下來，他又不敢動身去拉窗簾。最終把周筱吵醒的是白目的查房醫生和護士。

周筱揉著眼睛站起來，愣愣地看著醫生和護士。

「小姐，好好管管妳的男朋友，沒人這麼喝酒的。」醫生笑笑地對她說。

「哦。」剛睡醒的她特好拐，壓根沒反應過來醫生說了什麼。

「你女朋友對你真好，要我男朋友喝成你這樣子，我就讓他醉死算了。」護士小姐對趙泛舟開玩笑。趙泛舟只是笑著點頭。

周筱這會兒才反應過來，敢情這個醫院的醫護人員以前是幹狗仔隊的，這麼八卦？她張嘴想解釋，但也不知道從何解釋起，只得算了。

醫生護士走了之後，周筱用手耙了兩下睡亂的頭髮，問他：「你怎麼樣了？還難受嗎？」

趙泛舟搖搖頭，頭一搖倒是一陣暈眩，趕緊靠住床背，周筱瞪了他一眼，忍不住想說他幾句：「活該啊你，你是瘋了嗎？喝那麼多酒。」

「下次不了。」他啞著嗓子說。

「還有下次？下次讓你自生自滅。」

「嗯。」他乖巧得很，就怕惹到她，她會不理他。

周筱向門口走去，趙泛舟嚇了一跳，「妳要去哪裡？」她回過頭去看他，他可憐兮兮的，好像被主人丟掉的小狗，她搖搖手裡的手機說：「打電話回公司請假和買早餐，你能吃早餐嗎？」

「能。」他用力地點點頭，又是一陣暈眩，但是眼睛閃爍得像天上的星星。

「嗯。」周筱點點頭出去打電話。

她先打了個電話去公司請假，經理拉拉雜雜地說了一大堆才不情不願地讓她請了假。她在醫院的餐廳門口站了一會兒，才決定給蔡亞斯打電話，她怕這些事他如果從別的地方知道反而會變調。

「喂，吃早餐了嗎？」蔡亞斯的聲音聽起來心情很好。

「還沒。」周筱還在斟酌語言，「那個……我在醫院。」

「怎麼會這樣？妳怎麼了？」他聽起來很著急。

「不是我，是趙泛舟，他酒精中毒。」她說。

「……然後呢？」聽不出來他有沒有不高興。

「我想說在這裡照顧他一下，他現在沒有人可以照顧他。這樣可以嗎？」

「妳在哪個醫院？」
「人民醫院。」周筱有問必答，態度好得不得了。
「妳不用上班嗎？」聲音開始有點火氣了。
「我剛剛請了假。」
「妳連假都請了，還問我幹嘛！」他聲音突然提高八度！然後「喀」的一聲把電話掛了，
周筱再打過去的時候他已經關機了。
周筱有點火氣，即使她有錯，她也夠低聲下氣的吧？懶得理他。她買了點早餐回去，還特地排隊給趙泛舟買了粥。
「妳去好久。」趙泛舟看周筱推門進來，很委屈地說。
她瞪他一眼，他乖乖閉嘴。
「吃早餐。」她遞給他一碗粥。
「我只有兩隻手。」他一手接過來，另一手在打點滴，很無奈地看著她。
周筱接回那碗粥，早知道就買個餅給他啃！
蔡亞斯推門進來的時候就看到這一幕，她把粥在嘴邊吹涼了，再送到他嘴邊，他張口吃下，兩個人的臉都紅紅的，空氣中瀰漫著曖昧。
門一開，兩人同時看向門口，滿臉錯愕。
「周筱，出來！」蔡亞斯撂下一句話，「砰」的一聲甩門出去。

周筱把碗放到床頭的小桌子，有點無奈，他的脾氣是愈來愈大了。

「我出去一下。」她對趙泛舟說，他沒有表情地點點頭。

門外開始傳來激烈的爭吵聲，「不覺得妳太過分了嗎？」「妳是不是想跟我分手去跟他在一起？」「妳到底是個怎麼樣的女人？」「我不出現你們準備進行到什麼程度？」「妳要怎麼折騰我妳才會開心？」……蔡亞斯的聲音很激動，而周筱的聲音很低，好像小聲地解釋著什麼，壓根就聽不清楚。

「這裡是醫院，請安靜一點。」好像是護士小姐的聲音。接下來是長達十幾分鐘的安靜。每一分鐘對趙泛舟都是一個煎熬，他感覺好像在刀山油鍋裡滾來滾去。

終於周筱推了門進來，眼睛有點紅，「我先回去了，我等下打電話給謝逸星，讓他開完會後來照顧你。」

趙泛舟點了點頭，欲言又止，最後在她轉身要離去的時候才說：「他都這樣對妳的嗎？」

周筱的背僵了一下，沒有轉頭說：「不是，他平時對我很好的。」

「這樣算很好？」他扯著沙啞的嗓子說，有點激動。

「至少他沒有一聲不吭地離開，不是嗎？」周筱輕輕地說了一句，輕輕地走了，不帶走一片雲彩和……還沒吃的早餐。

趙泛舟聽著她的腳步聲越來越遠，遠到好像要遠遠離開他的生命。昨天的酒精和剛剛喝的粥開始作怪，他的胃開始翻騰，頭也劇烈地抽痛起來。

第十七章

「亞斯，你能不能不要走那麼快。」出了醫院門口，周筱一路都是小跑著跟在蔡亞斯後面。蔡亞斯置若罔聞地往前走，一副大步邁向康莊大道的死樣子。

「蔡亞斯！」「蔡亞斯！」

周筱站在原地看著他走，她大約看了一分鐘，他果然頭也不回地一直走。周筱掉頭往相反方向走。邊走邊喃喃自語：「毛病啊！三天不打上房揭瓦。」她也不知道走了多久，拐彎到一條沒人的路的時候，身後突然傳來急促的腳步聲和熟悉的聲音：「周筱！」

她轉過頭去，一個影子撲上來，然後她的唇被覆上，她用力掙扎，掙不開，她無力地垂下手，任溼溼熱熱的唇在她的唇上反覆摩擦，她感覺嘴唇好像破皮了。

她也不知道時間過了多久，他總算放開她了。

「蔡亞斯，我要分手。」周筱冷靜地說。

「什麼？」蔡亞斯一臉不可思議。

「我要分手。」她重複一遍。

「妳真的要為了趙泛舟跟我分手？」他不可置信地看著她，彷彿剛剛是她不顧他意願地強吻了他似的。

「有那麼難以相信嗎？你不是一直以為我會為了他和你分手？」

「我沒有這麼以為。」蔡亞斯很快地說。

「那你是在發什麼神經？」周筱很想一巴掌給他呼過去。

「難道妳和前男友一直糾纏在一起對了嗎？」蔡亞斯理直氣壯。

「算了，我們真的沒辦法溝通，分手吧，當時在一起的時候你也說了可以隨時喊停的。」周筱很無力地說。

「妳說的！不要後悔！」蔡亞斯火遮眼地撂下一句狠話，踩著慷慨激昂的步伐走了。

周筱看著他氣沖沖的背影，突然想哭又想笑……

她無聊地在家裡晃來蕩去，早知道就不要請假了，這個月的全勤就這樣沒了……她一個失戀的人，怎麼腦子裡想的都是全勤獎金呢？

算了，去睡覺，趴在醫院睡覺對她這把老骨頭真是一種折騰，她到現在都腰痠背痛的。

周筱做了特快樂的夢，夢裡趙泛舟和蔡亞斯變成了兩顆球，她拚命地踹拚命地踹，往死裡踹，還是不解氣，從口袋裡掏出一根針，「噗嗤」扎破蔡亞斯，他尖叫著衝上雲霄，然後她奸笑著靠近趙泛舟，趙泛舟抖得跟顆球似的，就在她要扎下去的時候，她被尖銳的門鈴聲吵醒了。

她趿著拖鞋昏沉沉地去開門，蔡亞斯那隻噴火龍站在門口，手還在門鈴上狂按。周筱翻翻白眼，側過身讓他進來。

「我覺得這件事是妳不對，憑什麼是妳提分手？」他一進門就開炮。

「那你想怎樣？」周筱看著窗外，大概是下午了吧。
「我不想分手了。」蔡亞斯看著腳尖，低聲說。
周筱看著他，突然不知道怎麼回答了，她不怕他生氣發火，但是她怕他示弱難過。她認識他這麼多年了，從小欺負他到大，但還真不捨得讓他難過。
她手伸過去拉住他的手，輕輕的。
「那就不分吧。我們再努力一次，就這麼一次了，如果實在不行，就按我們當初說好的，好聚好散，再見還是朋友。這樣好嗎？」
「好。」他用力握緊她的手。
她的臉有一絲痛苦一閃而過，他也……握得太用力了點吧？

下午三點多的時候謝逸星打電話給周筱，說他實在是走不開，讓她去醫院看看趙泛舟，蔡亞斯說什麼都要跟，周筱看他今天為了抓姦也請了一天假，就讓他跟著來抓個夠好了。事實證明，讓前男友和男友相處一室就可以體驗到什麼叫做沒有硝煙的戰場。
趙泛舟淡淡地打了招呼之後就安靜地看著瓶子裡的液體往下滴，好像從裡面可以領悟到什麼人生道理似的。而蔡亞斯從進門之後臉部肌肉就沒放鬆過，繃得那麼緊，真怕他會突然中風。
好吧，反正她現在裡外不是人，愛怎樣就怎樣，她坐在旁邊翻雜誌，等待晚餐時間的到來。
門被推開，早上的白目醫生進來了，周筱心裡暗叫一聲糟糕。果然醫生不負眾望地問：「趙先生怎麼樣了？如果沒有想吐的感覺就可以讓女朋友來辦理出院手續了，然後點滴打完你就可以出院了。」

周筱用眼睛的餘光去掃蔡亞斯，他拳頭都握緊了，指不定待會是要打趙泛舟還是打醫生。

「我不是他女朋友。」周筱趕緊解釋，早上不解釋是懶得，現在不解釋就出人命了。

「不是！怎麼會不是？啊早上……」

「早上沒來得及跟你說。呵呵。」這個死白目醫生要是把昨晚她陪了趙泛舟一個晚上的事捅出來她就血洗醫院。

「這樣啊，不過你們挺配的，我還以為你們是一對呢。」

「沒，他才是我男朋友。」周筱指著蔡亞斯說，沒有注意到趙泛舟的眸光一暗。

蔡亞斯握緊的拳頭鬆開，笑容爬上他的臉，總算不再是一副顏面神經失調的樣子了。

「哦，不好意思啊，我看她對趙先生那麼好就誤會了。」醫生說。周筱決定了，她要在醫院門口埋伏他，蓋他布袋。

「沒有啦，我跟他只是朋友。」周筱趕緊撇清關係，「醫生，你可不要害我回去被他吊起來打。」

「呵呵……」醫生笑得特別喜慶。

「醫生，我沒事了，可以出院嗎？」趙泛舟插進來說了一句。

「呃，可以，你跟我去外面辦一下手續就行了。」醫生轉過去指著蔡亞斯說。蔡亞斯不情願地跟著醫生出去了。

趙泛舟的視線最終還是忍不住落在她的唇上，從她一進來他就發現了，她唇上有傷口，早上跟著蔡亞斯出去的時候還好好的……答案呼之欲出，不是嗎？

他用力握緊插著針頭的那隻手，讓皮膚的繃緊牽動針頭狠狠地在肉裡扎著，總算體會到了什麼叫世界上最酸的不是吃醋，而是……沒有資格吃醋。

周筱和蔡亞斯把趙泛舟送回家，這才發現趙泛舟家和周筱家只有兩條街之隔。

回來的路上蔡亞斯一直黑著個臉，周筱一再地表示她之前並不知道這件事，就差沒對天發誓了。蔡亞斯好不容易才重新綻開笑臉，於是兩人有說有笑地又繞回了周筱家樓下。

蔡亞斯難得紳士地下車幫周筱開車門，讓她有點受寵若驚。

「今天的事，對不起。」蔡亞斯很愧疚地看著她的嘴說。

「是挺對不起我的。」周筱被他一提才想起今天一天嘴唇都隱隱作痛。

「我……」蔡亞斯愈講愈靠近她的臉，她用腳趾頭都可以想到他想幹嘛了，正常狀況她應該羞澀地閉上眼睛，但不知道為什麼，看著他陶醉的臉愈靠愈近，她眼前突然就閃過當年他被她騙著吃橡皮擦後那個哭得皺成一團的小臉，忍不住就狂笑起來，她笑得是前俯後仰，天崩地裂，山河為之變色。

蔡亞斯無語地看著眼前這個笑到蹲在地上還一手在揩眼淚的女人，心裡五味雜陳。

好不容易周筱才止住了笑聲，勉強站起來想說點什麼，才發現蔡亞斯雙手抱胸，冷冷地看著她，呃……好像沒那麼好笑了。

「呃……我不是故意的。」周筱說完還識時務地把眼睛閉上，等待他的吻。

蔡亞斯冷著眼看她緊緊閉著的眼睛，不知道是緊張還是忍笑，眼睫毛和嘴角都微微地顫動著。他的鼻子都快可以碰到她鼻子了，但是突然就是沒有親下去的欲望了，他拿額頭用力地撞了一下她額頭。她「啊」的一聲摀住額頭，眼睛含淚控訴地看著他，他用的力道可絕對不是小打小鬧的力道。

「我也不是故意的。」他生硬地甩下一句話，轉身上車，關車門用的力量讓人懷疑他是不是想換新車了。

然後「咻」的一聲，車子消失在周筱面前，只留下車子排氣管噴出的一陣青煙和淚眼朦朧摀著額頭的周筱。

蔡亞斯單方面發起的冷戰持續了好幾天。周筱倒是沒什麼所謂，他那點小朋友脾氣也不是第一天領教到了，次數一多她難免會覺得有點心冷。反倒是最近都沒怎麼聽到趙泛舟的消息，也不知道他上次出院之後怎麼樣了。

不出所料，蔡亞斯週五下班時間到周筱公司樓下接她，一臉什麼事都沒發生過的樣子，真欠揍。

「週末要不要去玩？」蔡亞斯邊盯著路況邊問副駕駛座上的周筱。

「去哪玩？」她看著窗外，有點提不起勁。

「不然我們回家？」

「好啊。」她隨口回答，還是看著窗外發呆。車默默開了一會兒，她突然坐直了身子：「你剛剛說，回家？」

「是啊，妳不是說好嗎？」蔡亞斯方向盤一個打轉，靠路邊停了下來。

「才兩天……回家很累吧？」她拚命想藉口，「再說，還有兩個月就過年了呀，而且回家也沒什麼好玩的。」

「妳不想回家是不是？」蔡亞斯的臉沉了下來。

「是。」周筱的臉也沉了下來，比臉臭誰不會啊？

「妳沒想過要讓家人知道我們的事吧？」他從口袋裡掏出一包菸，點了一根，隨手把菸盒丟向擋風玻璃和車子的夾角處，有點用力過猛，菸盒撞到擋風玻璃彈了回來，打在周筱身上。

周筱撿起落在她身上的菸盒，仔細閱讀起上面的字來：吸菸有害健康。

「難道不是嗎？」他用力地吸了一口煙，吐了一個很大的煙圈。

「是。」她把弄著手裡的菸盒，就是不看他，「你覺得我們兩個夠穩定嗎？找出可以相處的方法了嗎？」

「妳根本就沒有心要和我在一起。」他用手狠狠地捏熄了菸。

「你非得這麼說我是嗎？」她把窗開了，順手把菸盒瞄準路邊的垃圾桶丟了過去，哎呀，沒進。

「不然從此妳和趙泛舟再也別聯繫。」他看著菸盒落在垃圾桶旁邊，裡面還有菸。

「你要不要乾脆買個籠子把我裝起來算了。」周筱抬眼看他，心如止水。

「妳要不要跟他絕交？」蔡亞斯吼了起來，然後突然一拳捶向方向盤，好死不死捶中了喇叭，響得驚天地泣鬼神。

一時車內只剩刺耳的喇叭聲。

等到喇叭聲停了，蔡亞斯又問了一次，這次反而是帶著哀求的口吻：「妳一直跟他這樣下去，我們就沒有辦法好好在一起，不要跟他聯繫了，好不好？」

「好吧。」這是她最後一次妥協了，也算是為這段感情盡最後一次努力了，想當年她都沒這麼忍過趙泛舟呢。

「那妳現在打電話去跟趙泛舟說，叫他以後不要纏著妳。」

周筱冷冷地盯著他，還得寸進尺了？

「算了，妳就把他電話號碼刪了就行。」蔡亞斯被她看得發毛。

周筱從包包裡找出手機，正要刪除，突然火就冒上來了，手往窗外用力一甩，一個漂亮的拋物線，手機支離破碎地躺在馬路上。

「現在高興了吧？開車輾過去。」她說。

蔡亞斯被她的動作嚇了一跳，不敢動。

「我說開車！」周筱提高聲音，誰個性裡沒有陰暗的一面？老虎不發威還真被當足了 Hello Kitty？

蔡亞斯手忙腳亂地發動車子，就怕慢了周筱會把他也丟出窗外。車輪喀嚓一聲輾過手機，兩個人的心都忍不住抖了一下，碎的……應該不只是手機。

周筱回到家的時候才悔得腸子都青了，又不是拍電影沒事丟什麼手機，好說五六千塊就這麼被車輾過去了。而且最麻煩的是所有聯繫方式都沒了，現代人似乎不能沒有手機，沒了手機的感覺好像魯賓遜被丟在荒島上似的，真懷念那段在老師的眼皮底下偷偷摸摸給遠方的朋友寫信的日子。

想想趙泛舟給她寫過一份不算情書的情書，不知道因為什麼事情，他把她徹底惹火了，有一個星期她都對他愛理不理，後來他實在沒法子了，洋洋灑灑地寫了十幾頁信，偷偷夾在她的小說裡，她躺在床上看小說的時候翻到的，他用辯證唯物主義的角度寫了一篇關於他們吵架那件事的分析，她看到最後一頁都快睡著了才發現，他在最最後面的地方用小一號的字寫：「妳不要生氣了，算我錯。」當時她不得不感嘆，這孩子道歉的方式怎麼那麼迂迴呢。

過了一天沒手機的日子，部門經理一直在她耳邊碎碎念，部門經理是個更年期的婦女，在家念老公孩子不夠，到公司就念職員。她說周筱不穩重，連手機都掉了，哪一天連人也掉了，說她一個人在外也不小心點，說她……周筱倒是無所謂，家裡有個愛念的老媽，離家遠有個像媽媽的人嘮叨嘮叨著也挺溫馨的。經理到下班的時候突然神祕兮兮地叫她到辦公室，遞給她一支手機：「這是我沒收我兒子的，我剛剛讓老公送過來，妳先用著。」周筱受寵若驚，連連推辭，最後盛情難卻地收了下來。

為了報答經理的抬愛，周筱主動要求加班，她離開公司的時候天都黑了，走下公司大樓，發現蔡亞斯的車在樓下，人不知所蹤。她在車旁等了一會兒，他匆匆從旁邊的商業大樓跑出來，丟給她一個 Nokia 的袋子，周筱不肯接，兩人在公司門口僵持不下。

「妳到底鬧什麼彆扭？」蔡亞斯氣得要死。

「我自己會去買。」她堅持。

「我都買了，妳還買什麼買？」他晃著手裡的袋子。

「剛剛我們部門經理給了我一支手機先頂著用，我週末再去買，你買的現在去退。」

「妳一定要和我分那麼清嗎？」蔡亞斯突然想起什麼似的說：「你們部門經理是男的還是女的？」

「你什麼意思？」

「是男的對不對？他對妳這麼好幹嘛？」

「你神經病是不是？」周筱忍不住對他講重話。

「男的還是女的？」他大吼一聲把袋子砸向地上。

「女的。」周筱撿起袋子，低頭拍袋子上的灰塵，「你知道嗎？我好想蔡亞斯。」

蔡亞斯被她那種哀莫大於心死的語調嚇到了，怔怔地看著她，她低著頭，只能盯著她頭頂白白的髮旋。

「既然你非得送我，我就不客氣了。送我回去吧，我很累了。」周筱笑笑說，好像剛剛那一瞬間低落的情緒是他幻想出來的。

車上，蔡亞斯一手握著方向盤一手不停地轉著電臺頻道，她的那句話一直在他耳邊縈繞

「你知道嗎，我好想蔡亞斯。你知道嗎，我好想蔡亞斯，好想蔡亞斯……」

「你是我心內的一首歌，瞬間開出花一朵……」他不小心轉到一個音樂臺，剛好在放這首歌，他停了兩秒，迅速地轉走。他可以明顯地感到身邊的人身體僵了一下，她看向窗外的眼神更漠然了。

他有點煩躁，手在口袋裡掏了半天都沒掏到菸，於是降下車窗，想讓風吹一吹。

看著周筱上了樓，蔡亞斯倚在車子旁抽菸，她房間的燈亮了起來，黑暗中昏黃的燈光透過窗簾淡淡地透出來，看上去好溫暖，可惜啊，她的溫暖好像總達不到他的心呢。

他把菸蒂丟在地上，用腳踩熄，轉身要去開車時，一個熟悉的身影在街的對面躲進黑暗裡。他突然就想笑，這兩人真是討厭鬼，誰遇到誰倒楣。

他坐進車子，掏出手機給周筱打電話。

「喂。」周筱的聲音傳過來，有點疲憊。

「喂，死女人，我要和妳分手。」蔡亞斯說，邊開動車子。

「什麼？」

「跟妳談戀愛煩死了，我不玩了。真不知道趙泛舟以前怎麼忍得了妳！」

「你是認真的？」她的聲音繃得緊緊的。

「對啦，警告妳，最好把那手機折現金還給我啊，傻瓜才給前女友買手機。」他按下免持聽筒，把手機插入方向盤旁邊的一個套子裡。

「還就還，稀罕，小氣鬼。」她的聲音輕鬆了許多。
「那分手了哦？別後悔哦。」他以輕鬆的語調說，手卻捏緊了方向盤。
「分就分，後悔的一定不會是我。」
「切，我總算擺脫妳這個老姑婆了。」
「你才老男人。」
「懶得跟妳說，我在開車呢，掛了。」蔡亞斯伸手要按掉手機。
「亞斯。」那邊突然傳來有點急的聲音。
「嗯？」他手縮回來。
「謝謝。」
「這倒不用，我也想念周筱。」他頓了五秒鐘之後才說。
「那拜拜，有空請我吃飯。」
「知道了，老佛爺，拜拜。」
蔡亞斯專心地看著前面的路，車裡都是手機的「嘟嘟……」聲，他一直都沒有伸手去按掉。

又分手了……
周筱有點不懂，為什麼她每段感情最終都只能淪落到分手收場？她是多麼地努力經營她的每段感情啊，不是說天道酬勤嗎？
一樣吃飯睡覺，上班下班，上網聊天。沒有什麼了不起，失戀嘛，誰沒失過？但是這次分手卻比跟趙泛舟的那次讓她更覺得心裡空落落的，心裡明明清楚她還沒來得及愛上蔡亞斯啊，那這種空落落為的又是哪齣？

隔著超市的商品架，周筱看到趙泛舟在收銀檯付帳，反射性地往貨架後面躲。她這才發現，她害怕見到他，害怕沒有了牽絆的自己會義無反顧地向他奔去，這樣的話，她連自己都會看不起自己。

兩人住得那麼近，她卻好久沒見到他了，聽說他開始在他和謝逸星合開的公司裡上班了，聽說他現在每天都很忙，聽說他知道她和蔡亞斯分手的事，聽說他偶爾會在她家樓下站很久，聽說……

她怔怔地看著他提著東西走出超市，走吧走吧，他總是就這樣走，不管留下來的人會有多麼難過。

趙泛舟走後，周筱失去了逛超市的興致，隨便買了點東西就離開超市。她低頭踢著一顆小石子，一路把它從超市門口踢回家樓下。在樓下，她蹲下來跟小石子告別，聲情並茂地跟它解釋不能把它帶回家的原因，她有時也對自己會幹這種蠢事而感到不可思議。

趙泛舟從樓梯走下來，他沒注意到蹲在牆邊的周筱，但是周筱看到他了，她輕輕地更往牆邊縮了一下，恨不得和牆壁融為一體。

趙泛舟順手就往垃圾桶丟了一個東西，順著東西丟進垃圾桶的拋物線有一點亮光一閃而過，像是玻璃之類的東西在路燈之下的反光，他丟的東西和垃圾桶碰撞，發出玻璃破碎清脆的幾下聲音。他抬頭往樓上她家的方向看了兩眼，然後離開。

周筱看著他走遠了才敢動，也忘了跟小石子道別的事了，一肚子疑問地爬上樓梯，爬了好幾階樓梯，老覺得有點不對勁，但又不知道是哪裡不對勁，下面幾層樓梯又突然響起腳步聲，她越想越毛骨悚然，趕緊動作迅速地跑回家鎖起門來。

她還靠在門上喘氣的時候，咚咚傳來敲門的聲音，她的心一下提到了嗓子眼，屏住呼吸，安靜地聽門外的聲響。

「開門啊，學姊。」是袁阮阮的聲音。

周筱的心才回到它原來的地方，有點虛脫地打開門，「妳嚇死我了。」

「妳怎麼了，我剛剛在後面看妳跑得飛快，還以為怎麼了呢。」袁阮阮在門邊邊換鞋邊說。

「沒事，我自己嚇自己來著。」周筱有點不好意思，大驚小怪了。

「哦，對了，房東良心發現了，我們這棟樓的樓梯裡那壞了幾千年的燈總算換了。」袁阮阮套上拖鞋，隨手把包包往客廳沙發一丟。

燈換了？難怪她覺得不對勁啊，原來習慣了黑暗，突然處在光明中也會讓人覺得詭異。她把自己嚇一跳之後，就把剛剛看到趙泛舟的事給忘了。

隔了好幾天，她在樓梯口遇到房東，順口跟房東說了聲謝謝，房東撓了半天腦袋說妳謝我什麼。搞了半天燈不是房東換的啊，就說他怎麼可能突然這麼好心，那燈壞掉也不是一天兩天的事了。

走下樓梯，抬頭看到垃圾桶，她突然想起那天晚上趙泛舟好像丟了什麼東西進去，好像是玻璃的，難道是——燈泡？

她突然就覺得生氣，關他屁事啊，那麼有愛心不會去當義工？這麼黑暗的樓梯她都走了三年了，他憑什麼突然讓她走這麼亮的樓梯！自以為是的混蛋！

這個世界上，有一種倒楣鬼，老是不停地撞在槍口上，趙泛舟就充當了這麼一回倒楣鬼。他昨晚通宵加班，早上想回家洗個澡換件衣服，開車路過大學的學校時剛好看到以前周筱最愛吃的那家餃子店大媽推出一輛車子，上面放滿一籠籠冒著熱煙的餃子。他還記得上次周筱看到餃子打翻在地那惋惜的表情，她就是喜歡死鴨子嘴硬，真可愛。有好幾天沒跟她碰面了，一是因為忙，二是因為她和蔡亞斯分手了，想給她一點自己的空間，她現在最不想看到的人除了蔡亞斯應該就是他吧。不過幾天不見面還真是想得慌，只要一想到他和她就隔了兩條街，他走十分鐘就可以看到她房間的燈光，他心裡就像海綿泡了水，軟軟的，脹脹滿滿的。

他看了一下時間，挺早的，她應該還沒去上班，於是熄了火下去買了兩份餃子，然後把車開到她樓下，坐在車裡等她出門。

他等著等著有點睏，忍不住瞇了一下眼，再睜開眼睛就看到周筱對著垃圾桶不知道在嘟囔著什麼。他按了一下喇叭，她沒反應，他按下車窗把頭伸出窗外，「周筱。」

周筱抬起頭，趙泛舟在一輛白色的車裡向她招手。又不是白馬王子，學人家開什麼白車。

（她完全忘了車是她挑的這件事。）

她慢吞吞地踱近車旁，「你怎麼來了？」

「吃早餐了沒？」趙泛舟笑著問。

「沒。」她隨口應他，不想跟他多牽扯。

「妳想吃什麼早餐？」他問。

「不想吃，沒胃口。」她冷淡地說。

「早餐不可以不吃的，妳說妳想吃什麼，我去幫妳買。」他說。

「學校門口的餃子。」她突然壞心地想，學校離這裡開車少說要二十分鐘，等他買到她都已經在公司上班了。

「妳之前不是說不喜歡吃？」

「現在突然想吃，你要就快點去給我買，不然我要去上班了。」

「妳先上車。」

「我不要跟你一起去買。」

「為什麼？」

「不為什麼。」她任性地說，以前怎麼沒人告訴過她，任性是這麼讓人身心愉快的一件事？

「好吧，反正我已經買好了。」趙泛舟突然變出兩袋餃子，討好地看著她。

周筱的臉沉了下來，剛剛的快樂一掃而光。她一把奪過袋子，很沒誠意地說了句謝謝再見，然後她就快步走開。

趙泛舟打開車門跳下來，快步跟在她身後。她聽到他跟上來，就更加快腳步。於是在某個冬天的早晨，晨起運動的爺爺奶奶們就看到一男一女在大馬路上競走，分別手裡還分別提著一袋餃子，隨著他們擺動的手一甩一甩的，是不是參加競走就有餃子領啊？

「怎麼了？」長腳怪趙泛舟用不了多久就追上小短腿周筱。

「沒有，我趕著上班。」周筱還很快地往前走，壓根沒停下來跟他哈拉的意思。

「我送妳。」

「不用了。」她還是拚命往前衝，甚至都有點呼吸不順了。

「沒關係的，我順路。」由於腳長，趙泛舟倒是跟得挺輕鬆的。

「說了不用。」周筱停下腳步，有點氣惱地看著他。

「妳在生我的氣嗎？為什麼？」他也跟著停下腳步，低下頭看她。

「我們家樓梯的燈是不是你換的？」她突然問。

「呃，是。」趙泛舟解釋道，「我上次看樓梯很黑，出入應該很不方便，就換了。」

「我有叫你換嗎？」周筱的眼睛冒火，恨不得把他燒出兩個洞來。

「怎麼了？」換個燈泡也惹到她了？

「不怎麼了，我討厭你介入我的生活，我就喜歡走暗暗的樓梯，我就喜歡早上不吃早餐，你憑什麼管我？你有沒有想過，你想來就來，想走就走，對我的生活造成多大的困擾？你不在的三年我好好地過著，你沒事跑出來瞎攪和什麼？你要走你就永遠走啊，回來做什麼？好了，我現在男朋友也跑了，都是你害的。」她知道她在無理取鬧，但是心裡有股怨氣沒地方發啊。

「還有呢？」他平靜地看著她，「我還有什麼地方是妳討厭的？」

「討厭你的糾纏不清，討厭你的溫柔體貼，討厭你的逆來順受，討厭你老是讓我難受。」

她頓了一下，語氣冷靜了下來之後才幽幽補上最後一句，「討厭我自己還是要喜歡你。」

趙泛舟靠近她想要抱她，她後退一步：「我喜歡你，但我不要跟你在一起。我過不了心裡那道坎，我一看到你就想到當年你在機場趕我走的樣子，我就恨不得把你扒皮活埋了。」

「再給我一次機會好嗎？」他往前跨一大步抱住了她，把下巴抵在她的頭頂上，「不管妳是要扒皮還是活埋，我都可以，只要再給我一次機會。」

她沒有掙扎，只是安靜地讓他抱著，就算她貪圖那點久違的溫暖好了。

「我不要跟你在一起，絕對不要，我會遇到更好的人，他會疼我愛我，永遠不離開我。」

她的臉被壓在他的胸膛裡，聲音都是悶悶的。

「我也會疼妳愛妳，永遠不離開妳。」

「我不相信你。」

「沒關係，我等妳相信。」

「我永遠不會相信你。」

「沒關係，我永遠等妳。」

「你等不到我的，我會找別人的。」

「沒關係，我不會找別人。」

「我討厭你。」

「我喜歡妳。」

「我要遲到了。」周筱發現已經有人開始在看他們了。

趙泛舟鬆開她，「我送妳去上班。」他牽著她的手，往車子走去。她出奇地配合，反而讓他心裡沒底。

周筱下了車，俯下身子跟趙泛舟說：「你看起來很累，回去睡個覺吧。」

「好，下班我來接妳？」趙泛舟很高興她終於主動關心他了。

「好。拜拜。」周筱上了樓。

「拜拜。」他看著她的背影若有所思，這麼溫順？總覺得有鬼。

第十八章

周筱中午吃飯的時候在公司食堂給媽媽打了個電話，媽媽從她一畢業就開始逼著她找男朋友，而且媽媽還一改她之前的貪色本質，一再強調找男朋友要找忠厚老實的，大有帥哥一律拖出去槍斃的氣勢。周筱在爸爸的掩護之下逃脫了不少次媽媽安排的相親，氣得媽媽差點跟爸爸離婚。

「媽。」

「幹嘛？」自從她沒配合媽媽的相親計畫後，媽媽對她一直都冷冷淡淡的，恨不得登報跟她脫離母女關係。

「妳上次叫我去見的那個人現在還可以見嗎？」

「可以可以。」媽媽的聲音馬上熱絡了起來，真現實。

「那妳安排一下吧。」她有氣無力地說，「我只有週末和晚上有空。」

「好啊，沒問題，我跟妳說，李阿姨那孩子可出息了，他在一家大公司當經理，已經在G市買了車子和房子……」媽媽興奮地在電話那頭吹噓李阿姨的孩子，真是的，再好都是人家的孩子，又不是妳的，瞎興奮什麼啊？

「媽，我知道了，妳去聯繫吧，聯繫好了跟我說。我要做事了。」周筱說。

「好的好的，最近天氣冷，要多穿點衣服啊。」

「好，拜拜。」周筱掛了電話後發了一會兒呆，才慢慢地踱回辦公室。

下班時間，趙泛舟已經傳簡訊說他在樓下等她了，周筱還在慢吞吞地收拾著東西，她就是想讓他多等一會兒，多等一秒都好，反正她最近都是這麼無聊的想法。

周筱到了趙泛舟車前，他正在看什麼文件，很認真的死樣子。她拍了拍窗戶，他抬頭很自然地對她一笑。她有些迷惘地看向他，他的嘴角微微勾起，眼睛因為微笑而流光溢彩，他怎麼可以笑得這麼幸福且毫無防備？

她開車門坐了進去，趙泛舟收起手上的文件，邊發動車子邊問她：「累嗎？想吃什麼？」

周筱一時不能適應他這麼老夫老妻的態度，只是搖搖頭，透過擋風玻璃漠然地看著外面。他沒在意她的臉色，微笑著把車開上馬路。

下班時間，車堵得一塌糊塗，趙泛舟順手抽出剛剛看一半的文件看了起來，他最近真的是忙得天昏地暗，員工對突然從國外回來的老闆難免有所質疑，為了服眾他只得要求自己什麼事都得做得至善至美。

周筱掃過一眼他手裡的文件，都是英語，密密麻麻的，跟天書似的。

「你最近很忙嗎？」她有點無聊，難免想騷擾一下他。

「嗯，還行。」他抬眼看了一下她，又接著看文件。

她看他那麼認真的樣子，更加想打擾他：「你在看什麼啊？」

「合約。」這次他連眼睛都沒離開過紙了。

「什麼合約？」她其實一點都不好奇。

他把文件放在膝上，轉過頭來問她：「妳真的想知道？」

她搖搖頭：「算了，我隨便問的。」

他看看外面的路況，一時半刻大概是不會動的，於是又拿起文件來看。

「我可以聽音樂嗎？」周筱又有壞主意了。

「可以。」他頭也不抬。過了兩分鐘，他忍不住皺起眉頭，她一個頻道一個頻道地不停跳著，音量調得很大，不時發出沙沙的聲音，有時按得太快，還會發出玻璃被刮到的尖銳聲音。

他再一次放下文件，看她半俯著身子在調頻道，嘴角還帶著惡作劇得逞的笑。他搖搖頭，又好氣又好笑，她就這麼想惹他生氣？

就在周筱樂在其中的時候，她的電話響了，她不得不關掉收音機去接電話。

「喂，媽。」

「女兒啊，下班沒？」

「下了。」

「吃飯沒？」

「還沒，現在在車上，塞車呢。」

「我跟李阿姨聯繫了，她很高興呢，我把妳的電話號碼給了她，她說讓她兒子聯繫妳，你們到時候約出來見面啊，記得去買幾件新衣服，要打扮漂亮點，知道了嗎？」

「知道了，他叫什麼名字？」

「李越。」

「他要是打電話給妳了，妳要跟我說啊。」媽媽的聲音 key 很高。

「好。」她把電話拿得離耳朵遠一點，說：「那我到時再給妳電話。」

前面的車已經動了，趙泛舟也跟著發動車，眼睛時不時看正在打電話的周筱，真鬱悶，聽不懂她的方言。

她放下電話，揉揉被媽媽叫得有點痛的太陽穴。

「是妳媽媽嗎？」他問。

「嗯。」

「說什麼呢？聽起來很興奮。」他狀似不在意地問。

她放下揉太陽穴的手，硬是擠出一個嬌羞的笑：「沒啦，叫我相親呢。」

趙泛舟一個猛踩煞車，方向盤轉了一百八十度，車輪和地面摩擦發出「吱——」的一聲，兩人都因為慣性而向前撞。

周筱搗著撞疼了的胸口，瞪著他，他瘋了嗎？

「剛剛有隻狗衝出來。」他淡淡地解釋。

她探頭去看他說的狗，連根狗毛都沒看到，哪來的狗？

「沒有狗！」她有點生氣，剛剛多危險啊。

他漫不經心地張望了一下，「我眼花。」

後面被堵住的車主開始狂按喇叭，甚至有幾個人頭伸出窗外來罵人。周筱扯了一下趙泛舟的衣服：「開車啊。」

趙泛舟望了她一眼，發動車子。

周筱開始懷念堵車了，他怎麼可以把車開得飛快，臉上的表情卻像踩單車一樣悠閒自在？

趙泛舟把車停在一家餐廳前，打開車門下了車。周筱還在車裡驚魂未定，他繞過來幫她開了車門，「走吧，請妳吃飯。」

她被他若無其事的態度搞糊塗了，愣愣地下了車跟著走進餐廳。

她一直都在小心翼翼地觀察著他，但是除了眼神冰冷了點之外，他似乎沒什麼異常。

趙泛舟看她一臉嫌惡地看著牛排上拿來裝飾的胡蘿蔔絲，笑著問：「還是不喜歡吃胡蘿蔔嗎？」

「嗯。」她不懂他怎麼心情那麼好。

他把自己的盤子推過來，伸過叉子來撥她盤子裡的胡蘿蔔絲，「給我吧。」

「沒關係啦，不吃就行了。」周筱想阻止他又不知從何阻止起，總不能拿著叉子跟他來場華山論劍吧。

周筱無奈地看著他優雅地把牛排切成一小塊一小塊，再看看自己，切牛排跟鋸木頭似的，是不是她的刀特別鈍啊？

她還在猶豫要不要讓服務員換一把刀的時候電話響了，她拿出來一看，不認識的電話號碼，難道就是那個李越？

「喂，你好？」

「妳好，請問是周小姐嗎？我是李家的兒子李越，不知道周阿姨跟妳提過了沒有？」他的普通話帶點潮汕腔，聽起來挺親切的。

「哦，我是，我媽有提過你了，你好你好。」

趙泛舟抬眸看了她一眼，握刀叉的手緊了一緊。

「是這樣的，我後天就出差了，要一個多禮拜才能回來，如果妳明天晚上有空的話，我們就約出來吃個飯吧？」

「哦，好啊，什麼地方見？」周筱不自在地瞄了趙泛舟一眼，他正在低頭切牛排，真是個愛切牛排的孩子啊。

「就××路上的××餐廳行嗎？」

「行啊，那七點半可以嗎？」周筱迅速算了一下時間，她下班過去差不多就這個時間。

「可以，那到時見，拜拜。」

「拜拜。」她放下電話，低頭發現她面前的牛排不見了，疑惑地抬頭看趙泛舟，他笑著把盤子推過來，「切好了。」

「哦，謝謝。」多管閒事！切那麼小塊，害她不能大口吃肉。

吃完飯，趙泛舟開著車送她回家，兩人又好死不死地遇上堵車。周筱看車剛好停在某家服飾店對面，就無聊地端詳起店裡的衣服來，看著看著突然想起媽媽叫她要打電話告訴她，就掏出電話來跟媽媽說了一下明天要跟李越見面的事。媽媽尖叫著讓她一定要好好打扮一下，她只得連聲答應。

「妳媽媽很高興？」趙泛舟手放在方向盤上，眼睛不知道在看哪裡。

「是吧。」周筱說。

「妳媽媽很討厭我吧？」他又接著問了一句。

「呃……還好吧。」不討厭是不可能的吧？她媽媽當年差點搭飛機到美國把他滅了，後來爸爸給她分析了一下情況，比如說，一、她不知道趙泛舟在美國哪個地方；二、英語她只會說「hello」；三、飛機票很貴。由於以上原因，她媽好不容易才打消了出國殺人的念頭。

「對不起。」他說。

周筱搖搖頭，也不知道要說什麼，突然靈光一閃，說：「開門讓我下車。」

「妳去哪？」趙泛舟疑惑地看著她。

「買衣服。」她指著路旁的服飾店，「我媽說得打扮像樣點。」

趙泛舟緩緩地把車開到那家店的門口，開門讓她下車，然後也跟著下車。

周筱挑中了一件黑色的雪紡連衣裙，轉身問趙泛舟：「這件怎麼樣？」

他看看她，再看看連衣裙，她皮膚很白，又是娃娃臉，穿上黑色會顯得特別地嬌嫩可人。

於是他搖搖頭：「黑色不好，沒有朝氣。」

「那這件呢？」她又拿出一件白色的洋裝，在身上比劃著。

「襯得臉色慘白。」她要是穿上白色的，整個就像洋娃娃。

她很失望地掛回衣服，完全不知道要選什麼衣服了。

店員在旁一頭霧水，這位小姐明明就很適合剛剛挑的兩件衣服，她男朋友眼光不好吧？

「妳試試看這件。」趙泛舟拿出一件藕色的衣服遞給她。

周筱猶豫地拿著衣服進去試衣間換衣服，她怎麼覺得這衣服的顏色髒髒的啊？

她換好衣服出來，趙泛舟滿意地點點頭，「挺好看的，就這件吧？」

「真的？」周筱轉頭去看店員小姐，店員小姐狂點頭，「真的，很好看，小姐皮膚很白，穿起來很有精神。」

趙泛舟提著衣服走出來，周筱跟在後面很鬱悶，他還真的付錢讓她買衣服去相親？

店員小姐目送兩個人走遠，狂喜，拿起電話給店長打電話：「店長，店長，我們店裡那件一直賣不出去的衣服被我賣出去了……對……就那件看起來髒髒的藕色連衣裙啊……而且我是原價賣出去的……我這麼盡心盡力，你要給我加薪啊……」

相親當天。

周筱起床起晚了，趕著上班，一時又找不著趙泛舟給她買的衣服，只得隨手從衣櫃裡抓了一件衣服穿上。匆匆下樓發現趙泛舟早已在樓下等她。她趕時間，也就懶得跟他矯情，跳上他的車就拚命催他：「你要是能在二十分鐘內把我送到公司，我就叫你爹。」他打量了一下她的穿著，有點不滿：「我可沒興趣亂倫，妳怎麼沒穿昨天買的衣服？」

「一時找不到，你快開車啊，我要遲到了。」她急得要死，哪有時間跟他討論穿著啊。

他瞪了她一眼，慢吞吞地發動車子：「知道了。」

「知道了你倒是快啊。」周筱拚命催，今天有個很重要的會，她負責做會議紀錄的，要是遲了經理非扒了她的皮不可。

「那我要沒來接妳還不就得遲到？」他老神在在，難得她有求於他。

周筱突然湊上去，在他臉頰上親了一口：「這樣行了吧，求你了，開快點。」

他眸光一閃，抓著方向盤的手一緊，腳下油門一催，車子跟離弦的箭似地飛出去。

經歷了一個上午兵荒馬亂的會議，周筱閒下來才意識到她早上做了什麼，病急亂投醫講的應該就是她這種行為吧。她當時頭腦一熱就親了下去，也不知道他會怎麼想。算了，國外回來的，這有啥。再說了，他倆本來就很曖昧，劃清界線反正是不可能的，他愛怎麼想讓他想去，姊姊願意親他，他就該謝主隆恩了。但是……她下午要去相親啊，這樣會不會很沒有節操？不管了，這年頭，男男女女，道德觀薄得很，她算好的了。可是……

周筱一個下午都在和自己的道德觀做鬥爭，累得要死。

趙泛舟一早上心情都很好，做起事來也特別事半功倍。中午的時候和謝逸星一起吃午餐，順便想談談和德國那家公司合作的事，但那小子一直心不在焉，聽說他最近情路不順，他也就乾脆不談了。

回到辦公室，看了兩個合作方案之後他突然就發起呆來，她的嘴唇乾乾的，大概是剛睡醒沒喝水吧，但是軟軟的，印在他臉頰上的時候他覺得全身的汗毛都豎起來了，幸好後來飆了下車，不然說不定會像個毛頭小子一樣臉紅心跳。

謝逸星在趙泛舟辦公室外敲了幾下門，沒有得到回應就自己推了門進去，就看到他手裡拿著文件，但視線卻不知道落在哪裡，敢情這傢伙也會發呆？

「泛舟，泛舟。」謝逸星叫了兩句，才把趙泛舟拉回現實。

「怎麼？」趙泛舟放下文件。

「今晚德國的客戶會過來，我有點事，所以你去接待？」

「我今晚也有事。」

「你有什麼事啊，我今晚是真的走不開。」謝逸星奇怪地看著他，他不是拚命三郎來的嗎？

「那讓陳經理去接待好了。」趙泛舟沒有正面回答他的問題。

「你又不是不知道那些德國人，麻煩得要死，陳經理哪對付得了他們。」謝逸星嘆了口氣：「今天吳馨訂婚，我最後的機會了。」

「那晚上交給我，讓你的祕書跟我一起去。」

「怎麼？看上我的祕書了？」

趙泛舟瞥了他一眼，「不錯嘛，還有心情開玩笑。」

謝逸星苦笑，「不然呢？我難道去跳樓？」

周筱剛踏出辦公室的時候就被經理叫住了，讓她把張姐留下來的報表做完，張姐下午請了假去試婚紗，所以報表做了一半。周筱也不好意思說她要趕著去相親，只得快速把報表做完，她離開公司的時候下班時間都過了半個多小時。她掏出手機尋找有車的朋友——謝逸星、蔡亞斯、趙泛舟。她打了謝逸星電話，不通。打給蔡亞斯？又不是瘋了。她百般無奈之下只得打給趙泛舟：「呃，可不可以送我去XX路？」

「我在接客戶，不是很方便，待會兒給妳電話。」

周筱還沒來得及說什麼，電話就掛斷了。一股氣衝上腦袋，不送不送，有什麼了不起。她好不容易等到一輛計程車，匆匆忙忙趕到門口的時候已經遲到了二十來分鐘，也虧得那人好脾氣，沒打電話來催。

進了門口，她才發現，什麼好脾氣！對方根本也還沒到，於是她找了個位置，安心地坐下來等。

她坐下五分鐘多，電話就響了。

「不好意思，我到了，妳在哪呢？」

「我穿黑色衣服，坐在靠門口的位置。」

「妳好。」一個身影停在桌子旁，周筱緩緩地抬頭看他，視線從鞋子到褲子，到衣服，到下巴，到整個臉。她心裡只有一個想法：媽，妳為什麼要這樣害我？

大家小時候都這麼被媽媽恐嚇過吧：你要是不把碗裡的飯吃完的話，長大後臉就會坑坑窪窪，其醜無比。

周筱愣愣地聽他滔滔不絕地講他去過哪些地方做生意，她心裡萬念俱灰，唯一想做的事就是抓住他的肩膀瘋狂搖著問他：「你小時候為什麼不把飯吃光，為什麼！為什麼！為什麼……」

吃完飯，李越提出去咖啡廳坐一會兒聊天，周筱一時想不出脫身的理由，只得硬著頭皮跟著去。

哪知一出了餐廳門口就遇到趙泛舟帶著一群外國佬往餐廳裡走，旁邊還站了一個漂亮的女人。兩人打了個照面，趙泛舟想打招呼來著，周筱還在氣他掛她電話的事，就扭過頭去跟李越說話，頭一扭就後悔了，她往那邊扭不好啊？偏偏扭過去看一月球表面？

趙泛舟看她那臉鼓得，就知道又惹到她了，他剛剛實在是沒法抽身啊，一個德國客戶突然找不到護照，過不了海關，瞎折騰了半天才在另一人的口袋裡找到護照。她打電話過來那會兒他正在跟海關交涉，壓根沒法好好跟她解釋。也不想想，他現在就一戴罪立功的身分，哪敢無故掛她電話啊？這不，為了知道她在哪家餐廳相親，他硬是讓一同事把××路的餐廳都調查了一遍，幸好××路的餐廳也不多，不然他還真找不著她。他拉著客戶過來了，她又要走了，也不知道去哪。她旁邊那隻長得跟野狼似的傢伙口水都快滴下來了，真不爽，他為什麼總是得看著她跟另一個男人走？（僅代表天下女性送你兩個字：活該！）

咖啡廳內。

周筱其實並不喜歡咖啡這種飲品，她覺得聞起來有股焦味。作為潮汕人，她比較喜歡喝茶，淡淡的茶香沁上鼻子，有一種讓人暖到心窩的幸福。但對面這個也是潮汕人的李越一直跟她說一堆什麼藍山、拿鐵、摩卡、卡布奇諾……她聽得一愣一愣的，於是她秉持著輸人不輸陣的心態跟他講綠茶、紅茶、青茶、黑茶，然後講鐵觀音、水仙、普洱、龍井……也把他講得一愣一愣的。

最後兩人實在談不攏，他自己硬是下了一個結論：喝咖啡比喝茶來得有品味。品他個頭！幸好他不是她的那杯茶，不然她都不知道要短幾年命，說起這個，人家英語都有「You are not my cup of tea.」，也不見人家說「You are not my cup of coffee.」所以嘛，明顯茶高級多了。於是周筱微笑看著他口沫橫飛，自己天馬行空地胡思亂想。

周筱回到家樓下的時候已經是十一點多了，她關上李越的車門，禮貌地跟他說了聲謝謝晚安之後就快步上樓，她眼睛的餘光掃到趙泛舟的車停在一旁，車裡有一點點的紅光一閃一閃的，他什麼時候也抽菸了？管他的，愛抽就抽，她加快了上樓的腳步。

趙泛舟按熄手裡的菸，看到她安全回來，他也總算是安心了，看來她今天這場相親是沒戲了，對方長得那麼抽象，作為外貌協會榮譽會員的她應該是不會看上，他對著後照鏡看了自己一眼，苦笑，這小丫頭以前多迷戀他的皮相啊，現在她捨得連這皮相也不要了，真倔啊。

周筱回到家，袁阮阮在客廳裡看電視，她手裡按著遙控器，漫不經心地說：「學姊回來了啊？」

「嗯。」周筱隨口應了一聲，繞過客廳去陽臺收衣服洗澡，手裡拿著衣叉，眼睛還是忍不住往下瞄了一眼，車子還在，他怎麼還不走？

「妳剛剛有沒有看到趙學長啊？」袁阮阮突然想起什麼似的，攔住了走過她身邊的周筱。

「嗯。」

「我九點多回來就看到他在樓下了，哇，他這都等了兩個多小時了。」袁阮阮三八兮兮地笑，「那你們剛剛說了什麼？」

「沒說什麼，我沒理他就上樓了。」

「不是吧，你們不是號稱還是朋友嗎？」

周筱瞪了她一眼，會不會說話的，什麼叫號稱？本來就只是朋友。

「我去洗澡了。」周筱抱著衣服進了浴室。

洗完澡出來，周筱吹乾頭髮躺在床上發呆，快進入夢鄉之前想起要定鬧鐘，於是掙扎著起來找手機，拿到手機才發現有兩條簡訊，一條是李越的，大意是覺得她的性格不是很適合他，還是只當朋友好了，周筱冷笑一聲，她差點跟他吵起來，哪裡會適合？幸好他覺得不適合，不然她還真不知道怎麼跟她媽說呢。

一條是趙泛舟的，「今天是真的臨時有很急的事，是我不好，不要生我的氣好嗎？」他那種像情人般輕輕哄著她的語氣，讓她鼻子突然一酸，媽的，居然來這套！

第十九章

周筱她媽把她罵了一頓，說是有那麼好的對象不好好珍惜，還讓人家跑了。她實在是被罵得沒法，就問她媽：「媽，妳見過他嗎？」

「沒啊。」她媽不假思索地回答。

「沒妳又知道他是個好對象？」周筱嘆了口氣，「我知道妳想讓我找老實可靠的，但妳也找個能看的吧？」

「妳這死孩子，瞎說，人家李家夫婦長得多端莊，她兒子能差到哪去？」她媽壓根不信她。周筱相當無奈，也不知道怎麼跟她解釋科學上有種說法，叫基因突變。

「我不管妳，樓上陳家的表親家有個男孩子，也在G市工作，是中學老師，我已經把妳電話給了人家了，你們聊一聊就出來見面，知道了嗎？」這就是傳說中的鐵腕政策。

「媽，妳不能老把我的手機亂給人啊。」周筱很無奈。

「我這不是替妳操心嗎？妳要自己能帶個人回來給我看，我還能這樣？」

「好啦，我知道了。」周筱知道跟媽媽爭論這個絕對討不到好處，見就見，就當多交個朋友算了。

接下來的一個月內，周筱正式認識到了她母親大人的交際圈有多麼浩瀚無邊，她前前後後見了不下二十個人，來自祖國五湖四海，什麼貨色都有，她都快成相親專業戶了。而且，她相親那路途跟《非誠勿擾》裡的葛優差不多一樣坎坷，來的盡是些牛鬼蛇神。

比如說，前天那位好了，一坐下就問她什麼科系的，她說中文系，他一臉失望，敢情這年頭相親也有科系歧視？搞了半天，原來人家想找個念外語的，以後可以對孩子進行雙語教育。這娶老婆的目的市面上流行的也就那幾種：要麼想娶回去當老媽子，要麼想娶回去當免費床伴，要麼想娶回去當花瓶供著，要麼想娶回去當生孩子機器的……但這娶回去當外語學習機的她還真是第一次聽到。

再說說上個星期那位好了，人是長得斯斯文文，一聽說她是中文系畢業的，兩隻眼睛冒光，大有相逢恨晚的感嘆。拉著她張嘴閉嘴都是詩詞歌賦、人生哲學、理想抱負，那個出口成章啊！唐詩三百首他多半都背得滾瓜爛熟了。而周筱自問能背出個二十首就該偷笑了。見了兩次面，對方倒是挺有心，但周筱怕了，她那二十首唐詩在前面兩次見面用得差不多了，再接著見面他就該發現她是文盲的本質，還是不要再頂著中文系畢業的招牌招搖撞騙比較好。

哦，還有昨天那個，那男的長得一臉細皮嫩肉，腰細得跟筷子似的，聲音跟蚊子是同一個頻率，周筱都不好意思跟他說話，生怕一個不小心太大聲了會嚇著他。

還有，現在的這個。長得挺忠厚老實，講話什麼之類的倒也挺正常，但聊著聊著突然很嚴肅地跟她說：「周小姐，我看我們挺適合，不如我們這個月底就抽時間把事情辦了吧？」

「什麼事情辦了？」周筱吃了一驚，該不會是她想的那個吧？

「婚事啊，妳我年齡都不小了，也沒有必要浪費時間在認識上面了，結了婚之後有得是時間好好認識，而且，我手上攢了不少錢，妳結婚了之後也不用這麼辛苦出來工作，就留在家裡享福就行了。妳覺得呢？」他表情特別認真。

呃……周筱完全愣住了，反應了半天都沒反應過來。他以為他是古代在買小妾啊？對方等不到她的回答，又追問：「周小姐，妳覺得呢？」

「啊？這……我應該不能配合。」她只能這麼說。

「為什麼？」

「我們這才剛見面，這樣不合適吧？」周筱婉轉地說。

他盯了她好一陣子，搞得她背脊都開始涼了。

「這麼說吧，我是真的挺喜歡妳的，但是我工作忙，實在沒什麼時間跟妳培養感情，我是想說如果我們以後勢必會結婚的話，不如就省略掉中間那段直奔主題。我結婚後絕對會對妳很好，而且我也不是三心二意的人。當然，如果妳還是覺得這樣不合適的話，我也會盡量抽出時間來培養感情。」

周筱總算是聽明白了，這人想偷懶，一步到位嘛。她喝了一口水，才慢悠悠地說：「既然……」她頓了一下，一時想不起他的姓，就把嘴邊那句×先生吞了回去：「你這麼忙，那就忙你的吧，我也不好意思讓你抽空來陪我這個閒人。算算這頓飯也吃了快一個小時，挺浪費你時間的，不如你就先去吧，耽誤了你的時間我也挺不好意思的。」

她的話客客氣氣，把對方堵了個死死的。

離開餐廳的時候他還提出要送她回家，她笑著說有朋友在附近，不用麻煩他了。

周筱上了趙泛舟的車，他沒什麼表情，也沒問她相親進行得怎麼樣。

他挺不容易的，每一回相親都親自送她到目的地，然後在外面等著，如果她上了他的車，他就送她回家。如果她上了相親對象的車，他就開車在後面遠遠跟著，等到確認她安全到家了才開車離去。她剛開始很奇怪為什麼他每次都知道她什麼時候要去相親，後來發現袁阮阮對她相親的事特別熱心，大概就知道為什麼了，她也不戳破，每回跟不認識的人出去，她心裡也沒底，既然他愛當護花使者就讓他當去。

「我剛剛被求婚了。」周筱頭靠在車窗玻璃上，突然很想跟他說說話。

趙泛舟不說話，直視著前方。

周筱也不管他有沒有反應，接著往下說，「其實我很多老家的朋友都是這樣，畢業、相親、結婚、生孩子，我小學同桌的孩子都會打醬油了，上次回家過年那小孩抓著我叫阿姨，我還死活要哄他叫我姊姊呢。」

趙泛舟微微側過頭看了她一眼，她望著窗外，散發著一股迷失的無助。

「我沒問過她們有沒有想過愛情這件事，問了太矯情，多半得被鄙視。但她們看起來都挺幸福的。」周筱笑了一笑，「說不定這才是可以找到幸福的方法呢。」

他突然一陣心慌，這樣的她在眼前他卻捉摸不透，這麼近，卻那麼遠。

「你說，是不是乾脆我也這樣嫁了算了？」周筱也回過頭來看他，笑著說。

趙泛舟一手握著方向盤，一手伸過去拉她的手，緊緊握著。周筱也不掙脫，就看著兩人緊握的手，過了許久，才用一種讓人聽了掉一地雞皮疙瘩的聲音幽幽地說：「你當年要是沒走就好了。」

趙泛舟一愣，緊緊捏住她的手，她的手心冰涼冰涼的。

「喂，雖然現在沒你的份了，你也不用把我捏成殘疾人士。」她笑著搖搖被捏緊的手，趙泛舟，難受了吧？就是要你難受！女子報仇三年未晚。

他手上的勁鬆了一點，但還是牽著她的手：「妳有沒有吃飽？」她每次相親都吃不飽，一個月下來居然都瘦了，有人相親相到變瘦也算難得。

「沒。」她吃了幾口就被求婚，哪還有心情吃飯啊。

「想吃什麼？」

「沒啥想吃的，送我回家吧，很累。」

周筱回到家，袁阮阮癱在沙發上。她過去踹她一腳，「幹嘛呢，這麼冷的天也不怕感冒。」

「學姊，妳把學長讓給我吧，我最近缺男人啊。」

「妳隨便拿去用。」周筱拍了一下袁阮阮的腿，讓她挪出個位置來。

「唉，身在福中不知福啊妳。」袁阮阮把腿架上周筱的腿，「妳就不能再給他一次機會嗎？他童年有陰影啊，難免的嘛，電視上那些連環殺手都是童年有陰影的。」

「那我該慶幸他沒把我給殺了是吧？」周筱翻翻白眼。

「真的嘛，妳童年幸福美滿，哪知道他的苦啊？」袁阮阮抬起腳輕輕踹了周筱肚子一下。

「喂，妳要踹死我啊，妳又知道我童年幸福美滿了？我小時候也被我爸吊起來打過啊，怎麼沒見我成為虐待狂？」周筱按住袁阮阮的腳。

「妳爸為什麼把妳吊起來打啊？」她家不是號稱書香世家嗎？還玩家暴？

周筱臉一紅，「呃……這個……我把他的珍藏版本四大名著賣給收破爛的了。」

「……」

門鈴響了，周筱推袁阮阮去開門，進來的居然是趙泛舟，手裡還提著飯盒之類的東西。

「我不是說我不要吃嗎？」周筱賴在沙發上不動，回過頭去瞪趙泛舟。他完全不理她，把東西提到廚房去。

袁阮阮跟在他後面：「學長，有什麼好吃的？」

「妳自己看看。」趙泛舟把袋子遞給她，「剩點給外面那隻就好了。」他走出廚房，在周筱旁邊坐下。

「去吃點吧。」

「不吃。」她斜靠在沙發扶手上，腳蜷起來，縮成一團，然後閉上眼睛不理他。

「真的不吃？有妳愛吃的手撕雞。」他接著引誘她。

周筱眼皮也不動一下，就哼了一聲：「不吃。」

趙泛舟微笑著輕輕挪近她，最近脾氣是愈來愈大了啊她，他把手搭在沙發靠背上，沒有碰到她卻把她整個人圈進了臂彎。

突如其來的安靜很詭異，周筱慢慢睜開眼，被靠得太近的趙泛舟嚇了一跳，伸手去推他，「你幹嘛？」

趙泛舟笑著坐好，「沒啊，看妳要不要吃東西。」

「都說了不要！」周筱惱羞成怒地揮了他手臂一拳。

「好好好，不要就不要，我回去了，妳餓了要記得吃。」趙泛舟站起來，突然又俯下去，大掌揉揉她的頭說：「不要餓到。」

老祖宗的智慧，說者無心，聽者有意。

周筱怔怔地看著衣櫃裡的鏡子，頭髮剛剛被趙泛舟揉得有點亂，她用手指梳了一下，心跳得有點失序。她拿了兩件衣服，用力甩上衣櫃門。

她洗完澡出來，發現袁阮阮坐在電視劇前吃東西，她也坐過去，「他剛剛買的嗎？」

「對啊，妳吃不吃？」袁阮阮隨手把東西遞給她。

周筱接過來，嗯，好像真的都是她喜歡吃的東西，什麼鹵水雞翅之類的，她想起剛剛趙泛舟說有手撕雞，就問：「不是說有手撕雞嗎？」

「啊妳剛剛不是說不吃嗎，我就吃了啊。」袁阮阮一臉無辜。

周筱無語以對，拿著東西往房間走。

「學姊，妳不要都拿走嘛。」袁阮阮在身後大叫。

「妳吃得夠多了，剩下的我吃。」她頭也不回地把東西拿到房間裡，開了電腦，邊看節目邊啃雞翅是人生最美好的事。

周筱對著電腦看《康熙來了》看到捧腹大笑。最近有一對藝人分手了，鬧得挺兇的，男方和女方都前前後後去上了好幾次《康熙來了》，每去一次小S就糟蹋一次，而且一開始都一再強調說，「你放心，我今天絕對不聊感情的事，那個你的前女友啊，上次來康熙大聊你的壞話，說你劈腿耶，我覺得你不是這種人，你真的劈腿了嗎？」「她上次來康熙我問她還愛不愛你，她哭了耶，你呢？」那男的被她問得有點慌，支支吾吾地說了一堆官方說法，最後小S給他下了個注解，不要解釋了，就是還愛的意思嘛，真囉嗦。蔡康永及時跳出來打圓場，小S隨口說了句：「我不懂，既然相愛，為什麼不在一起？」她說得無心，節目上其他人也沒什麼反應，倒是坐在電腦前的周筱被她這句話給愣住了。是啊，為什麼？

後面節目播了些什麼她都沒印象，腦子裡就好像有一個複讀機，不停的重播著小S的話，「我不懂，既然相愛，為什麼不在一起？」……

周筱一個晚上都被小S騷擾著，她蹦蹦跳跳，來來回回，不停地問她，「我不懂，既然相愛，為什麼不在一起？」她想解釋，但是怎麼也發不出聲音，她急得滿頭大汗，最後是一陣手機鈴聲把她從夢魘中拯救出來。

「喂。」她把頭蒙在被窩裡接電話，「誰啊？」

電話這邊的趙泛舟一愣，她剛睡醒的聲音沙沙的，有一種慵懶的性感，他一瞬間喉嚨有點發緊，居然講不出話來。

「說話啊。」周筱等了一會之後發現沒有聲音，於是有點不耐煩。

「是我，起床了沒？」趙泛舟的聲音傳了過來。

「是你啊，沒起床，別吵我。」她一想到他就是害她做了一個晚上惡夢的罪魁禍首，口氣就好不起來。

「上班要遲到了。」他的聲音滿是笑意。

周筱有點不滿，他最近老是這樣，脾氣好得不得了，她沒辦法惹他生氣，一點成就感都沒有。她「嗯」了一聲之後順手按掉他電話，從床上爬起來，唉，上班上班，煩死人了。

周筱換好衣服慢吞吞地下了樓，果然趙泛舟已經在樓下了，真爽，現在她每天都有司機接送。她上了車，發現他今天穿得特別正式，剪裁合身的黑色西裝，裡面是白色的襯衫和黑紅條紋的領帶。周筱看得有點發愣，好想對他吹口哨，他怎麼能這麼精英啊？

「你穿得這麼……今天要去幹嘛？」她把到嘴邊的衣冠禽獸吞了回去，偶爾還是積點口德比較好。

「有一個很重要的會要開。」他遞給她一個小小的保溫瓶。

她接過了擰開一看，居然是粥！確切地來說不是粥，是稀飯，他從哪裡弄來的稀飯啊？

周筱端著保溫瓶，有點出神，也不知道是哪次相親，天特冷，她實在是被冷到沒心情應付相親的人，於是掰了個理由溜了，但是她出來的時候發現趙泛舟不在車裡，她在車旁等了十多分鐘他才出現，她被冷得一肚子火，忍不住臭罵了他一頓，他只是笑笑地遞給她一碗粥說：「天冷，喝點粥吧。」要說她不感動那是騙人的，但她還是一時拉不下臉來，冷著臉喝粥，然後還死要面子地念了幾句說這裡的粥不好喝，想喝家裡的粥。（潮汕人喝的粥是稀飯，可以看到一顆顆完整的米粒。）

「怎麼了？不喝就先蓋起來，等下冷了。」趙泛舟看她發呆就輕輕推了她一下。她回過神來，蓋上蓋子：「你去哪裡買的？」

「自己做的。」他說，想了想又補上一句，「有人教我，她說好吃了我才帶來給妳吃的。」

周筱擰著蓋子玩的手頓了一下，假裝漫不經心地追問：「誰啊？」

趙泛舟看了她一眼：「謝逸星的祕書，也是潮汕人。」

「哦。」她隨便應了一句，又擰開蓋子，淡淡的米香隨著水蒸氣撲上來，忍不住用力吸了一口後說：「勺子呢？」

「嵌在蓋子後面。」他伸手拿過蓋子，翻過來，從裡面取出一個可折疊的勺子遞給她。

周筱咕嚕咕嚕地喝著稀飯，含糊不清地問了趙泛舟一句：「她是上次我在餐廳門口看到的那個女的嗎？」

「哪個？」趙泛舟沒有聽清楚。

「算了。」她皺一下鼻子，繼續喝粥，好好喝啊。

趙泛舟斜睨了她一眼：「妳該不會在吃醋吧？」

「才……才……咳……沒有呢。」周筱一緊張，有點結巴，又突然被粥嗆了一口，劇烈地咳了起來。

趙泛舟停下車子，一手接過她手裡的保溫瓶，一手輕輕拍著她的背，「沒有就沒有，不用那麼激動。」

好不容易她才止住咳嗽，揮開他的手，很是氣憤，於是有點口不擇言：「我只是怕她落得跟我一樣的下場。」

趙泛舟被揮開的手僵在半空，停頓了好幾秒之後才放下來，發動車子。

車內的氣氛瞬間冰凝。

周筱幾乎是逃著下了車的，太恐怖了，她都幾年沒見識到他的獨門祕技——江湖上人稱「冷若冰霜寒蟬臉」。今日一領教，果然英雄寶刀未老。

周筱一整天下來都是渾渾噩噩的，下班了十幾分鐘她都還愣愣地對著電腦看報表，樂得經理大媽直拍她肩膀說有前途。

電話在桌子上震動起來，她瞄了一眼，是趙泛舟，趕緊接起來：「喂。」

「妳加班嗎？怎麼還沒下來？」

「沒，我這就下去。」周筱掛了電話之後隨便把一些東西丟進袋子就匆匆下樓。

趙泛舟倒像什麼事都沒發生過似的，遞給她一罐熱奶茶，看她拿著不動又接回來把易開罐環拉開，遞到她嘴邊，她就著他的手喝了一口之後才發現有點曖昧，自己接過來喝。

車開到一半，袁阮阮的簡訊就來了。

寄件者　阮阮

學姊，我今晚煮飯給我同事吃，妳能不能晚點回來？

周筱笑著按下簡訊：小妞又發春了，煮飯不給我吃就算了，還不准我回去。

兩分鐘後簡訊又進來了，

寄件者　阮阮

我情路這麼坎坷，妳就不要回來阻礙我了，反正我沒說妳可以回來，妳就不要回來。

她覺得很好笑，就拿著手機給趙泛舟看，他偏過頭來說了一句：「我開車呢，看不清。」

「袁阮阮叫我不要回去打擾她約會，我無家可歸了。」她晃著手中的手機，「都不知道我要上哪去打發時間。」

趙泛舟聽完說：「不然去我家吧，反正不遠，而且妳也還沒去過我家，晚飯也順便買好了去我家煮吧。」

「不要，你說是煮飯，等下還不是我煮。」

周筱還在慢悠悠喝著奶茶，手指撫在「原味」那兩個字上，思緒有點飄遠……

那時他們還在學校呢，趙泛舟在忙學生會的事，好幾天都沒空陪她吃飯，她鬧脾氣，非得要他去給她買奶茶，他心煩，根本沒法體會她小女生的心情，扔下錢包說妳自己去買，愛喝多少喝多少。她當時特委屈，覺得他就不能哄哄她嗎？最後真的賭氣去超市買了一堆奶茶，提著回去的時候趙泛舟拿著一罐奶茶在樓下等她，她以前真的是個很好哄的孩子，接過奶茶馬上就抱著他的手臂說好嘛，我剛剛也有不對，不過你為什麼給我買巧克力味的呢，我不愛喝，我什麼東西都要原味的，奶茶、麥片、薯片、可樂、餅乾……都要原味的，記住了嗎……

他真的就記住了。

「那煮火鍋好了，我搞定一切。」趙泛舟打斷她的回憶。

「好啊，我要吃很多牛肉丸。」她一聽到火鍋就來勁，這個冬天她還沒吃過火鍋呢。

「好，我們去買。」

果然，寧願相信世上有鬼，也不要相信男人那張嘴。切～還說他搞定一切呢。

周筱及時把青菜從趙泛舟手裡搶救過來，「你再洗菜就爛了，出去把湯底煮起來。」

「好。」趙泛舟領命出去，十分鐘後又回廚房：「是不是下了水，東西全部丟進去就好？」

「是。」

周筱端著菜出去，趙泛舟不在飯廳，放在電磁爐上的鍋裡滿滿的都是水，已經開始在冒小泡泡了，大有要開始滾了之勢。她嚇了一跳，放下菜去端鍋。

她端著鍋往廚房走，剛好和從房間出來的趙泛舟狹路相逢於走廊上，趙泛舟皺著眉頭看她端著這麼一鍋冒著熱氣的水，開口想說些什麼但是又怕嚇著她，只得心驚肉跳地跟在她身後進廚房。趙泛舟家的廚房空間挺大，按理說兩個人應該是不會有什麼碰撞才對，但是周筱就是不知道哪條神經搭錯了，突然就在流理檯和趙泛舟之間絆了一跤，手一抖鍋就從她手裡滑了下來，眼看水就要潑在她身上，在旁的趙泛舟一個箭步衝上去，用身體把她撞開，硬生生地用雙手在鍋落地前把它接住了，水還是濺出來了不少，但都是灑在趙泛舟的身上。

周筱被撞得一屁股坐在地上，驚恐地張大眼睛看著趙泛舟完成一系列電影裡的動作。然後他的手迅速地泛紅，她突然「哇」的一聲哭了起來。

趙泛舟把鍋往流理檯一放就跑過來蹲在她前面，著急地問：「怎麼了？燙到哪裡了？」

周筱拚命搖頭，埋頭哭著。

「怎麼了啊？還是摔到哪裡了？哪裡疼啊？」他手足無措地連連追問。

周筱只是搖頭，抽噎著說不出話來，眼淚還是不停地掉。趙泛舟盤腿坐下來，伸手把她摟入懷裡，輕輕拍著她的背小心地哄著：「不哭不哭，怎麼了啊？」

周筱頭靠在他胸口哭了一會兒，才意識到什麼似地推開他，扯著他的手到水龍頭下沖水，眼淚還是不停地往下滴，一滴滴打在他的手臂上。他的手紅得像要滲出血來的樣子。

趙泛舟從她手中抽出一隻手去關掉水龍頭，一隻手反牽住她的手，「我沒事，妳別哭，讓我看看妳有沒有被燙到。」

她稍微冷靜一點下來之後才說：「沒，我沒事。」

周筱和趙泛舟坐在客廳的沙發上，她一手小心地捧著他的手，另一手拿著藥膏往他手上擠。她擠出一小坨，然後用手把它抹開，抹著抹著眼睛有點發癢，忍不住想拿手去蹭，趙泛舟眼明手快地抓下她的手，口氣有點急：「妳手上有藥！」她一愣，還是垂著眼不講話，手無意識地推抹藥膏。

他低頭湊過臉去看她的表情：「怎麼了？生氣了？我是怕妳眼睛弄到藥。」

她不講話撇過頭去避開他的臉。

趙泛舟揚起唇角，她鬧彆扭的樣子好……

他心臟的某個角落好像迅速地坍塌下去，向來引以為傲的自制力一瞬間潰堤，他用沒被她抓著的那隻手固定住她的頭，對著她的唇，輕輕地吻了下去。

他在兩人的唇齒間纏綿悱惻，直到感覺她都快沒法呼吸了，他才退開來，低眼看她：她用力地呼吸著新鮮空氣，兩頰嫣紅，眼底水光波動，嘴唇因為劇烈呼吸而微微張開，吐出溫熱的氣息輕噴在他臉上。他眼神一暗，輕嘆了一聲，忍不住又把唇貼了上去，封住她的唇，又是一場唇和唇的纏綿廝磨。

第二十章

周筱一個人坐在空蕩蕩的客廳裡，趙泛舟出去買吃的了，火鍋是吃不成了，她老覺得他那紅通通的手一靠近熱的東西就會自焚起來，說什麼也不要再吃火鍋。趙泛舟就說那出去買回來吃，她跟他爭了半天誰出去買東西，最後他懶得理她，拿了車鑰匙出去了。

她環顧了客廳一下，他客廳還真是簡單，一臺電視機，一組沙發和茶几，一個放雜七雜八東西的櫃子，沒了。

嗯……不知道沒經過他同意可以參觀他的家嗎？不管了，他剛剛沒經過她的同意也親了她啊，禮尚往來嘛。

嗯，無聊的書房，辦公桌、電腦、一堆大部頭的書，裝什麼知識分子！

嗯，臥房就更無聊了，床、衣櫃、桌子、沒了。倒是桌子上放了一個奇怪的面具。周筱忍不住走過去拿起來看，怎麼看著這麼眼熟呢？她拿在手中翻來覆去地看，真醜啊，她怎麼會覺得這麼醜的東西眼熟呢？

外面傳來鑰匙轉動的聲音，周筱趕緊小跑出房間，跳到沙發上坐著。

趙泛舟一進來就看到周筱坐在沙發上刻意擺出一副隨意的樣子。她手上的是？

他把東西拿去放在飯桌上，叫她：「過來吃東西了。」

周筱站起來，才發現剛剛跑得太急，心不在焉地把那個面具也拿出來了，還緊緊拽在手裡。血整個往臉上湧，恨不得把它當餅乾一口一口吃下去。

「放茶几上就行了，過來吃東西。」趙泛舟好像很好心地幫她解圍。

周筱把自己癱回沙發去，手舉著面具把玩，有氣無力地說：「我不要吃了。」反正人的一生，丟臉到她這個地步也算少有的，她還不如就餓死算了。

趙泛舟提著東西到沙發，放茶几上，從沙發上撈起她的上半身，坐下，把她的頭枕在自己的大腿上，然後伸過手去茶几上拆塑膠袋。

周筱快中風了！他怎麼可以一切都做得這麼理所當然？她有說要跟他在一起嗎？有嗎？

「要吃什麼？便利商店的魚豆腐好不好？」趙泛舟用竹籤戳了一個魚豆腐餵到她嘴邊。她張嘴咬下，躺著咀嚼有點困難，她掙扎著坐起來，他也不阻止，幫忙托著她的背讓她坐好，遞給她一根長長的竹籤。

「我為什麼覺得這個面具很面熟啊？」周筱拿著竹籤指指被丟在一旁的面具。

「在雲南的時候妳送的。」

「對哦，難怪我覺得面熟。」她往嘴裡丟進一塊魚豆腐，含糊不清地說：「原來我以前眼光這麼奇怪啊？」

「把東西吞下再講話。」趙泛舟皺著眉頭說。

周筱瞪他一眼，開始管起她來了啊？

「你留著這麼醜的東西幹嘛？」她把嘴巴裡的東西嚥下去後說。

「……睹物思人。」他沒好氣地說。

周筱臉一僵：「你睹這麼醜的東西思我？」

「……妳又知道是思妳？」

兩人默默地吃著東西，周筱的手拿著遙控器就不停地轉臺，眼睛沒離開過電視，手不停地往嘴巴裡送食物。

趙泛舟盯著她的側臉，頰邊的頭髮被她胡亂塞在耳後，耳邊亂亂地翹了幾根頭髮。他伸過手去把那幾根頭髮塞好，她的身子僵了一下，又放鬆下來。

電話適時地響起，周筱丟下遙控器去接電話，「媽。」

「我跟妳說，下一次的相親是妳舅舅的鄰居，人家是個公務員來的，妳給我好好把握。」

「媽……」

「嘟……」周筱沒來得及講話，她媽就把電話掛了，自從她開始在相親這一條道路上摸爬打滾以來，她媽就一次次地敗興而歸，最近老人家已經火得連話都不想跟她多說了。

她無奈地收起電話，接著拿遙控器亂轉電視臺。趙泛舟突然奪過她手上的遙控器，扔到沙發的角落：「妳媽讓妳幹嘛？」

「相親唄，還能幹嘛？」她聳聳肩，越過他的身體要去拿遙控器。他用力扯下她，她一時沒防備，於是整個人跌在他懷裡。她掙扎著要起來，他用力地把她按得死緊。

「你神經病啊，放開我。」她趴在他腿上掙扎，像被翻過身的烏龜一樣四肢亂划。

「不准去。」他把她抱起來置於腿上，手從後面環住她的腰，頭放在她的肩膀上。

周筱用力地去掰腰上的大掌，冷哼了一聲：「你憑什麼管我？」

趙泛舟用力地收緊手臂，把下巴頂在她肩窩處，用下巴的那塊骨頭去用力鑽她肩上的骨頭。

她邊把身子往前傾想躲開肩膀上的腦袋，邊叫：「喂，很痛。」

「知道痛就好，不准去。」

「你管我啊，我之前又不是沒有相過親。」她用力地拍她腰上的手。

「之前那能一樣嗎？」他有點生氣了。

周筱奇怪地掉過腦袋去看他，「哪裡不一樣了？」

趙泛舟氣結，剛剛兩人才在沙發上……她……她居然問他哪裡不一樣？他用力地吻上她唇，咬了一口，鬆開，說：「就是這個不一樣。」

她摀住被咬了一口的嘴唇，不可置信地看著他：「你怎麼可以這樣？」

「為什麼不可以？」他又咬了她脖子一口，挑釁地看著她。

周筱鬆開嘴巴上的手去摀脖子，「你怎麼這麼無恥。」

「妳前腳跟我接吻，後腳就要去相親，誰比較無恥啊？」他氣得吹鬍子瞪眼。

「接吻有什麼了不起的，我跟蔡亞斯也接過。」心直口快是她的特色。

趙泛舟一臉陰霾地鬆開手，周筱迅速滑下他的腿，溜到沙發的另一邊坐下，和他遠遠相望。

她吞吞口水，有點害怕，她還真沒看過他那種表情，在她眼睛裡他已經幻化成一個炸彈，導火線在慢慢地燃燒，一點一點地接近引爆點。

周筱不自在地挪挪坐的地方，好像坐到什麼東西了，低頭一看，果然，那個醜得要死的面具，她挪了一個較大的動作。趙泛舟以為她要走，突然朝著她撲了過來，她嚇一跳，反射性地就抓起旁邊的面具扔向他。

面具砸向趙泛舟的時候他伸手要往回擋，突然意識到如果擋了回去可能會打到她，於是手腕一轉，手掌把面具揮往旁邊飛去，木質的面具邊劃開他被燙得通紅的手掌，血頓時從那道長長的口子滲了出來。

周筱呆呆地望著他血流不止的手掌，眼前一片天旋地轉，暈了。

趙泛舟看著她軟軟地倒向沙發，愣了一秒，也不理還在流血的手，跨過去把她扶好躺在沙發，沒有流血的那隻手用力按向她的人中。

周筱覺得人中一陣刺痛，悠悠醒轉，一睜開眼就看到趙泛舟蹲在她面前。

趙泛舟見她醒了，有點著急：「眼睛閉起來，我去處理一下我的手。」周筱趕緊乖乖地閉上眼睛，動都不敢動。

趙泛舟處理好手出來，發現周筱還是閉著眼睛躺在沙發上，眼睫毛因為太用力閉眼而微微顫動著，眼角掛著一滴淚，嘴唇咬得死緊，他一肚子火都被她那可憐兮兮的樣子給弄沒了。心裡嘆了口氣，俯身在她唇上連啄吻了兩口說：「好了，起來吧。」

周筱委委屈屈地坐起來，也不敢抗議他剛剛又偷親她的事，眼睛想瞄他的手又不敢，孬得要死。

「我不是故意的。」她扁起嘴，「對不起。」

「知道。我沒事。」趙泛舟在沙發上坐下，受傷的那隻手不留痕跡地擺在身後。

「給我看看？」周筱湊過去要看他的手，他不讓，只是說：「我們現在有更重要的事要談。」

「談什麼？」

「不可以去相親。」

「不行啦，我媽會剁了我的。」

「妳跟她說妳有男朋友了。」

「我哪有？」

「妳再說一次？」他斜瞥她一眼。

「你不能用威脅的讓我和你在一起啦。」她委屈地說。

「那妳到底想怎麼樣？」趙泛舟有點挫敗。

「我也不知道。」她低頭委屈地對手指。

「……」

電話鈴聲又一次適時地響起，這次是袁阮阮。

「喂，學姊，妳在哪裡啊，現在可以回來了。」

「在附近，那我就回去了。」她掛下電話，望向趙泛舟。他無奈地說：「走吧，我送妳回去。」

下了樓，周筱看他沒有要開車的意思，忍不住提醒：「你不開車嗎？」她不想跟他單獨相處這麼久，而且，她瞄了一眼兩人緊握的手，也不想在馬路上跟他手牽手。

「你覺得我現在的手可以開車嗎？」他給她看纏了繃帶的那隻手，她縮了一下。

「我以前怎麼不知道妳暈血？」他很快地把手縮回來，問了她一句。

「這又不是什麼值得炫耀的事。」她嘟囔了一句，想抽回來被握著的手，「你這隻手上都是藥，我不要和你牽手。」

趙泛舟瞪了她一眼，也不想想是誰害的，還敢嫌棄？

「別動，會痛。」他皺起眉說。

「哦。」她真的就不敢動了。

周筱家樓下，她說了句拜拜轉身要上樓，他不鬆開牽著她的手。

兩人就在樓梯口僵持不下。

「好啦，你放開我，我明天給你答案。」周筱懊惱地說。

他定定地看了她一會兒，才鬆開手說：「這一次我不會再離開妳的。」

「嗯。」

「還有，接吻很了不起，我只跟妳接過。」

「……」

她飛奔上樓。

第二天是星期六，周筱一早就被趙泛舟的電話吵醒，有點火，按掉電話，關機，翻個身繼續睡覺。

等到她睡飽，太陽已經高高照在桑乾河上。（不好意思，借丁玲阿姨的書名一用。）

她眼睛半睜半閉，像喝醉一樣歪歪斜斜走出房門，沙發上的人讓她精神一振，整個人清醒了過來。

「你怎麼會在這裡？」

「袁阮阮開門讓我進來的。」

周筱開始左顧右盼找那個引狼入室的女人。

「不用找了，她出去約會了。」他好心地告訴她。

「你來多久了？」

「妳掛了我電話後不久。」

「哦。」她想起自己還沒刷牙洗臉，轉身走向浴室。

她看著鏡子裡的自己，嗯……蓬頭垢面的，很有大嬸的韻味。她用手指用力梳開打結的頭髮，扯得自己的腦門有點痛，早晚把這把稻草剪了！

周筱刷完牙逕自去房間換下睡衣，她出來的時候趙泛舟在陽臺抽菸。她拉開玻璃門，倚在門上看他的背影。

他聽到門的聲音轉過身來，順手掐掉菸說：「出去吃早餐嗎？」

周筱答非所問地說：「你什麼時候開始抽菸的？」

「初中。」

原來他也叛逆過啊。

「大學的時候沒見過你抽菸啊。」她有點不解。

「高中的時候就戒了。」

「那……那我們出去吃東西吧。」她本來是想問那現在為什麼又開始抽了的。

他眼底有一絲失望一閃而過。

吃麵……

安靜……

周筱努力地回想昨晚輾轉了大半夜的話，發現什麼都想不起來。（這個故事教育我們，太睏的時候不要胡思亂想，早睡早起人生愜意）

既然想不起來，她只得另闢一番說法：「你有沒有想過戒菸？」

「嗯？」趙泛舟抬頭看她。

「你戒菸，我們就在一起。」她輕鬆的表情讓他誤以為她好像在說今天天氣很好。

他瞪大了眼睛看著她，腦袋當機。

「喂，你怎麼說？」周筱等了半天沒等到回應，忍不住催他。

「好。」他回過神努力抑下狂喜，頓了一下：「還有沒有補充的？」

她一頭黑線，還有沒有補充的？他以為他在談生意啊？

「呃……我明天得去相親。」既然他要補充，她就補充個爆炸點的。

「你先別說話，讓我把話講完。」她截住他的話，「我不去的話我媽會發火，而且我真的不敢跟我媽說我又跟你在一起了，所以我爸媽那邊你自己想辦法搞定，反正沒搞定前我得接著相親。」

「知道了。」他陰沉地說，「還有嗎？」

「暫時想不起來，就先這麼多吧。」她又低下頭去吃麵，吃著吃著想起昨晚想的某些片段。

「我又想起一點了，可以補充嗎？」

「可以。」

「不管以後發生什麼事，先讓我知道。就算你要離開也好，你要跟別人在一起也好，反正先讓我知道。」

「我不會再離開妳了。」

「你會不會離開我不管，總之你先答應我這個。」那種突如其來的打擊太可怕了。就像一個人走在路上，如果知道前面有塊玻璃，即使不可避免會撞上，心裡還是有個底，總會盡量減少傷害。但如果毫不知情地撞上了，在那種完全沒有防備之下撞上去，那是痛徹心扉的痛。

趙泛舟很鄭重地說：「好，我答應妳。」

「那……合作愉快？」兩人真的很像在談判，周筱忍不住伸出手來要和他握手。

趙泛舟瞪了她一眼，懶得理她，低頭吃麵。她訕訕地收回手，也低下頭吃麵。

星期天下午，趙泛舟坐在餐廳的一個角落，遙望他的女朋友相親。

周筱渾身不自在，角落裡有一道刀子般的視線不停地射向她，搞得她覺得自己像掛在牆上的靶子，飛鏢咻咻地射向她。

「周小姐，妳平時的興趣是什麼？」對面的徐先生問她。

「嗯……看書，聽音樂。」她總不能說她的興趣愛好就是窩在電腦前看無聊的綜藝節目吧。

「妳都看什麼類型的書，聽什麼類型的音樂？」他又問。

「呃……新書和新歌。」她有點尷尬，還真的不知道怎麼回答他。

他突然笑了起來，「周小姐真幽默。」

她賠笑，哪裡幽默了？

趙泛舟用力地把手中的杯子放到桌子上，發出「砰」的一聲。餐廳裡所有的人都看向他，他若無其事地擺臭臉，方圓五百里內都可以聞到的臭啊。

「現在的有些人挺沒素養的，吵到別人也不會不好意思，周小姐，妳覺得呢？」徐先生忙著發表他的見解，周筱只好接著賠笑，「是啊。」

服務員上菜。

「周小姐，試試我的牛排吧，這裡的牛排很嫩的。」徐先生把面前的盤子推向她，她嚇了一跳，哪裡敢去吃他的啊？又不是不要命了。

「不用了。」她搖搖頭。

「我還沒吃過，妳放心。」

「不是，我不吃牛的。」善意的謊言，善意的謊言。

「這樣啊，挺可惜的，妳都喜歡吃什麼東西呢？周小姐。」他把盤子挪回來。

周筱快瘋了，他一口一個周小姐，也不酌量一下她的名字，怎麼聽都像是「周筱姐」。

「你叫我周筱就好，你老叫周小姐，我聽起來怪怪的。」她終於忍不住說。

對方一愣，又笑了起來，「妳真的很幽默啊，周筱。」

「呵呵。」

「妳還沒回答我妳喜歡吃什麼。」徐先生提醒她。

「呃，大概就是一般人喜歡吃的東西。」她大概不能告訴他說她無肉不歡吧？

「一般人喜歡吃的東西是什麼東西？」他笑著問。

「……」

「逗妳的……」徐先生自顧自笑了起來。

「呵呵，你也很幽默。」周筱忍住翻白眼的衝動。

吃過飯，徐先生提議說去看電影，她推說有事就溜了。

趙泛舟在街角的轉彎處等她，她過去挽住他的手，賠了個笑臉，真是倒楣啊，一天都在賠笑臉。

「剛剛你們在聊什麼？」趙泛舟黑著個臉問。

「沒聊什麼，就興趣愛好之類的，相親都問這些有的沒的啦。」她打哈哈。

「沒聊什麼那妳笑得那麼開心？」
「哪有？」
「沒有嗎？」
「絕對沒有。」
說時遲，那時快，周筱她媽的電話追了過來。
「媽。」
「女兒啊，剛剛我收到敵方來信，據說對妳相當滿意。」媽媽很興奮。
「哦。」她敷衍地回了一句。
「妳覺得呢？」
「還行吧，媽，聽說那個趙泛舟回來了。」周筱看了旁邊的人一眼，小心翼翼地說。
「回來了？在哪裡？小兔崽子還敢回來，老娘滅了他！」媽媽突然大叫起來，周筱冒冷汗，相當懷疑她老母以前是不是混黑社會的。
「我只是聽說而已。」她心虛地說。
「我跟妳講，他要是敢來找妳，妳不要理他，妳要是敢跟他勾勾纏，看我怎麼收拾妳！」
「呵呵。」周筱連吞口水都有點困難了，只好胡亂編個藉口掛電話：「媽，我等的公車來了，先掛了啊。」
「記住，妳要是敢和那臭小子在一起，我就不認妳這個女兒。」
「知道了。」

掛了電話，她把腦袋頂在趙泛舟手臂上，有氣無力地說：「我媽說如果我和你在一起，她就不認我。」

趙泛舟摸摸她的頭，順了一下她的頭髮說：「我會有辦法的，相信我。」

周筱在浴室洗澡，趙泛舟在客廳和袁阮阮一起看電視。

「學長，換個臺吧，我看他們搶一顆球搶了那麼久，真累。」袁阮阮抱怨道。

趙泛舟側目看她一眼，不吭聲。袁阮阮把遙控拿起來又放下，算了，不夠勇氣轉臺，還是繼續看一群高人搶球好了。

袁阮阮在無聊地數著二號那個黑黑的球員偷偷瞄了幾次場邊穿著短裙的啦啦隊員。沙發前面桌子上周筱的手機響了，都在看電視的兩人不由自主地瞄了一眼，螢幕上閃著徐先生。

趙泛舟自然地接起電話：「喂？」

「呃……你好……我找周筱。」對方顯然沒料到會是男的接電話。

「她在洗澡。」

「哦，你是……她弟弟？」對方試探地問。

「不是，朋友。她洗完我會告知她你來過電話的。」

「哦……好，謝謝。」

「不客氣。」趙泛舟放下手機，繼續看電視。

周筱擦著頭髮走到客廳，問他們倆：「剛剛我的電話響了嗎？」

袁阮阮不敢吭聲，看向趙泛舟，趙泛舟眼睛沒有離開電視，隨口回了一句，「響了，我幫妳接了，是上次相親的徐先生。」

周筱停下擦頭髮的手，「你剛剛沒有亂說話吧？」

「沒有。」他眼睛一直盯著在空中傳來傳去的那顆籃球。

「真的沒有？你沒有說你是我男朋友之類的話？」周筱不相信。

「沒有。」趙泛舟一拍大腿，懊惱地叫了一聲：「進了！」

周筱轉向袁阮阮問：「他剛剛真的沒說他是我男朋友？」

袁阮阮搖頭，心想，他的確沒說妳是他女朋友，他只說妳在洗澡。

周筱鬆了口氣，拿起手機回撥過去，半天都沒有人接，她只得傳了條簡訊過去，「徐先生，剛剛找我有事？」

簡訊很快就回了過來，「沒什麼事，只是想和妳聊聊，既然妳不方便就算了。」

周筱覺得奇怪，瞪趙泛舟：「你一定說了你是我男朋友對不對？你想害我被我媽罵死啊？」

趙泛舟沒反應，還是興致勃勃地盯著電視。周筱火冒三丈，把搭在脖子上的毛巾抽下來，扔向他，「你當我死了啊？」

他扯下蒙在頭上的毛巾，說：「都說沒有了，妳不信我也沒辦法。」

周筱又轉過頭去問袁阮阮：「阮阮，妳老實說，有沒有？」

「真的沒有啦，我發誓。」袁阮阮很鬱悶，這是招誰惹誰了啊？

周筱苦於無證據又無證人，氣餒地挨著趙泛舟坐下，順手抄起遙控器亂按。

趙泛舟搶過遙控轉臺：「我要看球賽。」

「要看回你家看去。」周筱趴過去搶，趙泛舟把遙控器舉得高高的，她拚命伸手去搆，於是就形成了她下半身趴在他腿上，上半身倚在他胸膛，手伸得老高的古怪姿勢。

袁阮看著兩人曖昧的姿勢，一滴冷汗滑下來。

現在是怎樣？好歹把她當個存在的生物吧？

半分鐘之後，周筱總算意識到兩人的姿勢有點不雅，尷尬地咳了一聲後坐好。

「懶得理你，愛看去看，我去上網了。」周筱丟下一句話就跑回房間去上網。

「嗯……我也去上網。」袁阮阮也補了一句，雖然沒人在乎她去幹嘛，淚奔……

趙泛舟聳聳肩，繼續看他的比賽。

周筱一登錄QQ，就有好幾個系統消息提示，有一個叫「藝術之子」的人要加她，驗證消息上有寫她的名字，她以為是以前的同學，就按了通過並加對方為好友。

她一按通過，電腦下方的QQ就咳了兩聲，一個小喇叭跳了出來。說實在的，她實在不怎麼喜歡QQ的某些聲音，那咳嗽聲聽著就跟有肺癆似的，讓人堵著慌。

藝術之子：HI，知道我是誰嗎？

小周（周筱的網名 真沒創意）：不知道。

藝術之子：猜猜看。

小周：不猜。

藝術之子：呵呵，我是蕭晉啦，不知道妳還記得我嗎？

周筱猶豫了一會兒，撓撓腦袋，想不起來是誰。

小周：記得，怎麼可能不記得呢？最近怎麼樣？

藝術之子：不錯，之前的事對不起。

周筱又開始鬱悶了，早知道就不要說記得他，她連他是誰都想不起來，哪知道之前發生了什麼事，既然想不起來的事，她也就樂得大方。

小周：沒關係，過去就算了。

藝術之子：那就好，對了，交了男朋友沒？我不會成為妳的陰影吧？呵呵。

周筱從少得可憐的情史中拼湊出他是誰了。那個無緣的——不知道算不算的——前男友。

小周：不會。

藝術之子：哦。

周筱懶得找話題跟他聊，就關了對話視窗去看電影，看著看著那個的聲音又跳了出來，她按下暫停去看，又是他，陰魂不散啊。

藝術之子：我其實挺喜歡妳的，呵呵。

小周：嗯，謝謝。

藝術之子：我們還有可能嗎？

小周：沒有。

藝術之子：為什麼？妳還在怪我？

小周：沒有，我有男朋友了。
藝術之子：那公平競爭總可以吧？
周筱有點惱火，鍵盤敲得劈里啪啦，要不是看在他是袁阮阮朋友的分上她早就開罵了。
小周：不可以，我下線了。

趙泛舟進了她房間就看到她氣得臉鼓鼓的在敲打鍵盤，他湊過去看，她瞪他一眼也沒阻止。他簡單看了兩眼，原來有人要撬他牆角啊。
「誰來的？」
「無緣的前男友。」周筱移動滑鼠去點隱身。
「蔡亞斯？」
「不是，你不認識的。」她對著電腦猶豫了兩秒，把「藝術之子」拉入黑名單。
「我為什麼不認識？什麼時候的事？」趙泛舟把她的椅子轉了過來面對自己。
周筱隨著椅子被轉了過來，身子有點不穩，用手撐了一下靠背才坐穩，不解地看著他：「你為什麼會認識？當時你在美國啊。」
趙泛舟無言以對，總不能說他在她身邊安排了線人，而且很明顯，這線人還很不盡職。他忿忿地走開，回到客廳去看電視。
周筱跟出客廳的時候就看到他一臉陰沉地按著遙控器，聲音調到震耳欲聾。她好笑地在他旁邊坐下，把手伸到他面前。趙泛舟看了她一眼，把遙控器放在她攤開的手掌上。

她接過來，把電視的聲音調小，問：「你想到辦法說服我媽沒？」

「想到了。」趙泛舟板著個臉說。

「真的？什麼辦法？」

「我們明天去結婚，先斬後奏。」他隨口說，又追問了一句：「妳到底還有幾個前男友是我不知道的？」

「嗯，等等，我算算看。」周筱煞有其事地扳著手指數，「大概五六個吧。」

「五六個？」趙泛舟提高音量反問道。

「不行嗎？誰叫你要跑去美國。」周筱跩跩地說。

趙泛舟伸手架過她的脖子，勒住威脅道：「妳再說一遍，幾個？」

「好啦好啦，就兩個嘛，放開我啦，不能呼吸了。」周筱掙扎著掰開他的手，用力吸了幾口氣：「說真的啦，你到底有沒有想好怎麼應付我媽？」

「真的就兩個？哪兩個？」

「就蔡亞斯跟一個你不認識的，你到底要不要回答我的問題？」

「我過年和妳回家，到時要殺要剮隨便妳媽了。妳跟他交往了多久？」

「不超過三天，行了吧。不准再問了。我過年才不要帶你回家呢，我媽會殺的人是我不是你。」周筱掐他手臂。

「不要告訴她我們交往了就行了，我去妳家道歉，表明我想重新追求妳。妳只要扮出妳也沒想到我會突然出現的樣子就行了。」他揉著被她掐紅的地方說。

「這樣真的可以嗎？」周筱懷疑地看著他。

「試試看吧，反正妳只要扮作什麼都不知道的樣子就好了。我會逆來順受，吃苦當吃補的，總之我要精誠所至金石為開，感動妳媽媽。」

「你的方法好爛啊。」她忍不住抱怨了句，雖然她也沒別的辦法。

「不然妳有更好的辦法？妳跟他為什麼只交往了三天？」趙泛舟湊到她眼前。

周筱推開他的臉，從桌子上拿起遙控說：「怎麼？你嫌少？要不要我去找他多談幾天？」

「妳試試看。妳剛剛是不是把他拉入黑名單了？他有沒有妳電話？妳有沒有他電話？」他不死心地追問。

周筱置若罔聞，調大音量，轉來轉去地找好看的節目，趙泛舟一人在旁跳腳。

第二十一章

周筱沒想到，趙泛舟都還沒去見她的家長，她就先被他拖去見他的家長了。餐廳裡。

周筱有點擔心地偷瞄幾眼對面坐著的婦女——趙泛舟的大媽，腦袋裡開始回想為什麼她會淪落到這裡：她早上起床的時候趙泛舟說要帶她去看電影，她歡欣鼓舞地把自己打扮得妖嬈美麗，然後下樓等趙泛舟。然後一輛車從遠處悠悠地開來，門一打開，下來一個雍容華貴的婦女，熱情地握住她的雙手說：「周筱是吧？我是泛舟的媽媽，剛下飛機，聽說你們要去看電影，就自己跟來了，不會不歡迎吧？」這問題問得好啊！她還真的不是很歡迎的說。

「平時工作辛不辛苦啊？」

「啊？」周筱一時沒從自己的世界出來。

「我媽問妳平時工作辛不辛苦。」趙泛舟拿過她的碗，給她舀了碗湯。

「哦，還好，不會很辛苦。」她有點不好意思地笑。

「那就好。」

周筱接過趙泛舟遞過來的碗，小口小口地抿著湯，絞盡腦汁地想話題。

「阿姨，妳平時在家都做什麼事啊？」她好不容易想出個話題。

「寫寫毛筆字，打打氣功。」

「哦。」消遣真高雅。

好吧，又是一陣沉默。

周筱腳在桌子底下踹了趙泛舟一下，還不解氣，真想把這個小兔崽子丟到大海裡去餵鯊魚。

趙泛舟把腳縮回來，他也很無辜啊，他出門的時候大媽突然出現在他家門口，他和她家的距離太近，他連打個電話通風報信的機會都沒有。

「周筱啊，你們有沒有打算什麼時候結婚啊？」趙泛舟他媽突然又丟出一顆炸彈。

「啊？呵呵，這個……」

「媽，妳別嚇著她。」趙泛舟不贊同地說。

趙媽媽心裡「咯噔」了一下，有點欣喜，有點難受，這還是他第一次直接叫她「媽」。

「這還沒進門呢，你就開始護著了啊？」她玩笑似地說。

周筱一怔，也不知道她的話是取笑還是諷刺，心裡有點緊張就更加不敢吭聲了。

趙泛舟的手在桌子底下握住了周筱的手，說：「我們有打算的，等我在公司穩定下來了就結婚。」

趙媽媽可沒那麼好打發：「這有什麼好等的，結婚了你還是可以好好拚事業啊，先成家後立業你是沒聽過啊，而且我聽說你公司不是挺好的嘛？」

周筱有點拐不過彎來，她本來以為趙泛舟媽媽的出現跟電視裡演的那樣，先給她個下馬威，然後拚命打壓他們倆的愛情，然後他們亡命天涯做一對苦命鴛鴦。沒想到趙媽媽一出現就逼婚，她開始懷疑是不是趙泛舟搞的鬼了，這傢伙一肚子的壞水。

她掙開桌子底下被握住的手，然後用指甲掐住他的手背，拉起皮用力地轉了一圈。

趙泛舟作勢要拿勺子，她才鬆了手，他把手一放上桌面馬上又縮回桌子底下，她也太狠了吧？這麼深的指甲印被看到了還得了？

「周筱啊，妳爸媽對你們的事怎麼說？不如哪天約個時間讓雙方家長見個面吧？」趙媽完全不知道眼前這倆孩子底下的小動作。

「呃……阿姨，我家裡人還不知道呢。」周筱傻了一秒，居然就和盤托出了。

趙媽沒想到會得到這個答案，愣了一下才說：「怎麼還不知道？妳沒說嗎？」

「媽，主要是當年我就這樣走了，她爸媽知道了難免不高興，所以她才不敢回家說。」趙泛舟搶在周筱前面說。

「那也是，但是你們也不能這麼拖啊。」

「所以我過年準備和她回家，想辦法得到她家裡人的諒解。但是這樣的話我過年就不能陪妳了，如果妳不同意的話我再想別的辦法。」

「沒事，你去，只要到時給我帶個媳婦回來就好了。」他媽倒是爽快地答應了，還一臉興奮地說：「你去的時候記得要多帶點伴手禮，不然等下吃完飯我們也別看電影了，去給親家公和親家母挑禮物吧。」

周筱囧得要死，親家公和親家母都出來了？不過幸好趙媽媽沒她想像中的那種豪門嘴臉，不然她還真的不知道要怎麼應付。

吃過飯，在趙媽媽的大力鼓吹之下，他們三個人浩浩蕩蕩地到了百貨。周筱這才體會到什麼叫豪門的派頭，趙媽媽先是挑了一件外套說是要給親家母的，打了五折下來後面還跟了四個零。周筱硬是給攔下來了，這衣服帶回去她媽多半會買個框裱起來掛在客廳。趙媽媽也不灰心，轉身就又挑了一套帶玉墜子的項鍊，說是母子鏈，大的一條給媽媽，小的一條給女兒。這套更誇張，是那件衣服價格的三倍。周筱怎麼也攔不住，趙媽媽非得說這樣還給她省了錢，她就不用再花錢給周筱買見面禮了。

周筱扯了扯趙泛舟的衣袖，他給她一個我愛莫能助、妳自求多福的表情。

既然花錢的人不心疼，那她在旁邊著什麼急？於是她跟他一起，冷眼看趙媽媽敗家，而且不時感嘆一下，她的信用卡到底有沒有額度上限？

最後他們離開百貨公司的時候，周筱挽著趙媽媽走在前面，趙泛舟手上掛滿大大小小的袋子跟在後面。

「妳家裡人對泛舟很生氣嗎？」趙媽媽問周筱說。

「呃……還好吧。」周筱總不能說她媽恨不得扒他皮、抽他筋、拆他骨、喝他血吧？

「其實換作是我的女兒被這樣對待，我早就把那小子滅了。」趙媽媽拍拍周筱的手說。

嗯……果然，天下的媽媽都是一樣的，都愛滅人。

周筱突然覺得和趙媽媽的距離拉近了很多，一直緊繃著的神經也鬆了下來，笑著說：「阿姨，我會幫著他的，不會讓我媽滅了他。」

「那就好，妳媽要滅了他，我也還真不知道一時之間去哪找個兒子。」趙媽媽也跟著她笑起來，「不過啊，也該讓他吃吃苦頭，這孩子，雖然經歷的事比同齡人多了點，但是還是習慣了什麼事都按著他的想法去做，其實沒幾個人擰得過他的死脾氣。他小時候剛被帶到我家來的時候絕食了好幾天，後來搞到差點送醫院。還有他小時候養過一隻烏龜，烏龜冬眠的時候他非要吵醒牠，說要帶牠去散步。還有啊，初中的時候被我抓到他抽菸，叫他戒他說什麼也不肯，罵也罵過，打也打過，他說不戒就不戒。還好後來自己想開了，突然又戒了……」

嗯……果然，天下媽媽都是一樣的，都愛爆料。

但是，帶烏龜去散步？而且是帶在冬眠的烏龜去散步？這是什麼邏輯啊？

趙泛舟在後面，微笑著看前面的兩個女人有說有笑。

趙媽媽待了四五天就回去了，這期間這對未來的婆媳大有相逢恨晚的感嘆，相處得可真是水乳交融。

所以送趙媽媽上飛機前，兩人都是依依不捨，恨不得演十八相送。

臨登機，趙媽媽還拉著周筱的手說：「你們倆好好過，他要是敢欺負妳的話妳就告訴我，看我怎麼收拾他！」

「好，阿姨妳路上小心，我們過完年去看妳。」

「唉，要過完年才來啊？不然妳現在補個機票，跟阿姨一起去？」趙媽媽一臉的捨不得。

周筱轉頭看趙泛舟，眼神在詢問：可以嗎？

趙泛舟嘆了口氣，怎麼可能可以？他無奈地催他媽：「媽，妳可以進去了。」

「過年後要來看我啊。」

「好。阿姨妳要保重，注意身體健康。」

「我會的。妳也要注意身體，三餐多吃點，不要學有些女孩子減肥。」

「嗯。」

這兩個女人在演《藍色生死戀》啊？

周筱昨晚九點多回到家，喝了媽媽煲的湯，洗了個澡，陪爸爸看了會兒球賽，等到她回房睡覺的時候已經是十一點多了，也不知道趙泛舟找到住的地方沒有，他們車一停就發現爸爸在車站等她，所以趙泛舟躲在車上等她被爸爸接走，回來之後她也不敢給他電話或簡訊，唉，怎麼有種歷史重演的感覺。

房門一關，她就打電話給趙泛舟。

「你找到住的地方了沒？」她壓低聲音說。

「找到了。」

「在哪裡？」

「××飯店。」

「哦，那你早點休息吧，明天的事自己搞定，我什麼都不知道哈。」

「沒見過撇清得那麼快的。妳也早點睡吧。」

趙泛舟把手機鬧鐘設好後就躺在床上，他跟周筱說得很輕鬆，其實心裡相當忐忑，明天有場硬戰要打，還是早點睡吧。

周筱在廚房淘米，突然聽到「砰」的一聲，媽媽氣沖沖地提著菜衝了進來。

時間調回到早上八點，周筱媽媽正在菜市場和三姑六婆聊天。

「周太太啊，我昨晚看到妳女兒回來了。變得更漂亮了啊。」三姑說。

「唉，沒有啦，長得就那個樣。」媽媽笑得花枝亂顫。

「女兒有男朋友了沒啊？有的話就趕緊讓他們把婚結一結。」六婆見不得媽媽太得意，補了一槍，正中媽媽傷口。

「唉，她還小。我們捨不得。」媽媽死要面子地說。

「哪裡小了，我跟妳說啊，這女大不能留啊，不然以後可有得妳操心的。」疑似跟媽媽有仇的六婆接著說。

「妳們聊吧，我去買魚了。」媽媽黑著個臉走開。

時間再撥回現在。

媽媽一進門就雷厲風行地開始打電話：「喂，大姑啊，是我，對對對，那個妳上次說的那個誰家的兒子回來了沒？是，我女兒回來了，對啊，有時間就約出來吃個飯嘛，嗯，好，我會跟她說。」

掛下電話，媽媽對著周筱說：「晚上去相親。」

周筱求救地看向在餐桌旁看報紙的爸爸，爸爸把報紙拿高，擋住女兒的視線，好一個見死不救的爹！

「媽，我可不可以不要去？我昨天晚上才回來，好累，想休息一下嘛。」周筱只得對媽媽撒嬌。

媽媽瞟了她一眼：「是有多累，讓妳吃個飯而已，又不是讓妳下田。」

周筱無計可施，死趙泛舟，怎麼還不出現？

俗話說得好，說曹操，曹操到。門鈴叮咚叮咚地就響了，周筱心提到了嗓子眼，但還是若無其事地淘著米，只是手微微顫抖。

剛起床的弟弟揉著眼睛去開門，聲音遠遠地傳進廚房來。

「你找誰？」弟弟的聲音。

「你不記得我了嗎？」趙泛舟的聲音。

「你誰啊？」

「都長這麼高了啊你。」

周筱都快瘋了，都什麼時候了？他還在這邊給她上演好久不見你還記得我嗎的戲碼？

媽媽和爸爸疑惑地走出去，周筱跟在他們後面。

「叔叔阿姨好。」趙泛舟微笑著說。

爸爸和媽媽同時轉過頭來看周筱，周筱趕緊換上一個驚訝的臉孔，顫抖著指著他說：「你……你怎麼會在這裡？」

「你是姊姊的前男友？」弟弟突然意識到了，一個箭步擋在周筱的面前，一臉要打架的樣子。要不是情勢實在有點嚴峻，周筱真的很想感動一下的，她的弟弟都長成會保護姊姊的小小男子漢了。

「出去。我們家不歡迎你。」媽媽沉下臉說。

趙泛舟還是掛著笑容說：「阿姨，我知道以前的事是我不對，我真的知道錯了，我是誠心誠意來道歉的，希望妳和叔叔能原諒我。」

「出去。」媽媽指著門說，手因為生氣而有點發抖。

「阿姨……」趙泛舟還想說什麼，弟弟突然推了他一把大叫：「我媽叫你出去！」他一個踉蹌，差點撞在門上。

八個字——劍拔弩張，一觸即發。

「你先出去。」爸爸冷靜地說，「現在大家情緒都不穩定。」

趙泛舟點點頭，說：「阿姨叔叔對不起，讓你們生氣了，我在門外等著吧。」說完他走了出去，帶上了門。

客廳。

爸爸拿著清涼油給媽媽搽胸口，媽媽因為剛剛太生氣而胸口痛。周筱不敢吭聲，有點被嚇到了，滿臉淚水，都是她不好，是她害媽媽生氣。

「都什麼年紀了，還學人家發什麼火。」爸爸忍不住說了媽媽幾句。

「我能不生氣嗎？他還有臉來我們家。想當年我是怎麼對他的，他又是怎麼對我女兒的？」媽媽又氣了起來，抬頭正要說周筱，看她滿臉淚水，語氣緩了下來：「又不是罵妳，妳哭什麼？眼淚擦一擦，難看死了。」

周筱抹去淚水：「媽，對不起。」

「對不起什麼，又不是妳的錯。」媽媽沒好氣地說，拉了她坐下來，轉過去跟爸爸說：「去把她剛剛洗的米拿去煮。」

「那，妳跟媽老實說，妳跟他有沒有牽扯。」媽媽拉著她的手說。周筱不敢吭聲，心虛地搖了搖頭。

「真的沒有？」

周筱不敢看媽媽的眼睛，盯著自己的腳趾頭不出聲。

「天啊，這是造了什麼孽啊，難怪相親怎麼都相不成。」知女莫若母，看她的樣子媽媽一下子就猜到了：「妳是想氣死我是不是？」

「媽，妳別生氣，我跟他分手。」周筱看媽媽好像喘不過氣來的樣子，急了：「我真的跟他分手，馬上分。」

「好，那妳現在去叫他進來。」

趙泛舟站在門口，盯著他們家門兩邊的春聯發呆，時間緩慢得他能夠數清楚每一次心跳，每一次眨眼。

周筱拖著沉重地腳步去開門，對著外面的趙泛舟說：「我媽叫你進來。」

趙泛舟看了她一眼，看她眼神閃躲，心就沉了下來。

爸爸和媽媽坐在客廳的長沙發上，媽媽對著進來的兩個人說：「坐吧。」

周筱繞過茶几坐在遠一點的小沙發上，趙泛舟在靠近門口的沙發坐下。隔著茶几趙泛舟想看清楚周筱的表情，但她老低著頭。

「叔叔阿姨，今天我來是特地來跟你們鄭重地道歉，希望獲得你們原諒，再給我一次追求周筱的機會。」趙泛舟從周筱那裡得不到回應，心裡更是沒底了。

「哼，你也別說那麼好聽。你們的事我已經知道了，不用再演給我們看了。」媽媽擺出個資深老佛爺的態度。

「既然今天你都來到我家門口了，來者是客，我剛剛的態度是我的不對。」媽媽撲朔迷離的態度嚇得趙泛舟連連說：「不會，不會，都是我太唐突。」

媽媽喝了口水說：「這樣說吧，我自己養的女兒自己知道，她什麼毛病沒有，就是識人不清，但她年輕，識人不清也是正常的，錯就錯在我們這兩個老的也跟著瞎起鬨，所以當年把女兒交到你手上是我的失誤，我也就認了，現在說什麼都不可能一錯再錯。」

「阿姨，您別這麼說，一切都是我不對，我知道錯了，以後會好好對周筱的，再給我一次機會吧。」趙泛舟很誠懇地說。

一直沒怎麼說話的爸爸突然說：「這也沒有什麼機會不機會的說法，當年我們是相信你會對她好，我們才放心把她交給你，事實證明你並沒有疼她，既然你不疼就算了，誰家的孩子誰家疼，你不疼我們疼。」

爸爸媽媽的一番話說得周筱眼眶一熱，又想哭了。

「叔叔……我以後會好好對她的。」趙泛舟四面受敵，垂死掙扎：「以前我太小，不知道怎麼對她好，什麼事情都從自己的角度出發，但現在我不會了，我知道怎麼樣對她才是好的。你們不原諒我沒關係，但請給我一個證明的機會。」

「周筱，妳表個態吧。」媽媽突然對一直沉默不語的周筱說。

周筱抬起頭來，看了媽媽一眼，才轉過去跟趙泛舟低聲說：「我們就分手吧。」

沒想到被倒打一耙的趙泛舟愣住了，腦袋一片空白，愣愣地看著周筱說不出話來。

電話響了半天，趙泛舟才回過神來，他什麼時候回到飯店的？

「媽。」

「泛舟啊，今天和周筱的爸媽談得怎麼樣了？」

「他們很生氣。」

「這樣啊？那怎麼辦？」大媽的聲音很是焦慮。

趙泛舟突然靈機一動，是時候打媽媽牌了，雖然有點無恥，但只要有效就好。

「媽，妳能不能抽空來一下。」

周媽媽對於女兒的表現很滿意，煲了一大鍋周筱最愛喝的涼瓜排骨湯準備好好犒賞她。

周筱在房間發呆，腦子裡都是趙泛舟走出門時的樣子，那麼震驚，連她在慌亂中偷偷扯了一下他的衣袖他都沒發現。他會不會真的就以為她要跟他分手了？她想打電話給他，想起剛剛當著媽媽的面把他的號碼從手機裡刪除了。

「出來喝湯，我煲了妳最愛喝的涼瓜排骨。」周媽媽推開房間的門，看到女兒拿著手機發呆，氣不打一處來，「妳最好別想通過朋友問回他的電話，不然看我怎麼收拾妳。」

周筱看了她一眼：「知道了。」對哦，她怎麼沒想到問謝逸星呢。

她心不在焉地喝著湯，腦子裡在轉著要怎麼跟趙泛舟解釋她的臨陣脫逃。

看在周媽媽的眼裡就完全不是這麼一回事了，她女兒從小就是開朗活潑的孩子，現在失魂落魄，眼睛還水汪汪的，感覺跟她說話大聲一點就會把她嚇哭。周媽媽看了周筱碗裡的湯，她都喝了半個小時了，還沒喝完？

「湯都涼了，妳在想什麼？」周媽媽提醒道。

「啊？哦。」周筱端起碗，咕嚕咕嚕把湯喝下，回去房間。

周筱回到房裡輕輕掩上了房門，給謝逸星打電話，發現謝逸星居然關機了？打給袁阮阮沒人接。這回她是真的聯繫不上趙泛舟了，她想去他下榻的飯店看一下，但是不知道要編什麼藉口出門，而且如果她去了，他已經走了呢？想到這她就想哭，他會不會再一次不告而別啊？應該不會，他答應過她的，但是她說要跟他分手了，他會不會就覺得不用告訴她了？還是……她嚴重懷疑自己再這麼想下去會瘋掉。

周爸爸被周媽媽硬逼著過來跟女兒談心，他推門進來就看到女兒一副泫然欲泣的樣子，嚇了一跳，轉身想出去，被門口的周媽媽狠狠地瞪了一眼，只得硬著頭皮踏入女兒的房間。

「筱啊，來，跟爸爸聊聊。」周爸爸拍拍女兒的腦袋說。

「爸，我沒事，不想聊。」周筱有氣無力地說，她發現她現在除了裝可憐外沒別的路可以走了。

「不想聊啊，好吧。」周爸爸如釋重負地走出去，周媽媽氣得差點沒弒夫。

「你就不能好好跟她聊聊。」周媽媽擰著周爸爸的胳膊說。

「妳都聽到了啊，她不想談，妳逼她也沒用啊，再說了，妳想談怎麼不自己去找她談？」周爸爸說。

「我都當壞人棒打鴛鴦了，還怎麼好意思去說什麼。」周媽媽沒好氣地說。

「其實我想想好像也沒有必要逼他們分手，妳自己不是常說浪子回頭金不換。」周爸爸說。

「你得了，少給我在這麼放馬後炮。」周媽媽瞪了周爸爸一眼，「他當年搞得女兒這麼難過，我給他點苦頭吃吃怎麼了，再說，他要是真有心跟我女兒在一起，這點陣仗就嚇跑了？」

趙媽媽十萬火急地趕到機場，臨上飛機前還拍著胸脯給兒子打了個電話：「兒子，別擔心，媽來幫你追媳婦。」

兩個小時後，趙泛舟和趙媽媽離開機場，上了計程車，直奔周筱家。

他們到周筱家樓下的時候已是晚上八、九點了。

叮咚叮咚的門鈴，周媽媽開門，門外站著兔崽子趙泛舟和一個雍容華貴的婦人。周媽媽皺起眉頭問：「你還來幹什麼？」

「阿姨好，這是我媽媽。」趙泛舟禮貌地說。

「妳好。」趙媽媽微笑著說。

「呃，妳好。」周媽媽反射地開始客套，「請進。」

「請坐。」周媽媽對趙泛舟和他媽媽說，轉頭裡面叫：「孩子爸，周筱，出來。」

周筱走出來的時候嚇了一跳，趙媽媽也來了？

趙媽媽看到周筱出來了，站起來牽住她的手。周筱乖巧地叫了句：「阿姨好。」

「好，才幾天不見啊，阿姨可想妳了。」趙媽媽握著她的手坐下。

周媽媽鬱悶了，她的女兒就這樣被挾持坐到那邊去了？她咳了一聲：「周筱，過來這邊坐。」周筱乖乖挪到媽媽身邊坐下。

「不好意思，我見到周筱太高興了。」趙媽媽笑著說。

正所謂伸手不打笑臉人，周媽媽也只好笑著說：「沒關係，有長輩這麼喜歡她，我們也很高興。」

「是這樣的，之前泛舟不懂事，做了一些對不起周筱的事，他當然有不對，你們不想原諒他我也明白。他當時還小，而且這整件事很大部分是我的問題，我當時，嗯……精神方面不是很穩定，他怕我嚇到周筱。」

周媽媽和周爸爸對看一眼，不說話。

「放心，我現在已經完全治癒了。為人父母的無非都是想自己的孩子過得好，你們是，我也是，如果孩子們在一起過得幸福快樂，做父母何不樂見其成呢？」

「妳這麼說當然不無道理，但是我們放心不下。」周媽媽有點僵硬地說。

「這也是，換成是我女兒我也放心不下。」趙媽媽笑著說，「不過，站在一個母親的角度，我還是希望你們多給他一次機會。妳不會忍心拒絕一個母親的要求吧？」趙媽媽深深地望進周媽媽的眼睛。

周筱和趙泛舟對視一眼，有點尷尬，怎麼會這樣？沒想到趙媽媽是走連續劇路線的人。更沒想到的是，周媽媽居然吃這一套，她也深深回望趙媽媽的眼睛，感動地說：「妳的誠意我感覺到了，我決定再給他一次機會。」

天哪，灑狗血的連續劇，你們都把我國婦女教成什麼樣了！

在座其他三人冷汗直流，於是兩人在父母的見證下，正式進入了試用期。

第二天趙媽媽就飛回去了，趙泛舟住進了周筱的家，於是在周筱家，常常可以聽到以下的對話：

「小舟，幫阿姨把菜洗了。」

「好。」

「小舟，幫阿姨把魚殺了。」

「好。」

「小舟，跟阿姨一起去買菜。」
「好。」
「小舟，明天你起來做早飯，我很累。」
「好，阿姨妳好好休息。」
「小舟，地是不是髒了。」
「我來拖。」
他們家多了個免費的帥哥傭人，任勞任怨，鞠躬盡瘁死而後已。
某天，周媽媽帶著趙泛舟從菜市場回來，心情大好，剛剛在菜市場，三姑六婆們那些嫉妒的眼神充分滿足了周媽媽的虛榮心。
「周太太，這就妳家周筱的男朋友啊，前幾天不是說她還小嘛，原來是藏了這麼個一表人才的準女婿啊。」三姑說。
「長得人模人樣是真的啦，就怕徒有外表。」六婆羨慕嫉妒，「做什麼工作的啊？妳就不怕妳女兒將來要養他？」
這群人仗著趙泛舟聽不懂潮汕話，就當著他的面討論起來了。
周媽媽才想起，這陣子忙著奴役他，忘了問他做什麼的了，於是乾脆就當場問：「小舟，你做什麼的？一個月大概多少薪水啊？」
「我和朋友一起開了家公司，薪水不固定，看每個月公司的營利。」

六婆揚起得意的笑，好像在說，看吧，小白臉連固定的工資都沒有。周媽媽面子拉不下來，追問趙泛舟：「那你到底一個月有多少錢，該不會養不起我女兒吧？」

趙泛舟愣了一下，一個月有多少錢還真不好算，看看旁邊一堆虎視眈眈的三姑六婆，他大概明白了，笑著說：「平均的話一個月差不多有二、三十萬。」

「喂，我媽為什麼心情那麼好？」在飯桌旁等吃飯的周筱問忙來忙去的趙泛舟。

「我討她喜歡吧。」趙泛舟在周筱身邊停下，看向周媽媽，周媽媽正背對著他們做菜，周爸爸在外面的客廳看報紙，他迅速地俯下身子，在周筱唇上啄了一口，轉身說，「我去幫阿姨做菜。」

周筱撝著嘴，瞪著他的背，恨不得把他的背燒出兩個窟窿來。

第二十二章

趙泛舟在春假期間以他吃苦耐勞的精神感天動地順便感動了周筱她媽，順利抱得美人歸。美人最近在鬧彆扭，據說是他們部門原來對她很好的經理退休了，換了個處處找她麻煩的新經理。

周筱中午休息的時候打了個電話給趙泛舟，想抱怨一下新來的經理有多神經病，但是趙泛舟在開會，沒空理她。下班他也說沒空來接她，當然晚上就更沒空和她一起吃飯了。他最近忙得要死，什麼時候找他都是沒空沒空。

好啊他！追到手了就沒空了是不？她倒要看看他什麼時候有空。

正在十七樓開會的趙泛舟突然覺得背脊一陣涼，有種不祥的預兆。

趙泛舟回到家的時候已經是半夜一點多，開了門開了燈，被坐在沙發上的周筱嚇了一跳。

「這麼晚了妳怎麼在這裡？怎麼不開燈？」他邊換鞋邊問。

周筱看了他一眼，幽幽地飄向門口，「我回去了。」

他反手抓住她的手腕，扯回來安在懷裡，低頭問：「怎麼了？是工作的事嗎？不開心就不要做了。」

「我沒事。你讓我回去。」她手貼在他腰上，用手指若有似無地畫著圈圈。他拉下她的手，不贊同地看著她：「到底怎麼了？」

「沒啊，就是想你了。」她突然嫵媚地一笑，咬上他的唇。

送上門的美食豈有不吃的道理，趙泛舟笑著摟住她，用力吸住她的唇。

周筱在趙泛舟閉上眼睛的那一刻用力推開他，「你應該很累了，去洗澡吧。」

還陶醉在熱吻中的趙泛舟不理她，湊上去要接著吻，她像條泥鰍似地扭來扭去，推著他：「你去洗澡啦。聽不懂哦。」

趙泛舟停下來，疑惑地看著她問：「妳是說真的？」

「不要算了。」周筱作勢要走，趙泛舟又拉住她，「我馬上去洗。」

「去吧。」周筱露出一個嬌羞的笑。

趙泛舟進了浴室，有點興奮，就先在洗臉檯洗了把臉，冷靜了一點之後突然覺得不對啊，這不是周筱的作風，轉身出去，發現周筱側躺在床上單手支著腦袋對他笑，純潔可愛。

好吧，他承認他太多疑了，他又回去浴室洗澡，帶著不可置信的微笑，洗了個戰鬥澡。出來的時候，人去樓空。留下一張便條紙貼在床頭，「親愛的，我突然想到我有事，就是那個變態經理啊……算了，你也沒空知道我的事。我先回去了，下次繼續，愛你哦。」

他拿著紙條站在床頭，哭笑不得。

第二天晚上，趙泛舟回到家，門下透出光線來，證明裡面有人，他深吸了一口氣，推門進去，沒人？廚房裡飄出陣陣菜香，搞得他食指大動。他偷偷地走進廚房，周筱在熬什麼東西，他敲了敲門，周筱回過頭一笑，「回來了啊？先去洗個澡，出來就可以吃飯了。」

他靠過去，從背後圈住她的腰，頭埋在她的頭髮裡，吸了一口氣，嗯……有洗髮精的香味，還有……油煙味。

她拿肘子撞了一下他的肚子，「去洗澡，快點，我湯快熬好了。」

他賴著不肯走，用力圈緊她的腰，「妳親我一下我就去洗。」

周筱翻了個白眼，轉頭敷衍地碰了一下他的嘴唇，「好了，去洗吧。」

趙泛舟也不在意，咬了一口她的脖子，放開她。走出廚房門的時候突然想到什麼又回過頭來加了一句：「妳要是再玩昨天的把戲，看我怎麼收拾妳。」

「去洗澡啦，那麼囉嗦，誰跟你玩把戲，我昨天那是在抗議。」她把火調小，頭也不回地說。

又一次，他洗完澡出來的時候已經人走茶涼。只有一張大大的便條紙留在飯桌上，「看你很累，就不打擾你了，我想你也沒空吃飯，煮好的菜我帶回去餵阮阮，冰箱裡還有菜，不過是還沒煮的，你要有空了就自己煮吧。此致敬禮。」

趙泛舟站在滿是飯菜香的廚房裡，餓腸轆轆。

「學姊，妳人好好哦，還煮了那麼多東西給我吃。」袁阮阮邊吃邊感恩。

「多吃點，對了，這幾天趙泛舟要是來找我就都說我不在。」周筱看著手機，趙泛舟的簡訊，很短——看我怎麼收拾妳！

「為什麼?你們吵架了?」袁阮阮咬著筷子問。

「沒，我就教他一點做人的道理。」周筱說，心裡其實有點發毛，還是先想個辦法躲他幾天吧。

「那要是他問我妳去哪裡了呢?」

「就說我出國了。」周筱沉思了一會之後說。

「妳怎麼出國啊，妳不是連護照都沒有嗎?」袁阮阮看著她問。

「誰說真的出國啊，我就是去旅遊，避避風頭。」周筱推推袁阮阮的腦袋，這孩子也太傻了吧。

「妳到底做了什麼事需要避風頭啊?」袁阮阮不懂，是有多嚴重的事啊。

「好像也沒什麼事，其實就是我進了公司之後還沒休過假呢，乾脆休一休出去旅遊，我說去旅遊的話他一定要我等他一起去，他那麼忙，等到他有空我都白髮蒼蒼了。」周筱突然覺得自己實在是太天才了，想出這麼好的辦法，又可以出去玩，又可以順便再整整趙泛舟。

「這樣好嗎?不會出事吧?」袁阮阮還是不放心。

「白癡，能出什麼事啊，我逗他玩呢。」周筱擺擺手，「反正我就去幾天，讓他急一急也好，誰叫他老丟下我走呢，這次換我丟他。」

「那妳去哪裡啊?什麼時候去?」

「去哪裡還不知道呢，我也是臨時起意，什麼時候假批下來了我就什麼時候去。」周筱想了想說。

第二天，周筱一上班就遞了休假申請書，沒想到下午就批了下來，一下子就批了十天，真是有效率有良心的資本家，於是她在下班前都在搜索旅行資料，最後定了去蘇州，去看看傳說中的蘇州園林。下班的時候周筱就去機場訂機票，回家收拾東西，一切都搞定的時候才晚上十點多。她突然覺得這一切也太順利了吧？

於是第二天周筱就踏上了旅途，臨上飛機前給袁阮阮打了個電話。

「阮阮啊，我去旅行了，現在就要上飛機了。」

「什麼？啊——」阮阮在電話裡尖叫，「妳太過分了，昨晚也不告訴我，我就說妳房間乒乒乓乓不知道在幹什麼。」

「不說了，我得去辦理登機了。」

「那妳去哪裡啊？什麼時候回來？」袁阮阮忙問。

「不告訴妳，妳嘴巴那麼鬆，隨便就給趙泛舟那奸詐小人套出來了。」周筱掛了電話，給趙泛舟發了條簡訊，關機，快快樂樂旅遊去。

趙泛舟在開會，手機在口袋了震了兩下，突然想起周筱當年說的「震動的聲音像放屁」，忍不住就嘴角上揚。滿會議室的人一頭霧水，這總經理前一秒還在教訓人下一秒就笑得如沐春風，是哪條神經搭錯了，還是又有人要遭殃了？

出了會議室，趙泛舟打開周筱的簡訊——親愛的，等你有空收拾我的時候就找不到我了哦。

他笑著回覆：妳試試看躲到天涯海角去。

等了一會兒她沒回，多半鬧脾氣了，最近他忙得天昏地暗，總是沒時間陪她。她前兩天在他那裡瞎折騰，其實他一點都沒生氣，每天回家可以看到她，他一整天工作下來累積的疲勞和煩躁在看到她笑盈盈的臉時都消失殆盡。

想到這裡，他再給她發了條簡訊——搬來和我一起住好嗎？

他等了很久都沒有回信，打電話過去是關機的。他有點著急，想了一下，她可能需要點時間考慮，也就由得她去了，反正她跑不掉。

趙泛舟發現這兩天打電話給周筱都是關機，心裡隱隱約約感到不安，卻又不敢去深思，下班後就直接開車到她公司樓下等她，等到公司大樓的燈都滅了，也沒有見到她的影子。

他匆匆趕到她家，開門的是袁阮阮，她一看到他就笑，笑得尷尬和心虛。

「阮阮，周筱呢？」趙泛舟邊往周筱的房間衝邊問。

「她不在。」袁阮阮跟在他後面說。

「去哪了？」他發現房間沒人，突然轉過身來問袁阮阮。

「不知道。」袁阮阮緊急剎住腳步。

「不知道？」趙泛舟反問一句，臉已經沉了下來。

袁阮阮搖頭，趙泛舟一個眼神射過去，她就自動舉起手說：「我真的不知道啦，她叫我跟你說她出國了，她說不能告訴我她去哪裡了，什麼時候回來，不然會給你問出來。」

趙泛舟在周筱的房間裡搜索蛛絲馬跡，她帶的衣服不多，但都是她喜歡的，其他的東西沒怎麼動過，也就是說她還會回來？還是說她什麼都不想帶，準備一切重新開始？

趙泛舟像個陀螺一樣在她房間轉來轉去，愈轉就愈心慌。最後他癱倒在她的床上，被子上濃濃的都是她的味道，但是，她到底去了哪裡？

凌晨四點多，袁阮阮起床上廁所，發現周筱的房間還亮著燈，她輕輕轉開門，趙泛舟背對著門站在窗口，聽到門聲迅速轉過頭來，眼睛裡一閃而過的狂喜，然後是濃濃的失望。

「學長，早點回去吧，學姊會回來的，她只是去旅遊。」袁阮阮勸了一句，把門關上，睡覺去。

第二天一早，袁阮阮起床上班的時候，發現趙泛舟坐在客廳，嚇了一跳，心想：要死了，學姊再不回來會不會出人命啊？

「學長，你一晚沒睡嗎？」袁阮阮看了看手錶，離上班時間還有一個小時，抽二十分鐘來關心一下失魂落魄的男人好了。

「睡了一會。」他淡淡地說。

「學姊說要讓你急一下，她說逗你玩而已，所以沒什麼事的，你真的不用擔心。」她說。

趙泛舟抬眼，「她連妳都不聯繫了，不是嗎？」

袁阮阮被他布滿血絲的眼嚇了一跳，這人一夜間就成了吸血鬼了？

「是沒聯繫啦，但是應該沒事吧？」袁阮阮其實也說不定。

「沒事，妳去上班吧，等下我會幫妳鎖門的，我也快去上班了。」他說。

「哦。」袁阮阮不敢再說什麼，起身去上班。

趙泛舟自己一個人在客廳坐了十多分鐘才緩緩起身去上班。

上有天堂，下有蘇杭。

周筱在這個天堂般的地方過得簡直樂不思蜀，她來的時間不是旅遊高峰期，所以遊客不是特別多，她每天從旅館出發，在蘇州老城裡晃來蕩去，拿著個相機就到處亂拍。拍累了就坐公車去參觀園林。她總算是見到了小學課本上的蘇州園林，那個激動啊，拿著相機就不知道該對著哪個地方按。青瓦白牆，環樹繞水，長長的迴廊，在一個個不經意的地方回轉，總讓人覺得下一秒就會有一個挽著髻的千金大小姐帶著活潑的小丫鬟從某個拐彎的地方繞出來。園林裡的橋也是奇特的存在，常常走著走著出其不意地就遇到了一座橋，或者是小木橋，或者是石板橋，或者是小竹橋，有時是橫的橋梁，有時是半圓的拱橋。看到每座橋周筱都忍不住想當一下白娘子演一下斷橋會，可惜許仙被她丟在公司加班。

這個季節是春天，園林裡開滿了不知名的許多花兒，什麼顏色都有，藍的、紫的、紅的、粉的……五顏六色的花沒有讓園林豔麗起來，反而好像水墨畫上的朱砂紅，把園林點綴得更加清淡風雅。

周筱常常在園林裡一待就是一天，有時研究一下園林裡各個地方的名稱，每個地方的名字都很有詩意，古人的確是才華橫溢，像是什麼「遠香堂、留聽閣、曲溪樓、待雲庵、真趣亭、冠雲台、揖峰軒……」很普通的三個字一組合就有了一種不可多得的韻味。

但更多的時候她只是待在園裡看看書，拍拍照，聽聽音樂，發發呆，生活要多愜意有多愜意。蘇州大大小小的園林有無數個，她每天待一個，等到她待到第八個的時候才意識到她的假期只剩兩天了，只得忍痛割愛，向最後的目的地——周莊出發。

周莊不愧為中國的水鄉，到處都是潺潺的流水，連空氣都是溼的，早上起來，到處蒙著一層濛濛的霧，路上的石磚也是半溼不乾的，靠水的石磚上面還會有一層層青苔，人走在上面彷彿就感受到了歷史的厚重、歲月的累積。每個地方都是一幅水墨山水畫，每個角落都可以製成一張精美的明信片。

趙泛舟快瘋了，可能知道她行蹤的人他都問過了，她可能會去的地方他也都找過了，就差沒去調查出入境紀錄而已。他每天瘋狂地撥打周筱的手機，都只能聽到一句冷冰冰的「對不起，你所撥打的電話已關機。」他都不知道給她發了多少簡訊了，每次只要一有時間他就發簡訊，所以最近他們公司的人都看到總經理神經兮兮地拿著個手機不停地按，上班按、休息按、連開會都在按。

趙泛舟現在下班都不回自己的家，得到袁阮阮的同意後他一有時間就守在周筱的房間裡。他不知道她為什麼要走，不知道她去了哪裡，不知道她什麼時候會回來，不知道她會不會回來……他這才知道，愛情裡最讓人無力的無奈就是等待，無邊無際的等待就像是慢性毒藥，一點一滴融入你的血液，一寸一寸侵蝕你的骨髓……

這時的趙泛舟才切身體會到當時他給予周筱的是怎樣刻骨銘心的痛，有些痛只有親身經歷，才明白「切身之痛」這四個字。

周筱下了飛機，拉著行李上了計程車。唉，回來了，趙泛舟應該是氣炸了，她把皮繃緊一點吧。說起趙泛舟她才想起她已經十天沒開過手機了，把手機從包包的最深處掏出來，開機。層出不窮的簡訊差點沒把她的手機轟炸了。她一條一條地翻開。

第一條，趙泛舟：搬來和我一起住好嗎？

第二條，趙泛舟：幹嘛關機？開機了給我個電話？

第三條，趙泛舟：看到了簡訊給我個消息。

第四條，趙泛舟：我知道了，不搬就不搬，鬧什麼脾氣？

第五條，趙泛舟：給我電話，我很擔心。

第六條，趙泛舟：筱，妳找死是不是，再不回我簡訊妳就死定了。

第七條，趙泛舟：妳去了哪裡？我找不到妳。

第八條，趙泛舟：妳什麼時候回來？

第九條，趙泛舟：我知道錯了，妳不要不理我。

第十條，趙泛舟：回來好不好？

第十一條，趙泛舟：等了妳五天，我覺得好像過了五年，那我讓妳前前後後等了三年呢？

我突然覺得我不配愛妳了。

第十二條，趙泛舟：妳真的覺得我不配愛妳了嗎？為什麼不給我消息？

第十三條，趙泛舟：不管妳怎麼想，我都等妳。

第十四條，趙泛舟：我在妳的房間牽了網路線，妳回來不要罵我。

第十五條，趙泛舟：現在是晚上三點，我白天的文件沒看完，最近老是出神。

第十六條，趙泛舟：我昨天差點出車禍了，眼花。

第十七條，趙泛舟：妳的被子上都是妳的味道，我睡不著。

第十八條，袁阮阮：學姊，妳再不回來就出人命了啦，我不要每天看到一個屍體一樣的人待在家裡，妳快點回來啦！

第十九條，趙泛舟：今天我在餐廳遇到了蔡亞斯，他問我妳好不好。

第二十條，趙泛舟：我最近覺得飯都很難吃，想喝妳熬的湯。

第二十一條，趙泛舟：我最近老想抽菸，果然菸不好戒。

第二十二條，趙泛舟：真的不回來？不回來我就在妳這裡住下了。

第二十三條，趙泛舟：妳回來我每天陪妳吃飯。

第二十四條，趙泛舟：我想妳了。

周筱看著看著眼眶就溼了，她本來只是想開個無傷大雅的玩笑，沒想到會讓他這麼不安，她說了原諒他就是真的原諒他了，即使心有不甘她也只想跟他好好地過。她讓司機掉頭開到趙泛舟公司樓下，站在公司門口給他打電話。

「喂？」他的聲音小心翼翼的，「周筱，是妳嗎？」

「嗯。」她聲音有點沙啞，「對不起。」

「妳現在在哪裡？」他著急地問。

「你們公司樓下。」

「等我，不要動。」

周筱從電話裡可以聽到急促的腳步聲和奇奇怪怪的沙沙聲。

「妳不要掛。」趙泛舟邊跑還邊對著手機說，「我馬上下來。」

「你慢慢來，我等你。」周筱安撫他。

趙泛舟氣喘吁吁地在她面前停下，身上雖然西裝革履，但是扣子和領帶都扯開了，頭髮也因為奔跑而顯得有點亂。周筱對著他笑，「你看起來好傻啊，一點都不像成功人士。」

他沒有回話，兩隻眼睛直勾勾地盯著她，她被看得心虛，自己伸過手去拉他的手，「生氣了？對不起嘛，我逗你玩的。」

他抓住她伸過來的手用力一扯，她整個人被壓入他的懷中。她不敢動，安靜地聽著他的心跳和呼吸。

「妳去了哪裡？」過了好久她才聽到他的聲音悶悶地從頭頂傳來。

「蘇州。」她說，想抬起頭來看他，他用力把她的頭壓回去。

「我只是去旅遊。」她聲音因為臉被他壓在胸口而變得扁扁的，「你別生氣。」

「好。」他只是這麼說。

「那我們現在算不算扯平了？」周筱還努力想搞笑。

「不算。」他放開她，拉著她往停車場走去。

「喂，你拉著我去哪裡？」她一邊叫著一邊被他塞進車裡，「不要殺我，我下次不敢了。」

他不理她的大呼小叫，開車直接把她送到家樓下，拎著她就上了樓。她兩腳騰空地鬼叫鬼叫：「不要送佛送到西，送到樓梯口就可以了，我們家沒人，不可以讓男人進門。」周筱巴在門口不肯開門。趙泛舟瞥了她一眼，從口袋裡拿出鑰匙開門。

「你怎麼會有我家的鑰匙？」她問。

「袁阮阮給我的。」他逕自走進她的房間。

「好啊，趁我不在你跟阮阮好上了是吧？」她跟在後面。

「少廢話，收東西。」他瞪她一眼。

「收什麼東西？」

「妳今天就搬到我那邊去。」

「不要。」她尖叫，「我才不要。」

「給妳兩個選擇，要不今天搬，要不今天洞房。」他一臉嚴肅地說完，周筱愣了一下就噴笑了，「你變幽默了耶。」

「妳可以試試看我是不是在開玩笑。」他打開衣櫃門隨手拿了幾件衣服丟到床上說，「快點收。」

周筱發現他是說真的，看看他再看看床，從床底下抽出一個大箱子，往裡面丟衣服，「我要睡那間大的客房。」

「隨便妳。」他已經動手在拆她的電腦了。

於是周筱同學就這樣被拐去同居了。

第二十三章

（一）關於洗碗看電視

「趙泛舟，你說你會洗碗的。」周筱指著洗碗槽裡堆著的碗碟大叫。

「知道了。」還在看球賽的某人隨口應她。

「趙泛舟，現在就過來洗。」她忍無可忍，這傢伙每天都這樣敷衍她。

「我先把球賽看完。」某人完全沒有感應到她的怒氣。

「好，你慢慢看。」周筱咬牙切齒道。

一個小時過去了，房子安靜得不可思議，趙泛舟到廚房一看，到處都收拾得乾乾淨淨。他這才意識到事情大條了。他嘆了口氣，敲敲她緊閉的房門：「周筱，我進去了哦？」沒有得到回應，於是他推了門進去。

周筱坐在電腦前，瞄都不瞄他一眼。

「妳在生什麼氣？」趙泛舟站在她背後問。

「你嫌我煩了對不對？」她對著電腦面無表情。

「哪有啊？」他哭笑不得地靠過去摟住她的脖子，她什麼時候變得這麼感性了，「妳胡思亂想什麼？」

周筱拉下他的手，「算了，我現在不想跟你說話，你出去。」

「好好好，不就是洗碗嗎？我都洗，我洗一整個月，行了吧？」他的手不死心地圈上她的脖子，討好地說。

「你覺得只是洗碗的問題嗎？」她淡淡地說。

「好，我知道了，以後地也是我拖，行了吧？」趙泛舟很無奈地說。

周筱眼珠子一轉，頭一偏，在他臉頰親了一口，「這還差不多，好了，你可以出去看電視了，別吵著我上網。看完電視記得拖地。」她揮揮手，跟趕蒼蠅似的。

趙泛舟笑著收緊圈住她脖子的手臂，「用苦肉計是吧？」

「咳，咳……我不能呼吸了啦。」周筱扯著他的手臂。

他鬆開她的脖子，但是卻把她從椅子上拖起來，扛在肩上，走向客廳。

「放我下來啦。」周筱的胃被硌在他的肩膀上，一顛一顛的，都快吐出來了。

趙泛舟把她往沙發上一丟，「妳給我坐好。」

「幹嘛啊？」周筱真的就乖乖坐好，看他想搞什麼鬼。

他躺下，把頭枕在她大腿上，順手把遙控器遞給她，「枕頭，轉臺。」

「喂，不要太過分哦。」她拿遙控器敲他的腦袋，「誰是枕頭啊？」

「妳啊，快轉臺。」他催。

周筱翻了個白眼，按遙控器。

「上一臺。」趙泛舟抬高頭，用腦袋敲了她大腿一下。

周筱按住他的腦袋，手接著轉臺，「管你要看哪個，我不要看籃球。」她按啊按啊，總算停下來，偶像劇《××××》。

「什麼鬼東西，我不要看，那名字就夠噁心了。」趙泛舟要搶遙控器，周筱不給。

「你很煩，不要看就去拖地。」她自顧自津津有味地看了起來，話說，這女主角嘴唇也太黑了吧？

趙泛舟不動，誰要去拖地啊！什麼鬼東西，那男的臉也太白了吧？

「喂，他們的對話很無聊。」趙泛舟抗議道，「那女的也太笨了吧，這麼笨怎麼可能養得大？」

「你閉嘴。」周筱摀住他的嘴不讓他說話。

趙泛舟安靜了五秒，突然周筱尖叫起來，甩著剛剛摀著他嘴的手，叫：「你好噁心啊！我手上都是口水啦。」說著她把手心往他身上的衣服擦，「死變態。」

「我還可以再變態一點，妳要不要試試看？」他笑得特別淫蕩。

「不用了，謝謝。」

「怎麼這麼客氣呢？不如試試看嘛。」他熱情地邀約。

「你真是個好人啊。」周筱諷刺道。

「那是您不嫌棄。」他痞痞地說。

半個小時後，周筱搖一搖腿上的趙泛舟，「別睡了，等下感冒，回去房裡睡。」

「不要，我在看電視。」他撐開眼睛，乾脆翻個身，手圈住她的腰，把臉往她肚子埋。

「大哥，你背對著電視。」周筱拍拍他後腦勺。

「別吵，我在聽電視。」他哼了一聲，又沉沉睡去。

周筱無奈地隨他去，最近某人有返老還童的趨勢。

（二）關於拖地

某個週末，拖地拖到一半的趙泛舟把拖把往地上一扔，去某人房間裡找某人晦氣。

「我已經拖了兩個星期的地了，我不幹了。」他對躺在床上看漫畫的周筱說。

「是你自己答應的。」周筱從床上躍起，站在床上兩手叉腰，居高臨下地看著他。

「我沒答應每天都要拖。」他也跳上她的床，跟她理論。

「你需要鍛煉。」她很嚴肅地說。

「妳是在嫌我體力不好嗎？要不要證明一下給妳看。」趙泛舟逼近她。

「好啊。」周筱毫不客氣，騰地一下躍上他的背，「走囉，試試看你能不能背著我拖地。」

「下來，誰說要這樣證明體力的？」他作勢要抖下她。

「我說的，快點快點，去拖地。」她死死勒緊他的脖子，說什麼也不下來。

「拖乾淨點，那塊地沒拖到。」周筱趴在趙泛舟背後亂叫一通。可憐的趙泛舟一手托著某人，一手拿著拖把在地上畫大字。

「拖不乾淨妳自己下來拖。」他托著她的手一收，她差點滑了下來，又勒著他脖子鬼叫，

「不要不要。」

「我是瞎了，妳以前的賢良淑德都是裝出來騙我的。」他手又回去托住她。

周筱撓撓腦袋，她什麼時候賢良淑德過了？他會不會記錯人了啊？

（三）關於沐浴乳洗髮精洗衣精

某天，謝逸星的祕書拿文件過來給趙泛舟簽，簽完之後突然笑著冒出一句：「趙總，你家的沐浴乳是水蜜桃口味的？」

趙泛舟愣了好幾秒都不知道怎麼回答。

等到謝逸星的祕書拿著文件出去了之後，趙泛舟翻開自己的衣領，濃濃的水蜜桃味，難怪他這兩天老是覺得周筱就在附近，原來是他身上有跟她一樣的味道。

下班回家，他把屋子轉了一圈，沐浴乳是水蜜桃味的，洗髮精是檸檬味的，洗衣精也是水蜜桃味的。他把東西都拎到客廳的茶几放著，等待下班不回家，硬要去逛街的女人回來。

周筱蹦蹦跳跳地回到家，就看到某人板著個臉坐在客廳的沙發上，面前擺了沐浴乳、洗髮精、洗衣精。

「你幹嘛？」她奇怪地坐下，把手上的戰利品往沙發一堆，大半個沙發都被占據了。

「妳自己看。」

「看什麼？」她一頭霧水，「你該不會要我幫你挑喝哪個自殺比較好吧？」

「妳倒是挺想我死的啊？」他瞪她一眼。
「話也不這麼說啦，但是你非得喝的話，我覺得選洗衣精比較好，感覺比較有可能死掉，而且還是水蜜桃味的。」周筱把洗衣精挪靠近他。
「妳知道是水蜜桃味的就好，我不要用水果味的。」趙泛舟彈了一下她的腦袋。
「不是吧，你自殺還真的要挑口味啊？」她搗著腦袋問。
「去超市。」他懶得跟她瞎扯，拉起她說。
「不要啦，我今天逛街好累，你自己去。」周筱不肯動，「反正我喜歡水果味的。」
「不要逼我用扛的。」他陰森森地說。
「你真的很麻煩耶。」周筱被拖著走，很不情願。
超市裡。
「你挑的味道都很臭，以後你用你的，我用我的。」周筱跟在趙泛舟後面碎碎念，「沒有嗅覺的人。」
趙泛舟懶得接她的話，這女人囉嗦起來沒完沒了。
「我要買零食。」周筱在零食區停下，堵住趙泛舟推的購物車不讓他走。
「不行。」他把她丟進去的洋芋片又放回架上去，「妳等下變胖了或者長痘痘又要鬼吼鬼叫了。」
「你嫌我胖對不對？」周筱重新把洋芋片丟回去。
「隨便妳，到時妳不要來吵我就好了。」

第二天周筱爆了一顆痘痘，對著鏡子慘叫。

（四）關於晚歸

某個週六晚上，周筱去原來住的地方找袁阮阮聊天，聊得興起，趙泛舟打了好幾通電話過來催，她都隨口敷衍說馬上回去。

等到她回家的時候，已經是晚上十二點多，周筱心驚膽戰地打開門，趙泛舟果然就坐在客廳等她，她果然就被臭罵了一頓。她有錯在先，於是不敢頂嘴，任他罵個痛快，反正她也習慣了，左耳進右耳出的技能她已修練到登峰造極。

過了兩天，趙泛舟應酬去了，過了十二點還沒回來，周筱在家裡猶豫了一會兒要不要給他打電話，想起媽媽說要讓男人在外面有面子，就沒打，刷完牙後就睡覺去了。

凌晨兩點，睡得迷迷糊糊的周筱被搖醒，床頭站著一臉怒氣的趙泛舟。

「你回來了啊。」周筱翻個身嘟囔了一聲又要睡著。

趙泛舟掀起她被子的一角，躺了進去，把她撈進自己的懷裡。

「居然不給我打電話也不等門。」他在她耳邊小聲地抱怨。

周筱早已沉沉睡去。

第二天一早，周筱被旁邊躺著的人嚇了一跳，甚是不滿，「你給我起來，你昨晚幾點才回來的？」

「兩點。」他下意識地回答。

「兩點？你反了啊你！」周筱用力擰了他耳朵一下，「居然混到兩點才回來！」

「誰讓妳一直不給我打電話。」被擰醒的人「哼」了一聲，掀開被子下床。

周筱看著他走出房門的背影，很是鬱悶，這年頭給他面子還要被嫌棄，真是什麼人都有。

話說回來，他為什麼會在她床上？

袁阮阮給了周筱兩張畫展的票，據說是她當年那個長得比畢卡索的畫還抽象的男朋友開畫展了，怕沒人去看，給每個認識的人都送了一堆票。袁阮阮就分了兩張給周筱，讓她和趙泛舟去看。

周筱回家的時候跟趙泛舟說了一下，趙泛舟表示願意陪她去無聊一下，於是週六的中午兩人吃完午飯就去了那個畫展。哇，那個冷清的啊，畫展裡總共就三個人，周筱、趙泛舟、保安。

「感覺我們好像包下了一家畫展。」一進門周筱就對趙泛舟說。

「沒事幹誰會去包下畫展？」趙泛舟隨口應道。

「對哦，跟你講，這傢伙是袁阮阮的前男友，他好像幫她畫過裸畫，不知道這次會不會展出來。」她神祕兮兮地扯著他的袖子說。

「聽起來蠻吸引人的，不過大概沒有。」他說。

「你這個色狼，你怎麼知道沒展？」她好奇地問。

「有裸女的畫展不會這麼少人的。」趙泛舟推了推她的腦袋，「要是有展的話，妳覺得袁阮阮會給妳票來讓妳看她的裸體畫？」

「誰說的，連以前我們學校的畫展都有裸女，人也是很少啊。不過後面那句還是挺有道理。」周筱點點頭，「你還算是蠻聰明的。」

兩個人在畫廊裡逛來逛去，不時停下來進行一些無聊的對話，像是「這畫的是貓還是狗啊？」「這個人為什麼沒有眼睛？」「這桃子看起來很不新鮮。」之類。

周筱在一幅畫前駐足了一分多鐘，一直研究不出個所以然來，最後終於忍不住拉了一下旁邊人的手說：「你說啊，這畫會不會掛反了？」

旁邊的人久久不講話，周筱奇怪地抬頭看了他一眼，嚇一跳，臉「刷」地紅了，趕緊把手縮回來，連聲道歉：「不好意思，不好意思。」

「沒關係。」對方笑著說，又加了一句，「沒有掛反。」

周筱的臉更紅了，乾笑一聲後說：「沒有啦，我開玩笑的。」

剛走開去接電話的趙泛舟回來就看到周筱和一個陌生男子有說有笑的，難道是畫家？他收好電話走了過去。

「周筱，這位是？」趙泛舟走到周筱身邊問。

「啊？你去哪了？我也……」她被突然又出現的趙泛舟弄得一愣一愣的，「……不知道。」

「你好。」陌生男子伸出手，「周天寧，畫廊的負責人。」

「你好，趙泛舟。」趙泛舟和他握了一下手。

周天寧把手又伸向周筱，「這位小姐？」

「周筱。」她也伸出手來，和他握了一下。
「那我們算是本家哦。」他笑著說。
「啊？」周筱不解地看著他。
「都姓周啊。」
「哦，對哦，呵呵。」周筱只得負責扮演傻笑的角色。
「覺得這次畫展辦得怎麼樣呢？我非常需要你們的意見。」周天寧問。
「還……」她本來想說不錯的，但左右看了一下，實在說不出違心之言，「……還真清靜。」
「哈哈，妳真幽默。」他大笑起來。
趙泛舟被晾在旁邊半天，走近周筱，手搭上她的腰，俯在她耳邊小聲地說：「妳少給我招蜂引蝶。」
周筱無辜地看著他，哪裡有啊？
趙泛舟笑著跟周天寧說：「我們有事，得先離開了，很高興認識你。」
「很高興認識你們。」周天寧笑著說，眼睛卻看著周筱，「再見。」
「再見。」周筱也笑咪咪地說。
趙泛舟拖著周筱出了畫廊。周筱心裡倒是喜孜孜的，都多久沒見到某人吃醋的嘴臉了呢？
「去哪裡啊？」周筱晃晃他牽著她的手。
「回家。」他說。
「回家？為什麼？我還有那麼多幅畫沒看呢。」她故意抱怨。

「妳最好是真的看得懂。」他「哼」了一聲，突然想起什麼似的，「妳媽前兩天問我們什麼時候結婚。」

「哦。」她兩眼望天，催他，「快走吧，我突然想回去看韓劇。」

「妳少給我岔開話題。」他拉住她，「結婚的事怎麼說。」

「唉，以後再說吧，你這麼年輕，我不想綁住你，等下你後悔了怎麼辦？」她一副很好心的樣子。

「我們都住一起了，妳還在怕些什麼？」他黑下臉，「跟我結婚有那麼難為妳嗎？」

「話也不是這麼說啦，我只是還沒準備好而已。」她抱住他的胳膊，討好地說。

「妳還要準備什麼？我們都住在一起了。」他掰下她的手，口氣有點兇，「現在不是什麼都穩定了，為什麼不能結婚？妳還要拖到什麼時候？」

「你兇什麼兇？住一起又怎麼了？住一起我就得嫁給你啊，你都沒有求婚。」周筱講完自己往前走，愛跟不跟，氣死人了！

她走了一段路，發現後面根本就沒有跟上來的腳步聲，好啊，現在翅膀長硬了是吧？她火大地加快步伐回家，回到家，發現趙泛舟早已在客廳看電視了，她那個氣啊！恨不得就把他捏碎了做成南瓜餅。

趙泛舟只是抬頭冷淡地看了她一眼，然後繼續看電視。

周筱和趙泛舟正式進入了冷戰的冰河時代，兩人可以一天下來一句話都不說。周筱也很爭氣地自己坐了三天公車上下班，晚上做飯只做自己的份，拖地只拖自己的房間，洗衣服只洗自己的衣服。

以往他們也吵架過，但是都堅持不了多久總會有一方先求和，而且求和的往往都是趙泛舟。但這次他好像吃了秤砣死了心似的，完全沒有軟化的樣子。

周筱的氣其實早就消了，但看他那死樣子心裡也委屈啊，他要結婚好歹也求個婚吧，哪有人結婚是順水推舟的啊？

冷戰第四天，周筱下班回家，還沒開門就聽到家裡人聲鼎沸，還傳出陣陣飯菜的香味。她開門進去，被坐在沙發上的爸爸和弟弟嚇了一跳，怎麼回事啊這是？

「爸，你們怎麼在這裡？」周筱連鞋都忘了脫。

「泛舟讓我們來玩啊。」爸爸翻了一下手裡的報紙，「去換拖鞋。」

「哦。」周筱愣愣地去換拖鞋。

「周筱回來了啊？」趙媽媽從廚房走出來，「妳媽媽在燉妳最愛喝的雞湯呢。」

「阿姨好。」周筱一肚子的狐疑，現在是家庭大聯歡嗎？

周筱往廚房方向走，走到一半趙泛舟就開門進來了，手裡提著一堆東西。這時周筱也忘了他們還在冷戰，拖了他到一旁問：「怎麼回事啊？怎麼大家都來了？」

「我請他們來玩的啊。」他放下手裡的東西，「不行嗎？」

「行啊。」周筱有點賭氣，「反正你也沒把我放眼裡。」

「爸媽都來了，妳就別鬧脾氣了。」他說完又把放在地上的東西提起來，向廚房走去。

怎麼就成她在鬧脾氣了？到底之前是誰在鬧脾氣啊？

吃飯的時候，一桌子的菜都是周筱最愛吃的，趙泛舟也很殷勤地替她夾菜，大家都笑逐顏開的樣子，但是周筱就是嗅到了陰謀的味道。

果不然，吃到一半，她媽媽突然開口說話了：「這你們結婚的事準備得怎麼樣了？一些禮數方面的東西你們年輕人不懂，能省則省，總之抽空先登記了再說，不然這麼名不正言不順地住在一起也不是個辦法。」

「是啊，泛舟這孩子太不懂事了，怎麼能這麼委屈周筱呢？」趙媽媽也跟著說。

周筱本來還在咬著筷子想看好戲，聽到這裡她趕緊匆忙解釋：「我們都是分房睡的。」

三個大人六隻眼睛齊齊看向趙泛舟，眼神裡淨是擔憂，這孩子該不會是有什麼難以啟齒的毛病吧？

趙泛舟站起來，很嚴肅地對著周爸爸周媽媽說：「叔叔，阿姨，我希望你們能夠同意我和周筱的婚事。我一定會好好疼她，愛她，用我的一輩子來給她幸福。」

周筱瞥了他一眼，這麼煽情的話虧你說得出口！

「有你這句話我就放心了，回頭我們挑個良辰吉日把事情辦了。」周媽媽和周爸爸對看一眼後說。

「太好了，那我們以後就是親家了。」趙媽媽握著周媽媽的手說。

「媽……」周筱想反對。

「周筱。」趙泛舟突然單膝跪下，手心放了一個紅色的戒指盒，「嫁給我好嗎？」

周筱話噎在喉嚨中，愣愣地不知道該怎麼回應。

倒是周筱她媽跑過去把趙泛舟拉起來，「傻孩子，我們不興這一套，這樣不好看。」

趙泛舟笑著說：「沒關係，這是我的誠意。」

他又單膝跪下，一手牽住周筱的手，「我在妳我最重要的人面前把我的一輩子交給妳，妳要嗎？」

周筱淚水開始泛上眼眶，雙手抓住他的肩膀想扯他起來，「你起來嘛。」

「不起，妳先答應。」他眼眶也有點溼潤。

周筱用力眨眨眼，伸出一隻手到他面前，他愣愣地看著她：「幹嘛？」

「你是白癡啊，幫我戴戒指啦。」她氣地跺了一下腳。

他恍然大悟，「可是婚戒要戴左手啊。」

周筱很糗地把右手縮回來，換左手。

他手上的戒指緩緩地套入她的無名指，停下來的那一刻兩人對視一眼，盡在不言中。

接下來是煩不勝煩的婚禮籌備，周筱都快懷疑當時她聽到的婚事一切從簡是不是幻覺。也不知道哪裡來的那麼多繁文縟節，她和趙泛舟光是合時辰八字和占卜婚禮的日子就折騰了好幾次，還有什麼訂親、送聘、擬請帖之類的東西，趙泛舟當時很尊重地說一切遵循潮汕規則，現在把自己整得焦頭爛額，周筱看了都挺於心不忍的。

總算是到了婚禮這天，周筱已經好幾天沒見著趙泛舟了，她被趕去飯店住了好幾天，據說是結婚前新娘和新郎不能見面。

大清早的周筱就被媽媽從被窩裡挖出來，然後一票不知道從哪裡冒出來的造型師開始幫她化妝、做髮型。

她像個洋娃娃似地被操控著，先是跪下來給爸爸媽媽敬茶拜別，然後她在劈里啪啦的鞭炮聲中稀里糊塗地被塞進了門口一排車子的第一輛裡，她被塞進車子後才發現爸爸也在車子裡，她笑著跟爸爸打了聲招呼，爸爸眼眶突然一紅，轉頭看向窗外。她一愣，看向車外，媽媽端著一盆水，對著車子潑水，邊灑嘴裡還念念有詞：「缽水潑上轎，新娘變新樣……」她看到媽媽眼角一閃而過的淚光，她心裡一酸，突然眼淚就像潰堤的洪水，嘩啦啦地往下流。

車還是緩慢地開離了酒店，車窗玻璃上一行一行往下滑的水珠，爸爸背對著她僵硬的身子，媽媽愈來愈遠的身影，愈來愈模糊的鞭炮聲。周筱泣不成聲。

經過一天的折騰，趙泛舟總算可以安靜下來看看他那哭得眼睛紅紅的新娘了，不過，這新娘的情緒好像有點不是很對勁。

周筱傻傻地坐在床沿，眼睛痛、喉嚨痛、頭痛。原來結婚是這麼痛苦的事，這麼多的繁文縟節就是要讓人不敢輕易離婚吧？

「先去洗個澡吧。」趙泛舟推推發呆的周筱。

「你先去洗吧，我不想動。」周筱乾脆整個人癱在床上裝死屍。

趙泛舟伸手脫下周筱的鞋子丟在地上，拍拍她的臉說：「那我先去洗，妳不要睡著。」

「嗯。」她揮開他的手，「好累啊，我以後再也不要結婚了。」

「笨蛋。」趙泛舟搖搖頭笑著走開，臨關上浴室門前還強調了一句，「不要睡著。」

浴室門被打開，趙泛舟趿著拖鞋走了出來，身上熱騰騰地冒著熱氣。

「周筱，去洗澡。」他邊擦頭髮邊說。

癱在床上的人一動不動，又睡死了？趙泛舟嘆了口氣，都叫她不要睡著了，還睡！他踢掉腳上的拖鞋，放輕腳步去打開櫃子，找她的換洗衣物，拉開放內衣褲的抽屜時他愣了一下，拿了一套內衣褲，想一想，不知道什麼時候瞄過她的女性雜誌上說穿內衣睡覺不好，又把內衣放了回去。

他回到浴室，把衣服放好，又繞出浴室，回到床邊。她的眼睛還真腫，妝也哭得亂七八糟的，但是他還是覺得她很漂亮，可能新娘都是漂亮的吧。

他到梳妝檯那裡找她的那些瓶瓶罐罐，一瓶一瓶地看上面的標籤，總算是找到傳說中的卸妝水和卸妝棉，拿著東西坐到床上，輕輕地把她的頭挪到大腿上靠著，猶豫了幾秒鐘，還真不知道這卸妝要從何卸起？倒了點卸妝水在卸妝棉上，不忘先知會了她一聲：「周筱，我要幫妳卸妝了。」

「嗯。」她呢喃了一句，也不知道醒了沒。

他輕輕擦她的臉，一抹就是一層厚厚的粉在化妝棉上。這化妝師也太狠了吧，把她的臉當牆在刷啊？

周筱被他弄醒了，眨著眼睛看趙泛舟，「你幹嘛？」

「醒了啊，醒了起來卸妝洗澡。」他托起她來，把化妝水和卸妝棉塞給她，「快點卸妝，我去幫妳放洗澡水。」

「哦。」周筱乖乖地挪到梳妝檯去卸妝。

「好了沒？好了去洗澡。衣服我放裡面了。」十分鐘後趙泛舟從浴室出來。

「好了。」周筱站起來，走進浴室。

周筱慢慢地往浴缸躺下，熱熱的水漫上她的身體，她舒服地嘆了一口氣，好想睡啊……

十分鐘後。

浴室的門叩叩地響了兩聲，傳來趙泛舟的聲音，「妳不要在裡面給我睡著，不然我要進去撈人了。」

「沒有睡著啦。」周筱用力撐開眼睛，「我就出去了，你不要進來。」

周筱把衣服從架子上拿下來，把衣服抖了半天都沒找到內衣。剛想開口叫趙泛舟，猛然意識到今晚是他們的洞房花燭夜，心跳得飛快。

她慢吞吞地走出浴室，期望看到趙泛舟已經睡了，可是沒有，他靠在床頭看書，看得挺認真的死樣子。

趙泛舟見周筱從浴室出來，放下書招招手，「過來，我幫妳吹乾頭髮。」她數著步子慢悠悠走過去，坐在床沿。趙泛舟從床頭櫃拿出吹風機，插好插頭，靠近她。

周筱的背一僵，一動不動。熱熱的風吹著她的頭髮，他的手指在她的髮絲中穿梭，有時會碰到一下脖子，或者掠過耳朵。她忍不住就想縮，一縮，差點就滑下床。

他無奈地撈起她，往自己的腿上按，「躺好，別亂動，睏就睡吧。」

她驚喜地看著他，一臉「我可以睡嗎？」的樣子。

「要睡就睡，不然等下我們做點別的。」他撩起她的頭髮，接著吹。

「啊，好累，我睡了。」周筱迅速閉上眼。

果然，不到十分鐘她就真的沉沉睡去了，真的是累壞了吧，趙泛舟用手指梳開她的頭髮，大概再吹個兩分鐘就乾了吧？

她稍微側轉了一下身，某個柔軟的地方蹭過他的大腿。他拿著吹風機的手一抖，眼神忍不住飄向她的胸口，姿勢的問題讓她的上衣的領口微微敞開，隱隱約約可以看到雪白的肌膚。嗯……他剛剛沒給她拿內衣……所以她睡衣底下是……空的……用力嚥下一口水，深吸了一口氣，他輕輕把她的頭從他的腿挪下，移好她的位置，再撐起她的頭，墊上枕頭、蓋上被子。

趙泛舟把吹風機收好，關燈、掀開被子躺進去，望著天花板，唉，他們的洞房花燭夜也太對不起觀眾了吧？

周筱做了一個很長很長的夢，她和趙泛舟結婚了，好累好累的婚禮，然後不知怎麼就躺在床上了，然後趙泛舟壓在她身上親著她。

閉著眼轉著眼珠子，不對啊？他壓在她身上？親她？

睜開眼！他的頭懸在她眼前，對她一笑，「嗨，醒了？」

「呃……醒了。」她愣愣地回答。

趁著她開口說話的瞬間，他的唇就堵了上來，手也從她的衣服下襬伸進去，往上摸……往上摸……啊……他的舌頭硬是撬開她的齒，鑽進去……他的手罩上她胸前……頭抬起來對她又是一笑，「深藏不露，我好像賺到了。」

她一愣，好一會兒才反應過來他的意思，臉剎那間紅到可以煎雞蛋。

他在她發呆的時間內已經脫下自己的上衣丟到地下。手正朝著她的扣子進軍……

周筱揪緊自己胸前衣服的扣子，「你要幹什麼？」

「解扣子。」他看著她那誓死捍衛貞操的樣子失笑，直接從衣服下端的扣子開始解。

「不是……等一等啦。」周筱發現揪住胸前扣子的方法失效，改去拍他的手，「現在是白天啦。」

「那是誰在洞房花燭夜睡得跟豬一樣啊？」他停下手，半撐在她身上瞪她。

「可是……」她委委屈屈，「好亮啊。」

他翻了個白眼，把踢到床尾的被子拉上來，蒙住兩人，「現在不亮了吧。」

只聽偌大的房間內，不時傳來模模糊糊的男女對話。

女：「可是……」

男：「沒有可是！」

女：「等一下啦。」

男：「不等。」

女：「喂！會痛。」

男：「忍一下。」

女：「神經病，為什麼是我忍？」

男：「……」

女：「我討厭你。」

男：「……」

周筱再一次醒過來的時候已經是中午，趙泛舟早已不知所蹤，躡手躡腳地打開房門，他在廚房裡鼓搗著什麼東西，傳出一陣陣奇怪的味道。

她從背後環住他的腰，「你在幹嘛？」

「給我老婆做飯。」他拿著勺子攪動著一鍋顏色古怪的東西。

她從他背後探出頭去看，「什麼東西？你不是新婚第一天就想毒死老婆吧？」

他拍回她探出的小腦袋，「這位新鮮出爐的趙太太，我還不捨得毒死妳，拿兩個碗去飯桌前坐好。」

「哦。」周筱乖乖拿了兩個碗去桌邊坐好，扮演嗷嗷待哺的角色。

趙泛舟端著一個鍋子出來，放在飯桌上，接過周筱的碗，邊往裡面舀湯邊說，「剛剛媽媽打電話過來了，他們還在飯店，等下我們去找他們吃午飯。」

「哦。」周筱喝了一口湯，雖然顏色怪了點，但還是挺好喝的，「這到底是什麼湯啊？」

「不知道。」趙泛舟也喝了一口，「前幾天媽給我一大包材料，說混著骨頭熬就可以喝了。」

「哦。」她懶得再追問，一口氣喝下一碗湯。

午餐。

餐廳門口，周筱鬆開兩人一直牽著的手，拉拉衣服走進餐廳。趙泛舟在後面好笑地看著她那欲蓋彌彰的正經樣，跟著走進去。

「阿姨。」「爸、媽。」兩人同時開口。不同的是周筱的一句「阿姨」讓一桌子人面面相覷，趙泛舟的一句「爸媽」卻讓在場的長輩笑開了顏。

周筱乾笑兩聲，重新叫過：「媽。」

趙媽媽笑著牽過她的手說：「乖，下次再叫我阿姨就不行了哦。」

周筱紅了臉，手在桌子底下扯了一下趙泛舟。趙泛舟拿起菜單問：「爸，點菜了嗎？」

周爸爸笑著回答：「還沒，在等你們呢。」

「呵呵，我睡過頭了。」周筱沒心沒肺地回了一句。

現場三個大人交換一個曖昧的眼神。

「姊，妳都當人老婆了還睡這麼晚。」被安排在角落裡的弟弟說。

「小孩子懂什麼。」周媽媽敲了一下他的腦袋。

周筱才意識到，她是新媳婦，怎麼能讓婆婆知道她懶惰的本質，趕緊彌補說：「其實我平時沒那麼晚醒的。」
「我明白。」趙媽媽安撫地拍拍她的手，笑得歡喜，「年輕人嘛。」
「我以前真的很早起的，對吧？」傻乎乎的周筱看向趙泛舟，想尋求一點支持。
「是，妳很早。」一直置身事外的趙泛舟無奈地放下菜單，站起來給每個人倒茶，最後倒到周筱的時候又小聲地說了一句：「別說了，愈描愈黑。」
「為什麼？」周筱也小聲地問。
「妳說我們一早做了些什麼？」他給她一個「妳真的是笨到沒救了」的眼神。
她一下子會過意來，全身的血液都往臉上衝，大有臉紅致死的趨勢。
大家都笑盈盈地看著新婚的小倆口，新婚真好，真是如膠似漆啊，連倒個茶都要說兩句悄悄話。
吃得肚子鼓鼓的周筱在走出家人的視線後笑咪咪地挽住趙泛舟的手，「好飽啊，我們去散步吧。」
「妳等下不要走兩步又叫累了。」他低頭看了她一眼。
「我才不會呢。」她不服氣，「我要多運動，不然會胖的。」
「我給妳推薦點別的運動怎麼樣？」他好心地提議。
「什麼？」
「回家，到床上我教妳。」他不懷好意地笑。

「去你的，你這個色狼。」她掐了他手臂一把，「你很煩耶。」
趙泛舟哈哈大笑，「妳想到哪裡去了？我說的是瑜珈。」
臥室的門關上，傳來斷斷續續的男女對話：
女：「你騙人。」
男：「哪有？」
女：「你說教我瑜珈的。」
男：「明天再說。」
女：「喂，不要扯我衣服，會破的。」
男：「破了給妳買新的。」
女：「好吧，盡量扯。」
男：「……」

周筱軟軟地趴在趙泛舟的胸膛上，用手戳他的胸口，「你根本就不會瑜珈對吧？」他笑著拉住她作怪的小手送到嘴邊輕咬，「我練那個幹嘛？」
她縮回被咬的手，沒好氣地說：「我以後都不要相信你了，小人！」
二十分鐘後，周筱沉沉進入夢鄉。
睡不著的趙泛舟看了下時間，才十一點，再看看周筱在被窩中微微露出的柔白香肩，隨著她的呼吸，規律地起伏著……

他從背後圈住周筱的腰，溫溫熱熱的唇貼上她的頸項，輕輕咬住她的耳朵，「老婆。」

「嗯？」她睡得迷迷糊糊，被他折騰地微微喘息著，「幹嘛啦？」

「妳好香。」他把唇遊移到她的背，「妳為什麼那麼香？嗯？」

「因為我用的是水蜜桃味的沐浴乳。」半夢半醒之間的周筱很認真地回答。

他被她的答案逗笑，稍微用了一點力把她翻過來，吻上她的唇。

筋疲力盡的周筱用盡全身最後一點力氣狠狠地瞪趙泛舟一眼，「你色慾攻心！」

他心情很好地回她，「對，妳怎麼知道的。」手順勢扣上她的腰，把她撈入懷中。

「你離我遠點。」她提高了一點點音量。

「不要。」他一手蓋上她的眼睛，「乖，睡覺。」

她的眼睛被他手蓋著，想瞪他也瞪不了，況且真的累了，又一次沉沉地睡去，臨睡前咕噥了一句：「不准再碰我。」

他放下蓋在她眼睛上的手，輕輕在她頭頂落下一個吻，也跟著沉沉睡去。

《舟而復始》完

【番外】廣告的故事

某年某月的某一天，周筱同學和她家老公癱在沙發上看電視，她用力甩了兩下手上的遙控器，這遙控器是愈來愈不靈敏了，按半天都轉不了臺，氣得她！

「喂，明天去買個遙控器。」周筱用手肘撞了一下躺在她身後的趙泛舟。

「自己去買。」他手圈在周筱腰上，腳也纏在她身上，像隻八爪魚一樣巴在她身上。

周筱火大，拿遙控器去敲他腦袋，「買不買？買不買？」

嘖嘖嘖……這遙控器是怎麼壞的大家知道了吧？

趙泛舟連眉頭都沒皺一下，任她去敲，反正把他敲掛了守寡的人是她。

她敲累了，手一打滑，遙控器就滑到沙發底下去了，她又用手肘去撞趙泛舟，「遙控器掉下去了，你去撿。」

「明明妳比較近。」趙泛舟完全不配合，連手指頭都不動一下，手還是圈著她的腰。

「那你放開我的腰。」周筱要掰開他的手，使了半天勁都掰不開，「你不放開我怎麼去撿。」

「不要撿了，看這臺就好。」趙泛舟用力收緊手臂，讓她整個背都貼在他身上。

周筱滿頭黑線的看向電視，購物臺……它正強力播放著廣告，一個穿得……呃……別有洞天的女人（她身上的衣服好多洞啊，若隱若現的），手上托著ＸＸ牌減肥藥，笑得淫而不蕩地說：「女人，用妳的鎖骨征服男人。」

周筱的嘴角抽搐了一下，這句話的意思是說要把鎖骨抽出來鞭打男人嗎？她手緩緩地摸上自己的肩膀一帶，尋找傳說中的鎖骨，呃……好像肉們把它保護得很好，拗了肩膀半天才摸到那害羞的鎖骨，她嘆了口氣，身後傳來趙泛舟低低的笑，她惱羞成怒地扭過頭去瞪他，轉過去扯開他衣服的領口，媽的！兩條鎖骨清晰地橫在肩膀上！

「趙太太，妳是有多飢渴？」趙泛舟笑著說，「妳再這樣我要叫囉。」

「閉嘴啦。」周筱氣餒道，「連你都有鎖骨。」

「妳也有啊。」他忍俊不禁，「只是不顯山露水而已。」

沒人性，她都這麼難過了還要損她幾句，她決定了，她要減肥，要轟轟烈烈地減肥。

於是這幾天的吃飯時間都成了趙泛舟人生最痛苦的時間……

「趙太太，我們已經吃了兩天青菜了，可以換點別的嗎？」他的筷子停在空中，不知道該夾哪一盤：菠菜、生菜、大白菜。

「我每天都有換菜。」昨天是空心菜、小白菜，前天是生菜、蘿蔔……周筱看著桌上的菜，自己也不想吃，「好啦，你出去吃，我不吃了。」她丟下筷子，走開，鬧脾氣了……

趙泛舟無奈地放下筷子，跟在她後面，「好，我吃。」

「不用勉強了，我也不想吃。」她走進房間，倒在床上。

「那就不要吃啊，我們出去吃好吃的。」他伸手去拉她坐起來，「乖，我們去妳最喜歡的餐廳。」

「不要，我要減肥。」她說。

「吃飽了才有力氣減肥。」他蹲下來和她平視，笑著說。

她瞪了他一眼，沒好氣，「你嘲笑我。」

他笑，湊上去，親她一口，「我哪有？」

她勉強地扯了一下嘴角，算是笑一下，「我想睡覺，你自己去吃吧。」

他突然把她打橫抱起，往外面走。

「幹嘛啦，我不要去啦。」她掙扎著跳下地，「都說了我不要去。」

「那陪我去吃。」他拉著她往外走。

本報記者訊　今日晚餐時間，一名氣宇軒昂的男子協同一名珠圓玉潤的女子進入了本地有名的××餐廳。該女子用飯期間一直埋頭吃飯，場面風捲殘雲，猶如蝗蟲過境，嚇得該店店主三魂不見七魄，讓人不得不感嘆朱門酒肉臭路有凍死骨啊……（編輯按，該記者念書時成語沒學好，望見諒。）

兩人腆著肚子癱在沙發上，再次上演亂轉電視臺的戲碼，只不過這次拿著遙控器的人換成趙泛舟。

「喂，不要在購物臺停下。」周筱伸腳踹了踹沙發另一頭的趙泛舟。購物臺正在播放一個拖把的廣告，一個婀娜多姿的女子，握著拖把在拖地，她身穿淺藍色T恤，領口是開到肚臍眼附近的深Ｖ，她那小蠻腰一彎，世界就開始波濤洶湧……廣告詞大概就是什麼高科技研製而成的奈米拖把讓你的家煥然一新之類的。這年頭連拖把都是奈米的……不對，重點是，這個電視臺前兩天才重重傷害了她，她不要看這臺！

「拖把有什麼好看的，我不要看。」她抗議道。

「遙控器失靈。」他抓住她的腳踝，用力一拖，把她拖到腿上坐著，圈住她的腰，頭擱在她肩膀上，遙控器塞到她懷裡，「轉得到臺妳就轉。」

周筱拿著遙控器對著電視按了半天就是轉不到臺，一生氣，把遙控器往沙發一丟，「叫你去買遙控器你又不去買。」

「我明天去買，行了吧？」趙泛舟咬了一下她耳垂，抱怨道，「脾氣真差。」

周筱縮了一下脖子，躲開他的嘴，反過去要咬他，「你脾氣也沒多好。」

兩人嬉鬧間，電視突然傳出慷慨激昂的聲音，「妳曾經為胸部不夠傲人而悲傷難過嗎？妳曾經為走路不能昂首挺胸而自卑失落嗎？妳曾經為……××牌豐胸霜，讓妳第二次發育，讓妳的雙峰含蓄堅挺，讓女人更自信！」

豆大的汗珠從兩人的腦門滑下，對視一眼，徹底無語……「含蓄堅挺」？中文系畢業的周筱徹徹底底地為這個詞折服。

沉默了十秒，趙泛舟視線飄向她的胸口，幽幽地說，「老婆，不如妳還是別減肥了吧，至少……妳含蓄。」

番外、〈廣告的故事〉完

【番外】報應情人節

情人節……

周筱和趙泛舟交往到現在還沒正正經經一起過過情人節，於是趙泛舟計畫了一個俗卻浪漫的情人節行程。

但是，這個本該浪漫的甜蜜約會一出門就遇到了小小的考驗。

趙泛舟在客廳等了周筱梳妝打扮快半個小時，好不容易等到她走出來，那一刻，他是真的由衷地相信「不是不報，時候未到。」他的時候到了。

「你幹嘛那個表情？不好看嗎？」周筱拉著身上的藕色裙子，「這不是你買給我的嗎？我好不容易才找到的。」

「沒有，很好看。」他扯出一個微笑，「妳要不要換一件，我怕妳會冷。」

「不冷啊。」周筱笑咪咪地說，挽住他的手。他只得賠笑，果然，天網恢恢疏而不漏。

趙泛舟帶著周筱來到了網上推薦的情人餐廳，餐廳在最頂層，往下看可以看到城市閃爍的夜景。

兩人一餐飯下來都甜甜蜜蜜，你餵我，我餵你的，不時停下來偷親個小嘴，要是換在平時，兩人臉皮都薄，實在不好意思在公眾地方做這麼親密的事，但這個餐廳太剽悍了，到處都是卿卿我我的情侶，空氣中都散發著甜膩膩的味道，搞得他倆春心蕩漾，好像不你儂我儂都對不起父老鄉親。

出了餐廳門，剛巧就遇上蔡亞斯，身旁跟著一個高挑美豔的女孩子，四人隨意寒暄了幾句。蔡亞斯忍不住損了周筱兩句，「妳啊穿得這什麼衣服，好歹洗乾淨了再穿出來吧。」

蔡亞斯一離開，周筱就狠狠瞪著趙泛舟：「我以後再也不讓你給我挑衣服了。」

他識相地舉著雙手：「好，我以後只負責付錢，行了吧？」

再一次感嘆，天網恢恢疏而不漏。

接下來，趙泛舟帶著周筱去看很紅的臺灣電影《海角七號》，情人節這種節日電影票還真是一票難尋，他倆在售票窗口排了半個來小時的隊才買到票。

進場前周筱吵著要吃爆米花，趙泛舟讓她先進去，自己去買零食，買零食的時候前面一對情侶在吵架，為了買什麼口味的果汁吵個沒完，那女的異常兇悍，呼了那男的一巴掌之後氣呼呼地走了，那男的傻了兩秒之後追上去。

趙泛舟拿著爆米花和飲料進到電影院，電影已經開始了，周筱接過他手裡的東西，小聲地問：「怎麼去了那麼久？」

「買東西的時候遇到情侶鬧場。」他坐下後小聲說。

「哦。」周筱把兩杯飲料的吸管都插好，問他，「你要可樂還是柳橙汁？」

「隨便。」他說。

「我兩個都想喝耶，不然我喝一半跟你換好不好？」她問。

「咳咳咳。」後面傳來不爽的咳嗽聲。

周筱不好意思地縮縮腦袋，隨便遞了杯飲料給他，然後安靜地看電影。

趙泛舟其實對這種文藝電影沒什麼興趣，所以有一搭沒一搭地看著，偶爾看看周筱隨著電影情節變換的表情，這傢伙愛咬吸管的毛病還是沒改，每次都把吸管咬得扁扁的，都是口水。

周筱不經意地轉過去看趙泛舟，發現他正盯著她看，她給他一個甜甜的笑，然後把兩人手中的飲料換過來，然後又忙著看電影去了。

趙泛舟看著手裡的飲料，吸管果然被咬得扁扁的，真不知道吸管有什麼好咬的？他吸了一口可樂，抬頭看電影。

臺灣本土味很重的電影，在臺灣會紅不是沒道理，貴在有真實的情感。不知不覺，趙泛舟也沉入電影情節中。

電影到了尾聲，男主角要衝上臺開演唱會時，女主角突然拉住他，說：「今天晚上表演結束，我就要和日本唱片公司的人一起回日本。」

男主角匆忙地說了一句「留下來，或者我跟妳走。」就上臺了。

趙泛舟太陽穴一緊，這「天網恢恢疏而不漏」也太狠了吧？他小心翼翼地瞄了一眼周筱，果然，她眉頭皺得厲害，眼眶蓄滿了淚水。他嚇一跳，握住她的手，在她轉過來看他時他立刻露出討好的笑。

隨著人潮湧出電影院，趙泛舟手緊緊地攥著周筱，生怕被人群擠散。周筱眼神有點渙散，隨著他渾渾噩噩地走出電影院。

他本來還計畫要帶她去買禮物的，但看她的樣子，多半也沒戲了。

兩人在車上，趙泛舟一手握方向盤，一手握她的手，她的手冰涼冰涼的，讓他忐忑不安。

周筱的確是被那句對白震得好半天沒回過神來，多年以來的怨念一下子累積到某個極點，恨不得把這廝磨碎了泡成水喝掉。

但看著他小心翼翼的可憐模樣，心又軟了下來，不過死罪可免，活罪難逃，姊姊嫁給你就是要好好折騰你一輩子！

回到家，周筱馬上上網把《海角七號》中范逸臣唱的那首《國境之南》下載下來，一聽，樂了，歌的最後有獨白，獨白就是電影中男女主角的那段對話。

她坐在電腦前把自己捲曲成蝦米的姿勢，茫然地望著電腦螢幕，然後一遍一遍地播《國境之南》，聲音開得奇大。

趙泛舟來來回回進了十幾次房間，周筱連看都沒看他一眼，就盯著螢幕發呆。折騰了大半個晚上，他實在沒辦法了，咬咬牙，進去，「啪」一下把音響關掉，轉過她的椅子，蹲下來，握住她的手，「妳別這樣，我很難受。」

她淡淡地看了他一眼，「吵到你了嗎？我關小聲點。」

「妳知道我在說什麼！」他有點挫敗地說。

「不知道啊，你要不要說給我聽聽。」她勉強笑了一下，「沒有吵到你的話，我就繼續聽了哦，這歌挺好聽的。」

「……」趙泛舟「啪」地一下關掉電腦電源，「去洗澡，睡覺。」

換作平時，周筱早就一蹦老高地跟他大呼小叫了，今天她只是聳聳肩，移開椅子去準備洗澡。

等著被狠削一頓的趙泛舟蹲在地上，聽著浴室裡傳來水聲，心裡空落落的，百般滋味。

周筱洗完澡出來沒見趙泛舟在房裡，打開門一看，他在看球賽呢，手指中間夾著一支菸，他菸是戒了，但是老習慣很難改，一有什麼煩心事手裡就習慣性地夾支菸。

周筱輕輕帶上門，蒙頭睡覺去，最近動不動就想睡，也不知道怎麼回事。

趙泛舟轉開門，周筱已經睡了，用被子把自己從頭到尾都裹得嚴嚴實實的，也不怕悶著。他輕手輕腳地拿了衣服進浴室洗澡。

洗完澡出來，趙泛舟把周筱的被子往下拉，讓她的腦袋露出來，然後把被子掖好。他坐在床沿看了她一會兒，然後去客廳坐著，邊擦著頭髮邊想怎麼哄她。

趙泛舟回到房裡的時候已經是深夜了，他爬上床，發現他老婆又把被子捲成一團了，只得把被子從她身子下抽出來，掀開躺了進去，被窩暖烘烘的，都是她的味道。

周筱哼哼唧唧地翻了個身，無意識地挪了一下，軟軟地貼入他懷裡。

趙泛舟在客廳待久了，全身冰涼地往外滲著寒氣，睡夢中的周筱窩了一會兒，覺得不舒服，又翻了個身要挪開，趙泛舟不樂意了，緊緊地扣著她的腰，讓她大半個身體都趴在他身上。

她的頭髮垂在他的脖子旁，癢癢刺刺的；呼出的氣也是，暖暖的，都噴在他脖子上。他難受地動了一下，早知道就不摟著她了，現在她又睡過去了，小手還貼在他胸口上，溫香軟玉在懷，想挪開又捨不得，不挪又實在是……

嘆了口氣，情人節他為什麼會淪落到要禁慾的地步？

趙泛舟是被陽光曬醒的，睜開眼的時候發現床上只剩他一個人了。

「周筱。」他啞著嗓子叫了一句，沒人答應。

他下了床，走出房門，四處看了一下，都不在，心就沉了下來，再抬頭看看時間，九點多了，原來是上班去了，這脾氣鬧得，連叫他起床都不願意了，存心讓他上班遲到。

反正遲到是遲到定的了，他打了通電話回公司，然後乾脆就進廚房熬粥了。早餐一向都是他在買的，所以早餐她應該沒吃，真是的，再怎麼鬧也不能餓肚子啊。

一個小時後，趙泛舟在周筱公司樓下給她打電話，「早餐吃了嗎？」

「沒吃。」

「下來，我在妳公司樓下，給妳帶了早餐。」

「不了，都快可以吃午餐了，還吃什麼早餐，我今天很多事要做，走不開。」周筱關掉論壇的視窗，她今天閒得要死，壓根沒事做。

「聽話，下來拿，不然我拿上去給妳。」趙泛舟好脾氣地哄著。

周筱撇撇嘴，「好吧，我就下去。」

下了樓，周筱拎了保溫壺就要往上走，趙泛舟拉住她，「真的要和我鬧脾氣？」

「誰和你鬧脾氣了？說了我很多事要做。」她不屑地看了他一眼，彷彿他就一遊手好閒無所事事的地痞。

「好好好，妳沒鬧，下班我來接妳？」他好笑地說，揉揉她的頭。

她躲開他的手，「我自己坐車回去。」頓了一下，「晚上我加班。」

「我等妳啊。」放開拉著她的手，「我先回去上班了，妳是故意不叫醒我的。」

走了？完全沒給她拒絕的餘地，臨走還埋怨了她一句？周筱氣惱地瞪著他的車絕塵而去。

周筱喝完粥之後就昏昏欲睡，對著電腦直打瞌睡，張姐進辦公室的時候拍了一下她腦袋，「可以吃午餐了。」

周筱抬頭就對著張姐圓滾滾的肚子，嚇了一跳，「張姐，沒事別端妳的肚子出來嚇人。」

「什麼端？這麼難聽，以後小寶貝出生了妳可別賴著要他叫妳阿姨。」張姐說。

「沒關係，叫我姊姊就好了。」周筱笑，「不然叫我乾媽也成。」

「妳倒想撿便宜，自己生去。」張姐推推她的腦袋，「妳也加緊吧，別到了人老珠黃生不出來。」

周筱無語，她哪裡像快人老珠黃的樣子了？

「你們家避孕的事是誰在做？」結了婚的女人就是不一樣，說話快狠準。

周筱臉紅了一下，諾諾說：「他啊。」

「那你們有什麼計畫?」張姐還真是打破砂鍋問到底。

「沒說過。」她哪裡有想那麼多，趙泛舟說她像個孩子，再製造一個孩子出來還得了?

「這樣啊?我看妳最近老愛睏，該不會是有了吧?」張姐恍然大悟似地說。

晴天裡一聲響雷，周筱被雷得焦焦的，半天吐不出一個字來。

張姐見她半天沒回應，挺著大肚子走了。

周筱抖著手計算自己的生理期，半天算不出來，一心急，也忘了在和趙泛舟鬧脾氣，拿著手機就打給他。

「老公。」可憐兮兮地叫著。

「怎麼了?」批著文件的趙泛舟手一抖，在上面畫了長長的一條。她平時不常叫他老公的，叫了準沒好事，而且又是這麼可憐兮兮的口氣。

「我……生理期是不是遲了啊?」她問。

趙泛舟瞄了眼桌上的桌曆，奇怪地問，「沒啊，還有一個星期呢，怎麼這麼問?」

「還好。」她明顯地鬆了口氣，「都是張姐啦，嚇我，說我愛睏就是懷了。」

「這樣啊……」趙泛舟沉思了一會，「保險起見，我過去帶妳去醫院檢查，妳先請假。」

「啊?哦好。」她又開始緊張起來。

放下電話，趙泛舟倒是笑了，他安全措施做得滴水不漏，哪能有什麼差錯啊?倒是她自己傻，她本來就愛睡覺，尤其是春天快到了，春睏犯得比誰都厲害。但聰明如他，當然知道機不可失的道理。

從醫院出來，周筱整個人虛脫掛在趙泛舟手臂上，還好還好，有驚無險。

「沒事吧？」趙泛舟很擔心地看著她，「我知道妳沒懷上很失望，但我們還很年輕，有的是時間，別著急。」

周筱被他的話堵得死死的，哪裡好說什麼，總不能說我現在還一點都不想生孩子吧，顯得多沒母性啊。

周筱已經請了假，再回去上班也算不了全勤，乾脆就讓趙泛舟送她回家。趙泛舟說不如逛街去，然後兩個人就真的無所事事地在百貨公司裡逛。

周筱逛著逛著，覺得不對啊，趙泛舟怎麼拉著她就往兒童區跑，逛衣服也逛兒童服飾，逛書店也逛童話區，不然就逛什麼玩具區之類的。

她看他那興致勃勃的樣子，斟酌了半天，還是忍不住說了：「老公。」

「嗯？」在津津有味地看著育兒經的趙泛舟抬眼看她。

「我們可不可以……」她吞了一下口水，「可不可以過幾年再要孩子，我還沒準備好當媽媽。」

趙泛舟定定看了她幾秒，微不可聞地嘆了口氣，放下手裡的書，轉身牽住她的手說：「妳還沒準備好我們就不要，現在我們去逛別的吧，妳不是說想換掉餐桌，去傢俱區看看吧。」

周筱任他牽著亂逛，不時瞄到他露出失望落寞的表情，但他對著她說話都是笑笑的，溫柔得要死。哎……這麼貼心的老公，她昨天還跟他嘔氣，實在是太不應該了。想著，她甜甜地膩向他，「我們去買菜吧，我燒飯給你吃。」

趙泛舟笑著摟過她的腰，「好。」

孟子曰：「天時不如地利，地利不如人和，三里之城，七里之郭……故君子有不戰，戰必勝矣。」

番外、〈報應情人節〉完

【番外】女人的武器

現在是淩晨一點，趙泛舟待在客廳裡，盯著門，兩眼冒火，好啊，這女人反了，電話也不接，玩瘋了是吧？

時間調回昨晚。

健康寶寶周筱好像有點感冒了，鼻涕流個不停，趙泛舟要帶她去看醫生，她死活不肯，最後只讓她吞了顆感冒藥就去睡。十一點多的時候，她的手機響個不停，他幫忙接的，說是第二天晚上他們大學同學聚會，他看她睡得沉，就跟對方說會轉告。早上一早他有個會要開，就沒打上照面，後來就把事情給忘了。開完會後他打電話去問她的感冒有沒有好點，周筱就問起這件事，他聽著她那鼻音很重的聲音就讓她別去，她不樂意了，堅決認為他是知情不報，於是下班後也不回家，直接就去聚會了，害得去接她的他撲了個空。

好吧，他壓下脾氣回家給她打電話，她前前後後就接了兩個，一個說我不回家吃飯了，你自己解決晚飯；一個說我今天晚點回去，你先睡。兩次電話的背景聲都是一片歡聲笑語，氣得他牙都快磨平了。

兩點十三分，門傳來鑰匙轉動的聲音，周筱躡手躡腳地進來。

周筱在門口已經做好了心理建設，但是進門的時候還是被沙發上那尊陰森森的東西嚇了一跳，她心虛地打哈哈：「怎麼還沒睡啊？」
「妳還捨得回來？」他語氣平平，「為什麼不接電話？」
「KTV裡音樂太大聲了，聽不到。」她心虛地回答。
「是嗎？」淡淡的語氣，周筱卻嗅到了山雨欲來風滿樓的氣息，她連忙敲了敲自己的腦袋，哀叫了一聲，「KTV的音樂吵得我耳朵到現在都嗡嗡叫，頭好痛。」
他瞪了她一眼，「過來我看。」
「看什麼？」她走到他身邊。
他湊得很近，在她身上嗅了兩下，眉頭就皺了起來：「妳感冒了還喝酒？」
「我才喝了一杯。」她小聲地說，靠！鼻子用不用這麼靈啊，又不是緝毒犬！
「去洗澡。」他惡狠狠地說，「水溫調高點。」
「哦。」她如獲大赦。
從她洗完澡到躺下，趙泛舟就沒再和她說過一句話，而且他一看到她躺下，就背過身去。周筱知道這次她做得過分了點，所以她自發地湊過去環住他的腰，把頭埋在他背上，蹭了兩下，「對不起嘛。」
他拿開圈在腰上的手，不吭聲。
周筱不敢動了，乖乖地躺著，卻怎麼也睡不著，右邊的鼻子塞得難受，她轉左側睡，右邊的鼻子通了，換左邊的鼻子塞了，於是又翻過右側睡，左邊的鼻子通了，右邊的鼻子塞了，左翻右翻，左塞右塞……周而復始。

趙泛舟突然坐了起來，「啪」一下打開燈，突然射入眼睛的光線讓兩人的瞳孔都忍不住收縮了一下。

他掀開被子下床走了出去。周筱坐起來看著他走出房門的背影，一肚子委屈，生病加喝了點酒，淚腺一時太發達，就啪嗒啪嗒地掉起眼淚來。

趙泛舟端著水和藥進來的時候就看到她哭得跟淚人兒似的，嚇了一跳，連忙把水放到床頭櫃就去抱她，「怎麼哭了？哪裡難受了嗎？」

周筱抽噎著斷斷續續地說：「我鼻塞，很難受，睡不著，不是故意要吵你的。」

「我知道，我知道，妳不要哭了。」他拍著她的背說。

「你都不理我。」她指控道。

「好，是我不好，妳別哭了。」他抹去她的眼淚，小心哄著，「都是我的錯，別哭別哭。」

周筱抽泣了一會兒之後平靜下來，這會兒才發現，一哭二鬧三上吊是多麼好用的伎倆，難怪古今中外的女人奉之為真經。

趙泛舟一手輕輕拍她的背，一手伸到床頭櫃去拿水和藥，扶好她，讓她把藥吃下去。

周筱就著他的手一口一口地喝著水，腦子開始在盤算待會兒怎麼得寸進尺。

趙泛舟餵她喝了大半杯水，才停下來，把杯子放回床頭櫃上去。

「你以後不可以不理我。」周筱說。

「好。」他答應著，想想不對，「那妳惹我生氣怎麼辦？」

「那你就生氣啊。」

「我生氣就不想理人。」

「你不可以不理我。」

「妳是不是人啊？」他沒好氣地瞪她一眼。

「你還罵我……」周筱一扁嘴，作勢要哭。

「好啦，別演了，再演就不像了。」趙泛舟把她按到床上躺著，然後關燈，自己也躺好。

「我決定了，你以後一不理我，我就哭。」周筱做出了人生一個重大的決定。

「妳還真是胸懷大志啊。」他邊拉被子蓋住兩人邊諷刺了一句。

「那你試試看。」周筱得意得要死，她總算是找到他的弱點了。

「白癡。」他把她摟進懷裡，「妳敢哭試試看。」

「我現在就要哭了哦。」周筱宣布了一件偉大的事。

「好啦，算我怕了妳。」他妥協，心裡暗罵自己沒用，明知道她是裝的還是捨不得。

「我好難得贏一次啊。」周筱樂滋滋的，「勝利的滋味真是美好啊。」

「哼。」趙泛舟用鼻孔回答她。

剩下的大半夜，感冒又哭過的周筱呼嚕聲此起彼伏，可憐的趙泛舟睜著眼等天亮。

番外、〈女人的武器〉完

【番外】小小情敵

國慶長假。

周筱和趙泛舟一早就說好，國慶去九寨溝旅行。

國慶的第一天，周筱和趙泛舟是到了機場，但是卻不是要去旅遊，是來接人的，接的人其實周筱特不待見。就是那個傳說中強而有力的過去式情敵——賈依淳嘛。

這女人幾年不見，更討人厭了，一手挽著她那金髮碧眼的洋鬼子老公，一手牽著一個小混血兒。她老公手裡還抱著一個小生物，敢情她這幾年沒回國，都在國外忙著增產報國了啊。

周筱皮笑肉不笑地和他們打了聲招呼，那據說叫 Mike 的洋鬼子老公居然就一把把手裡白花花的小生物塞到她懷裡，周筱被他殺個措手不及，手忙腳亂地接著。

周筱快瘋了，她手裡抱著嬰兒坐在車前座，趙泛舟在開車，賈依淳和她老公在後面如入無人之地似地瘋狂甜蜜，他們的兒子事不關己地趴在車窗上張望對他來說很陌生的城市。

「喂，我們的九寨溝去不成了是不？」周筱小聲地問趙泛舟。

「下次再去。」趙泛舟安撫道。

「呀呀，噢噢，啊啊……」她懷裡的據說叫 Tony 的小孩咿咿呀呀地叫著，小手拉著周筱的頭髮就狂扯。

周筱被他扯得抓狂，又不能開窗把他丟出去，你娘跟我過不去，你跟我也過不去是吧？周筱低下頭，作勢要咬那孩子的手，孩子眨著藍色的大眼睛，咯咯直笑。

趙泛舟笑著看周筱和那小孩鬧，突然覺得，好像生個孩子也不錯。

本來扮酷看著窗外，以四十五度角仰望天空的小孩 Peter 被他們的笑聲吸引，趴在椅背上看他們，有點不屑地說：「你們，無聊。」他的中文挺字正腔圓的，就是很難連成一個句子。

「Tony，打哥哥。」周筱抓著小 Tony 的手，揮舞著敲 Peter 的頭。

「You are so rude!」Peter 大叫，「Tony, don't play with her.」

「哼，你小洋鬼子，說不好國語，我們不跟你玩。」周筱對他扮鬼臉，他氣呼呼地扭開頭雙手交叉在胸前，看窗外，嘴裡念念有詞，「國語，我會。」

房間內。

「什麼？」周筱忍不住對趙泛舟大叫，「你說他們倆要去旅遊，孩子交給我們帶？」

「是啊，不然他們幹嘛挑國慶來，就是想說我們放假可以幫他們帶孩子啊。」趙泛舟做了個手勢，示意她冷靜下來，「依淳希望孩子能夠跟我們生活一陣子，體會一下祖國的生活。」

「這哪是他們祖國啊？少認親戚。」周筱沒好氣，「哪有這樣的事啊，我們還免費當保姆，我不幹！他們要旅遊正好帶著孩子去，讓他們看看中國是多麼地大物博。」

「好啊，不帶就不帶，妳去跟他們說。」趙泛舟也不反駁。

「說就說，誰怕誰！」

客廳內。

「Xiao, Thank you so much, you are so nice.」周筱一踏入客廳，Mike 就走過來握住她的手，「We really appreciate your help.」

「他在謝妳。」趙泛舟拉過周筱被 Mike 抓著的手。

「廢話，我聽得懂。」

「依淳，周筱有話跟你們說。」趙泛舟壞心地說。

「什麼？」賈依淳笑著看向她。

「呃……孩子交給我們就可以了，你們玩得開心點。」周筱吞吞吐吐，然後又對 Mike 說，「Have a good trip.」

嗯……講完真是看不起自己啊。

當天下午，賈依淳和 Mike 就搭飛機跑了，據說他們的第一站是九寨溝，周筱聽到他們說九寨溝的時候還惡狠狠剜了趙泛舟一眼。

小鬼當家……

「老婆！」趙泛舟在書房叫。周筱慢吞吞地從廚房挪進書房，不爽地問：「幹嘛？」

「把他拿走。」趙泛舟指著書桌上的小 Tony，「妳幹嘛放在我書桌上？」

「咿咿呀呀，哦哦。」小 Tony 揮舞小手小腳。

「他在抗議。」周筱說，「他說他不是東西，不能用拿的。」

「你們還真能溝通。」趙泛舟沒好氣地說，「我要看文件，妳帶走他。」

「誰理你，看什麼文件，陪 Tony 玩，我在煮飯。」

「我怎麼陪他玩？我們沒法溝通！」

「抱出去客廳，叫 Peter 教你。」Peter 那小兔崽子從他爸媽跑了之後就一直不說話，待在客廳看電視。

「喂，我不會帶孩子。」趙泛舟抗議。

「學。」周筱撂下一個字後走出房間。

十分鐘後，客廳又傳出趙泛舟的吼聲：「老婆，他拉屎了。」

「換尿布。」周筱吼回去，順便把廚房門鎖上。果然，不到十秒鐘，廚房門就砰砰地被敲響，「周筱，開門，出來給他換尿布！」

「不要！」周筱邊切菜邊說。

「出來！」

「不要！」

趙泛舟只好回到客廳，把 Tony 放在桌子上，一手捂著鼻子，一手脫下他的褲子，解開他的尿布……

Peter 在旁邊幸災樂禍地笑。

晚上。

浴室裡不時地傳來周筱和 Tony 的笑聲。和 Peter 在床上打撲克牌的趙泛舟很不是滋味，他的老婆他都沒一起洗過鴛鴦浴，居然便宜了這小「無齒之徒」。

「Yeah, I win! 我贏了！」Peter 大叫。

浴室的門開了，周筱抱著 Tony 出來，兩人的臉蛋都被熱氣熏得紅紅的，周筱身上的衣服還溼了，溼答答貼在身上，勾出前凸後翹的曲線，還挺撩人。

「晚上你和 Peter 去書房睡，我和 Tony 睡。」

「不要！」「不要！」趙泛舟和 Peter 異口同聲地說。

「我不要和男的睡！」Peter 說。

「好啊，那我們三個一起睡。」周筱很意外這個酷酷的小朋友居然要和她一起睡。

「那我呢？」趙泛舟問。

「你去書房睡啊。」周筱理所當然地說。

「……」趙泛舟氣悶，他老婆真是大方啊，趕老公睡書房，自己陪兩個小男人睡！

睡了書房六天的趙泛舟，很高興總算要送走這對小瘟神，倒是周筱，到機場的路上都在離情依依，抱著小 Tony 就不停地親，也不見她對他有這麼熱情過。

到了機場，周筱依依不捨地把 Tony 抱給 Mike，Tony 居然抱著周筱的脖子不鬆手，然後大哭。連 Peter 都抓著她的腳不走。

趙泛舟和賈依淳夫婦無奈地掰開他們的手腳，賈依淳和 Mike 一手一個，迅速地衝去辦登機證。

回家的路上，周筱哭得花容失色，趙泛舟拍著她的背安慰：「別哭了，不知道的人還以為妳死了老公呢。」

「死了老公我幹嘛哭成這樣！」周筱吸著鼻子，「再嫁一個就行了。」

「……」

番外、〈小小情敵〉完

【番外】古代的老公

天亮了，雞叫了。

周筱睜開眼的一剎那，靠！事情大條了！這裡是哪裡呀？

紗帳？鏤空木雕的床？

她用力閉上眼睛，這是夢！一定就是夢！

一雙手橫過來，搭在她的腰上，緊閉著雙眼的周筱鬆了口氣，真的是夢！她還沒這麼感激過趙泛舟那雙毛茸茸的大手呢。她心情很好地睜開眼，映入眼簾的是趙泛舟那張帥得天理難容的臉。（情人眼裡出西施，別跟她計較）

嘖嘖嘖嘖，看看她老公，這眉，這眼，這鼻，這嘴，真好看啊，連留了個怪怪的長髮都是帥的啊。唉，好想好好調戲一下的說，既然如此，心動不如行動！周筱色瞇瞇地靠近趙泛舟，在她和他的臉距離只剩下零點一公分的時候，周筱總算找回了一點理智，趙泛舟什麼時候換了一個這麼雷人的髮型？

她跟彈簧似地從床上彈起來，趙泛舟（姑且這麼叫之）被她這麼大的動靜吵醒了，皺著眉頭看她，「怎麼了？」

周筱抖著個手指著他，他雖然被子蓋了大半，她還可以猜到……他他他他……他沒穿衣服啦……她下意識地看自己，還好還好，衣服都在。

「妳所著的是哪個地方的服飾？」趙泛舟順著她的視線打量她的穿著。

「啊？」周筱瞪目結舌，消化了一會兒才聽明白他在問什麼，但她現在沒空回答他的問題，她忙著打量周圍的環境，圓紅木桌、圓凳、油燈、紙窗，難道……難道……這是報應？在網上看霸王文看太久了，所以她得穿越一下？媽呀，曾經有給一堆文好好回覆的機會放在她面前，她沒有好好珍惜，直到失去了，她才追悔莫及，如果上天再給她一次機會，她一定好好留言，如果非得給留言加個數量，她希望是……一萬條。

「我在問妳話。」趙泛舟加強了語氣。

「這什麼朝代？」周筱回過神來問。

「宋。」他居然沒有覺得她的問題奇怪？

「南宋還是北宋？」她接著問。

「南宋北宋？」他總算是覺得她的問題古怪了。

「算了。」他這種反應就是北宋了。

「所以我和你躺在一起，我和你結婚了嗎？」根據小說的經驗，她可以從這個問題推出：她是穿越到青樓還是正常人家，反正看這房間的布置不像電視裡演的皇宮，所以當深宮怨婦的可能性不大。

「結婚？」他反問了一句。

「我是說，我們是否成親了？」周筱無奈地丟出一個文謅謅的詞彙。

「娘子，是為夫的讓妳不滿意了？」他口氣裡帶點嘲諷，但是周筱沒聽出來。

「靠！娘子？你還真的是我老公？」周筱忍不住呻吟一聲，所以穿越到古代她還是免除不了要嫁給趙泛舟的命運？

「老公？」趙泛舟挑高眉毛，重複她最後一個詞。

「哎，相公相公，煩死了，跟你沒法溝通。」周筱一肚子火，她是倒了什麼楣啊？穿越就算了，還要穿成已婚婦女（妳有什麼資格嫌棄啊？本來就是已婚婦女！），已婚婦女也就算了，老公還要是同一個！靠！真不新鮮，真沒看頭！等等……同一個？他不是也穿了吧？不會不會，他剛剛連結婚都聽不懂，所以他真的就是古人。古人啊……要怎麼溝通啊？好在他說的是普通話啊，她看穿越小說的時候最操心的就是古人說什麼話，因為她記得古代漢語的老師說過，古人的語言跟現代差很多，所以上古音和現代音是完全沒法溝通的。現在想想真是無聊，老天爺連穿越這種玩笑都跟她開了，還有什麼事是祂做不出來的，老天爺，你就是個牛哄哄的幽默大師！

趙泛舟坐起身，被子從他身上滑下，露出精壯的胸膛，然後兩手環胸，若有所思地看著她。嘖嘖嘖嘖，他這披頭散髮、酥胸半露的死樣子還真是該死的好看，該死的妖孽啊。周筱看到有點閃神，用力捶了一下自己的腦袋才清醒過來。

「這個……事情有點複雜，我也不知道怎麼跟你解釋，總之，我不是你老婆……不對，我是說我不是你的妻，我是從很遠很遠的地方來的，也不對，是很久很久以後，我……」周筱講到一半就不得不停下來，因為趙泛舟用一種看神經病的眼神看著她。

「娘子，妳先歇著，我派人去請大夫。」趙泛舟下床著裝，淡淡地說。

周筱發現，這個古代老公好像不是很喜歡她？

他著裝完畢後說：「妳先把身上的奇裝異服換下，免得待會兒讓人看笑話。」講完就頭也不回地出去了。

看來她不小心穿到的這個身體跟她家夫君的關係實在是糟糕啊，畢竟沒有人發現自己的老婆一大清早胡言亂語之後還可以這麼冷淡地離開，還是說她本來就是精神有問題，所以他習慣了？她該不會穿到一個神經病的身體吧？講到身體，她還不知道她現在長什麼死樣子呢，趕緊去照鏡子！她很快地奔向梳妝檯，她也不管那梳妝檯長得妖裡妖氣了，先看看自己長成什麼樣再說。一看，還好，還是原來的樣子，就是這銅鏡把她照得皮膚蠟黃而已。她傻乎乎地在床沿坐下，也是哦，她連衣服都跟著穿了過來，當然長得還是原來的樣了。

「少夫人？」門外傳來年輕女孩的聲音。

「進來。」周筱有氣無力地說，少夫人應該指的是她吧？

一個十五六歲的女孩推門進來，進門就嚷嚷著：「少夫人，少爺讓我來替妳更衣。」那女孩看到周筱身上的衣服一愣，「少夫人，妳身上的是？」

「不是要換衣服嗎，快點換吧。」周筱沒好氣地說。

周筱被捆得嚴嚴實實的，這天氣挺熱，她穿成這樣不會汗流成河嗎？

「少夫人，少爺說，大夫過會兒就來，讓妳別出門。」女孩邊幫她梳頭髮邊說。

「嗯。」周筱應了一句，她現在心情很鬱悶，想回家，想趙泛舟。

「少夫人，大夫進來的時候妳可別亂說話。」女孩說。

周筱抬眼看她，看來女孩和她是同一國的，那就勉強問問名字吧，「呃……小&#……妳幾歲了？」她把後面那個字含糊了一下。

「回少夫人，小桃今年十四。」

「哦，十四很好。」她問出名字了就隨便敷衍小桃。

她的頭髮被小桃盤來盤去的，盤成了一坨比較不雅的形狀，近看像老樹盤根，遠看像……大便。

周筱趁著小桃去端早餐，偷偷溜出了門，難得來古代一回，這麼也得看個夠本。老實說，到現在她都覺得自己應該是在作夢，如果真的是在作夢就趁機長長見識也好。（沒聽過作夢也能長見識的。）

大街上人不少，長得都挺驚天動地的。多半是還沒進化好，畢竟跟猿人的時代靠得比較近，之前她不知道在哪看到光緒和溥儀的皇后妃子，那尊容真的是……啊！清朝的人尚且沒長好，何況是宋朝的呢。當時她看到還大驚小怪地叫趙泛舟來看，趙泛舟還說了一句，「老婆，我發現妳比皇后美。」唉……如果不是作夢，是真的穿越的話，她是不是就再也見不到她的賤嘴老公了？

在街上晃了兩圈，實在是無聊，跟古裝劇上的差不了多少，除了人比較醜。她想回去了，回去床上躺躺，說不定一覺起來就回到趙泛舟身邊了。

呃……問題是……她不認得回去的路了。這下好了，連問路都不知道該怎麼問。於是周筱小朋友就在馬路上晃啊晃啊晃啊，不時避避人，躲躲馬。

「夫人。」一清脆的女聲從她身後傳來。

周筱迅速轉頭，夕陽中，美麗的小桃姑娘踏著凌波微步，輕盈地朝她走來。在一群牛鬼蛇神的襯托下，更是顯得驚為天人。

「小桃……」周筱有種總算找到了組織的感覺。

「夫人，總算找到妳了，少爺都快把府裡翻了過來，我們快點回去吧。」小桃扯著她的手就跑。周筱一手被扯，一手拎著裙襬，這衣服真不適合運動。

「等等！」周筱在門前停下，「小桃，少爺不打人的吧？」她總不能跑來古代被人打吧。

「少爺溫文爾雅，怎麼會做如此不堪之事。」小桃義正言辭。

「好好好，不會就好。」周筱放心了。

小桃騙人！

周筱一進門就一個巴掌朝她呼過來，幸好她閃得快，她轉身抬頭，哪來的老女人？她居然打人！

「娘。」趙泛舟拉過周筱，把她藏在身後，「交給我處理。」

「今天我非好好教訓她不可！」老女人大呼小叫。

「大哥，這女人早就該好好管管了。」突然身後傳來一個女聲，周筱掉過頭去看，哈！女版趙泛舟！不行了，她好想笑啊。

「紫欣，妳閉嘴！」趙泛舟的口氣很嚴厲！

紫欣？紫心番薯？

「大哥！」紫欣用力跺了一下腳，跑到老女人面前，「娘，妳看大哥還護著她！不護著我難道護著妳啊，妳又沒陪他睡覺！周筱心裡暗自想著。

「有什麼事進去說。」趙泛舟不著痕跡地把她護在身前，往屋子裡帶。

好精彩啊。周筱坐在椅子上，興高采烈地看他們吵架，尤其是那個紫心番薯小妹妹，臉紅脖子粗的，都快成為紅心番薯了。也不知道可不可以叫小桃上碟花生米，看戲還是要吃點東西比較快樂的。

「大哥，這種不守婦道的女人早就該休了。」紫心番薯對著趙泛舟說。

周筱瞥趙泛舟一眼，原來你老婆給你戴綠帽啊？難怪看起來心情這麼不好。

「當初就不該讓她進門。」趙泛舟她娘哼了一聲，「兩年了，連蛋都沒下一顆！存心要我們家斷子絕孫。」

趙泛舟黑著臉不講話。

「呃……那個，我是人，不會下蛋。」周筱唯恐天下不亂地說一句，反正她也不是她家媳婦，充其量只能算路過。

「看她說的什麼話！」趙泛舟他娘一拍桌子就要朝她衝過來，周筱趕緊從椅子上蹦起來，繞到椅子後面，大叫：「妳有完沒完！我可不是讓妳打著好玩的。」

「妳坐下！」趙泛舟對著周筱呵叱。

「毛病啊你，你叫我坐就坐？真以為你是我老公啊，告訴你，老娘不玩了，我要回去！」周筱說完就往外衝，靠！她要回家！

一股很強大的力量捲住她的腰，她被拉回到椅子上。

「別惹惱我！」趙泛舟陰鷙地說。

周筱愣了一下，突然意識到，這人真的不是她的趙泛舟，是不能放肆的。她冷靜下來，在椅子上坐好。

「你現在就給我休了她！」趙泛舟他娘惡狠狠地說，「滿嘴神神鬼鬼的東西，哪裡像個大家閨秀？」

「我昨天還看到她和她那個表哥在後院卿卿我我。」紫心番薯在一旁添油加醋。

「妳表哥昨天來了？」趙泛舟陰沉地問。

「不知道。」

「妳說是不說？」他提高音量。

「說了不知道。」周筱也跟著提高音量。

趙泛舟抓住她的手腕，用力捏緊：「我再問妳一次，有沒有？」

「放開我，很痛！」周筱都快哭了，她就是不知道，哪裡來的表哥啊，這麼噁心的劇情都有？她要回家啦……

「大哥，你跟這種女人廢話這麼多幹嘛！」紫心番薯湊上前來，突然推了周筱一把，她重心不穩，趙泛舟居然就順勢放開她的手，她身子一偏，撞向茶几，眼前一黑，暈了過去。

「周筱，周筱，妳沒事吧？」趙泛舟的聲音遠遠出來。

周筱努力睜開眼睛，「哇」的一聲哭了，「老公——」

「怎麼了？撞到哪裡了？」趙泛舟心疼地揉著她的額頭，「都多大的人了，睡個覺還能掉下床。」

「他讓我撞茶几的。」周筱邊哭邊說。

「誰啊？」趙泛舟一頭霧水。

「我古代的老公。」她說。

「什麼？再說一遍？」趙泛舟揉著她額頭的手使了點勁。

「痛啦。」周筱叫起來，「我也不知道怎麼回事啦……」

「我躺在妳隔壁，妳還給我發春夢？」趙泛舟一臉憤慨。

「誰發春夢了？那人長得跟你一樣，還打我。」周筱掙扎著坐起來。

「打妳？」趙泛舟拉起她，讓她坐在床上，「為什麼打妳？」

「我也不知道啦。都是你啦，長你這樣的都不是好東西。」遷怒也是周筱的拿手好戲。

「我對妳不好嗎？做惡夢還要讓我當壞人。」趙泛舟沒好氣地說。

「都說了是我古代的老公！」
「妳古代老公也是我！」
「說了不是！」
「妳自己說跟我長一樣的，不是我是誰？」
「長一樣也不是你！性格不一樣！」
「管妳啊，妳古代的老公也只能是我。」趙泛舟自己下了決定，「妳的老公都只能是我。」
「神經病，去做早餐。」周筱懶得跟他講。
「為什麼是我？」
「因為你打我了！」她推推他。
「妳剛剛不是說不是我。」
「你剛剛不是說只能是你。」
「……算妳狠！」趙泛舟把腳套進拖鞋，「吃什麼？」
「你也只會煮粥。」周筱嫌棄地看了他一眼，「問什麼問，好像自己多厲害似的。」
「……」趙泛舟剜了她一眼，往外走，走到門口又轉過頭來跟她說，「剛剛撞到的地方搽點紅花油。」
「哦。」周筱隨口應，又要往床上倒。
「我等下沒問到藥油味，妳就給我試試看！」他帶上門走了出去。
周筱不情不願地從床上掙扎起來，到梳妝檯那邊去找藥油。

周筱對著鏡子輕輕搽著藥油，突然覺得手有點不對勁。她停下手，仔細端詳，手腕上有一圈淡淡的青紫，她嚇了一跳，反射性地回頭看床，突然覺得床好像一個黑漆漆的時光黑洞，要把她捲進去似的，她突然大叫：「老公！」

「怎麼了？」趙泛舟跑進房間。

「我的手。」她把手舉到他面前，泫然欲泣。

「怎麼弄到的？」他皺著眉頭問。

「夢裡的那個老公，他用力捏我的手。」周筱摟住他的腰。

他安撫地拍拍她的背，「別胡思亂想，作夢而已。」

「是真的啦。」周筱仰起頭，「好恐怖。我要是突然不見了怎麼辦？」

「白癡，那手多半是我們昨晚太……呃……激情的時候弄到的。」他順著她的頭髮輕撫。

「不是啦，我不管，我以後不要睡這張床。」她還是很害怕。

「好啊，我早就想換個地方了。」他笑得奸詐，周筱卻不知道他在笑什麼，捶了他一拳說：

「我都快嚇死了，你還笑，你是不是巴不得我不見啊。」

「妳要是不見了，天涯海角我都去找。」他笑著說。

「那要是不在天涯海角呢？我在另一個時空呢？」

「我就去另一個時空找妳。」

「要是你來不了呢？」

「笨蛋，妳能去，我為什麼不能？」

「我怎麼知道啊，你就是不能。」
「我能。」他親了一下她的額頭，「一定能。」
「真的？」
「真的。」他皺著個臉說。
「你皺著臉幹嘛？」周筱捏捏他的臉。
「妳的額頭上有紅花油。」
「哈哈，白癡。」周筱開心地笑起來，「再親一個吧。」
「不要。」他牽起她，「我們出去吧，煮粥去。」
「好。」
隨著門扉合上，遠遠傳來對話聲：
「你連米都沒淘好啊。」
「我才下米，妳就大呼小叫了啊。」
「我才沒有大呼小叫呢，我真的不要睡那張床了。」
「不要就不要，待會讓人來把它換了。」
「你說的啊。錢你付哦。」
「妳什麼時候付過錢？」
「好像也沒有。」
「……」

聲音愈來愈遠，直到聽不見，突然，床單上紫色的小碎花紋扭曲了一下，出現一個模糊的漩渦狀，一秒鐘的時間，快到讓人覺得是不是眼花了。

番外、〈古代的老公〉完

045

致我們甜甜的小美滿

致我們甜甜的小美滿／趙乾乾著. -- 初版. -- 臺北市：聯合文學，2020.05
416 面；14.8X21 公分. -- (N045)
ISBN 978-986-323-342-8(平裝)

857.7　　109005074

出版日期／2020 年 5 月 初版
定　價／340 元

作　　者／趙乾乾
發 行 人／張寶琴

總 編 輯／周昭翡
主　　編／蕭仁豪
資深編輯／尹蓓芳
編　　輯／林劭璜
資深美編／戴榮芝
業務部總經理／李文吉
行銷企劃／蔡昀庭
發行專員／簡聖峰
財 務 部／趙玉瑩　韋秀英
人事行政組／李懷瑩
版權管理／蕭仁豪

法律顧問／理律法律事務所 陳長文律師、蔣大中律師
出 版 者／聯合文學出版社股份有限公司
地　　址／110 台北市基隆路一段 178 號 10 樓
電　　話／(02) 2766-6759 轉 5107
傳　　真／(02) 2756-7914
郵撥帳號／17623526 聯合文學出版社股份有限公司
登 記 證／行政院新聞局局版台業字第 6109 號
網　　址／http://unitas.udngroup.com.tw
E-mail：unitas@udngroup.com.tw
印 刷 廠／沐春行銷創意有限公司
總 經 銷／聯合發行股份有限公司
地　　址／234 新北市新店區寶橋路 235 巷 6 弄 6 號 2 樓
電　　話／(02) 29178022